Querverlag

Jan Stressenreuter

Wie Jakob die Zeit verlor

Roman

Alle Charaktere, Schauplätze und Handlungen in diesem Roman sind frei erfunden. Ähnlichkeiten mit lebenden und toten Personen sind unbeabsichtigt.

Umschlag und grafische Realisierung von Sergio Vitale unter Verwendung einer Fotografie von Fotolia.

Druck und Weiterverarbeitung: Finidr
ISBN 978-3-89656-207-4
Printed in the Czech Republic

Bitte fordern Sie unser Gesamtverzeichnis an:
Querverlag GmbH
Akazienstraße 25, 10823 Berlin
www.querverlag.de

Sommer 1981

Während sich in Amerika eine neue, konservative Regierung bereit machte, das „Reich des Bösen" – die Sowjetunion – totzurüsten, und die alte Bundesrepublik sich anschickte, in der Lethargie der frühen Kohl-Jahre zu versinken, wurde in den USA erstmals über vereinzelte, unerklärliche Krankheitsfälle unter homosexuellen Männern berichtet. Alle Erkrankten litten unter einem seltenen, bösartigen Hautkrebs, dem sogenannten Kaposi-Sarkom, oder der seltenen Form einer Lungenentzündung, PCP, oder unter beidem zusammen. Und sie alle waren innerhalb weniger Monate tot.

Es war der Beginn der Aids-Epidemie.

Nur zwei Jahre später gab es in den USA mehr als 2300 Aids-Erkrankungen und 950 Tote, ohne dass sich die Ärzte einen Reim auf Verbreitung, Infektionsrisiken und Herkunft der Krankheit machen konnten, geschweige denn auf ihre Behandlung. Nur eines war bekannt: Ungefähr Dreiviertel aller Erkrankten waren schwule Männer – womit alle Vorurteile gegen Homosexuelle neue Nahrung bekamen. „Schwulenpest“ und „Lustseuche“ waren nur einige der Bezeichnungen, die die rätselhafte Krankheit bekam. Aber erst mit dem Tod des Schauspielers Rock Hudson Ende 1985 nahm eine breite Öffentlichkeit die Epidemie zur Kenntnis.

Aids schwappte über nach Europa und damit auch nach West-Deutschland – die DDR blieb aufgrund ihrer Abschottung bis zum Mauerfall weitestgehend von der Aids-Krise verschont, jedenfalls offiziell – und überzog schließlich die ganze Welt. Bis heute sind Millionen von Menschen an Aids gestorben, insbesondere in Afrika, und noch immer ist kein Heilmittel in Sicht.

Hunderttausende schwule Männer sind dem Virus zum Opfer gefallen. Eine ganze Generation musste mit einer neuen Form der Pest kämpfen und ist von ihr traumatisiert worden.

Trotzdem ist dies kein Aids-Roman geworden, sondern erstaunlicherweise eine Liebesgeschichte.

Für Georg

1963-1989

I. Seilakrobaten

The blood that moves our bodies
Now covers the ground

A-ha – The Blood that Moves the Body

„Da, auf dem Bett! Was macht Truman hier auf dem Bett? Oh, stimmt ja, du kannst ihn gar nicht sehen. Schade." Marius sackt zurück auf das Kopfkissen, ein entschuldigendes Lächeln tanzt über seine Lippen. Für einen Moment sieht er wunderschön aus. „Die haben mir was gegeben."

„Ja. Ich weiß." Jakob ist erschöpft, seit Tagen hat er kaum geschlafen. Es kostet Mühe, die Mundwinkel nach oben zu bewegen, aber Marius hat die Augen geschlossen. Sein Brustkorb hebt und senkt sich, und die Luft in seiner Lunge rasselt.

Der Karton steht in der Abstellkammer, hinter dem Staubsauger, versteckt unter Plastiktüten, einer ausrangierten Kaffeemaschine und gebrauchtem, glatt gestrichenem Geschenkpapier. Arne würde nie auf die Idee kommen, hier nachzusehen. Trotzdem wartet Jakob auf eine passende Gelegenheit, zum Beispiel, wenn Arne im Büro oder auf Dienstreise ist; erst dann kramt er den Karton heraus, trägt ihn ins Wohnzimmer, hebt den Deckel ab und setzt sich im Schneidersitz auf den Boden. Er weiß, dass er die Vergangenheit nicht so häufig hervorholen sollte – sie findet ihre ganz eigenen Wege, sich in die Gegenwart zu schleichen –, aber er kann nichts dagegen tun. Sobald seine Finger die Fotos berühren, verspürt er Geborgenheit. Sobald seine Hände über die verblassten Farben streichen, fühlt er sich zu Hause.

Die Fotos sind kleine, rechteckige Schnipsel eines Lebens, das so lange zurückliegt, dass niemand mehr sagen kann, was der Wahrheit entspricht und welche Dinge ein unstetes Gedächtnis dazuerfunden oder ausradiert hat. Sie sind seine Krücken, seine Beweisstücke. Jakob hat es immer vermieden, die Bilder einzuscannen und im Computer zu speichern. Es würde sich nicht richtig anfühlen, sie verlören ihre Bedeutung, würden untergehen in einem endlosen Meer aus Pixeln und Bytes.

Da ist Marius mit ausgebreiteten Armen vor dem altersschwachen, weißen BMW, den er fast so sehr liebte wie Jakob; im Hintergrund die Türme von San Gimignano, bröckelnde Zeugen mittelalterlicher Großmannssucht. Marius trägt kurze, dunkle Hosen, Sandalen und ein idiotisches Grinsen im Gesicht.

Jakob erinnert sich an die unglaubliche Hitze während des Italienurlaubs, an die flirrende Luft auf den Landstraßen, die die Natur jenseits der Fahrbahn in Schwingung zu versetzen schien. Die Kühlung des Autos fiel ständig aus, sodass sie im Wageninneren Temperaturen von beinahe vierzig Grad erdulden mussten und die ausgedörrte Landschaft der Toskana vierzehn Tage lang halbnackt durchquerten. Es könnte sein, dass sie ihre Oberkörper mit dem Wasser aus einer Wasserflasche bespritzt haben, aber vielleicht hat Jakob dieses Detail mit den Jahren auch nur hinzufantasiert. Allerdings weiß er genau, dass im Autoradio gerade „Luka“ von Suzanne Vega lief, während sie die Stadtgrenze von Lucca passierten. Marius und er hatten die Fensterscheiben heruntergekurbelt und sangen laut mit. Erst viel später ist Jakob aufgefallen, dass es in dem Lied um ein misshandeltes Kind geht. Sie waren naiv damals, jung und naiv. Aber vielleicht wollten sie auch nur für ein paar Minuten vergessen.

Dann das Foto, auf dem sie verschwitzt und atemlos vor einem französischen Bett im Treppenhaus stehen und sich vor Lachen kaum halten können.

Marius und er hatten Katrin beim Umzug geholfen, und während sie dieses Monstrum von Bett nach unten schleppten, klappte es plötzlich auseinander und verkeilte sich im Treppengeländer, sodass man es weder vor- noch zurückbewegen konnte. Katrin hatte einen hysterischen Anfall bekommen, weil sie befürchtete, dass jeden Moment ihre prüden Nachbarinnen – aus irgendeinem nicht mehr nachvollziehbaren Grund waren es allesamt Postbeamtenwitwen – aus den Wohnungen stürmen und entdecken würden, auf welcher Unterlage Katrin in den letzten Jahren so lustvoll und laut Sex gehabt hatte.

Ein dritter Schnappschuss zeigt Marius und den Kater einträchtig nebeneinander schlummernd; der Kater hat sich auf dem Kopfkissen zusammengerollt und kitzelt mit seiner Schwanzspitze Marius' Nase.

Jakob erinnert sich, dass jeden Morgen gegen sieben Uhr die Schlafzimmertür aufgedrückt wurde und der Kater zu ihnen ins Bett marschierte. Marius wurde mit einem Schnurren ins Ohr begrüßt und Jakob in den großen Zeh gebissen, damit er aufstand und den Fressnapf in der Küche füllte. Spätestens bei dieser Erinnerung muss Jakob lachen – auch wenn ihm das Lachen häufig im Halse stecken bleibt.

Es gibt noch viele solcher Bilder, die seine Finger staubig und schmutzig werden lassen, wenn er sie betrachtet:

Marius mit einer Tina-Turner-Perücke und dem roten Kleid, das er sich von Katrin für den Karneval geliehen hatte, Jakob direkt neben ihm, peinlich berührt die Hände vor das Gesicht haltend. Hinter ihnen sind schunkelnde Menschen an einer Theke zu sehen: Clowns, Piraten und Matrosen. Am nächsten Tag konnte Marius sich nur humpelnd fortbewegen, weil er es nicht gewohnt war, auf hohen Absätzen zu laufen.

Marius in verdreckten Arbeitsklamotten bei der Sanierung ihrer Wohnung. Das Foto hat Jakob immer geil gemacht. Selbst jetzt noch, nach so vielen Jahren, verspürt er diese altbekannte Unruhe.

Marius versonnen am Zeichenbrett in seinem Arbeitszimmer, Lineal und Zirkel liegen vergessen auf den Plänen für ein Mehrfamilienhaus, während er die Wolken durch das Fenster beobachtet.

Wenn Jakob die Fotos auf dem dunklen Parkett verteilt, denkt er, dass es gute Zeiten waren – Jahre, in denen er vor Liebe fast geplatzt wäre und gelernt hat, wie sie sich anfühlt, wie sie schmeckt, wie sie riecht. (Wie Marius, wie Marius, wie Marius.) Aber er weiß auch, dass die Fotos nur einen Teil der Wahrheit erzählen. Weil die schlechten Zeiten nicht auf glänzendem, buntem Papier festgehalten und je nach Bedarf hervorgeholt oder weggelegt werden können. Die Zeiten, in denen er versagt und betrogen und verloren hat.

Trotzdem, er würde alles dafür tun, um das Rad der Geschichte zurückdrehen zu können, alles. Deshalb hat sich Jakob entschieden, seine Sehnsucht in diesem Karton vor Arne zu verstecken.

Januar 1986

Spanien und Portugal treten der Europäischen Gemeinschaft bei, deren Mitgliederzahl sich damit auf zwölf erhöht.

Frankreichs Staatspräsident François Mitterrand und die britische Premierministerin Margaret Thatcher geben im nordfranzösischen Lille den Bau eines Eisenbahntunnels unter dem Ärmelkanal bekannt. Die Bauarbeiten werden 1994 abgeschlossen.

Die US-amerikanische Raumfähre „Challenger" explodiert 73 Sekunden nach dem Start in Cape Canaveral (Florida). Grund der Katastrophe ist das Versagen von Dichtungsringen an einer seitlichen Feststoffrakete. Alle sieben Astronauten kommen bei dem Unglück ums Leben. Das Shuttle-Programm der NASA wird vorübergehend eingestellt; erst im September 1988 startet mit der „Discovery" eine neue Raumfähre ins All.

Im Alter von 81 Jahren stirbt in Kalifornien der Schriftsteller Christopher Isherwood, dessen Berlin-Romane aus den dreißiger

Jahren als Vorlage zu dem Musical „Cabaret“ dienten. Isherwood gehört zu einem Kreis schwuler amerikanischer Autoren, Dramaturgen und Poeten, die in den fünfziger und sechziger Jahren Berühmtheit erlangten und sehr erfolgreich waren. Dazu zählen unter anderem James Baldwin, Tennessee Williams, Gore Vidal und Truman Capote.

Im Winter werden in den USA die letzten schwulen Saunen geschlossen. Die dortige Schwulenbewegung hatte sich zwar dagegen gewehrt, konnte sich aber nicht gegen die örtlichen Gesundheitsbehörden durchsetzen.

Angesichts immer alarmierenderer Berichte und immer höherer Opferzahlen durch Aids macht sich in Amerika ein Stimmungsumschwung gegen Schwule bemerkbar. Nach einer Umfrage der L.A. Times sind 51% der Bevölkerung für eine Kriminalisierung von sexuellen Handlungen Aids-Kranker, ebenso viele Menschen befürworten Quarantänemaßnahmen für Aids-Kranke. 42% sprechen sich für die Schließung aller schwulen Bars und Kneipen aus. In der konservativen Presse gibt es Stimmen, die sich für Zwangstests, Zwangstätowierungen oder die Quarantäne von HIV-Infizierten starkmachen. Auch die Gewalt gegen Schwule nimmt zu: Sie hat sich in den Jahren 1982 bis 1985 etwa verdreifacht.

Quarantänemaßnahmen werden auch in Europa teilweise als probates Mittel zur Bekämpfung von Aids angesehen: In Stockholm wird erstmals ein HIV-infizierter Drogenabhängiger zwangsweise in eine Seuchenklinik eingeliefert.

In Berlin bezieht die Deutsche Aids-Hilfe (DAH) ihre ersten eigenen Arbeitsräume – gegen den Widerstand der im selben Haus ansässigen Ärzte, die um Klienten und Umsätze fürchten.

In den deutschen Charts steht Falco mit „Jeanny“ an der Spitze, in Großbritannien die Pet Shop Boys mit ihrem ersten Hit „West End Girls“.

Jakob drängte sich frierend unter den schmalen Dachvorsprung, um dem Regen zu entkommen, und wartete darauf, dass der Sehschlitz der metallenen Eingangstür aufgeklappt wurde und Beppos Augen ihn für einen kurzen Moment unter die Lupe nahmen.

Es war noch nicht allzu lange her, dass er sich kaum ins „Pimpernel" hineingetraut hatte. Drei Jahre? Ja, kurz nach seinem einundzwanzigsten Geburtstag. Damals hatte er eine Stunde auf einer Bank gegenüber der Diskothek gehockt, im mageren Schutz eines winterlich kahlen Baumes nervös an den Fingernägeln gekaut und die Männer beobachtet, die dort Einlass begehrten. Er hatte gesehen, wie sie um die Ecke bogen oder von der Straßenbahnhaltestelle herüberliefen und dann hastig hinter der aufgerissenen Tür verschwanden, als gehörten sie zu einem Geheimbund und nähmen an einem subversiven Treffen teil. Als täten sie etwas Verbotenes.

Mehrmals hatte Jakob Anlauf genommen und war doch wieder nur auf die Bank zurückgesackt. Als er endlich genug Mut zusammengekratzt hatte, um selbst vor die Tür zu treten, und sein Finger den Klingelknopf berührte, hätte er sich fast übergeben vor Aufregung. Aber er hatte genug gehabt von dem anonymen Sex in Pornokinos oder am Aachener Weiher, dem beliebten Cruisinggelände am Rande der Innenstadt, wo alles reduziert wurde auf Schwanz und Arsch. Er hatte endlich jemanden spüren wollen, richtig spüren, hatte mit seinen Händen über fremde Haut streichen und in fremde Augen blicken und darin Erstaunen und Neugier erkennen wollen. Nicht nur Geilheit, nicht nur den Wunsch nach Befriedigung. Dass es in einer Diskothek genauso zugehen konnte wie in den dunklen Ecken eines Kinos, dass es an ihm selbst lag, wenn er jemanden kennenlernen wollte, hatte er erst hinterher begriffen. Rückblickend musste er zugeben, dass er damals noch ziemlich unbedarft gewesen war.

Der Regen, der seit Tagen fast unaufhörlich über dem Rheinland niederging, wurde stärker und fegte in Böen gegen die Häuser. „Komm schon, Beppo", murmelte Jakob. „Es ist schweinekalt!"

Er schlug den Kragen der hellbraunen, mit Lammfell gefütterten Wildlederjacke hoch, die er zu Weihnachten von seinen Eltern bekommen hatte. Eigentlich hatte er die Feiertage nicht zu Hause verbringen wollen, eigentlich nahm er sich jedes Jahr vor, nicht mehr nach Hause zu fahren, aber dann tat er es doch. Aus Furcht, seine Eltern noch weiter zu verprellen. Aus Mangel an Alternativen, denn trotz seines Studiums an der Uni hatte er in Köln bisher nur wenige Freunde gefunden, und die fuhren auch alle über die Feiertage nach Hause. Die Jugend der Nach-APO-Zeit war eine Mami-Generation, und er steckte mittendrin.

Gemeinsam waren sie aus Prinzip – aber welchem Prinzip? Dem Prinzip, dagegen zu sein? – wegen des Nato-Doppelbeschlusses auf die Straße gegangen, hatten Plakate gegen die Pershing-2-Raketen geschwenkt, sich über Helmut Kohl lustig gemacht, hatten Anti-Atomkraft-Buttons auf ihre Taschen gepinnt, doch am Abend wollten alle zurück ins gemachte Nest. Nicht, dass Jakob sich seinen Kommilitonen moralisch überlegen fühlte, im Grunde war er ja nicht anders, auch wenn er in einer Wohngemeinschaft lebte. Politik interessierte ihn trotz allem nicht sonderlich. Erst seitdem die Grünen im Parlament saßen und ihre Blumentöpfe auf den Sitzpulten deponiert hatten – und damit Jakobs Großvater zur Raserei gebracht und zu dem Ausruf verführt hatten, dass so etwas früher nicht vorgekommen wäre –, nahm er überhaupt wahr, dass sich langsam etwas veränderte. Erst seitdem Petra Kelly mit einer Stimme wie ein Schnellfeuergewehr den Bundestag aufmischte und Joschka Fischer gesagt hatte: „Mit Verlaub, Herr Präsident, Sie sind ein Arschloch!", fand er, dass Politik einen gewissen Unterhaltungswert besaß. Dennoch war Jakob viel zu sehr mit sich und der immerwährenden, aufregenden Suche nach Sex beschäftigt, um diese Veränderungen mit mehr als einem Achselzucken zu registrieren. Was waren die Forderungen nach einem Ausstieg aus der Kernenergie im Vergleich zu den lustvoll verbrachten Stunden auf der Uniklappe?

Jakob drückte erneut auf die Klingel, diesmal ein wenig energischer, im selben Moment wurden endlich der Sehschlitz und dann gleich darauf die Tür aufgerissen. Feuchte Wärme und das gedämpfte Geräusch stampfender Beats schwappten ihm entgegen.

„Sorry", sagte Beppo. „Es gab ein bisschen Chaos. Irgendein Idiot hat seine Garderobenmarke verloren." Der Türsteher, ein schlaksiger, blonder Mittzwanziger mit fettigen Haaren und einer langen, gebogenen Nase, nahm Jakobs nasse Jacke mit gespreizten Fingern in Empfang. „Regnet's etwa schon wieder?"

„Immer noch", murmelte Jakob, drückte Beppo fünfzig Pfennig für die Garderobe in die Hand und verstaute sein Märkchen im Portemonnaie.

„He", sagte Beppo und deutete beinahe anklagend auf Jakobs Gesicht. „Ist der neu?"

Ertappt fuhr Jakob durch die schwarzen Stoppeln auf seinen Wangen. „Schnäuzer hat doch jeder. Dreitagebart ist mal was anderes."

Beppo grinste. „Stimmt. Letztes Wochenende war ich mit meiner besten Freundin in Berlin. Carlotta, der kleine Dicke, kennst du bestimmt ... nein? ... na, ist ja auch egal. Jedenfalls, wir waren zusammen im ‚Knast' und ..."

„‚Knast'?"

Beppo rollte die Augen. „Die Lederkneipe in der Fuggerstraße."

„Ich war noch nie in Berlin."

„Solltest du mal nachholen. Da geht's richtig ab. Nicht so öde wie hier in Köln."

„Wart ihr auch im Osten?"

„Bist du bescheuert? Da kriegt man doch nur Depressionen. Außerdem sind wir zum Ficken dahin ... ähm, was wollte ich erzählen?"

„Irgendwas mit Carlotta."

„Richtig." Beppo hängte Jakobs Jacke auf einen Bügel und verstaute sie an der Garderobenstange. „Also, wir stehen da im ‚Knast', trinken ein Bier, und dann sagt Carlotta plötzlich: ‚Siehst du den da vor uns? Der mit dem Schnäuzer und der Lederjacke? Der baggert mich die ganze Zeit an.' Ich dreh mich um, und da stehen sage und schreibe acht Typen mit Schnäuzer und Lederjacke. Die sahen alle aus wie Klone von diesem amerikanischen Pornostar ... ich komm jetzt bloß nicht auf den Namen ... irgendwas mit P."

„Al Parker?"

„Kann sein. Al Parker. So viel zu Gruppenzwang ... nein, jetzt weiß ich's wieder: Pierce Daniels."

„Mit dem würde ich auch ins Bett gehen."

„Schätzchen", erwiderte Beppo, „stell dich hinten an! Sieht jedenfalls gut aus, dein Bart. Passt zu deinen dunklen Haaren."

Für einen Moment hatte Jakob den Eindruck, von Beppo angemacht zu werden. Es wäre nicht das erste Mal, dass der Türsteher einen Gast abgriff. Aber er hatte gehört, dass Beppo ein Problem mit Alkohol hatte, außerdem war er sowieso nicht sein Typ. Jakob warf einen Blick Richtung Eingang. „Ist schon was los?"

Beppo zuckte mit den Schultern und schien das Interesse an Jakob bereits verloren zu haben. Gelangweilt ließ er sich auf seinen Barhocker zwischen den Jacken und Mänteln fallen, friemelte eine Zigarette aus der Hosentasche und zündete sie an. „Ist doch erst elf. Wird schon noch. Heute ist Freitag."

Das „Pimpernel" bestand aus drei Etagen. Im Keller waren die Toiletten untergebracht und eine kleine Bar, deren

Hauptattraktion die Pornos waren, die dort als Super-8-Filme auf die Leinwand geworfen wurden, später gab es dann Videokassetten und einen Fernseher. Neben der Bar konnte man sich durch einen schmalen Gang an Holzbrettern vorbei in einen winzigen Darkroom unter der Treppe quetschen, der seinem Namen alle Ehre machte. Sobald man den Einfallswinkel des Lichts verlassen hatte, den die flackernden Sexfilme warfen, und einen Schritt in den Verschlag tat, war es so dunkel, dass man Mühe hatte, sein Gegenüber zu erkennen. Die Wände rochen nach kaltem Rauch und Moder.

Eine Etage höher, im Erdgeschoss, befand sich im hinteren Bereich die eigentliche Diskothek, mit einem DJ-Pult, einer großen Tanzfläche, seitlich an den Wänden nach oben aufsteigenden Podesten und einer riesigen, glitzernden Diskokugel. Der vordere Teil des Raums wurde von einer rustikalen Bar mit schweren Holzbalken und niedriger Decke eingenommen, die sich an der rechten Wand entlangschlängelte.

In der ersten Etage befand sich eine Art Café, in der ruhigere Musik gespielt wurde, Sitzmöglichkeiten zum Verweilen einluden und wo man sich auch tatsächlich unterhalten konnte – im Gegensatz zur Diskothek. Alles war ein bisschen schäbig, ein bisschen heruntergekommen; die besten Zeiten des „Pimpernel" waren in den siebziger und Anfang der achtziger Jahre gewesen, als es einer der größten und bekanntesten schwulen Clubs der Bundesrepublik war. Jakob hatte sogar Freddy Mercury hier gesehen. Zusammen mit Barbara Valentin hatte er getanzt und später einen hässlichen, kleinen Milchreisbubi mit Pickeln im Gesicht abgeschleppt. Es war wochenlang das Thema Nummer Eins gewesen.

Mittlerweile musste sich das „Pimpernel" der Konkurrenz vieler anderer Bars und Kneipen erwehren und zehrte vor allem von seinem langsam verblassenden Ruhm. Dennoch war es für viele noch immer der erste Anlaufpunkt an einem beginnenden Wochenende, auch für Jakob. Es war Zufluchtsort und Abenteuerspielplatz zugleich. Er fühlte sich leichter, erleichtert, wenn er bei Beppo an der Garderobe zusammen mit seiner Jacke seinen Alltag abstreifte. Hier gab es nur schwule Männer – von der einen oder anderen Schwulenmutti abgesehen –, hier war er endlich einmal nicht in der Minderheit. Er genoss dieses Gefühl, ließ sich davon umschmeicheln wie vom warmen Licht einer Höhensonne, ließ den Geschmack dieser Freiheit, dieses Unbeschwertsein, auf seiner Zunge schmelzen wie ein süßes Fruchtbonbon.

Jakob ging zum Tresen, bestellte ein Kölsch und wanderte mit seinem Glas gemächlich Richtung Tanzfläche. Er kletterte auf eines der Podeste und beobachtete die zwei frühen Tänzer, die zur Musik mehr oder weniger im Takt herumhampelten; der DJ spielte Chartmusik, um Stimmung zu verbreiten: Grace Jones und dann Jennifer Rush. „He's my destiny, and it's hard to see how I could love him more ..." Jakob sang leise mit, dann, nach ein paar Minuten, begab er sich gelangweilt in den rauchgeschwängerten Keller, setzte sich an die kleine, schummrige Theke, nickte Robert, dem Barkeeper, zu und verfolgte mit einem Auge den Pornofilm, der über die Leinwand flimmerte. Ansonsten taxierte er die Männer, die wie er eine erste Runde drehten, als ob sie ihr Revier markierten. Sein Herz begann schneller zu schlagen und sein Körper schaltete auf Jagdmodus.

Aus den Augenwinkeln bemerkte er einen Schatten, der von den Toiletten kommend die Bar betrat und sich hinter den Holzbrettern in den Darkroom zwängte. Jemand Großes, jedenfalls größer als er, breitschultrig, mehr hatte er in dem kurzen Moment nicht erkennen können. Augen wie brauner Kandiszucker, die für den Bruchteil einer Sekunde an ihm hängen blieben, bevor sie unter der Treppe verschwanden. Aber das reichte, um Jakobs Interesse zu wecken. Er stand auf, folgte dem Mann, blieb desorientiert im Halbschatten stehen, bis eine Hand sich an ihn herantastete, ihn an sich zog. Vor ihm materialisierte sich wie von Geisterhand ein Kopf, eine Wange mit unregelmäßigem Bartflaum. Wieder diese dunklen Augen, die ihn kühl musterten, einteilten, begutachteten. Jakob fühlte sich merkwürdig nackt und berauscht, ein Schauer kroch über seinen Rücken. Dann brach sich ein kurzes, aufforderndes Grinsen den Weg über die fremden Lippen, bevor sie seine berührten.

„Wie heißt du?"

Erstaunt hielt Jakob inne. Normalerweise wurde eine solche Frage hinterher gestellt, wenn überhaupt. Zögernd nannte er seinen Namen. „Und du?", flüsterte er zurück.

Da war auch etwas Weiches, Kindliches in den Gesichtszügen, etwas, das sich erst auf den zweiten Blick offenbarte und ihm vorher entgangen war. „Marius."

Jakob seufzte ungewollt auf, fühlte das Blut in seinen Schläfen pochen, schloss die Augen und erwiderte den Kuss.

Jakob hat die Fotos und den Karton weggeräumt und die Wohnung verlassen. Er läuft durch die Stadt, vorbei an Verkehrsinseln, auf denen bunte Stiefmütterchen im Wind nicken, macht Platz für einen Radfahrer, der auf dem Bürgersteig fährt, kauft sich ein Päckchen Kaugummi an einem Kiosk. Als er im Schaufenster eines Herrenausstatters sein Spiegelbild bemerkt, schreckt er im ersten Moment zurück, denn er kann das, was er sieht, nicht zuordnen. Gleich darauf erfüllt ihn tiefe Resignation. Es ist nicht zu glauben, dass dieser Mann ihn darstellen soll. Diese spärlicher werdenden, wenn auch zum Glück noch nicht völlig ergrauten Haare auf seinem Kopf. Stattdessen gibt es immer mehr davon an Stellen, wo sie nicht hingehören: in der Nase und in den Ohren, auf dem Rücken. Diese Andeutung von Tränensäcken unter den Augen. Fahle, lasche Wangen und hängende Schultern, als wären sie durch jahrelange Büroarbeit gekrümmt und verkümmert. Diese Fettpolster am Bauch, die er mit einem längsgestreiften Hemd zu kaschieren versucht, und diese im Vergleich zu seinem Oberkörper viel zu dünnen Oberschenkel – das kann doch nicht er sein! Das kann doch nicht sein, was nach fünfzig Jahren Lebenszeit aus ihm geworden ist!

Es ist das erste Mal seit langer Zeit, dass er sein Spiegelbild wahrnimmt. Natürlich sieht er sein Gesicht, wenn er morgens die Seife abwäscht und sich rasiert. Sieht seinen Körper, wenn er sich nach dem Duschen abtrocknet, aber das sind eher reflexartige Beobachtungen, bei denen er mit seinen Gedanken dem Tag schon ein paar Stunden voraus ist. Er vermeidet es, seinen Körper eingehender zu betrachten.

Einzig seine Augen erinnern ihn an das Bild, das er von sich im Kopf trägt und das einen viel jüngeren und sportlicheren Jakob zeigt. Nur seine Augen haben sich im Laufe der letzten Jahre und Jahrzehnte nicht verändert. Sie sind immer noch so blau wie der Himmel in van Goghs „Sternennacht". (Marius hat das einmal gesagt, als sie zusammen im Bett lagen … ist das wirklich schon über zwanzig Jahre her? … und er hat ihm dieses Lied von Don McLean vorgespielt, „Vincent", das der amerikanische Songwriter dem berühmtesten aller Maler widmete. Angeblich soll ihn das Gemälde zu dem Lied inspiriert haben. Seitdem war Jakob immer stolz auf seine Augen. Erst viel später, als er „Sternennacht" im *Museum of Modern Art* in New York vor sich gesehen hat, ist ihm aufgefallen, dass es ganz viele verschiedene Blautöne im Himmel von van Goghs Gemälde gibt.)

Jakob beugt sich nach vorne, bis seine Nase beinahe das Schaufenster berührt, und sucht krampfhaft nach weiteren Ähnlichkeiten, nach Dingen, die ihn an sein verschwundenes Ich erinnern könnten. Die Hände? Nein, bestimmt nicht. Früher waren seine Hände schmal, seine Finger feingliedrig. Jetzt ist sein Handrücken von dicken, blauen Adern überzogen und seine Finger sehen geschwollen und wurstig aus, die Nagelbetten eingerissen, die Haut rau. Die Oberarme? Selbst unter der leichten Jacke kann er erkennen, dass sich der Bizeps früherer Jahre zurückgebildet hat, nachdem er den Sport aufgegeben hat. Der Hintern? Jakob dreht sich und linst über den Rücken auf sein Spiegelbild, aber bevor er sich ein abschließendes Urteil bilden kann, läuft eine junge Frau mit einem Kinderwagen an ihm vorbei und mustert ihn argwöhnisch. Vielleicht sollte er lieber Arne fragen, wie sein Hintern aussieht. Aber Jakob ist nicht sicher, ob Arne den Grund seiner Frage verstehen würde. Und er weiß nicht, ob Arne überhaupt noch eine Meinung zu seinem Hintern hat.

Er gibt sich einen Ruck und trennt sich von seinem Spiegelbild, lässt den alternden Mann, den auch er nicht mehr verführen wollte, bei den Pullovern und Sakkos zurück und geht ein paar Häuserblocks weiter, bis er vor dem vierstöckigen, hell getünchten Altbau steht, der sein eigentliches Ziel ist. Zwei Erker auf mittlerer Höhe streben nach vorne; jemand hat einen Blumenkasten mit roten Geranien an der Fensterbrüstung befestigt. Sogar von hier unten kann Jakob erkennen, dass da ein Stümper am Werk war. Die einzelnen Pflanzen sind zu eng nebeneinander gesetzt, im Laufe des Sommers werden sie sich gegenseitig ersticken. Immer wieder muss er den Kunden in seiner Gärtnerei sagen, dass Pflanzen Platz zum Wachsen brauchen, Raum, um sich entfalten zu können. So wie Menschen eigentlich. Manchmal wird er dann ungläubig angeglotzt, und er sieht ein verstohlenes Lächeln über ein Gesicht huschen. Solchen Kunden würde er dann am liebsten eine Plastikpflanze in die Hand drücken.

Zwei kleine Jungen toben im geöffneten Hauseingang an ihm vorbei. Jakob muss einen Schritt zur Seite treten, damit sie ihn nicht anrempeln, so vertieft sind sie in ihr Spiel. Er betätigt eine Klingel und steigt die Treppen bis in die zweite Etage empor, dann geht er durch die angelehnte Tür in den zweiten Raum auf der linken Seite und setzt sich auf den Stuhl, der der Tür am nächsten steht. Ein misstrauischer Blick auf seine Armbanduhr sagt ihm, dass er einige Minuten zu spät ist. Wahrscheinlich jedenfalls, seine Uhr geht nie wirklich genau. Früher war das anders. Damals ist er zu jedem Termin rechtzeitig erschienen, war die Pünktlichkeit in Person. Aber seit Marius hat sich der Ablauf der Zeit gegen ihn verschworen. Mal vergeht sie schneller, als er erwartet, und überrumpelt ihn mit ihrer Vergänglichkeit, sodass er sich ständig gehetzt fühlt, sich andauernd sputen muss. Dann wieder hinkt sie hinter ihm her, bewegt sich kriechend wie eine Schnecke, und er ist gezwungen innezuhalten, um ihr die Möglichkeit zu geben, ihn einzuholen. Die Zeit ist wie ein launischer Liebhaber, unberechenbar, unzuverlässig. Jakob hat gelernt, mit ihrer Wankelmütigkeit zu leben. Arne nicht.

Der Raum, in dem er sitzt, ist weiß. Jakob unterdrückt wie jedes Mal den Impuls, aufzuspringen und wegzurennen. Zu viel Zeit hat er in solchen Räumen verbracht, in Wartezimmern, Krankenhausfluren, Laboren und Sprechzimmern. Es ist eine Farbe, die er mit dem Tod verbindet: glitzernd und klirrend wie ein Januarmorgen, ein eisiger Tag im tiefsten Winter.

Aber dieser Raum ist anders. Die Farbe der Tapete ist kein steriles Weiß, das seine Angst und Hoffnungslosigkeit kühl an sich abperlen lässt, sondern sie erinnert mehr an das sanfte Beige einer aufgeschlagenen, mollig warmen Bettdecke. Dieser Farbton beruhigt seine Sinne und lässt seinen Puls langsamer schlagen.

An der Wand hängt eine verschwommene Fotografie aus schwarzen, roten und grauen Strichen. Es könnten Gebäude sein, alte Fabrikhallen oder vielleicht Bahngleise, eine Industrielandschaft, aber die Umrisse sind zu schemenhaft, um ihnen eine eindeutige Struktur zuzuordnen. In dieses Bild kann er sich vertiefen, wenn er keine Antworten weiß oder wenn ihm nicht zum Reden zumute ist. Nicht, dass er gut darin ist, die dann entstehende Stille auszuhalten. Wenn er schweigt und der Stille lauscht, wird sie größer und größer, bläst sich auf wie ein Heißluftballon, der bald den ganzen Raum ausfüllt, ihn in die Ecke drückt und immer kleiner werden lässt. Und er will sich nicht mehr klein machen, deswegen ist er ja überhaupt hier. Weil er Angst hat, dass er vollkommen verschwindet, wenn er sich weiterhin klein macht. Daher fängt er dann meist wieder an zu reden; seine Lippen hangeln nach dem ersten Gedankenfetzen, der durch sein Gehirn schießt, und stoßen die Worte ruckartig nach draußen. Dann weicht die Stille zurück, und er atmet erleichtert auf. Oft wird Jakob erst hinterher klar, dass er wieder etwas preisgegeben hat, was er eigentlich für sich behalten wollte.

Über der namenlosen Fotografie hängt eine Lampe, die deren Farben in einem gedämpften Gelb ausleuchtet, dann gibt es noch eine Couch mit einem Bezug aus blassen Zickzackmustern und einen weiteren Stuhl. Ansonsten ist der Raum leer. Die Gardinen sind zugezogen, die Fenster geschlossen, um das Rattern der Straßenbahnen und das Hupen der Autos auszusperren, das aufgeregte Geschrei und Lachen der Kinder aus der Ganztagsschule gegenüber, wenn sie nach Unterrichtsschluss auf den Pausenhof drängen. Tageslicht fällt matt auf einen quadratischen Flecken des weichen Teppichs, der jeden seiner Schritte verschluckt. Doch er hat selten Gelegenheit, dem Nicht-Vorhandensein seiner Schritte nachzuspüren, denn meist sitzt oder liegt er in diesem Raum. Das ist die Aufgabe, die Jakob hier hat. Zu sitzen oder zu liegen und zu reden. Zweimal die Woche fünfundfünfzig Minuten lang. Montags und donnerstags.

Die Frau, die diesen Raum und diese Zeit mit ihm teilt, nimmt immer auf dem anderen der beiden Stühle Platz. Auf ihrem Schoß befindet sich immer ein Schreibblock, auf dem sie Notizen macht, wenn Jakob spricht. Sie zückt den Kugelschreiber in unregelmäßigen Abständen, haucht die Spitze an, als müsste sie dem Stift Leben einflößen, und schreibt. Soweit er das erkennen kann – er sitzt nicht nah genug, um sicher zu sein –, sind es meist nur Stichpunkte, häufig versehen mit einem Ausrufe- oder Fragezeichen, in den seltensten Fällen ist es ein ganzer Satz. In all den Monaten hat Jakob noch kein System bei ihren Aufzeichnungen erkennen können. Immer wieder ist er überrascht, wenn der Stift auf den Zettel herabstößt wie ein Habicht, der auf einer Wiese eine Maus erspäht, und er wägt in Gedanken die Worte ab, die seine Therapeutin zu ihren Notizen bewogen haben, dreht sie hin und her und überlegt verzweifelt, ob sie einen tieferen Sinn gehabt haben könnten, der sich ihm nicht erschlossen hat.

Jakob und die hagere, hochgewachsene Frau mit den frühzeitig ergrauten Haaren haben eine ungleiche Rollenverteilung. Er nennt sie förmlich „Frau Dr. Leggs", und das ist auch völlig in Ordnung, denn er weiß so gut wie nichts über sie. Er hat keine Ahnung, wie alt sie ist – er schätzt sie drei oder vier Jahre jünger als er selbst –, er weiß nicht, ob sie verheiratet ist, ob sie Kinder hat, welche Musik sie gerne hört oder ob sie glücklich ist. Nur wenn er über sie nachdenkt, nennt er sie *Silky Legs*, eine Anspielung auf ihren Vornamen Silke und ihre Vorliebe für hautenge Jeans. Tatsächlich hat er keine Ahnung, ob ihre Beine in ihrem natürlichen Zustand, also unbekleidet, tatsächlich seidig sind, und im Grunde verbieten sich solche Überlegungen gegenüber der eigenen Therapeutin, zumal, wenn man wie Jakob schwul ist.

Sie nennt Jakob ebenso förmlich „Herr Brenner", was ihm jedoch komisch vorkommt, denn sie weiß mehr über ihn als irgendjemand anders, mehr als Katrin, mehr als Arne, vielleicht sogar mehr als Marius. Vor allen Dingen weiß sie, dass Jakob unglücklich ist. Aber das weiß sogar Arne, der Jakob hierhingeschickt hat, unter der Drohung, es sonst nicht mehr mit ihm auszuhalten. Nur *weshalb* Jakob unglücklich ist, das weiß seine Therapeutin noch nicht – das heißt, sie hat eine Vermutung, aber Jakob muss den Grund selbst herausfinden. Sie kann ihm nur den Weg zeigen, der zu seiner Traurigkeit führt. So lautet ihre Vereinbarung. Später, wenn er sie gefunden hat, seine Melancholie, seine Depression oder wie immer man das Gefühl bleierner, lähmender Schwere auch nennen mag, kann sie Jakob helfen, diesen Schatten auf seiner Seele zu betrachten. Silky Legs hat ihm auch erklärt, dass sein Zustand früher als Schwarzgalligkeit bezeichnet wurde, weil man der irrigen Annahme war, er würde durch die sich ins Blut ergießende Gallenflüssigkeit hervorgerufen. Seitdem wird er das Bild nicht mehr los, dass seine Depression wie ausgelaufene schwarze Tinte in seinem Körper herumschwappt.

Aber Jakob hat Angst, sich seiner Traurigkeit anzunehmen. Natürlich. Jedes Mal, wenn er zurückschreckt, wenn er Stoppschilder auf dem Weg in sein Innerstes aufstellt, wird es still in dem Raum. Die Therapeutin kennt dieses Schweigen, dieses Verstummen. Sie hat es schon viele Male, von vielen Patienten vernommen.

„Wovor haben Sie Angst, Herr Brenner?" Sie sieht ihn an, streicht eine Strähne ihrer Haare hinters Ohr, und Jakob senkt den Blick, zuckt mit den Schultern. Die Therapeutin wartet, lässt der Stille Zeit, sich auszubreiten.

„Davor, dass es mich zerdrückt", platzt er schließlich heraus.

„Zerdrückt?"

Jakobs Hände wischen über seine Oberschenkel. „Dass ich es nicht aushalte."

„Sie halten es schon jetzt nicht mehr aus."

„Wieso?"

„Sonst wären Sie nicht zu mir gekommen."

„Arne wollte, dass ich …", verteidigt sich Jakob und bricht ab. „Es tut so weh", sagt er dann einfach. Er schluckt und kämpft die aufsteigenden Tränen herunter. Plötzlich fühlt er sich wie ein sechsjähriger Junge, der von der Schaukel gefallen ist und sich das Knie aufgeschrammt hat. Der sich in die tröstenden Arme seiner Mutter flüchten will.

Die Therapeutin bemerkt seine Fassungslosigkeit und hakt nach. „Welcher Ihrer Gedanken macht Sie traurig, Herr Brenner?"

Er schweigt.

„Wenn Sie Ihre Angst nicht überwinden, wird der Schmerz immer größer werden."

„Ich weiß", murmelt Jakob. Marius' Gesicht taucht vor ihm auf, die Augen enttäuscht von ihm abgewendet. Das, mehr als alles andere, lässt Jakob seinen Mut zusammenraffen. Er will Marius nicht enttäuschen. Nicht noch mehr. Nicht noch einmal. „Kann ich ...?", fragt Jakob und deutet auf die Couch. Er hat das Gefühl, dass er besser reden kann, wenn er seine Therapeutin nicht sieht, wenn sie im Hintergrund bleibt.

„Natürlich."

Jakob wechselt schwerfällig vom Stuhl auf die Couch und starrt an die Decke.

„Hast du vielleicht Lust, noch mit zu mir zu kommen?" Jakobs Stimme war heiser vor Aufregung.

Erst nach Mitternacht trieb es sie endlich aus dem Darkroom. Ihre Gesichter glänzten fiebrig. Auf Marius' Oberlippe hatten sich feine Schweißperlen gebildet, durchsichtig wie Glas, salzige Tropfen, die er mit einer unwilligen Bewegung abwischte. Jakob wusste das noch nicht, aber die Tatsache, dass über seiner Oberlippe kein Bart wuchs, war einer von Marius' wunden Punkten. Zu gerne hätte er wie alle anderen einen Schnäuzer oder, wie Jakob, einen Dreitagebart gehabt.

„Jetzt?", erwiderte Marius erstaunt und merkwürdig ungeduldig.

„Na ja, ich dachte, wir könnten noch ein bisschen kuscheln und so …“ Jakob schaute zu Boden, als fürchtete er, dass sein Bedürfnis nach Zärtlichkeit den anderen abschrecken könnte.

„Wäre es nicht sinnvoller gewesen, mich das vorher zu fragen? Ich meine, bevor wir …?“ Marius unterbrach sich, als er Jakobs enttäuschten Gesichtsausdruck bemerkte. „Ich würde gerne noch mitkommen. Kuscheln hört sich gut an. Aber ich bin mit dem Auto da.“

„Du hast einen Wagen?“ Jakob besaß gerade mal ein klappriges Fahrrad ohne Schutzblech und mit einem Wackelkontakt in den Leuchten, mit dem er jeden Morgen zur Uni fuhr. „Was bist du von Beruf?“

„Ich studiere noch.“

„Und was?“

„Architektur.“

„Dann hast du reiche Eltern!“

Jakobs Bemerkung klang fast wie eine Beschuldigung, aber Marius zuckte nur mit den Schultern. „Ich studiere in Koblenz und meine Eltern wohnen in Köln. Also brauche ich ein Auto, um sie am Wochenende besuchen zu können.“ Es hörte sich an, als läge die Benutzung öffentlicher Verkehrsmittel außerhalb seines Vorstellungsvermögens. „Abgesehen davon ist es ein alter Wagen, ein BMW 2002.“ In Jakobs Gesicht spiegelte sich Unverständnis wider. „Das ist ein Liebhabermodell. Wurde nur bis 1977 gebaut. Meiner ist von 1973.“

„Und das ist … schlecht?“

Marius starrte Jakob an, und dann brach unbändiges Gelächter aus ihm heraus. „Du hast keine Ahnung von Autos, oder?“

Jakob grinste zurück und überspielte sein Gefühl von Unterlegenheit. „Stimmt. Aber ich kann unheimlich gut blasen.“

„Hab ich gemerkt. Und wo wohnst du?"

„Drüben in Deutz, in der Nähe der FH." Plötzlich war Jakob nicht mehr sicher, ob es eine gute Idee war, Marius einzuladen. Was würde er zu einem möblierten Zimmer in einer WG sagen, noch dazu, wenn die Ausstattung mehr oder weniger aus Sperrmüll bestand? Würde er nicht auf der Stelle kehrtmachen, wenn er das schmale Kastenbett und das Sofa mit den kaputten Sprungfedern entdeckte, würde er nicht den Kopf schütteln und unter einem fadenscheinigen Vorwand die Flucht ergreifen?

Aber Jakobs Bedenken waren unbegründet. Wenn Marius Vorbehalte gegen Jakobs Einrichtung hatte, dann ließ er sich nichts anmerken. Auf Zehenspitzen schlichen sie in die Wohnung, um Jakobs Mitbewohner nicht aufzuwecken, unterdrückten ein plötzliches, nervöses Kichern, als sich Marius den Fuß im Dunkel des Flures stieß. Hastig zogen sie sich aus, nachdem Jakob die Tür zu seinem Zimmer hinter sich geschlossen hatte, ungeduldig, hungrig, um dann sehr viel ernster und langsamer fortzufahren: Finger, die nackte Haut erkundeten, Hände, die beinahe ehrfürchtig ertasteten, Blicke, die einander festhielten. Das hölzerne Gestell des Bettes knarrte unter ihren Bewegungen, und Jakob spürte Marius' stoßweisen, hilflosen Atem über seine Stirn branden, als er zum zweiten Mal in dieser Nacht kam.

„Ich steh auf deine Brustbehaarung", flüsterte Marius, als Jakob später in seinen Armen lag. „Das ist so weich und wuschelig." Seine Hand glitt über Jakobs Oberkörper, strich über die dunklen Haare und folgte ihnen bis zu dem Flaum, der wie ein schmales Rinnsal vom Bauchnabel zur Schambehaarung floss.

Jakob grinste. „Und ich steh drauf, dass du keine hast. Das ist so glatt und griffig." Er hob seinen Kopf und suchte Marius' Augen. „Wie alt bist du eigentlich?"

„Zweiundzwanzig."

„Du siehst älter aus. Ich hatte dich auf fünfundzwanzig geschätzt."

„Danke. Ich fasse das als Kompliment auf. Ich kann es nicht ausstehen, so jung zu sein."

„Wieso nicht?"

„Keine Ahnung. Ich glaube, dreißig ist ein gutes Alter. Dann ist man erst richtig erwachsen. Ich will so schnell wie möglich dreißig werden." Marius' Lippen berührten Jakobs Augenbrauen, und Jakob seufzte zufrieden. Ein träges, wohliges Gefühl durchströmte ihn. „Und du?"

„Und ich was?"

„Wie alt bist du?"

„Vierundzwanzig."

„Das ist wirklich unfair!", erklärte Marius. „Du bist älter, du hast ordentlichen Bartwuchs und du hast Haare auf der Brust."

„In zwanzig Jahren wirst du dich mit Sehnsucht an dein jetziges Alter erinnern", murmelte Jakob. Sein Kopf ruhte auf Marius' Brust, und er spürte, wie die Müdigkeit ihre langen Finger nach ihm ausstreckte. Er wünschte, er könnte die Zeit anhalten. Dieser Augenblick war perfekt, um für immer darin zu leben. „Dann bist du nämlich über vierzig und quasi scheintot als schwuler Mann."

„Ich glaube nicht daran, dass ich so alt werde", erwiderte Marius leise und streichelte Jakobs Wangen.

„Mmh?"

„Vor ein paar Jahren war ich mal bei einer Wahrsagerin. Sie hat gesagt, dass meine Lebenslinie sehr kurz ist. Siehst du?" Er hielt seine Handfläche in den Lichtschein, den die Straßenlaterne vor dem regennassen Fenster auf das Bett warf und der die Haare auf Jakobs Arm in ein kühles, goldenes Licht tauchte. „Die Linie bricht mitten auf der Handfläche ab."

„Und daran glaubst du?", brummte Jakob und gähnte.

„Nein. Natürlich nicht."

Jakob spürte das Zögern in Marius' Stimme, als lauschte er zweifelnd in sich hinein. Als hätte das Aussprechen der Prophezeiung eine Saite in ihm zum Klingen gebracht, die stumm geblieben wäre, wenn er geschwiegen hätte. Aber Jakob war zu schläfrig, zu glücklich, zu zufrieden mit dem Abend, um all dem Beachtung zu schenken, und am nächsten Tag hatten beide keine Erinnerung mehr daran.

Es ist noch nicht dunkel, als Jakob nach Hause kommt, aber der Himmel ist grau verschmiert, wie Wäsche, die zu oft gewaschen wurde. Die Luft fühlt sich dumpf und schwer an; Jakob kann den Regen des heraufziehenden Gewitters schon riechen. Der April war viel zu trocken bisher; Pflanzenpollen ballen sich zu Haufen zusammen, wehen träge durch die Straßen wie gelb gefärbte Zuckerwatte.

Er lässt den Schlüsselbund in das Körbchen neben dem Telefon fallen und sieht den Anrufbeantworter blinken.

„Kannst du dir nicht angewöhnen, das Handy direkt nach einem deiner Termine wieder einzuschalten?“ Arnes Stimme klingt verärgert, und Jakob hat sofort ein schlechtes Gewissen. „Ich kann heute Abend nicht zu Hause essen. Es gibt Probleme mit einem holländischen Kunden. Ich wollte dir Bescheid sagen, bevor du einkaufen gehst, aber du warst mobil mal wieder nicht erreichbar.“

Jakob starrt auf die Einkaufstüten, die er auf dem Küchenstuhl abgestellt hat. Nach seinem Termin bei der Therapeutin war er im Supermarkt und hat alle Zutaten für „Huhn auf mediterrane Art“ besorgt, ein Rezept aus dem Internet, das er für Arne und sich heute probekochen wollte, bevor nächste Woche Samstag Uli und Rolf zum Essen kommen. Und er hat vergessen, sein Handy einzuschalten. Es ist seine Schuld, Arne hat recht. Was soll er jetzt mit dem ganzen Zeug machen? Was soll er mit dem angebrochenen Abend anfangen? Unwillig denkt er an die vor ihm liegenden Stunden. Soll er für sich alleine kochen? Wie deprimierend. Das Huhn kann er einfrieren, den Thymian und die getrockneten Tomaten kann er im Gemüsefach des Kühlschranks lagern. Aber wo lagert er sich selber zwischen, bis Arne aus dem Büro kommt? Jakob hat sich diese Beziehung aufgebaut, um nicht länger allein zu sein – natürlich, das war nicht der einzige Grund, aber einer von mehreren –, doch in letzter Zeit hegt er den Verdacht, dass Arne froh ist über den

Stress in seinem Job. Weil er dann weniger Zeit mit Jakob verbringen muss.

Automatisch knipst er das Küchenradio an, das immer auf WDR 2 eingestellt ist, den Sender seiner Jugend, auf dem er schon als Teenager in den siebziger Jahren Mal Sondocks Hitparade und die Schlagerrallye verfolgt hat. Er schaltet das Radio sofort ein, wenn er in die Wohnung kommt; eine Angewohnheit, die Arne wahnsinnig macht, weil Jakob es seiner Meinung nach nur als Geräuschkulisse missbraucht. Die Hörer von WDR 2 sind mit den Jahren älter geworden, und der Sender hat sein Programm darauf eingestellt. Heutzutage gibt Jakob vor, die Mischung aus Information und Unterhaltung zu mögen, die der Sender ausstrahlt, aber der wahre Grund ist, dass er sentimental wird, wenn er die Oldies von damals hört, die sich unter die Chartmusik mogeln.

Jakob hält inne. Um ein Haar wären ihm die Tomaten aus der Hand gefallen. Er hat noch nie darüber nachgedacht und er hat auch keine Ahnung, wieso er gerade jetzt darauf kommt: Aber wenn Marius plötzlich wieder hier wäre, wenn er plötzlich wieder vor ihm stünde, er würde sich in dieser Welt kaum noch zurechtfinden. Er wüsste nicht, was ein Handy ist, er hätte keine Ahnung von MP3-Playern, Internet, dem Euro oder Billigfliegern. Er wüsste nicht, dass die Sowjetunion nicht mehr existiert, hätte noch nie von 9/11 gehört, und dass es eine ostdeutsche Physikerin und Pfarrerstochter ins Amt des Bundeskanzlers geschafft hat, wäre ihm ziemlich schwer zu erklären. Der Gedanke ist traurig und komisch zugleich und Jakob weiß nicht, ob er lachen oder weinen soll.

Mechanisch räumt er die Lebensmittel weg, hört mit halbem Ohr einen Bericht über eine drohende Hungerkatastrophe irgendwo in Afrika. Als anschließend ein Spendenaufruf ausgestrahlt wird, zückt er sein Smartphone, sucht die Website der zuständigen Wohltätigkeitsorganisation und überweist zehn Euro. Er tut das immer, seit mehr als zwanzig Jahren. Wenn irgendwo auf der Welt Menschen unverschuldet in Not geraten, hat er das Bedürfnis zu helfen und spendet einen kleinen Geldbetrag. Es ist ein Automatismus, ein Zwang. Arne schüttelt darüber nur den Kopf und sagt, dass Jakob nicht die ganze Welt retten kann. Jakob hat darauf keine Antwort und muss dem nackten Realismus seines Freundes unwillig recht geben. Trotzdem spendet er weiter, heimlich, trotzig. Er klammert sich an die Hoffnung, dass vielleicht genau seine zehn Euro einem Kind in Darfur, Bangladesch oder Somalia das Überleben sichern. Dass irgendetwas, das er tut, einen Unterschied macht. Es wäre etwas, worauf er stolz sein kann.

Arne und er teilen sich eine große Wohnung am Rande der Innenstadt. (Arne ist auch Eigentümer eines Apartments, das er vor Jahren von seinen Eltern geerbt hat und das zurzeit leer steht. Es ist klein und dunkel, weil es im Souterrain eines sechsstöckigen Mietshauses im Schatten einer großen Buche liegt. Daher ist es schwierig, einen Mieter zu finden.) Ihre Wohnung liegt direkt hinter dem Ring, eine der Hauptverkehrsadern von Köln, der den Stadtkern wie ein zu eng gewordener Gürtel umschließt. Es ist ein ausgebautes Dachgeschoss mit schrägen Wänden und einer weitläufigen Terrasse, die Jakob mit Bambusbüschen aus seiner Gärtnerei bepflanzt hat – in großen erdfarbenen Terrakottatöpfen, als Sichtschutz gegen die Nachbarn der umliegenden Häuser. Auch wenn Arne und er nicht das Geringste zu verbergen haben.

Die Wohnung befindet sich in einem Zustand des permanenten Chaos; sie sind beide nicht besonders gut, wenn es darum geht, Ordnung zu schaffen. Immer wieder gibt es hektische Momente, in denen einer von ihnen verzweifelt nach einer verlegten Scheckkarte, einem verschwundenen Schuh, einer abhanden gekommenen Brille fahndet. (Arne ist weitsichtig, zum Lesen braucht er seit Jahren eine Sehhilfe.) Meist tauchen die Sachen nach ein paar Tagen unter einem Schrank, verborgen zwischen Sofakissen oder an einem Ort auf, mit dem keiner gerechnet hat. Erst gestern, als er sich Kaffee aufwärmen wollte, ist Jakob in der Mikrowelle auf die vermissten Quittungen für Arnes Steuererklärung gestoßen. Beide konnten sich nicht erklären, wie sie dorthin gekommen sind.

In der Wohnung gibt es ein Wohnzimmer – von dem aus man die Terrasse betreten kann – mit den üblichen Annehmlichkeiten, die für ein Paar mit doppeltem Einkommen beinahe selbstverständlich sind: eine HiFi-Anlage mit allem technischen Schnickschnack, einen übergroßen Plasma-Fernseher, ein bequemes Sofa und einen Parkettfußboden, in dessen unzugänglichen Ecken sich Wollmäuse verstecken. Es gibt ein etwas kleineres Arbeitszimmer, in dem Jakob seine vielen Bücher untergebracht hat – Arne liest in seiner Freizeit eigentlich nur Fachzeitschriften für Computertechnik – und in dem sich zwei ziemlich unaufgeräumte Schreibtische mit zwei Rechnern befinden, Kopierer, Faxgerät und Drucker, dazu noch Arnes Laptop, wenn er nicht dienstlich unterwegs ist. Es gibt ein Gästezimmer mit einer ausziehbaren Schlafcouch, in dem so gut wie nie Besuch übernachtet und das die beiden hauptsächlich nutzen, um ihre Bügelwäsche zu stapeln.

Das Bad ist geräumig, besitzt eine Badewanne und eine begehbare Dusche, zwei Waschbecken, einen kleinen Spiegelschrank für Jakobs Medikamente, und es ist grau gefliest. Neben der Toilette befindet sich ein Stapel mit weiteren Zeitschriften, zerfledderten, alten Wochenzeitungen und dem ein oder anderen Comicbuch, zu denen die beiden greifen, wenn sie sich hierhin zurückziehen. In die Wand der Dusche sind Nischen eingebaut, auf denen sich diverse Duschgels, Reinigungscremes und Shampoos tummeln, auf dem

Fenstersims steht ein üppig sprießender Farn, den Arne seit Jahren am liebsten entsorgen würde, weil er ihn daran hindert, das Fenster weit zu öffnen. Aber er weiß, dass er das Jakob nicht antun kann. Die Pflanze stammt noch aus seiner Zeit mit Marius, sie hat die letzten Jahrzehnte wie durch ein Wunder überlebt und wird von Jakob gehegt und gepflegt, regelmäßig gedüngt, mit frischer Erde versorgt und beschnitten. Ginge sie ein, würde es ihm das Herz brechen.

Die Küche beinhaltet einen überdimensionierten amerikanischen Kühlschrank, auf dessen Front Arne und Jakob mit Magneten kleine Zettel befestigt haben, mittels derer sie kommunizieren, wenn sie sich zu Hause verpassen: *frische Wurst kaufen!* und *Klopapier ist alle!* oder *Termin Reisebüro am 17. Mai um 16.30 Uhr.* In der Mitte des Raums steht ein großer Tisch aus massivem Holz, an dem bis zu acht Personen Platz finden und der übersät ist mit den Gebrauchsspuren der vergangenen Jahre: Schnittstellen von Messern, heruntergetropftes Kerzenwachs, zwei oder drei Brandlöcher von Zigaretten. Es ist ein gemütlicher Tisch, ein Tisch, an dem man sich wohlfühlen kann, an dem man keine Scheu haben muss, sich daneben zu benehmen. Zu Beginn ihrer Beziehung haben Jakob und Arne häufig Freunde zum Essen eingeladen, beide sind passable Köche und haben gerne gekocht. Es gab Abende, an denen sie bis spät in die Nacht mit Sandra und Jörg, Angel und Matthias und Janne dort gesessen, mehrere Flaschen trockenen Rotwein geleert und über Gott und die Welt geredet haben. Das letzte dieser Treffen ist schon Monate her, und es war schon vor elf Uhr abends beendet, weil die Gäste die gereizte Stimmung zwischen Jakob und Arne früh vertrieben hat. Das Essen nächsten Samstag ist ein Versuch, diese Tradition wieder aufleben zu lassen. Innerlich sind sowohl Jakob als auch Arne davon überzeugt, dass es ein Fiasko werden wird, aber keiner von beiden hat den Mut aufgebracht, es abzusagen.

Das Schlafzimmer ist der traurigste Raum der Wohnung. In dem großen Bett, von dem man einen Blick auf die Terrasse hat, hat sich seit Jahren nichts mehr abgespielt, das einen erröten lassen oder vielleicht sogar erregen könnte. Der Sex zwischen Arne und Jakob ist vorbei. Er begann, weniger zu werden, als sie sechs Jahre zusammen waren, und hörte irgendwann ganz auf, ohne dass sie sich der Tatsache richtig bewusst wurden. Insgeheim schieben es beide darauf, dass ihr Interesse aneinander durch zu viel Alltag abgetötet wurde. Eines Tages stellten sie stattdessen in stummem Einverständnis einen Fernseher auf das Sideboard an der gegenüberliegenden Wand, und während Arne jetzt vor dem Schlafengehen im Bett noch E-Mails beantwortet oder im Internet surft, sieht sich Jakob eine Castingshow an oder eine der Wiederholungen von *Star Trek*, die immer irgendwo laufen. Jakob glaubt, dass sein Freund seine sexuellen Bedürfnisse während seiner Dienstreisen quer durch Deutschland befriedigt, beim Besuch eines Autobahnparkplatzes oder einem diskreten Treffen in einem Hotel. Er selber hatte früher in Arnes Abwesenheit hin und wieder einen Übernachtungsgast, jemanden, den er abends in einer Kneipe aufgelesen hat, in einer Sauna, Zufallsbekanntschaften, deren Namen er schon wieder vergessen hatte, bevor sie am nächsten Morgen die Wohnungstür hinter sich zuzogen. Aber in letzter Zeit gibt er sich damit zufrieden, hin und wieder vor dem Einschlafen zu onanieren. Wenn nicht einmal er selbst seinen Körper reizvoll findet, wie kann dann ein anderer Mann scharf auf ihn sein? Ein solches Szenario übersteigt seine Vorstellungskraft.

Jakob wandert durch die Wohnung, während das Radio im Hintergrund weiterplärrt und das Gewitter näher kommt. Grau-schwarze Wolken türmen sich jetzt wütend am Horizont, Richtung Süden zuckt ein erster Blitz, und die Bambusstöcke auf der Terrasse biegen sich im auffrischenden

Wind. Er hat keine Lust, zurück in die Gärtnerei zu gehen. Zum einen ist es sowieso schon kurz vor achtzehn Uhr und der Betrieb schließt in einer Stunde, zum anderen hat er sich für den Rest des Tages abgemeldet. Der Auftrag für die Hochzeit ist erledigt, er hat den Blumenschmuck aus weißen Lilien und roten Rosen am Morgen persönlich in dem kleinen Gasthaus abgeliefert und den Raum für die Feier dekoriert, anschließend hat er die Rechnung fertiggemacht und abgeschickt. Die Auswahl der Blumen spiegelt nicht seinen persönlichen Geschmack wider, er hat Sonnenblumen vorgeschlagen, aber das Hochzeitspaar war dagegen. Den Rest, das ganze normale Tagesgeschäft, werden Karsten und Ahmed, seine Angestellten, auch ohne ihn bewältigen. Beide haben einen Schlüssel, sie können den Betrieb abschließen.

Jakob lässt sich müde auf das Sofa im Wohnzimmer fallen. Die Sitzungen bei Silky Legs zehren an seinen Kräften. Es ist anstrengend, sich gegen die Fragen der Therapeutin zu stemmen. Manchmal würde er die ganze Sache am liebsten platzen lassen.

Aus der Küche dringt eine Melodie an sein Ohr und unterbricht seinen Gedankengang. Er weiß sofort, welcher Titel es ist: Bananarama mit „Venus".

Marius tanzt; mit leuchtenden Augen und einem begeisterten Grölen ist er mit Dutzenden anderen auf die Tanzfläche des „Coconut" gestürmt, als er die ersten Takte des Liedes erkannt hat. Das „Coconut" ist eine weitere, sehr angesagte, schwule Diskothek in Köln, es hat dem „Pimpernel" den Rang abgelaufen, und Bananarama sind hip, sie sind die neuen Stars der Schwulenszene. Marius hält sich ein Fläschchen Poppers an die Nase, atmet ein und tanzt mit diesen geschmeidigen Bewegungen, die Jakob überall auf der Welt sofort wiedererkennen würde. Dabei sieht er Jakob wie in Trance mit einem lasziven Grinsen an und bewegt sein Becken hin und her, als würde er ihn ficken. Jakob, der an den Stangen des Metallgeländers steht und von oben auf die im Boden eingelassene Tanzfläche starrt, bekommt weiche Knie.

„Nein." Jakobs Mundwinkel zittern. Er flüstert das Wort beinahe und springt auf, als könnte er damit die Erinnerung verscheuchen, als könnte er sie zurückdrängen in den hintersten Winkel seines Kopfes, dort, wo er alles, was mit Marius zu tun hat, fest verschlossen hat. Er reißt die Balkontür auf und läuft auf die Terrasse.

Draußen geht es ihm sofort besser, das enge Gefühl in seiner Brust verschwindet, aber er bleibt noch ein wenig, atmet die Gewitterluft ein, bis die ersten dicken Tropfen neben ihm auf den Boden klatschen, während der Wind fordernd an seinem Hemd zerrt. Er will gerade zurück in die Wohnung flüchten, als er ein jammerndes, quäkendes Geräusch in seiner Nähe hört. Verunsichert starrt er den Bambus an, aber dessen Blätterrascheln ist so gleichgültig wie zuvor. Der Regen wird stärker, prasselt energisch vom Himmel, und Jakob wischt ein paar Tropfen ab, die in seinen Wimpern hängenbleiben. Das Quäken wird lauter, es klingt verloren, herzzerreißend. Er dreht sich um, sein Blick untersucht die Gaube, die für ihr Wohnzimmer ins Dach geschlagen worden ist, und dort entdeckt er den Ursprung des Klagegeschreis. Ein Kätzchen hockt zusammengekauert in der Regenrinne über der Terrassentür und maunzt auf ihn herab.

„Wo kommst du denn her?", fragt Jakob, dann zieht er einen der Balkonstühle nach vorne, klettert hinauf und packt die widerstrebende Katze mit beiden Händen. Als sie sich ins Wohnzimmer gerettet haben, sind beide völlig durchnässt, und während Jakob die Terrassentür zuschlägt und der Regen in dichten Schlieren an den Fensterscheiben herunterläuft, flüchtet die Katze unter die Couch. Etwas schwerfällig kniet sich Jakob auf den Boden und linst unter das Sofa.

Gelbe, weit aufgerissene Augen fixieren ihn, doch als Jakob vorsichtig seine Hand ausstreckt, kommt das verschreckte Tier nach vorne und beschnuppert zögernd seine Finger.

Katzen mögen Jakob, sie spüren sein Einfühlungsvermögen, akzeptieren seine grundsätzliche Sympathie für ihre Spezies. Schon als Kind hat er gewusst, dass er eine Katze nur zu ihren Bedingungen kennenlernen kann, und hat sich dementsprechend verhalten: abwartend, ruhig, respektvoll.

Schon nach wenigen Minuten hat Jakob den Findling aus seinem Versteck gelockt und streicht ihm sachte den Regen vom Rücken. Die Katze ist schwarzweiß gemustert, mit einer weißen Nase und einem weißen und einem schwarzen Ohr. Das kurze, glatte Fell sieht gesund aus, aber sie trägt kein Halsband, keine Adresse, und Jakob fragt sich, wo sie wohl ausgerissen ist. Nur einer ihrer Nachbarn besitzt eine Katze, aber es ist ein alter, überfetteter Persermischling. Vielleicht aus den umliegenden Häusern? Das Dach ihres Hauses hat nur eine geringe Neigung, ein ideales Streifgebiet für herumstreunende Katzen, aber diese hier macht eher den Eindruck eines gutsituierten Stubentigers. Scheu ist sie auch nicht, mittlerweile lässt sie sich schon den Nacken kraulen und beginnt zu schnurren. Jakob lächelt versonnen. Es ist über zwanzig Jahre her, dass er eine Katze gehabt hat.

„Wir werden dich Truman nennen", flüstert er ihr zu. „Oder besser Trumi?" Die Katze blinzelt zustimmend und damit ist die Sache klar. Jakob hat sich schon durch einen prüfenden Blick versichert, dass es sich um einen Kater handelt. Körperbau und Größe sagen ihm, dass es ein relativ junges Tier ist, vielleicht ein Jahr alt, vielleicht etwas mehr.

Während die Katze anfängt, sich zu säubern, stellt Jakob ihr die praktischen Dinge des Alltags zur Verfügung. Unter der Küchenspüle zerrt er eine alte Plastikschüssel hervor, die er mit Rindenmulch füllt, aus einer Tüte, die er auf der Terrasse unter der Gaube gelagert hat. Das Gewitter hat sich inzwischen ausgetobt und ist nach Norden gewandert. Ein paar Tropfen fallen noch, ansonsten klärt sich der Himmel schon wieder auf. Aber der Terrassenboden ist von einem Wasserfilm überzogen, und Jakob kommt auf dem glitschigen Untergrund ins Rutschen, als er den Rindenmulch in die Wohnung schleppt.

„Das ist jetzt dein Katzenklo, Trumi", sagt er. „Zumindest für heute Nacht musst du damit vorliebnehmen. Morgen kann ich richtige Katzenstreu besorgen." Probeweise setzt er den Kater in die Schüssel, und nach einer Runde neugierigem Schnuppern fängt er tatsächlich an zu pinkeln und zu scharren. Jakob fällt ein Stein vom Herzen.

„Das klappt ja wie am Schnürchen", grinst er auf den Kater herunter. Plötzlich hat er gute Laune, eine Welle positiver Energie strömt durch seinen Körper, ein Tatendrang, wie er ihn schon lange nicht mehr verspürt hat. Er schnappt sich seine Schlüssel und läuft nach unten zum Kiosk auf der anderen Straßenseite, wo er zwei Dosen Katzenfutter kauft. Er bemerkt nicht einmal, dass er leise „Venus" pfeift, während er die Treppen hinunterspringt. Als er zurückkommt, hat es sich Truman auf einem der Sofakissen bequem gemacht und hebt verschlafen den Kopf. Es ist, als ob er schon immer hier gewesen wäre.

Dann steht plötzlich Arne hinter Jakob. Er hat ihn gar nicht hereinkommen hören. Nach dem langen Bürotag riecht er verschwitzt, die Tasche mit seinem Laptop und den Arbeitsunterlagen hält er in seiner rechten Hand. Sommersprossen übersäen sein Gesicht, die rötlichen, krausen Haare verleihen ihm ein jugendliches Aussehen, obwohl er die fünfzig schon überschritten hat. Auch er hat mit den Jahren einen kleinen Bauch bekommen, aber ihm steht das überschüssige Fett gut; immer wenn Jakob ihn betrachtet, muss er an einen gutmütigen, etwas zu groß geratenen Teddybären denken.

„Was ist denn das?", fragt Arne.

„Ist er nicht niedlich?“ Jakob schenkt ihm zum ersten Mal seit Tagen ein Lächeln. Es fühlt sich ungewohnt an, spannt an seinen Mundwinkeln wie eine trocknende Gesichtscreme. „Er saß in der Dachrinne und scheint niemandem zu gehören.“

Arne runzelt die Stirn, zieht das Jackett seines grauen Anzugs aus. „Du willst ihn also behalten?“

Jakobs gute Laune erstarrt, wankt wie ein Akrobat, der mit einem Bein auf einem Seil balanciert und zu Boden zu fallen droht. „Was spricht dagegen?“

Arne sucht nach einem Grund, aber er findet keinen. Er fühlt sich überfahren; früher haben sie Veränderungen in ihrem Leben gemeinsam besprochen.

„Ich wollte ihn Truman nennen“, sagt Jakob. „Trumi.“

Arne kneift die Augen zu engen Schlitzen zusammen. „Ist das nicht der Name der Katze, die Marius und du hattet? Herrgott, Jakob!“

„Er sieht genauso aus wie der andere Kater“, verteidigt sich Jakob kleinlaut.

„Aber ich bin nicht Marius!“

„Ich dachte nur …“

„Du dachtest was?“

„Dass … dass es ein Zeichen ist.“ Jakobs Stimme ist fast unhörbar.

„Ein Zeichen?“ Arne schüttelt fassungslos den Kopf. „Du hast sie doch nicht mehr alle!“

„Deine Augen sind knallrot!“ Es war das Erste, was Jakob sagte, als Marius munter wurde und ihn ansah. Jakobs Mund war trocken, die Lippen ungewohnt überansprucht nach der vorangegangenen Nacht. Ein Regenschauer im Zwielicht des anbrechenden Tages war einem kühlen, klaren Januarmorgen gewichen; eine bleiche Sonnenscheibe regierte den Himmel und trocknete mühevoll die Pfützen auf der Straße.

Marius blinzelte und rieb sich durchs Gesicht. Am Abend zuvor war er Jakob zum zweiten Mal innerhalb von vierzehn Tagen über den Weg gelaufen. Wegen eines Zahnarzttermins war er einen Tag länger als geplant bei seinen Eltern geblieben, und als er Montagnachmittag aus der Praxis trat, wäre er beinahe mit Jakob zusammengeprallt. Sie hatten den ganzen Abend und die Nacht in Jakobs Zimmer verbracht, hatten Platten gehört, gefickt, geredet und gekuschelt. Bei ihrem ersten Treffen war Marius noch gegen fünf Uhr morgens nach Hause gefahren, diesmal nicht.

Jakob war schon früh aufgewacht, hatte den Tag heraufdämmern sehen, dem entschlossenen Zwitschern einer Amsel auf einem Leitungsmast gelauscht. Während Marius schlief, hatte er kaum gewagt, sich in dem zu schmalen Kastenbett zu bewegen, jetzt schmerzten seine Glieder. Er hatte beobachtet, wie Marius' Herz schlug, regelmäßig wie ein Uhrwerk gegen den Brustkorb pochte, wie seine Augen kaum merklich zuckten, während er träumte, hatte ihm sachte einen feinen Tropfen Speichel vom Mundwinkel gewischt. Jakob mochte die unfertigen Stunden der Welt, diese Zeit zwischen Nacht und Tag, in der sich das Leben neu zusammensetzte, alles noch möglich schien. Seufzend war er wieder in einen leichten Schlaf gefallen, in dem sich der Vogelgesang mit dem blubbernden Geräusch der Kaffeemaschine in der Küche vermischte, wo einer seiner Mitbewohner bereits frühstückte.

„Kontaktlinsen", erwiderte Marius jetzt. „Ich konnte sie heute Nacht ja nicht rausnehmen, weil ich nichts dabeihatte, um sie aufzubewahren. Ich habe gestern nicht mit dir gerechnet."

„Nein", sagte Jakob und streckte sich genüsslich. „Ich auch nicht mit dir." Er erinnerte sich an die Freude, die er empfunden hatte, als dieser Mann so unerwartet wieder vor ihm stand, als wäre er urplötzlich dem Boden entsprungen.

Fast jeden Tag in den letzten zwei Wochen hatte er an ihn gedacht, hatte sich geärgert, dass er es nicht gewagt hatte, ihn um seine Adresse oder Telefonnummer zu bitten.

Marius setzte sich aufrecht und tastete nach seiner Unterhose am Fußende des Bettes.

„Bleibst du zum Frühstück? Oder zumindest auf einen Kaffee?“ Unauffällig hauchte Jakob in seine hohle Hand.

Marius schüttelte den Kopf. „Ich kann nicht. Meine Eltern werden sich wundern, wo ich abgeblieben bin.“

„Du bleibst nicht oft weg, wenn du sie in Köln besuchst?“

„Nie. Das war das erste Mal.“

Ihre Augen trafen sich, braun und blau vermischte sich zu etwas Neuem, das vorher noch nicht da gewesen war. Jakob lächelte still in sich hinein.

Er beobachtete Marius beim Ankleiden: wie er seine Jeans anzog, den abgewetzten Gürtel mit einer energischen, ruckartigen Bewegung schloss, die schwarzen Socken über Zehen und Fußsohlen rollte. Da waren wieder diese kleinen Schweißperlen über seiner Oberlippe, und Marius kühlte sie mit einem ungeduldigen und unbewussten Atemstoß, indem er die Unterlippe vorschob und die Luft nach oben blies.

Bevor er sein T-Shirt überstreifen konnte, wurde er von Jakob noch einmal zurück aufs Bett gezogen.

„Gibst du mir deine Telefonnummer?“ Plötzlich war Jakob verunsichert. Was, wenn Marius nein sagte, was, wenn er nach dem zweiten Mal genug hatte? Nervös registrierte er das fast unmerkliche Zögern des anderen, das Abwägen von Möglichkeiten.

„In Koblenz habe ich kein Telefon. Aber ...“ Und wieder dieses leichte Zurückschrecken, dieses Innehalten. „Du kannst die Telefonnummer meiner Eltern haben. Am Wochenende bin ich dort zu erreichen.“ Er kritzelte ein paar Zahlen auf ein Stück Papier von Jakobs Schreibtisch und drückte es ihm in die Hand. „Es ist nur ... mein Vater weiß von alldem nichts. Nur meine Mutter. Mein Vater ... er ist alt. Meine Mutter auch, aber ... er würde es nicht verstehen."

„Alt? Was meinst du damit?"

„Über siebzig. Und meine Mutter ist über sechzig. Ich bin ein Spätankömmling. Einer, mit dem sie nicht gerechnet hatten." Ein Anflug von Bedauern huschte über Marius' Gesicht, und Jakob verstand, dass er die ersten Sätze einer Geschichte gehört hatte, deren Verlauf und Ende er sich erst noch verdienen musste. Deren Schluss vielleicht noch gar nicht geschrieben war.

„Hast du Geschwister?"

„Nein. Meine Mutter ... sie wäre fast gestorben bei meiner Geburt. Es war zu gefährlich für sie, noch mehr Kinder zu bekommen." Marius machte eine Pause. „Ich hätte gerne Geschwister gehabt", fügte er dann mehr zu sich selbst sprechend hinzu. „Vieles wäre einfacher." Dann schüttelte er den Kopf, als könnte er mit dieser Bewegung auch die Gedanken an seine Eltern abstreifen. „Wir wär's, wenn du mir auch deine Telefonnummer gibst? Ich könnte dich mal unter der Woche aus Koblenz anrufen."

„Oh. Ja. Natürlich!" Jakob sprang auf und schrieb die Nummer auf einen Schmierzettel. „Wir haben hier nur einen Anschluss. Wenn du also zuerst Amir oder Ralf am Apparat hast, darfst du dich nicht wundern. Frag einfach nach mir oder hinterlass eine Nachricht, wenn ich nicht da bin. Ich bin morgens nicht zu Hause, weil ich Uni hab, aber abends eigentlich immer, so ab achtzehn Uhr, außer dienstags, da gehe ich schwimmen, aber spätestens zu ‚Dallas' um Viertel vor zehn bin ich wieder da, und manchmal bin ich auch donnerstags nicht zu erreichen, weil ..." Verlegen brach ab. „Ich fände es echt toll, wenn du anrufst."

Marius lachte und umschloss Jakob in einer letzten Umarmung. „Schon klar. Keine Sorge." Er drückte ihm einen harten Kuss auf die Lippen, öffnete mit der Zunge noch einmal seinen Mund, dann riss er sich mit einem Seufzer des Bedauerns los.

Für den Rest des Tages konnte sich Jakob ein Grinsen kaum verkneifen, und als er am Mittag in einem Seminarraum des Philosophikums saß und einer Vorlesung über „20th Century English Fiction: The Contemporary Novel" lauschte, malte er gedankenverloren eine lange Namensliste auf die Schreibunterlage.

Marius
Marius Marius
Marius Marius

Arne ist ein ernsthafter Mann, ein Mann, der hart arbeitet und dessen Tag mit Terminen gefüllt ist. Strukturiert und diszipliniert erledigt er seine Aufgaben. Seine Uhren – die im Büro, die im Auto, die Zeitangabe auf dem Laptop, seine Armbanduhr – sind exakt aufeinander abgestimmte Chronometer, alle zeigen genau dieselbe Uhrzeit. Kundengespräche, Telefonate, er bleibt immer ruhig und sachlich, im Gegensatz zu seinen Gesprächspartnern, wie zum Beispiel dem holländischen Kunden vom Nachmittag, der seiner Firma Inkompetenz vorgeworfen und mit rechtlichen Schritten gedroht hat wegen eines Softwarefehlers, der gar nicht auf das Verschulden von Arnes Firma zurückzuführen war. Dafür schätzen ihn seine Vorgesetzten. Für seine Loyalität. Dass er ihnen Ärger vom Hals hält, während sie sich um die Börsennotierung des Unternehmens kümmern und ein Vielfaches von Arnes Gehalt einstreichen.

Arne kann sich bei Geschäftsabschlüssen gewinnbringend in Szene setzen, hat für Arbeitskollegen und Mitarbeiter meist ein freundliches, aber unverbindliches Lächeln parat. Ein Lächeln, das Distanz erzeugt und unaufdringlich darauf hinweist, dass er nicht involviert werden möchte, wenn es um private Angelegenheiten, Büroklatsch oder Intrigen geht.

Machtspiele sind ihm zuwider; er glaubt an Kompetenz und Verantwortung.

Früher, wenn seine Arbeitskollegen nach Feierabend ein Bier zusammen tranken, um sich über die Geschäftsstrategien der Firmenleitung in Rage zu reden oder ihre Fantasien über die Mitarbeiterinnen im Callcenter auszutauschen, ist Arne heimgefahren. Doch in letzter Zeit, wenn er abends nach Hause kommt, wird all das, woran er glaubt, auf den Kopf gestellt, durcheinandergewirbelt. In Jakobs und Arnes gemeinsamer Wohnung zeigen alle Uhren eine unterschiedliche Zeit. Die Küchenuhr, der altmodische, aufziehbare, mit vielen kleinen Zahnrädern und römischen Ziffern versehene Wecker am Bett, die Uhr am Herd, die digitale Anzeige auf der HiFi-Anlage: Sie alle differieren in ihren Angaben um mehrere Minuten – es ist, als hätte sich die Zeit in Jakobs Gegenwart entschlossen, nur vage zu vergehen. Arnes Ernsthaftigkeit stößt bei Jakob an ihre Grenzen, mit Struktur und Disziplin ist dem Gefühlschaos ihrer Beziehung nicht beizukommen. Loyalität gegenüber seinem Freund zu empfinden, fällt Arne immer schwerer, weil er das Gefühl hat, eine Randfigur in seinem Leben geworden zu sein.

Der Irrgarten in Jakobs Seele hat sich auf die Wohnung übertragen und Arnes Vorliebe für Ordnung und Klarheit unterminiert. Es war ein schleichender, kaum merklicher Prozess, wie Metall, das sich im Laufe der Zeit abnutzt und irgendwann bricht. Materialermüdung. Jetzt lässt er selber schmutziges Geschirr auf der Spüle stehen, vergisst, die Zahnpastatube zuzuschrauben, oder verlegt Kleidungsstücke. Zu Hause fühlt er sich dem Strudel aus Ungesagtem, Unbewältigtem, Vergangenem, der Jakob umgibt, hilflos ausgeliefert. Er kann sich nicht distanzieren, kann nicht objektiv bewerten. Je häufiger er versucht, rational zu bleiben, desto mehr Streit gibt es zwischen den beiden. Der Strudel zerrt an ihm wie unbändig strömendes Wasser und droht, ihn mit wegzureißen. Immer häufiger flüchtet er daher in Überstunden, verzögert die Fahrt nach Hause. Seine Arbeit ist sein Refugium geworden.

Arne hat sich damals in Jakob verliebt, weil er annahm, Jakob sei ebenfalls ein ernsthafter Mann. Dass Jakob ein Geschäft aus dem Nichts aufgebaut hat, ohne jedwede Vorkenntnisse, nur mit dem Vertrauen auf seine Fähigkeiten, hat ihn beeindruckt. Er liebt den Ausdruck in Jakobs Augen, wenn er seine Hände in frischer, schwer duftender Erde vergräbt, fast zärtlich kleine Setzlinge eintopft. Für ihn besteht kein Zweifel, dass Jakob dann ganz bei sich ist. Er hat geglaubt, die Kompetenz und Leidenschaft für seinen Beruf spiegelten eine private Stärke wider.

Erst viel später, Monate, nachdem sie ihre Beziehung begonnen hatten, hat er entdeckt, dass Jakob in erster Linie ein trauriger Mann ist. Manchmal denkt er, Jakob ist verwundet, hat Verletzungen davongetragen, die nicht mehr heilen werden. Oft fragt er sich, ob es in Jakobs Herzen wenigstens ein kleines Eckchen für ihn gibt oder ob die Erinnerung an Marius so viel Raum einnimmt, dass es niemals einen Platz für ihn gegeben hat. Und niemals einen geben wird.

Jakob sitzt zusammengekauert auf dem Sofa; in seinen Augen glänzen mühevoll zurückgehaltene Tränen. Arne streckt seine Hand aus, will ihm über den Kopf streichen. Es ist ein Friedensangebot, aber Jakob zuckt zurück, und Arne lässt den Arm frustriert sinken. Schon lange kann Jakob keine Nähe mehr ertragen, selbst kleinere Zärtlichkeiten scheinen ihm zuwider zu sein. Er ist unantastbar geworden, unerreichbar.

Nur die Katze scheint die Spannung im Raum nicht zu bemerken. Unbekümmert erkundet sie ihr neues Zuhause, schnuppert in den Ecken und spielt mit der Schnur der Jalousien am Fenster.

„Ich dachte, du kommst später?“ Jakobs Worte lassen Arne zusammenfahren. „Hattest du nicht gesagt, dass es im Büro Probleme gibt?“

„Wir haben für morgen ein Gespräch vereinbart. Ist vielleicht doch nicht so schlimm, wie ich dachte. Außerdem musste ich meinen Wagen zur Inspektion bringen.“

„Das Hühnchen hab ich jetzt eingefroren.“ Anstatt sich zu freuen, dass Arne pünktlich zu Hause ist, scheint Jakob verärgert zu sein.

„Dann holen wir was vom Chinesen oder vom Italiener. Ist doch egal. Wir essen das Hähnchen morgen“, erwidert Arne besänftigend. „Was hältst du von einem ruhigen Abend vorm Fernseher? Ich könnte uns eine DVD ausleihen. Wir lungern auf dem Sofa herum, schaufeln Pizza in uns hinein und setzen Kalorien an!“ Seine Stimme heuchelt Fröhlichkeit, er will keinen Streit.

Jakob beobachtet den Kater, der mittlerweile in der Ecke eine Büroklammer entdeckt hat und sie mit den Pfoten über den glatten Parkettboden schiebt. „Ich darf ihn wirklich nicht Trumi nennen?“

Arne schließt enttäuscht die Augen. Einen Moment lang schwankt er, ist versucht, nachzugeben. Was bedeutet schon ein Name? Es würde ihn nicht viel kosten. Nur seinen Stolz, seinen Glauben an ihre Zukunft. „Können wir uns nicht auf einen Kompromiss einigen? Es gibt noch so viele amerikanische Präsidenten zur Auswahl. Kennedy, Lincoln, Obama, Bush …“

„Kein Kater in diesem Haushalt wird den Namen Bush tragen!“, unterbricht ihn Jakob empört. Für einen Augenblick zuckt ein Lächeln über seine Mundwinkel, und Arne fühlt sich merkwürdig ermutigt. Als hätte er ein scheues, wildes Tier aus der Deckung gelockt.

„Johnson?“

„Vietnamkrieg“, hält Jakob dagegen.

„Nixon?“
„Watergate.“
„Reagan?“
„Iran-Contra-Affäre. Außerdem war er homophob. Und ich konnte Nancy nicht ausstehen.“

Bald fallen Arne keine Präsidenten mehr ein. „Clinton?“, fragt er schließlich.

„Bill Clinton?“ Jakob zögert und nickt dann sein Einverständnis. „Clinton geht.“ Er hebt den Kater vom Boden auf und krault ihm den Nacken. „Aber dann müssen wir dich schnell kastrieren lassen“, seufzt er.

Arne grinst und greift zum Telefon, um ein Chicken-Kokos-Curry und gebratene Nudeln zu bestellen. Eine Welle der Erleichterung schwappt über ihm zusammen, er hat weiche Knie und muss sich an der Wand abstützen, um nicht das Gleichgewicht zu verlieren. Die Auseinandersetzungen mit Jakob kosten Kraft, das mühsame Ringen um einen Kompromiss, um Gemeinsamkeiten, frisst seine Energie. In solchen Momenten bezweifelt er, der Stärkere in ihrer Beziehung zu sein, und verdächtigt Jakob, auf eine perverse Art und Weise Lust an ihren Streitigkeiten zu empfinden.

Jakob und er haben sich durch Zufall kennengelernt, nicht übers Internet, nicht in einer Kneipe, nicht beim Outdoorcruising. Sogar heute denkt Arne noch gerne daran zurück, trotz allem. Es ist eine seiner besten Erinnerungen. Damals gab es noch keine schwulen Chatportale, und man traf sich noch im realen Leben auf Parkplätzen, Partys oder in Kneipen. Und obwohl Arne beruflich mit Computern zu tun hat und sie prinzipiell als Segen für die Menschheit betrachtet, kann er nicht nachvollziehen, wieso viele schwule Männer es heutzutage bevorzugen, ihr Sexdate wie einen Pizzaservice nach Hause zu ordern. In einem seltenen Moment von Zweisamkeit waren sich Jakob und er einig, dass ihnen dabei der Augenkontakt fehlen würde, das Kribbeln im Bauch, die Spannung, ob man dem anderen gefällt, ob man in sein Beuteraster passt. Sie waren sich auch einig, dass sie zu einer aussterbenden Spezies gehören. Schwule Dinosaurier, deren Knochen bald in Museumsvitrinen zu bestaunen sein werden, schmeichelhaft ausgeleuchtet, auf rotem oder dunkelblauem Samt drapiert, neben sorgsam beschrifteten Kärtchen.

Nach einem unangenehmen Artikel in der lokalen Presse, der die sterile und kalte Arbeitsatmosphäre in Arnes Betrieb anprangerte, hatte die Chefetage damals den spontanen und etwas hilflosen Beschluss gefasst, den Firmensitz freundlicher zu gestalten, und war auf eine intensive Begrünung der Büros verfallen. Aus einem Grund, der Arne mittlerweile entfallen ist, war die Umsetzung dieser Anordnung an ihm hängen geblieben. In seiner Unerfahrenheit hatte er sich an mehrere Gärtnereien mit der Bitte um Kostenvoranschläge gewandt, den preiswertesten akzeptiert, seine Sekretärin damit beauftragt, das Nötige zu veranlassen, und war anschließend nach Dresden, Berlin und Magdeburg geflogen, um Kundentermine wahrzunehmen.

Als er eine Woche später wieder in die Firma kam, hatte er zuerst angenommen, sich auf unerklärliche Weise im Gebäude geirrt zu haben. Die Empfangshalle hatte sich in einen Urwald verwandelt. Eine der Wände war komplett begrünt worden, mit hängenden Gräsern, bunten, exotischen Blumen, Farnen und Efeu, auf dem Boden befanden sich Tropenpflanzen, die das durch die Frontscheiben blitzende Sonnenlicht brachen. Das Merkwürdigste jedoch war, dass ihn plötzlich der Bananenbaum neben der Eingangstür ansprach und sagte: „Südseite. Hier knallt den ganzen Tag die Sonne drauf. Die großen Fenster wirken wie ein Prisma. Wenn wir hier noch ein paar Zitronen- und Orangenbäume aufstellen, können diese IT-Fritzen demnächst den Wochenmarkt beliefern." Arne ließ vor Schreck die Tasche mit seinem Laptop fallen. Wenn ihn im nächsten Moment ein Affe auf die Schulter gesprungen wäre, hätte ihn das kaum mehr erschüttern können. Dann wurde eines der Bananenbaumblätter zur Seite geschoben und ein markantes, unrasiertes Gesicht starrte ihn überrascht aus tiefblauen Augen an. „'tschuldigung. Ich dachte, Sie wären einer meiner Mitarbeiter."

„Und wer zum Teufel sind Sie?", fragte Arne und sammelte seine Tasche vom Boden auf, in der Hoffnung, dass sein Laptop den Aufprall überlebt hatte.

„Jakob Brenner. Gärtnereibetrieb. Ich habe den Auftrag, das ganze Gebäude zu begrünen."

„Ja, aber …" Arne starrte gegen seinen Willen fasziniert auf die grüne Wand, die durch die Pflanzen zu etwas Lebendigem geworden zu sein schien. „Wie funktioniert das? Wieso wächst so was an der Wand? Verstößt das nicht gegen irgendwelche physikalischen Gesetze?"

„Internes Bewässerungssystem. Eigentlich gar nicht so kompliziert und zurzeit der neueste Schrei. Die Idee kommt natürlich aus den Staaten." Der Mann trat aus dem Schatten des Bananenbaums und wischte seine schmutzstarrenden Hände an der grünen Arbeitskleidung ab. „Gefällt's Ihnen nicht?"

„Doch, schon, aber … ich hatte mehr mit Topfpflanzen gerechnet, um ehrlich zu sein. Ein Ficus hier, eine Palme da …"

Jakob lachte. „Hören Sie, mit dem Geld, das Ihre Firma bereit ist auszugeben, können Sie das ganze Gebäude mit Ficus Benjamini überschwemmen. Und nach ein paar Monaten sind die meisten vertrocknet, weil sich niemand verantwortlich fühlt, sie zu gießen. Das hier ist mehr oder weniger selbstversorgend."

„Und das bleibt im Rahmen des Kostenvoranschlags?", fragte Arne misstrauisch.

Erst jetzt schien Jakob zu begreifen, dass er seinen Auftraggeber vor sich hatte. „Sie sind Herr Konitzer?" Arne nickte.

„Da ist sogar die wöchentliche Betreuung der Pflanzen durch mich oder einen meiner Mitarbeiter mit drin."

Jakob führte ihn an die bepflanzte Wand und strich liebevoll über die Gräser. „Fassen Sie sie ruhig an." Er nahm Arnes Hand und ließ ihn das Grün unter seinen Fingern spüren.

„Das ist so abgefahren", murmelte Arne.

„Das ist Leben", erwiderte Jakob.

Wieder blickte Arne in diese unfassbar blauen Augen, in denen er das Meer zu sehen glaubte, ein tiefes, dunkles Meer, das an einem windstillen Tag wie ein Spiegel das Licht reflektierte und in den Himmel zurückwarf.

Jakob liegt auf dem Sofa, Arne sitzt in einem der beiden Sessel, ein paar leere Schachteln mit Essensresten befinden sich auf dem niedrigen Tisch vor ihnen. Clinton hat es sich auf einem Kissen neben Jakob bequem gemacht, den schmalen Kopf zwischen den Pfoten vergraben, und schläft. Nur seine Ohren zucken unruhig.

Jakob starrt auf den Fernsehschirm, aber von dem Film, den Arne ausgeliehen hat, bekommt er kaum etwas mit. Ein banaler Actionthriller mit Nicolas Cage oder Leonardo di Caprio; er ist nicht sicher, welcher von beiden, Schauspieler waren noch nie seine Stärke. Auch Arne sieht nicht hin, nach dem Essen sind seine Augen schwer geworden, und sein Körper ist im Sessel zusammengesackt. Mit offenem Mund und vor der Brust verschränkten Armen ist er eingedöst. Der lange Arbeitstag fordert seinen Tribut.

Zu Beginn ihrer Beziehung hat Jakob solch eine Beschaulichkeit geliebt, das Gefühl von Sicherheit und Frieden, das ihm dieses Bild vermittelte. Aber nichts ist sicher. Nichts ist friedlich. Krieg tobt im Film und in seinem Körper, immerzu, in jeder Sekunde seines Lebens, und auch wenn seit Jahren ein von Medikamenten verhandelter Waffenstillstand zwischen den gegnerischen Parteien zu herrschen scheint, so können die Kriegshandlungen jederzeit wieder ausbrechen. Jakob kann nur hoffen. Aber die Hoffnung ist ein trügerischer Halt, eine blinde Göttin – manchen gewährt sie Hilfe, und anderen spuckt sie ins Gesicht. Jakob hat die Hoffnung hassen gelernt, er verabscheut ihre Allmächtigkeit. Arne versteht nicht, warum Jakob so skeptisch ist, er weist ihn gerne darauf hin, wie lange er schon überlebt hat, entgegen aller Wahrscheinlichkeit, entgegen allen Vorhersagen. Aber Arne hat keine Vorstellung von dem Preis, den Jakob dafür gezahlt hat.

Schwerfällig steht Jakob auf und wirft die Essensreste in den Küchenmüll, legt das gebrauchte Besteck achtlos zu dem schmutzigen Geschirr in der Spüle. Im Haus gegenüber, auf der anderen Straßenseite, einem schmucklosen, uninspirierten Sechziger-Jahre-Bau mit schmalen, lang gezogenen Fenstern, die an Schießscharten erinnern, starrt ihn ein Gesicht aus dem obersten Stockwerk an. Für einen Moment erkennt er Marius, der gleiche Haaransatz, die gleichen weichen Gesichtszüge, und sein Herz poltert erschrocken. Seine Hände stützen sich überrascht an einem Stuhl ab, die Finger krallen sich um die Lehne. Er will das Fenster aufreißen, hinüberwinken, sich bemerkbar machen. Hier bin ich, Marius! Hier drüben! Schon wieder werden seine Augen feucht, und tief in ihm drin macht sich ein erleichtertes Schluchzen bereit. Er kann kaum an sich halten vor Glück. Doch die Illusion vergeht so schnell, wie sie gekommen ist. Der Mann im Fenster ist viel älter, seine Nase breiter, sein Kinn flacher.

Seit Jahren passiert es Jakob, dass er Marius zu sehen glaubt. Es kann überall geschehen: auf der Straße, in der U-Bahn, im Zuschauerraum eines Kinos. Für einen kurzen, unfassbar schönen Augenblick glaubt er dann, sich alles nur eingebildet zu haben, dass alles nur ein böser Traum war, aber gleich darauf wird er eines Besseren belehrt. Immer. Es ist niemals Marius, und Jakob fühlt, wie in diesen Momenten ein Stück seines Herzens erneut zerbricht.

April 1986

Ein Anschlag auf die vorwiegend von US-Soldaten besuchte Diskothek „La Belle" in West-Berlin fordert drei Menschenleben, 230 Personen werden zum Teil schwer verletzt. Schnell verdichten sich die Hinweise, dass Libyen hinter dem Terroranschlag steckt.

In einem Atomkraftwerk in Tschernobyl (Ukraine) kommt es zum bis dahin größten Kernreaktorunfall in der Geschichte der Nutzung von Atomenergie, als der Reaktor von Block 4 des Kraftwerks explodiert. Über die Anzahl der infolge des Unglücks gestorbenen Menschen sowie über die gesundheitlichen Spätfolgen gibt es bis heute erbitterten Streit. In der Bundesrepublik wird den Bauern empfohlen, Feldfrüchte unterzupflügen, und den Kommunen wird nahegelegt, Kinderspielplätze zu sperren. Eine direkte politische Konsequenz der Katastrophe ist die Gründung des Bundesministeriums für Umwelt, Naturschutz und Reaktorsicherheit. Erster zuständiger Minister ist Walter Wallmann (CDU), der nach einem knappen Jahr von Klaus Töpfer (CDU) abgelöst wird. Erstmals wird auch in konservativen Kreisen die Atomenergie als Übergangstechnologie bezeichnet. Allerdings sind dies nur vereinzelte Stimmen.

Bundeskanzler Helmut Kohl äußert sich in einem Interview des österreichischen Rundfunks zugunsten des wegen seiner Rolle in der Nazi-Zeit umstrittenen österreichischen Präsidentschaftskandidaten Kurt Waldheim. Kohls Stellungnahme wird von der Opposition in Bonn und von verschiedenen Stellen in Österreich als Einmischung in den Präsidentschaftswahlkampf kritisiert.

Der Spiegel widmet dem Thema Aids zum dritten Mal eine Titelgeschichte: „Aids. Das enträtselte Virus". Danach wird es für möglich gehalten, dass in der Bundesrepublik bis zu 100.000 Menschen mit dem Virus infiziert sind. Nach Angaben des Bundesgesundheitsministeriums gibt es 250 akut an Aids erkrank-

te Personen. Noch trägt das Virus die Bezeichnung HTLV-III/LAV, im Mai wird es auf der Aids-Konferenz in Paris offiziell in HIV umbenannt.

An der Spitze der deutschen Charts werden Modern Talking von Bruce und Bongo mit dem Song „Geil" abgelöst, in Großbritannien kann sich George Michael mit „A Different Corner" mehrere Wochen auf Position 1 halten.

Die Wohnung von Marius' Eltern befand sich in einem Haus, das am Rande der Stadt lag, im rechtsrheinischen Stammheim, nur wenige Kilometer von Leverkusen entfernt. Eine Ecke von Köln, in der Jakob noch nie gewesen war, zerfasert, unbeachtet, lieblos. Sozialer Wohnungsbau in mehrstöckigen, tristen Hochhäusern, deren Fernsehantennen sich fordernd in den Himmel reckten, wechselte sich ab mit flachen, schachtelartigen Bungalows, vor denen die Bewohner die Bürgersteige kehrten und das Gras in ihren Vorgärten penibel stutzten, dahinter ein Supermarkt und der Friedhof des Stadtteils. Das Haus, das sich Marius' Eltern mit einer zweiten Mietpartei teilten, stand etwas abseits, am Beginn einer langen Stichstraße. Eigentlich war es mehr eine kleine Villa, die im Gründerzeitstil erbaut worden und reich verziert war, mit großen Fenstern, die rückseitig in einen Garten blickten, nach vorne jedoch auf die in der Nähe des Hauses vorbeiführende Bundesstraße, deren Verkehr ein permanentes, brummendes Hintergrundgeräusch verursachte.

„Das ist es?" Jakob starrte an der verwitterten Fassade empor. Das ehemals strahlende Gelb war im Laufe der Jahre zu einem schmutzigen Ocker verkommen, ein Wasserschaden unterhalb eines Erkers hatte Spuren hinterlassen. In einem der Fenster bewegte sich die Gardine; Jakob sah die Umrisse eines Gesichts in den Schatten zurückschnellen, Augen, die ihn mit unverhohlenem Misstrauen begutachteten. „Ich glaube, sie haben uns gesehen."

„Da bin ich ganz sicher", erwiderte Marius und schloss den Wagen ab. Da war ein Tonfall in seiner Stimme, den Jakob noch nicht kannte, eine Mischung aus unterdrücktem Ärger und peinlicher Berührtheit, aus Liebe und Frustration.

Die erste Etage: eine Wohnung, die durch abgehängte Decken und dunkle Eichenmöbel eng und erdrückend wirkte, das Museum einer Vergangenheit, die von dem Anspruch der Eltern kündete, etwas Besseres zu sein. Besser als die Bewohner des am Ende der Straße liegenden Ausländerwohnheims, besser als der Gebrauchtwagenhändler gegenüber. Auf den Kommoden, den Beistelltischen und auf dem Fernseher lagen bestickte Deckchen aus Brüsseler Spitze, eine Schrankwand mit einer Glasvitrine war mit allerlei Nippes bestückt: eine grazile Ballerina aus weißem Meissner Porzellan, geschliffene Kristallgläser, ein Service mit Rosendekor.

Eine schwere Standuhr zählte tickend die Zeit, ansonsten dämpften dicke Perserteppiche jedes Geräusch; dunkelgrüne Gardinen und gelbe Tapeten hüllten die Räume in ein staubiges, dämmriges Zwielicht. Jedes Räuspern erschreckte, jedes Lachen klang schrill und aufgesetzt. Ein Ort, an dem man nicht laut zu sein wagte, der hochnäsige Dienstboten vortäuschte, die in der Küche den Tee zubereiteten.

„Tut mit leid", flüsterte Marius, als er Jakob durch die Wohnungstür schob. „Ich habe mich nicht getraut, dich zu warnen."

„O Mann", raunte er zurück und hielt sich an den Blumen fest, mit denen er bewaffnet war: einem Strauß Frühjahrsblüher, Tulpen und Osterglocken, die plötzlich viel zu grell wirkten, eine unpassende Fröhlichkeit verbreiteten. Lilien wären besser gewesen, steif und pompös. „Wirst du hier nicht schwermütig?"

„Sie müssen Herr Brenner sein! Marius hat uns schon viel von Ihnen erzählt!" Eine kleine, schlanke Frau mit sorgfältig frisiertem, grauem Haar, beigefarbenem Kostüm und flachen

Gesundheitsschuhen legte ein Kreuzworträtsel beiseite und trat ihnen entgegen. Auf ihrer Brust baumelte eine goldgefasste Lesebrille. Schmale, manikürte und von Altersflecken gezeichnete Hände griffen nach den Blumen, wässrige, braune Augen, in denen Jakob Marius wiedererkannte, musterten ihn aufmerksam, stahlen sich über sein Gesicht, wägten erneut ab, beurteilten. Tapfer zusammengepresste Lippen verrieten ihm, dass er den Test nicht bestanden hatte, dass er für nicht würdig befunden worden war, weil er das falsche Geschlecht besaß.

„Bitte, nennen Sie mich Jakob, Frau Janssen." Er starrte auf seine Schuhe, beschämt und wütend zugleich, dass ihm keine Chance gegeben wurde.

„Friedhelm, komm, sag guten Tag! Marius und der Herr Jakob sind da!"

Aus dem Wohnzimmer drang das Rascheln einer Zeitung, das Ächzen eines alternden Körpers, der mühsam aus einem Sessel gewuchtet wurde, dann die langsamen, vorsichtigen Trippelschritte, die die ersten Anzeichen der Parkinson'schen Krankheit andeuteten.

„Guten Tag, junger Mann! Ein Studienfreund von Marius also? Wie schön. Herr... ähm..." Eine brüchige Stimme, die jovial und mit ostpreußischem Akzent sprach, dunkle Augen unter dicken Brillengläsern, die nicht sahen, was sie nicht sehen wollten, ein selbstgerechtes Lächeln, das mit dem zurückliegenden Leben zufrieden war, ein gebeugter Rumpf, der diesem Leben Tribut zollte.

Jakob ergriff die breite Hand, die ihm entgegengestreckt wurde und deren Händedruck nur noch erahnen ließ, mit welcher Kraft er früher ausgeführt worden war. „Jakob. Freut mich, Sie kennenzulernen."

Hilfesuchend blickte er sich nach Marius um, sah das Flehen in seinen Augen. Wie gern hätte er kehrtgemacht, wäre die Stufen hinuntergeflohen, aber dieser Nachmittag war seit

Wochen geplant, dieses Sonntagnachmittag-Kaffeetrinken war wichtig für Marius. Ein stilles, verschwiegenes Zeichen an seine Mutter, dass er es ernst meinte, dass es keine Phase war, dass niemals eine Frau an seiner Seite diese Schwelle überschreiten würde. Ein Zeichen, das von Marius' Vater nicht wahrgenommen werden konnte, in dessen Welt so etwas nicht existierte, allenfalls als Perversion, als Unglück, das anderen Leuten zustieß, aber nicht ihm, nicht seiner Familie.

„Zieh eine Krawatte an!", hatte Marius Jakob eingebläut. „Trag ein Hemd. Meine Eltern sind schon unter Adenauer nicht mehr jung gewesen. Und erwähne nicht, dass du amerikanische Geschichte studierst. Sag einfach Geschichte. Sonst redet mein Vater wieder die ganze Zeit über seine Kriegsgefangenschaft."

„Er war in Kriegsgefangenschaft?", hatte Jakob überrascht gefragt.

„Ich hab doch erzählt, dass meine Eltern einer anderen Generation angehören! Und sprich nicht über Polen."

„Polen? Wieso Polen?"

„Weil meine Eltern bis heute davon überzeugt sind, dass ‚die Polacken' den Krieg angefangen haben."

„Aber es ist historisch erwiesen, dass Hitler ..."

„Das ist meinen Eltern egal. Sie wissen, was sie wissen. Und Hitler hat immerhin die Autobahnen gebaut, sagen sie."

„Ich soll also verleugnen, was ich bin und was ich weiß? All meine Überzeugungen an der Haustür abgeben?"

„Sie sind alt, Jakob! Sie verstehen die Welt von heute nicht mehr. Es ist doch nur für zwei Stunden."

„Ich hoffe, du weißt das zu würdigen", hatte er sich brummelnd geschlagen gegeben.

Im Wohnzimmer, neben einem verschlossenen Schrank, in dem sich die Jagdgewehre von Marius' Vater aus einer früheren Zeit befanden, einer Zeit, in der er auf Einladung der Unternehmensführung im Bergischen Land Rotwild gejagt hatte – eine Auszeichnung! Diese Ehre wurde nur wenigen Bayer-Mitarbeitern, nur den leitenden Angestellten zuteil! –, war eine festliche Kaffeetafel dekoriert worden. Eine aufgetaute Sahnetorte thronte in der Mitte des Tisches, umgeben von altbackenem Geschirr in blau-weißem Zwiebelmuster, auf einer blütenweißen, gestärkten Tischdecke.

„Wie mögen Sie Ihren Kaffee, Herr Jakob? Mit Milch? Mit Zucker?"

„Beides, bitte." Jakob war so nervös, dass die Kuchengabel in seiner Hand zitterte.

„O, ein ganz Süßer!" Margarete Janssen spitzte die Lippen, während Jakob errötete.

„Mutter!" Marius machte eine fast unmerkliche Kopfbewegung.

„Was denn? Ich hab doch nur ..."

„Und Sie studieren auch in Koblenz? Auch Architektur?" Friedhelm Janssen schnitt seiner Frau das Wort ab, ohne etwas von dem Zwischenfall zu bemerken. Ein Klecks Sahnecreme blieb an seiner Unterlippe hängen, während er aß, sah irgendwie obszön aus, wackelte im Takt der Mundbewegungen.

Jakob starrte wie gebannt auf den Kuchenrest, gleich würde er hinunterfallen auf den Teppich. Marius' Vater lehnte sich zurück, wischte unabsichtlich über seine Lippen, die Sahnefüllung wanderte auf seinen Handrücken, den er an seiner Hose abwischte. „Ähm ... nein. Ich studiere in Köln. Am ... Geschichte."

„Ach? Ja, aber ..." Friedhelm Janssens Stimme stolperte verunsichert.

„Wir haben uns auf einer Party kennengelernt. Der Party einer gemeinsamen Freundin", umschiffte Marius das Hindernis.

Sein Vater lächelte erleichtert. „Natürlich. Ihr jungen Burschen. In seiner Jugend muss man sich die Hörner abstoßen."

„Friedhelm!“, sagte Marius' Mutter.

Herr Janssen zwinkerte Marius und Jakob zu und lachte, als teilten hier drei Männer ein Geheimnis, das sich einer Frau nicht erschloss, als wären Jakob und Marius wie er, und Jakob fühlte sich schmierig, besudelt. Es gab nichts, was ihn mit diesem Mann verband, diesem Fossil, diesem Relikt einer braunen, längst vergangenen Epoche mit verqueren, verbogenen Moralvorstellungen. Er bemerkte, wie sich Marius' Oberschenkel Zuspruch spendend unter dem Tisch an seinen schmiegte.

„Das Wetter ...“ Jakob versuchte, das Thema zu wechseln. „Ganz schön warm heute.“

„Ach?“, erwiderte Marius' Mutter. „Wir gehen ja nur selten vor die Tür. Die ganzen Ausländer nebenan, man weiß ja nie ...“ Sie hob pikiert die Schultern.

Stille senkte sich über den Raum, nur unterbrochen vom Geklapper der Teelöffel und Kuchengabeln und dem Ticken der Standuhr, deren Minuten plötzlich im Zeitlupentempo verrannen. Jakob spürte den Schweiß unter seinen Achseln. Der Knoten der Krawatte war zu eng, die Luft stickig. Wann war hier zum letzten Mal gelüftet worden? Wann der Staub aus dem Fenster geschüttelt worden, zusammen mit den Krusten althergebrachter Glaubenssätze und den Ressentiments von vorgestern? Noch eine Tasse Kaffee, noch ein Stück Kuchen, dessen weiche, schaumige Konsistenz in Jakobs Mund aufquoll zu einer widerlichen, klebrigen Masse, die er nur mit Ekel herunterschlucken konnte.

Er verstärkte den Druck auf Marius' Oberschenkel und Marius verstand, trank den letzten Rest Kaffee aus seiner Tasse. „Wir gehen jetzt nach oben. Ich will Jakob mein Zimmer zeigen.“

Die Augen von Margarete Janssen folgten ihnen, und Jakob las die Enttäuschung in ihrem Blick, als er über die Schulter zurück ins Wohnzimmer schaute. Er verstand plötzlich, dass sie nicht nur verbittert war, weil Marius keine Frau mitgebracht hatte, sondern auch, weil er, Jakob, ihr den Sohn weggenommen hatte, das Kind, das auf die Welt zu bringen sie beinahe das Leben gekostet hatte.

„Wie hältst du das nur aus?“ Er ließ sich aufatmend auf Marius' Bett fallen und betrachtete die Einrichtung des Zimmers. Auch hier dunkle Möbel, auf einer Anrichte eine Kompanie Zinnsoldaten, ein Glasbehälter mit Matchboxautos, ein paar Familienfotos auf einem Glastisch, ein schwerer Schrank, der Marius' Kleidung enthielt.

„Den hat mein Großvater selbst gebaut. Er war Schreiner. Als Kind habe ich mich immer gefürchtet, dass sich jemand darin versteckt.“ Marius erwähnte es mit einem resignierten Stirnrunzeln, als hätte er Angst, das düstere Möbelstück für immer besitzen zu müssen.

Ein brauner Teppich, eine langweilige, beige Tapete, in der Ecke eine gesichtslose, nackte Schaufensterpuppe.

„Die habe ich auf einer Auktion ersteigert, für zwanzig Mark. Erst hat sie am Fenster gestanden und nach draußen geschaut, aber meine Mutter hat sich jedes Mal zu Tode erschrocken, wenn sie vom Einkaufen kam. Sie hat sie für einen Einbrecher gehalten.“

Ein seltsam unpersönlicher Raum, als gäbe es nicht viel über das Kind zu sagen, das hier seine Jugend verlebt hatte. Jakob erinnerte sich an sein eigenes Kinderzimmer, dessen Wände mit grellbunten Bravo-Starschnitten beklebt gewesen waren, an den billigen, aber hellen Kleiderschrank aus Pressspan, das Plattenregal, gefüllt mit den Musikalben seiner Popidole. Das kleine Aquarium, in dem er wenig erfolgreich Guppys aufgezogen hatte. Das Schild an der Tür, das seinen Eltern und seinem Bruder den Eintritt ohne Anklopfen verbot.

„Wie ich das aushalte?“ Marius machte eine unbestimmte Geste. „Sie sind halt meine Eltern. Und meine Mutter ist gar nicht so schlimm, wenn man sie erst mal näher kennt.“

„Sie mag mich nicht."

„Quatsch. Wie kommst du darauf?" Er legte sich neben ihn und Jakob fuhr ihm durch die Haare.

„Sie will dich nicht hergeben."

Marius seufzte. „Ich weiß. Sie klammert. Es war schon schwer für sie, mich nach Koblenz gehen zu lassen. Außer meinem Vater hat sie jetzt niemanden mehr."

„Haben deine Eltern keine Verwandtschaft?"

„Zwei Nichten meiner Mutter. Die eine lebt in der DDR, in Stralsund, und ist irgendwas in der Partei, die andere wohnt in Hannover und ist meiner Mutter nicht wirklich fein genug."

Jakob unterdrückte ein Grinsen. „Und Freunde?"

„Nein. Mein Vater kann ein ziemlicher Kotzbrocken sein. Ein verbohrter, alter Mann, der allen misstraut und jeden wegekelt."

„Armer Marius", sagte Jakob leise und streichelte ihm den Nacken.

Ein Schauer lief über Marius' Rücken, und er hielt den Atem an. „Du machst mich geil", protestierte er halbherzig.

„Nur weil ich dir mit der Hand über den Nacken gehe? Kann ja wohl nicht sein." Er rollte sich herum, legte sich auf Marius und küsste ihn.

„Nicht." Marius drehte den Kopf zur Seite. „Nicht hier."

„Warum nicht? Glaubst du, die Erde tut sich auf und das Haus versinkt, nur weil wir es miteinander treiben?"

„Ich kann nicht. Meine Mutter könnte hereinkommen."

„Ich komme mir vor wie ein Teenager", brummte Jakob und rollte sich wieder von Marius herunter.

„Tut mir leid." Marius streckte seinen Arm aus und zog ihn in eine Umarmung.

„Vergiss es." Jakobs Stimme klang schnippischer, als er es eigentlich meinte. „Ich kann mich auch beherrschen."

Marius lachte.

„Was?“
„Du hast gerade geklungen wir Alexis Colby.“
Jakobs Hände fuhren an Marius’ Körper entlang und blieben an den Knöpfen seiner Hose hängen. „Du hast eine Latte!“, sagte er mit einem beschuldigenden Gesichtsausdruck. Nur wenige Handgriffe und er hatte die Jeans geöffnet.
„Jakob! Nicht!“
„Nur ein bisschen blasen!“
„Dann schließ wenigstens die Tür ab!“, gab sich Marius geschlagen.
Jakob sprang auf und war sofort wieder zurück auf dem Bett. „Los, hol ihn raus!“, sagte er mit blitzenden Augen. „Jetzt bin ich auch rattig.“
„Aber wehe, du stöhnst! Kein Mucks, hast du verstanden?“
„Ich stöhne nie!“, empörte sich Jakob.
„Von wegen. Du schreist manchmal die ganze Nachbarschaft zusammen.“
„Dann musst du mir wohl deine Unterhose ins Maul stopfen“, grinste er.
„Aber dann kannst du mich nicht blasen!“
„Dann wirst du mich wohl ficken müssen.“
Später, als Marius das Fenster geöffnet hatte und der Wind die weiße Gardine wie das feingemusterte Spitzenkleid einer Braut aufblähte, konnten sie das Knarren einer Treppenstufe hören.
„Scheiße“, zischte Jakob. „Glaubst du, sie hat gelauscht?“
„Ich hab doch gesagt, ich will hier keinen Sex mit dir“, erwiderte Marius ungehalten. Die Farbe, die die vorangegangene Anstrengung in seine Wangen getrieben hatte, war einer verunsicherten Blässe gewichen. Schweigend verfolgten sie die sich entfernenden Schritte. Marius fühlte Jakobs Hand auf seinem Herzen. „Du?“, flüsterte er. „Ich liebe dich.“

Draußen scheint die Sonne. Es ist warm und die Menschen genießen dieses Fragment des Sommers, das auf dem Rücken eines Azorenhochs unerwartet seinen Weg in den April gefunden hat. Die Eisverkäufer haben plötzlich Hochkonjunktur, und in den Straßencafés sitzen die Menschen zum ersten Mal in diesem Frühling in T-Shirts und lüften die bleiche Winterhaut. Nur Jakob hat es in ein stickiges, etwas schmuddeliges Pornokino getrieben. Clinton ist inzwischen seit einigen Tagen bei ihm zu Hause, und Jakob ist noch immer verstimmt über Arnes Reaktion beim Auftauchen des Katers. „Du hast sie doch nicht mehr alle."

Keine Frage: Jakob weiß, dass sie auseinanderdriften, dass ihre Wege sich mehr und mehr trennen, dass sich ihre gemeinsame Zeit dem Ende nähert. Als wäre alles gesagt, was sie sich je zu sagen gehabt hätten. Als wäre alles gelebt, was sie je zusammen erleben wollten. Langsam, mit jedem Tag ein wenig mehr, verwandeln sie sich in Fremde, die der Anwesenheit des anderen überdrüssig geworden sind, seine Gesten und Blicke missdeuten, kein Verständnis mehr aufbringen für das, was den anderen beschäftigt. Jakob beobachtet diese Entwicklung mit einer fast wissenschaftlichen Distanz und einer Nüchternheit, die ihn selbst erschreckt. Natürlich will er nicht, dass ihre Beziehung zu Ende geht, aber er fühlt sich außerstande, etwas dagegen zu unternehmen. Es würde einen Kraftakt erfordern, zu dem er sich nicht entschließen kann. Er müsste sich ändern – und der Besuch der Therapiestunden bei Silky Legs ist in seinen Augen ein Zeichen seines guten Willens –, aber er bezweifelt, dass er das kann. Er ist, was er ist, weil die Vergangenheit ihn so geformt hat. Sie ist ihm in Fleisch und Blut übergegangen, prägt seine Verhaltensmuster und wie er denkt und fühlt. Ebenso gut könnte Arne von ihm verlangen, sich einer Gehirnwäsche zu unterziehen, sein Innerstes brechen zu lassen, neu zu formen und dann wieder aufzubauen.

Jakob weiß nicht, was er tun wird, wenn es so weit ist, ob er sich gegen das Unvermeidliche stemmen oder ob er Arne einfach gehen lassen wird. Zwei, drei Stunden hat er über dieser Frage gebrütet, den größten Teil des Vormittags, während er im Büro der Gärtnerei über den Bestellungen und der Buchhaltung saß. Schließlich hat er das Buchhaltungsprogramm des PCs abgebrochen, die Gärtnerei erneut früher als gewöhnlich verlassen und die fragenden Blicke von Ahmed und Karsten ignoriert. Ruhelos ist er umhergelaufen und durch die Einkaufsstraßen der Stadt geschlendert, hat drei Straßenmusikern zugehört, die in einer Fußgängerpassage irische Folklore spielten. Danach hat er bei C&A Herrenunterwäsche begutachtet, obwohl sein Vorrat an Unterhosen völlig ausreichend ist, und schließlich hat ihn die Furcht vor dem Ende der Freundschaft mit Arne ins Pornokino getrieben. Was auf den ersten Blick ein wenig widersinnig erscheint, denn es geht Jakob gar nicht um Sex, um den kurzen Rausch der Triebbefriedigung. Es geht nicht darum, es Arne heimzuzahlen. Und was wäre das auch, was er ihm heimzahlen wollte? Das Ende seiner Geduld? Er ist noch nicht einmal hier, um sich einen runterzuholen, das hätte er zu Hause vor dem Computer sehr viel schneller erledigen können.

Tatsächlich ist er hier, weil er die flackernde Dunkelheit schon immer gemocht hat. In seiner Jugend, ja, da war ein Pornokino für ihn ein Ort der Wunder und Gefahren, an dem er verbotenen Dingen begegnen konnte, die erprobt und erkundet werden wollten. (Aber hat er sich damals nicht auch an der Anonymität, der Reduzierung auf das Triebhafte gestört?) Die Erinnerung an diese Zeit schwingt noch immer in seinem Hinterkopf nach, wenn er an der Kasse den Eintritt bezahlt, die Tür zum Hinterzimmer aufstößt und sich vom Nichts aufsaugen lässt. Heutzutage betritt er diese Läden, weil ihm die Dunkelheit ein Gefühl der Sicherheit vermittelt; sie nimmt ihn an, wie er ist, er kann sich in sie fallen lassen und ausruhen. Die Schwärze umgibt ihn wie ein seidiger Kokon, warm und schattig, und gaukelt ihm vor, noch nicht alt und verbraucht zu sein, noch immer begehrenswert.

Jakob hat in der hintersten Reihe ganz außen Platz genommen, direkt neben der Wand. Mit dieser Sitzwahl signalisiert er, dass er nicht an Kontakten interessiert ist, und sie bietet den Vorteil, das Geschehen um ihn herum immer im Blick zu haben. Es ist nicht viel los, ein paar ältere Männer – sogar älter als er, registriert er mit einer gewissen Befriedigung –, sitzen verstreut vor dem Bildschirm, springen nach ein paar Minuten ruhelos auf, taxieren die anderen Kinobesucher, fassen sich wie zufällig an den Schritt, laufen herum, nehmen auf einem anderen Plastikstuhl wieder Platz. Trotz des Rauchverbots glimmen mehrere Zigaretten im Dunkeln, hastig wird Nervosität eingeatmet und Männlichkeit vorgetäuscht. Von der Klappe dringt unterdrücktes Stöhnen nach vorne, dann das Rauschen der Klospülung.

Auf der Leinwand treiben es zwei amerikanische Pornostars. Ihre glatten, muskulösen Körper reiben sich aneinander und lügen dem Zuschauer Ekstase vor, während ihre gelangweilten Gesichter das Gegenteil verraten. Nacheinander fängt die Kamera drei Paare ein, die sich nach immer demselben Schema miteinander beschäftigen: Zuerst knutschen und befummeln, anschließend blasen und dann ficken, zum Schluss ein Cumshot in Nahaufnahme. Jakob unterdrückt ein Gähnen; er begreift nicht, wer sich an solchen Filmen erregen kann. Früher konnte man den Darstellern ansehen, dass sie Spaß hatten beim Dreh: Dick Fisk, Jack Wrangler oder Peter Berlin. Jakob meint sich zu erinnern, die Lust, die Geilheit in ihren Mienen erkannt zu haben, eine Geilheit, die sich dann auch regelmäßig auf ihn übertrug. Aber die mussten auch noch nicht mit Gummi vögeln, vielleicht erklärt das im Nachhinein ihren Spaß am

Sex. Jakob jedenfalls hat mit Präservativ noch nie Spaß gehabt. Zu Arne hat er damals gesagt – als sie noch miteinander geschlafen haben, doch selbst da hat er den Sex mit ihm als seltsam unzulänglich empfunden –, dass er Schwierigkeiten mit einem Gummi hat, weil er zu einer Zeit schwul sozialisiert wurde, als man noch keinen Schutz brauchte. Daher sei der Latexüberzug für ihn ein Zeichen der Verhinderung von Nähe – mal ganz davon abgesehen, dass ein Schwanz mit Gummi für ihn immer wie eine Presswurst aussieht. Auf Arnes Frage, wie er sich dann erkläre, dass er, Arne, keinerlei derartigen Probleme habe, immerhin habe er sein Coming-out zur selben Zeit gehabt, wusste Jakob keine Antwort. Aber wie sollte er Arne auch erklären, dass der wahre Grund für seine Ablehnung von Präservativen darin liegt, dass er am liebsten schreien und toben möchte, wenn er ein Gummi sieht. Weil sie symbolisieren, was er verloren hat. Wen er verloren hat.

Jakob schrickt zusammen, als er das diskrete Tippen von Handytasten hört. Er hat gar nicht bemerkt, dass sich zwei Stühle von ihm entfernt jemand in seine Reihe gesetzt hat. Unauffällig mustert er den Mann, obwohl … Mann ist zu viel gesagt, in Jakobs Augen ist er noch fast ein Kind. Eine blaue Strickmütze, die einen wilden, strohfarbenen Haarschopf nur unzureichend bändigt, Jogginghose, Turnschuhe und ein T-Shirt, über dem eine dicke Silberkette baumelt. Der Junge ist höchstens fünfundzwanzig. Auf dem Stuhl neben ihm liegt achtlos hingeworfen eine Bomberjacke. Mit Mühe kann Jakob im faden Licht des Pornofilms das weiche Gesicht des Jungen erkennen und den Bartflaum, der seine Wangen verhüllt. Unwillkürlich muss er an das zerrupfte Federkleid eines Kükens denken und lächelt. Dann registriert er, dass die Geräusche auf der Klappe verstummt sind, und zählt eins und eins zusammen. Er wusste nicht, dass hier auch Stricher aufkreuzen.

Der Junge tippt weiter auf seinem Handy herum, als hätte er seine Umgebung völlig vergessen, doch dann bemerkt Jakob, dass ihm zwischendurch verstohlene Blicke zugeworfen werden, Blicke wie kleine Pikser mit einer Nadel oder Reißzwecke. Für einen Moment weiß Jakob nicht, wie er reagieren soll, was diese Blicke bedeuten könnten, aber bevor er sich entscheiden kann, ist der Junge aufgerückt und beugt sich zu ihm herüber. Sein Atem riecht nach Tabak und Pfefferminz.

„Einen Zehner, dann blas ich ihn dir."

Jakob ist sprachlos. Das ist wahrscheinlich der Tiefpunkt seines bisherigen Lebens. Jetzt ist er wohl offiziell in die Reihen der *dirty old men* aufgenommen worden, der alten Männer, die sich früher dem Hörensagen nach in den Stadtparks nur mit einem schmuddeligen Trenchcoat bekleidet vor kleinen Kindern entblößt haben, der alten Männer, die sich die Zuneigung eines anderen mit Geld erkaufen. Gleichzeitig ist er verwirrt: Er dachte immer, es funktioniert andersrum. Dass man bezahlt, um einem Stricher den Schwanz zu blasen. Außerdem findet er zehn Euro eigentlich zu wenig für so etwas. Oder hat er da einfach falsche Vorstellungen?

Schließlich schafft er es, den Kopf zu schütteln. „Ich zahle nicht für Sex", murmelt er. „So weit bin ich noch nicht."

Der Junge zuckt gleichgültig mit den Schultern und begibt sich wieder auf seinen alten Platz, ohne Jakob eines weiteren Blickes zu würdigen. Jakob bleibt gedemütigt und mit hämmerndem Herzen zurück. Er ist froh, dass in der Dunkelheit niemand die roten Flecken auf seinen Wangen sieht. Am liebsten würde er aufstehen und den Ort seiner Erniedrigung verlassen, aber er bringt den Mut nicht auf, sich an dem Jungen vorbeizuschlängeln. Stattdessen starrt er auf die Leinwand, ohne zu sehen, was dort passiert.

„Okay, war nur 'n Versuch", hört er plötzlich neben sich. „Ich mach's auch umsonst."

Jakob dreht den Kopf und sieht, dass der Stricher wieder neben ihm sitzt und blank gezogen hat: Seine Jogginghose hängt auf seinen Knien.

„Geh weg", zischt ihn Jakob an. „Ich will kein Mitleid von dir."

„Ey, Mann, ich steh voll auf Ältere mit 'n bisschen Bauch. Ehrlich."

„Willst du mich verarschen?"

„Keine Spur." Zum Beweis seiner Ernsthaftigkeit geht der Junge vor ihm auf die Knie und nestelt an Jakobs Hose, als wären sie ganz allein im Raum. Er scheint keinerlei Scham zu empfinden und die Blicke der anderen Männer geradezu zu genießen. Für einen winzigen Augenblick wehrt sich Jakob, dann lässt er es geschehen und schließt die Augen.

Als es vorbei ist – und es geht viel schneller vorbei, als Jakob das eigentlich möchte –, will er dem Jungen dann doch plötzlich Geld geben, fingert umständlich einen Zehneuroschein aus der Hosentasche und versucht, ihm das Geld in die Hand zu drücken. Aber der Stricher ist schon aufgestanden, hat seine Jogginghose wieder hochgezogen und justiert seine Strickmütze. „Du willst kein Mitleid, und ich keine Almosen, Opi", sagt er. Gleich darauf ist er verschwunden und lässt Jakob überrascht zurück.

Er steht im Schlafzimmer ihrer alten Wohnung, der Wohnung, die Marius und er mit so viel Anstrengung und Aufwand monatelang in Eigenregie saniert haben, die sie von einem alten, ungenutzten Speicher in ihr erstes – und einziges – gemeinsames Zuhause verwandelt hatten. Über ihm sind die Holzbalken des spitz zulaufenden Daches zu sehen, die zum Vorschein kamen, als sie die Decken mit einem Vorschlaghammer, Geißfuß und Meißel herausgerissen haben. Marius liegt auf dem Bett, neben seinem Kopf hat sich Truman, ihr Kater, in die Bettritze gekuschelt. Marius' linkes Bein ist eingegipst, von der Wade bis zum Oberschenkel. Er trägt eine ausgeleierte, alte Boxershorts und eines der karierten Holzfällerhemden, die er so liebt, weil er glaubt, dass sie ihn männlicher wirken lassen. Jakob durchströmt ein ungeheures Gefühl der Erleichterung, als er den Gips sieht.

„Du bist ja gar nicht tot!", ruft er aus. „Du hast dir nur das Bein gebrochen! Warum hast du mir das nicht gesagt?"

Eine Hand rüttelt an seiner Schulter. „Wach auf, Jakob!"

Desorientiert setzt er sich auf. Sein Kopfkissen ist nass, genau wie sein Gesicht. „Was ist passiert?", murmelt er.

„Du hast geträumt", seufzt Arne und knipst die Nachttischlampe an. Er sieht auf die Uhr: Es ist kurz vor vier. „Wieder derselbe Traum?"

Jakob nickt. „Immer derselbe. Wenn ich von ihm träume, dann immer nur diesen Traum." Er wischt sich die Tränen von den Wangen und stolpert verschlafen ins Bad, um sich das Gesicht zu waschen.

Arne steht im Türrahmen und beobachtet ihn, die Arme vor der Brust verschränkt. Rötlicher Bartschatten zeichnet sich auf seinen Wangen ab. „So geht das nicht weiter", sagt er plötzlich.

„Was meinst du?", fragt Jakob.

„Das mit dir."

„Was soll ich denn dagegen tun?" Jakob sieht Arne im Spiegel an, das Wasser auf seinen Händen ist kühl. Er lässt es über seine Handgelenke rinnen, durch seine Finger. „Glaubst du, es macht mir Spaß, immer an ihn erinnert zu werden?"

Arne schüttelt den Kopf. „Ich kann das nicht mehr."

„Was kannst du nicht mehr?" Jakob hält inne und fühlt, wie er anfängt zu zittern. Jetzt, wo der Moment da ist, hat er ihn kalt erwischt, unvorbereitet, verletzbar.

„Das hier. Das alles." Arnes Hände umschließen in einer vagen Geste das Badezimmer, die Wohnung, Jakob. „Du bist gar nicht wirklich hier, du bist immer noch bei ihm. Ich dachte … ich dachte, die Jahre mit mir hätten eine Bedeutung für dich, aber du bist im Grunde immer noch mit Marius zusammen." Er klingt verbittert, als er den Namen seines Vorgängers ausspricht.

„Das ist nicht wahr", erwidert Jakob, aber er weiß selbst, dass er sich nicht überzeugend anhört.

„Er ist nicht mehr da. Seit über zwanzig Jahren!"

„Erzähl mir nichts, was ich nicht schon weiß!"

„Wann wirst du endlich aufhören, um ihn zu trauern? Wann wirst du endlich wieder anfangen zu leben?" Jakob schweigt. „Verstehe", sagt Arne resigniert. Dann dreht er sich um, geht ins Schlafzimmer und beginnt eine Tasche zu packen.

Jakob läuft hinter ihm her und fragt: „Wo willst du hin?"

„Weg", antwortet Arne.

„Aber es ist mitten in der Nacht!"

Arne ist dabei, sich anzuziehen, und wirft gleichzeitig wahllos Klamotten in die Tasche. „Ist mir egal!", schreit er und reibt sich die Augen. Seine Bewegungen werden immer hektischer. Es ist, als könnte er plötzlich nicht schnell genug entkommen.

„Du gehst, weil du einen anderen Kerl hast! Stimmt's? Du hast jemand anderen kennengelernt! Irgendwo auf deinen Dienstreisen."

Arne hält inne, schnappt noch schnell seinen Laptop und fixiert Jakob mit einem kalten Blick. „Red keinen Scheiß."

Und dann knallt eine Tür und Jakob ist allein.

„Was, glauben Sie, hat ihn dazu getrieben, Sie zu verlassen?" Silky Legs hat die Beine übereinandergeschlagen und sieht Jakob an. Ihr Kugelschreiber schwebt erwartungsvoll über dem Notizblock.

Die Sitzung ist ein Notfall. Jakob sieht furchtbar aus, seine Augen sind blutunterlaufen, und seine Gesichtsfarbe ähnelt der eines Hefeteigs. Gleich am Morgen hat er angerufen, noch vor neun Uhr, und um einen Termin außer der Reihe gebeten. Eigentlich hat er darum gebettelt. Die Nacht über hat er kein Auge mehr zugemacht und seine Stimmung schwankt zwischen Wut, grenzenloser Traurigkeit und Selbstmitleid.

„Er hat was mit einem anderen."

„Ist das Ihre Vermutung oder wissen Sie es?"

„Meine Vermutung", gesteht Jakob ungnädig. „Aber ich habe bestimmt recht. Er hat es zugegeben. Jedenfalls mehr oder weniger."

Die Therapeutin zieht die Augenbrauen zusammen, während ihr Stift über das Papier hastet. „Sie haben mir in der Vergangenheit erzählt, dass Sie beide keinen besonderen Wert auf partnerschaftliche Treue legen. Hat sich das in Ihrem Fall jetzt geändert?"

„Na ja, wenn er mich wegen eines anderen Mannes verlässt, dann wohl schon!"

„Könnte es andere Gründe geben, die Arne zu seinem Entschluss bewogen haben?"

„Woher soll ich das wissen?", erwidert er. „Sie sind die Therapeutin. Sagen Sie es mir!"

„Dann lassen Sie mich die Frage anders formulieren: Können Sie sich andere Gründe vorstellen?"

„Fragen Sie doch Arne!", fährt Jakob auf. „Vielleicht hat er für Sie bessere Antworten als für mich!"

Silky Legs lässt sich von Jakobs Aggressivität nicht aus der Ruhe bringen. „Ich bin Ihre Therapeutin und nicht die Ihres Partners. Ihres Ex-Partners."

Jakob zuckt zusammen, als sie sich verbessert. „Vielleicht ist er ja gar nicht richtig weg", murmelt er. „Vielleicht kommt er ja wieder."

Der Kugelschreiber schreitet erneut zur Tat. „Glauben Sie, dass er wiederkommt?" Wenn Silky Legs wüsste, dass Jakob inzwischen das Essen mit Rolf und Uli per SMS abgesagt hat, dann würde sie erkennen, dass er selbst nicht an das glaubt, was er sagt. „Wollen Sie, dass er wiederkommt?"

„Natürlich will ich, dass er wiederkommt! Was ist denn das für eine Frage! Wir sind seit fast acht Jahren zusammen!"

„Und das bedeutet?"

„Nichts", murmelt Jakob. „Anscheinend bedeutet es nichts."

Irgendetwas läuft falsch in dieser Sitzung. Er hatte sich ein wenig Mitgefühl erwartet, ein paar Worte des Bedauerns und Erklärungen, stattdessen konfrontiert ihn die Therapeutin mit unbequemen Fragen. Vielleicht ist sie die falsche Anlaufstelle. Jakob vergräbt das Gesicht in seinen Händen. „Ich kann das nicht mehr", flüstert er.

„Interessant. Ist Ihnen aufgefallen, dass Sie die gleichen Worte wie Ihr Ex-Partner benutzen? Jedenfalls haben Sie es vorhin so dargestellt."

Er schweigt. Silky Legs hat recht. Das war ihm gar nicht bewusst. „Und was heißt das?", fragt er schließlich.

„Könnte es nicht sein, dass Sie *beide* sehr genau wissen, was Sie daran hindert, eine funktionierende Beziehung zu führen?"

„Ich … Marius?" Der Name kommt ziemlich kleinlaut und mit einem Fragezeichen versehen aus Jakobs Mund.

Silky Legs klappt ihren Notizblock zu und sagt: „Wir sehen uns nächste Woche, Herr Brenner."

September 1986

Auf ihrem Wahlparteitag in Nürnberg beschließen die Grünen ein Programm zum ökologischen und sozialen Umbau der Industriegesellschaft, das u.a. eine Umstellung der Industrieproduktion zugunsten von Umweltschutz vorsieht.

Der neue Erzbischof von Wien, Hans Hermann Groer, erhält im Stephansdom die Bischofsweihe. Er steigt später zum Kardi-

nal auf und muss Mitte der neunziger Jahre nach einem aufsehenerregenden Skandal um Kindesmissbrauch zurücktreten.

Die Kölner Philharmonie, die als modernster Konzertsaal der Welt gilt, wird eröffnet. Der Konzertsaal hat 2000 Plätze und ist wie ein modernes Amphitheater angelegt. In der Philharmonie musizieren vorwiegend das Rundfunk-Sinfonie-Orchester des WDR und das Gürzenich-Orchester.

Erste Ergebnisse von klinischen Studien in den USA deuten darauf hin, dass ein in den sechziger Jahren eigentlich zur Krebsbekämpfung entwickeltes Medikament namens AZT den Ausbruch und Verlauf von Aids verlangsamen könnte.

Über 12.000 US-Amerikaner haben sich bisher über Blutspenden mit dem HI-Virus infiziert, aber erst seit dem Sommer werden in den USA mehr und mehr Blutspenden und -konserven auf HIV-Antikörper getestet, obwohl ein entsprechender Test schon seit 1985 zur Verfügung steht. Ähnliche Blutspende-Skandale gibt es in den achtziger Jahren auf der ganzen Welt. Der deutsche wird erst 1993 in einem Untersuchungsausschuss aufgeklärt.

Derweil wird die gesellschaftliche Situation für Schwule und Lesben in den USA immer schwieriger. Während die Infektionszahlen weiterhin sprunghaft ansteigen und die Reagan-Administration aus weltanschaulichen Gründen nur zögerlich finanzielle Mittel bereitstellt, um die Krise zu bekämpfen, hat das oberste Verfassungsgericht der USA im Juni 1986 im Fall Bowers vs. Hardwick entschieden, dass einvernehmliche homosexuelle Handlungen zwischen Erwachsenen auch in den eigenen vier Wänden als illegal geahndet werden können. Diese Entscheidung wird erst 2003 höchstrichterlich als verfassungswidrig verworfen.

Die deutschen und englischen Charts werden von Bands dominiert, die kein Problem haben, die Homosexualität einzelner Bandmitglieder öffentlich zu machen. In Deutschland sind Frankie Goes to Hollywood mit „Rage Hard" in der Spitzengruppe; in England führen die Communards mit „Don't Leave Me This Way" die Charts an.

Marius riss einen Grashalm aus der Erde und pulte Essensreste zwischen seinen Zähnen heraus. Sein Kopf lag auf Jakobs Brust, eine träge Zufriedenheit umgarnte ihn. Um sie herum summten Bienen; ein paar Meter von ihnen entfernt veranstaltete eine türkische Familie ein Grillfest am Rheinufer. Der Duft von gebratenem Hammelfleisch und exotischen Gewürzen vermischte sich mit den gutturalen, unverständlichen Stimmen der Männer, dem vergnügten Schwatzen der Frauen.

„So lass ich mir die Semesterferien gefallen“, murmelte Marius und sah einem Lastkahn nach, der in der Mitte des Flusses an ihnen vorbeifuhr. „Sommer, Sonne und ein geiler Mann an meiner Seite. Wusste gar nicht, dass du so gut kochen kannst.“

Jakob legte das Buch zur Seite, das er gegen das Licht gehalten hatte. „War doch nur Kartoffelsalat und ein paar Frikadellen.“

„Trotzdem. Wenn ich könnte, würde ich dich heiraten. Ehrlich. Du ziehst das Brautkleid an.“

Jakob schnaubte auf. „Niemals. Du wirst mich nie im Fummel sehen. Ich versteh überhaupt nicht, was Schwule so toll daran finden, sich als Transen zu verkleiden. Außerdem sind wir doch schon so gut wie verheiratet.“

Er schob sich noch ein paar Gabeln Kartoffelsalat in den Mund, obwohl er nicht mehr hungrig war. Er hatte zu viel gemacht; eigentlich hatte Sascha sie begleiten wollen, Jakobs neuer Kumpel, den er vor einigen Wochen an der Theke einer Kneipe kennengelernt und mit dem er sich auf Anhieb gut verstanden hatte. Sascha war witzig und hatte einen beißenden, schwarzen Humor, und Jakob mochte seine unkomplizierte Art. Auch Marius, dem er Sascha kurz darauf vorgestellt hatte, verstand sich gut mit ihm. Wie eigenartig, dass es Jakob plötzlich leichter fiel, Freundschaften zu schließen und Bekanntschaften zu machen, seit er mit Marius zusammen war. Als ob ein Bann gebrochen worden wäre, eine Hemmschwelle sich in Luft aufgelöst hätte. Doch heute Morgen waren Sascha Zahnschmerzen dazwischengekommen, und so waren Marius und Jakob mit ihren Rädern allein zum Sonnenbaden gefahren.

Marius setzte sich auf und spähte in das Dickicht hinter ihnen. Das Cranachwäldchen an der Rheinschleife im Kölner Norden mit seinen ausgetretenen Pfaden war ein bekannter Treffpunkt. Schon seit einiger Zeit hörten sie verdächtige Geräusche in den Büschen, immer wieder spazierten leicht bekleidete Männer an ihnen vorbei, warfen ihnen neugierige und neidische Blicke zu. Glück machte sexy.

„Bock auf einen Dreier?", fragte Marius.

Jakob deutete auf das Buch neben ihm. „Ich muss das hier lesen. In vier Wochen fängt das Wintersemester an und ich hab noch nicht mal die Hälfte der Pflichtlektüre für meine Kurse durchgearbeitet." Er grinste. „Wir hatten erst vorhin Sex. Wieso bist du schon wieder rattig?"

„Ich kann immer, weißt du doch."

„Dann geh schon und lass mich lesen."

Treue war zwischen ihnen von Anfang an kein Thema gewesen. „Machen wir uns nichts vor", hatte Marius eines Abends gesagt, vielleicht sechs Wochen, nachdem sie sich kennengelernt hatten. „Wir haben uns in einem Darkroom getroffen. Ich studiere in Koblenz, du in Köln, und wir können uns außerhalb der Ferien nur am Wochenende sehen. Es wird passieren, früher oder später. Und ich habe keine Lust, es heimlich zu tun." Sie waren hungrig gewesen: Ein Pizzakarton lag auf dem Tisch und Marius lutschte zufrieden seine fettigen Finger ab. Nur die Kruste war übrig geblieben, er aß den Rand nie mit.

„Es ist schon passiert", hatte Jakob erwidert und war rot geworden. „Ich bin neulich an der Uniklappe vorbeigekommen und konnte nicht widerstehen."

Marius hatte angefangen zu lachen. „Und ich war mit dem Auto am Deutschen Eck", hatte er zugegeben. Dann war er wieder ernst geworden. „Aber das hat nichts zu bedeuten, verstehst du?" Er nahm das Gesicht seines Freundes in beide Hände und blickte ihn durchdringend an. Jakob konnte kleine Flecken erkennen, die wie Silber in seinen Pupillen schwammen. „Es ist nur Sex."

„Es ist nur Sex", hatte Jakob genickt.

Jetzt sah er Marius hinterher, der mit schlendernden Schritten im Gebüsch verschwand, und biss sich auf die Lippen. Es gab etwas, das er mit ihm besprechen musste, aber er hatte keine Ahnung, wie er anfangen sollte. Jedes Mal, wenn er einen Anlauf nahm, schreckte er in letzter Sekunde zurück, wie ein Hürdenläufer, der das erste Hindernis auf der Bahn verweigerte.

Er versuchte, sich auf seinen Text zu konzentrieren, aber die Buchstaben ergaben keinen Sinn, immer wieder las er denselben Absatz. Was hatte die politische Geschichte der amerikanischen Union in den Jahren nach dem Bürgerkrieg mit ihm zu tun? Tote Protagonisten, die sich über längst vergessene Probleme stritten. Das „Gilded Age" war eine Epoche des ungebremsten Kapitalismus während der industriellen Revolution gewesen, die meisten Politiker käuflich, bestechlich, unfähig, und nur an Macht, Geld und Einfluss interessiert. Hier wurde der Grundstock für den Reichtum der Vanderbilts und Rockefellers gelegt, während das Gros der Bevölkerung immer tiefer in Armut versank.

Jakob grinste müde und legte das Buch zur Seite. Ronald Reagan hätte an dieser Periode seine helle Freude gehabt. Wieso war Geschichte dazu verdammt, sich zu wiederholen?

Ein paar Wolken verdeckten die Sonne, und er fröstelte, kramte sein T-Shirt aus der Tasche, die sie mitgebracht hatten.

„Nur alte Säcke", befand Marius enttäuscht, als er nach wenigen Minuten zurückkehrte. „Keiner unter vierzig. Und so hässlich! Wie kann man nur in Badehose und braunen Halbschuhen cruisen gehen?"

Jakob nahm seinen ganzen Mut zusammen. „Ich war beim Arzt", platzte er heraus und musste sich zusammenreißen, damit seine Mundwinkel nicht zitterten. „Schon vor drei Wochen."

Marius hielt inne. Die Zeit stand plötzlich still, alles um sie herum schien zu erstarren. „Beim Arzt? Warum?" Als ob er es nicht wüsste, als ob Jakobs Tonfall nicht schon alles gesagt hätte.

„Ich hab einen Test machen lassen." Jakobs Herz schlug wie wild, er konnte es sogar in seinem Hals spüren, und er sah, dass Marius die Luft anhielt, sich hektische rote Flecken auf seinen Wangen zeigten, wie immer, wenn er aufgeregt war. „Gestern habe ich das Ergebnis bekommen." Er brachte ein unsicheres Lächeln zustande. „Es ist negativ."

„Gott sei Dank." Marius ließ sich aufatmend neben ihn ins Gras fallen. Ihre Finger berührten sich, verhakten sich ineinander, hielten Zwiesprache, bis die Fingerkuppen weiß wurden. „Warum hast du mir nichts gesagt?"

Jakob zuckte mit den Schultern. „Ich wusste nicht, wie du reagierst." Dann fügte er leise hinzu: „Ich glaube, ich hatte Angst, dass du mich im Stich lässt." Es kostete ihn noch mehr Mut, sich dies einzugestehen.

„Blödmann." Marius sah ihn kopfschüttelnd an. „Kennst du mich so schlecht? Wegen so etwas würde ich nicht gehen."

„Tut mir leid."

„Und warum? Ich meine, warum hast du dich testen lassen?" Ohne Jakob zu fragen, begann er, ihre Sachen wegzupacken: die Badetücher, seinen Walkman mit der Kassette des neuen Pet-Shop-Boys-Albums, die Sonnencreme, die Sporthosen; es war, als hätte Jakob mit seinem Geständnis einen magischen Tag jäh beendet.

„Es hätte doch sein können, dass ich es habe. Würdest du es nicht wissen wollen?"

„Nein", stieß Marius hervor, seine Stimme klang wie ein Bellen, rau, heiser. Jakob zuckte überrascht zusammen. Schweigend stiegen sie auf ihre Räder und fuhren zu Jakobs Zimmer zurück. Für den Rest des Tages war Marius seltsam still.

Obwohl Samstag war, machte am Abend keiner von beiden den Vorschlag auszugehen. Stattdessen zündete Jakob eine Kerze an, als es dunkel wurde, und sie erkundeten ihre Körper langsam und vorsichtig, als wäre es das erste Mal, dass sie einander in Jakobs Kastenbett entdeckten. Aus einem geöffneten Fenster in der Nachbarschaft wehte klassische Musik zu ihnen herüber, ein Stück von Debussy, und die Melodie verschmolz mit den Berührungen ihrer Hände, ihrer Lippen. Als er kam, rief Marius Jakobs Namen. Er klang verloren, wie ein Kind, wie ein Liebender, der verlassen worden war, und seine Finger gruben sich in den Rücken seines Freundes.

„Ich bin hier", flüsterte Jakob. „Ich bin hier."

„Hast du Angst?", brach Marius später endlich sein Schweigen. Seine Stimme war belegt, als hätte sich etwas in seiner Kehle verfangen. Er hatte sich an Jakob gekuschelt, und Jakob konnte seinen Atem spüren, wie ein sanfter, warmer Wüstenwind, der über seine Nackenhaare strich.

„Du meinst beim Test?" Jakob dachte an die Zeit, die er im Wartezimmer verbracht hatte, bis er aufgerufen wurde. „Ich hab mir fast in die Hose geschissen. Ich konnte die letzten Wochen an nichts anderes mehr denken."

„Nein, ich meine ... vor Aids. Vor diesem Virus."

Sie hatten noch niemals darüber gesprochen, hatten verdrängt, was sich weigerte, von alleine zu gehen. Wie kann man vom Tod sprechen, wenn man verliebt ist? Wie kann man vom Sterben reden, wenn man sich wie neu geboren fühlt?

Und doch war das Thema immer präsent; schon drei Jahre zuvor, 1983, hatte Jakob einen ersten Artikel im *Spiegel* über die „Schwulenpest“ gelesen, die Horrormeldungen über die „Homo-Seuche“, erst ungläubig, dann ablehnend und dann Stück für Stück vor der Wahrheit zurückweichend. Gerüchte flogen umher wie die Sporen von Pusteblumen, angeheizt von sensationslüsternen Medien, die die anfängliche Unsicherheit über die Übertragungswege ausschlachteten. Ein Mückenstich, ein Händedruck, die gemeinsame Benutzung einer Toilette, alles wurde in Frage gestellt. Doch auch das Wissen unter schwulen Männern war nicht größer: Man sollte nicht mit Farbigen ficken, dann besser nicht mit Amerikanern. Beim Arschlecken war es besser, eine Frischhaltefolie zwischen Zunge und Schließmuskel zu legen. Die Gerüchte wehten vorüber, das Virus blieb.

Wie ein ungebetener Gast begann es in den Diskotheken mitzutanzen; wie ein Gespenst versteckte es sich am Aachener Weiher hinter den Bäumen, wenn Jakob in den warmen Sommernächten auf Männerfang ging; wie ein Nebel mischte es sich unter die heiße, feuchte Luft in den Dampfsaunen. Gerade beim Sex war das Wissen um seine Existenz immer präsent, es vergiftete die Atmosphäre und tötete zunehmend die Lust: in den verklemmten Gesprächen, wenn man zu verhandeln suchte, was ging und was nicht; beim abrupten Abbruch einer unüberlegten Begegnung, wenn einen in letzter Sekunde das Gewissen packte und man den Kontakt mit Körperflüssigkeiten vermeiden wollte. Vor allem jedoch zeigte es sich in der Angst danach. Wenn man sich hatte hinreißen lassen und allein zu Hause saß, wenn man einen Fehler begangen hatte und krank vor Sorge jede Hautveränderung beobachtete. Wenn man jeden Schnupfen und jede Bronchitis hinterfragte und für den Anfang vom Ende hielt.

Jakob hatte Marius nichts davon erzählt: Erst vor einigen Wochen hatte er jemanden in einer Kneipe gesehen, eine Fickbekanntschaft aus der Zeit vor Marius. Eine Zeitlang hatte er sich gewundert, warum Achim trotz des warmen Wetters einen Pullover trug, doch dann war der Ärmel verrutscht und Jakob hatte die verräterischen, rot-braunen Flecken auf seinem Unterarm gesehen, die der bösartige Hautkrebs wuchern ließ. Kaposi-Sarkom. Ein Synonym für den Tod, kalt und unbarmherzig wie die Gewissheit des Sterbens selbst. Er hatte Achims Verzweiflung bemerkt, hatte in einen bodenlosen Brunnen aus Angst geblickt, als sich ihre Augen trafen, und er war aus der Kneipe gestürzt und hatte sich am Bordstein übergeben. Am nächsten Tag hatte er einen Termin beim Arzt vereinbart.

„Ja", erwiderte Jakob leise. „Ich habe eine Heidenangst vor diesem Virus. Es erschreckt mich zu Tode."

„Mich auch", sagte Marius. Er seufzte bedrückt. „Ich will, dass es verschwindet. Ich will, dass alles wieder so ist wie früher."

„Glaubst du, wir sollten Gummis benutzen?"

„Hast du es schon versucht?"

Jakob dachte an die paar vermurksten Gelegenheiten, bei denen er versucht hatte, sich ein Gummi überzustreifen, an die Peinlichkeit, als sein Schwanz schlaff wurde. Er dachte daran, dass er früher nie auch nur auf die Idee gekommen wäre, Gummis mit schwulem Sex in Verbindung zu bringen. Gummis benutzte man zur Empfängnisverhütung, so hatte er das gelernt. So etwas brauchten nur Heteros. „Es war Scheiße."

„Bei mir auch. Ich kann das nicht. Es macht keinen Spaß."

„Und was machen wir jetzt?"

Marius hob ratlos die Schultern.

Jakob drehte sich im Schein der Kerze zu ihm. „Dieses Virus wird uns nichts anhaben, hörst du? In ein paar Jahren haben sie bestimmt was dagegen gefunden. Es wird uns nichts tun!“

Marius nickte, obwohl sie beide wussten, dass es eine Lüge war.

Es ist seltsam. Jetzt, wo er nicht mehr in seiner Nähe ist, muss Arne ständig an Jakob denken. Zum Beispiel daran, dass er nahe am Wasser gebaut hat. Man kann eigentlich nicht mit ihm ins Kino gehen, ohne sich zu blamieren. Jakob hat geheult, als Sigourney Weaver in *Avatar* gestorben ist, und als sich Ron und Hermine im letzten Harry-Potter-Film endlich küssten, hat er mehrere Taschentücher gebraucht. Manchmal ist er sogar bei *Tatort*-Episoden zu Tränen gerührt. Passiert irgendwo auf der Welt eine Katastrophe, kann man darauf wetten, dass Jakob vor dem Bildschirm hockt und mitleidet. Tsunami im Pazifik, Massenmord in Oslo, Erdbeben auf Haiti – er kann die feuchten Augen nicht von der Mattscheibe lösen.

Oder dass er die nervige Angewohnheit hat, seine Gläser und Tassen niemals auszutrinken, immer einen Fingerbreit des Getränks übrig lässt. Warum auch immer. Jeden Abend vor dem Schlafengehen läuft Arne durch die Wohnung und versucht dem Chaos Einhalt zu gebieten, das sich in ihrem Zuhause wie ein wuchernder Pilz ausbreitet. Er sammelt Jakobs Gläser und Tassen ein, die er den Tag über gedankenverloren in den Räumen verteilt hat, und schüttet die Reste abgestandenen Orangensafts, kalten Kaffees und schalen Wassers in den Ausguss.

Arne sieht aus dem verschmierten Fenster des Zuges auf die vorbeirasende Landschaft. Blühende Rapsfelder, ein paar Kühe, in der Ferne ein Dorf. Aus den Kaminen der Häuser steigt Rauch auf und kräuselt sich am Himmel. Dann fährt der ICE in einen Tunnel, im Abteil wird es dunkel und mit einigen Sekunden Verzögerung flackert das Licht an. Arnes

Finger wärmen sich an dem Pappbecher mit Tee, den er sich im Bistrowagen gekauft hat. Inzwischen bezweifelt er, dass es eine gute Idee war, nach München zu fahren. Doch in der Nacht, als er aus der Wohnung gestürmt ist, den Bauch voller Wut und den Kopf völlig leer, hat er sich an eine Bushaltestelle gesetzt und seine Optionen ausgelotet. Analytisch denken, das kann er. Nur dass ihm diese Fähigkeit bei Jakob nicht weiterhilft. Da sind zu viele Emotionen im Spiel, er hat keinen Abstand, kann nicht objektiv urteilen. Jakob ist jemand, der außerhalb jeder Analyse steht. Dessen Charakter sich einer kühlen und abgeklärten Betrachtung entzieht. Stattdessen hat Arne in der aufkommenden Dämmerung eine Horde Spatzen beobachtet, die sich um ein paar Brotkrümel am Boden balgten, hat den Männern von der Straßenreinigung zugesehen, die um fünf Uhr ihren Dienst begannen.

Er braucht jemanden, der ihm erklärt, warum Jakob so ist, wie er ist. Selbst wenn er Jakob niemals wiedersehen sollte – und er bekommt einen Kloß im Hals bei der bloßen Vorstellung –, muss er wissen, dass ihn, Arne, keine Schuld trifft. Dass er sein Bestes gegeben hat. Aber hat er das? Hat er seine Leidensfähigkeit tatsächlich ausgereizt? Als er an diesem Punkt seiner Überlegungen angekommen war, hatte nicht viel gefehlt und er wäre zurückgelaufen, wäre die Treppen zu ihrer Wohnung hochgestürmt und hätte Jakob in seine Arme geschlossen. Denn der Mann, mit dem er die letzten Jahre sein Leben geteilt hat, fehlt ihm schon jetzt. Er fühlt sich, als hätte er ein Loch in der Brust. Einzig sein Stolz hat ihn davon abgehalten, die Ereignisse der letzten Nacht ungeschehen zu machen. Das und die Gewissheit, dass er so nicht weiterleben kann.

Jakob hat nicht viele Freunde aus der Zeit mit Marius in sein jetziges Leben hinübergerettet. Fast alle sind gestorben, sind dem Siegeszug des Virus zum Opfer gefallen. Einmal, zu Beginn ihrer Beziehung, hat er ein Fotoalbum hervorgeholt, auf die Gesichter gezeigt und ihnen einen Namen und eine Todesart zugeordnet. Andreas: Lungenentzündung. Klaus: Enzephalopathie. Jürgen: Kaposi-Sarkom. Sascha: Selbstmord, nachdem er sein positives Testergebnis erhalten hat. Martin: Erblindung durch eine CMV-Infektion und Wasting-Syndrom. Jede Seite des Fotoalbums zeigte ein neues Schlachtfeld, einen weiteren Kriegsschauplatz, auf dem es keine Überlebenden gab. Jedes Bild bewahrte die Erinnerungen an ein Massensterben. Arne war entsetzt, als er begriff, wie viele es waren, und er fragte sich, wieso die Katastrophe in seinem Leben so wenig Spuren hinterlassen hatte. Kaum einer seiner Freunde war infiziert, geschweige denn an Aids gestorben. Hatte er in den achtziger und neunziger Jahren auf einer Insel der Glückseligen gelebt, die auf wundersame Weise von der Epidemie verschont geblieben war? Oder hat er einfach nur die Augen geschlossen, um nicht zu sehen, was allgegenwärtig war?

Während er durch Jakobs Fotos blätterte, glaubte er manchmal ein Gesicht zu erkennen, jemand, den er vielleicht irgendwo gesehen hatte in einer Diskothek, in einer Bar, aber dann war er wieder unsicher, vielleicht bildete er sich das nur ein, weil Jakob den Namen und Gesichtern wieder Leben einhauchte, ihnen eine Geschichte zuordnete: Andreas war Friseur gewesen und brüstete sich damit, eine Nacht mit Elton John verbracht zu haben, auch wenn ihm das niemand glaubte. Klaus war mit sechzehn Jahren von zu Hause ausgerissen, hatte sich mit Gelegenheitsjobs über Wasser gehalten, bis ihn sein zwanzig Jahre älterer Freund Helmut von der Straße holte. Jürgen hatte bei Karstadt gearbeitet und heimlich Gedichte geschrieben. Mit Sascha hatte Jakob seinen ersten Joint geraucht und völlig breit einen Dreier gemacht. Martin hatte darunter gelitten, dass er so klein war, und war jedes Mal explodiert, wenn ihn jemand im Spaß mit „Na, du Zwerg?“ ansprach. Ausdruckslos sprach Jakob von den

Toten, abgestumpft leierte er ihre Geschichte herunter wie der nüchterne Chronist eines historischen Ereignisses. Als hätte er sein Herz gegenüber ihrem Schicksal verschlossen. Nur wenn ein Bild von Marius in seine Finger geriet, wurde er sprachlos, versagten ihm die Worte, und seine Zunge leckte hilflos über die trockenen Lippen. Und wieso waren es so wenige Bilder von Marius? Drei, vier, in denen er eher zufällig auf das Foto geraten schien, während Jakob andere Menschen abgebildet hatte. Hatte er wirklich nur die wenigen Erinnerungen an Marius behalten?

Arne kennt nur einen Menschen, der ihm erzählen kann, was damals passiert ist. Der einzige Mensch, den Jakob sein halbes Leben kennt, abgesehen von seiner Familie. Deshalb hat Arne schließlich im Büro angerufen, hat sich ein paar Tage freigenommen und kurz entschlossen in den ersten Zug nach München gesetzt.

Als er gegen Mittag am Hauptbahnhof ankommt, wechselt er in die Regionalbahn und dann in einen Bus, den er sich mit ein paar Jugendlichen und einigen Hausfrauen teilt, bis er am frühen Nachmittag in einem Dorf ankommt, das so klein ist, dass sein Name nicht einmal die detaillierteste Landkarte interessiert. Ein Tante-Emma-Laden, ein Bäcker und ein Schreibwarenladen mit Postfiliale bilden die gesamte Infrastruktur des Örtchens. In der Mitte steht eine Kirche aus dem achtzehnten Jahrhundert, eingerahmt von vier großen Ahornbäumen, die den Platz vor dem Gotteshaus beschatten. Ein Schaukasten informiert über die Veranstaltungen der katholischen Gemeinde: Seniorenkaffeetrinken am Mittwochnachmittag, Rosenkranzbeten am Freitagmorgen, am 30. eine Messe zu Ehren des heiligen Quirinius. Arne fragt sich mit einem Zettel in der Hand durch, bis er etwas abseits des Dorfes zu einer weißgetünchten Bauernkate mit schwarzem Fachwerk gelangt, vor deren Eingang ein Topf Margeriten blüht. Die Adresse hat Arne in seinem Laptop gespeichert; Jakob hat sie ihm vor Jahren gegeben, als er Katrin zum ersten Mal, nachdem er Arne kennengelernt hatte, in Bayern besuchte. Für den Notfall, hat er damals gesagt. Und Arne sieht die jetzige Situation als Notfall an.

Ein Fliegengitter klappert im Rahmen der geöffneten Haustür, und auf dem Weg daneben parkt ein roter Fiat Panda. Eine langhaarige, blonde Frau etwa in seinem Alter kommt ihm entgegen, als er klopft. Sie ist schlank, trägt Jeans und ein schlabbriges T-Shirt. In ihrer Hand hält sie einen Stapel DIN-A4-Blätter, die sie mit Rotstift markiert hat. „Sie sind nicht der Klempner“, stellt sie unnötigerweise fest, als sie Arnes Reisetasche sieht.

„Nein“, gesteht Arne. „Ich bin …“

„Mist. Der Mensch ist schon drei Stunden überfällig. Können Sie einen Abfluss reparieren? Mein Mann ist auf einer Konferenz in Budapest, und wenn ich mir heute nicht die Haare waschen kann, sehe ich bald aus wie eine Vogelscheuche.“

„Ich … ich kann es versuchen“, sagt Arne unsicher.

„Und wer sind Sie in Wahrheit? Ich meine, haben Sie auch einen Namen? Moment …“, sagt sie plötzlich und sieht ihn genauer an. „Kann es sein, dass du Jakobs Freund bist? Er hat mir Fotos von dir gezeigt.“

Er nickt. „Ich bin Arne. Und Sie sind … und du bist Katrin?“

Die Frau sieht an ihm vorbei, als ob sie noch jemanden erwartete. „Wo ist Jakob? Er hat mir gar nicht erzählt, dass er in der Gegend ist.“

„Das ist eine längere Geschichte“, erwidert Arne. „Jakob ist zu Hause. Ich bin alleine gekommen.“

„Ich verstehe kein Wort“, sagt Katrin. „Was willst du dann hier?“

„Ich will etwas über Marius wissen. Über Marius und Jakob.“

„Von mir?“

Arne schaut auf seine Schuhe. „Wir … wir haben uns gestritten“, gibt er zu.

Katrin seufzt unwillig und geht zur Seite, um Arne hereinzulassen. „Wieso haben schwule Männer eigentlich ständig Beziehungsprobleme?“, fragt sie. „Werdet ihr niemals erwachsen?“

Oktober 1986

In einem Interview mit dem Nachrichtenmagazin Newsweek stellt der deutsche Bundeskanzler Helmut Kohl den sowjetischen Parteichef Michail Gorbatschow in einen engen Zusammenhang mit NS-Propagandaminister Joseph Goebbels: „Er ist ein moderner kommunistischer Führer, der sich auf Public Relations versteht. Goebbels, einer von jenen, die für die Verbrechen der Hitler-Ära verantwortlich waren, war auch ein Experte für Public Relations.“ Das Interview belastet die deutsch-sowjetischen Beziehungen erheblich.

Die Sowjetunion beginnt mit dem ersten Teilabzug von Truppen aus Afghanistan seit dem Einmarsch 1979. Betroffen sind rund 7000 Soldaten. Der Sieg der einheimischen Bevölkerung über die Großmacht ist in weiten Teilen auf verdeckte Waffenlieferungen und die finanzielle Unterstützung der USA zurückzuführen. Zehn Jahre nach dem Abzug der Besatzer rücken die Taliban in das hinterlassene Machtvakuum vor.

In den USA wird der Iran-Contra-Skandal aufgedeckt. Die Reagan-Regierung hatte geheime Waffenverkäufe an den Iran getätigt und die Einnahmen an die Contras in Nicaragua weitergeleitet, um sie beim Kampf gegen die linksgerichtete sandinistische Regierung zu unterstützen. Bei den Untersuchungen der Affäre wurde auch bekannt, dass die Contras mit Duldung des CIA über Jahre hinweg Kokain in die USA geschmuggelt hatten.

Aufgrund ihrer ablehnenden Haltung zu Homosexualität und vorehelichem Geschlechtsverkehr reagiert die katholische Kirche auf die Aids-Krise mit völliger Hilflosigkeit und Leugnung der Realität. Der Vatikan weist alle Bistümer an, jede Unterstützung homosexueller Gruppen einzustellen, auch was seelsorgerische oder soziale Betreuung betrifft.

In der Bundesrepublik wird das Klima für HIV-Infizierte ebenfalls zunehmend rauer. In Frankfurt entschließt sich der Magistrat, das Bundesseuchengesetz auf Aids anzuwenden. Alle Prostituierten werden regelmäßig zwangsweise auf HIV getestet. Die hessische Landesregierung verurteilt die Maßnahme allerdings.

In Deutschland steht Europe mit „The Final Countdown" an der Spitze der Hitparade, in Großbritannien Madonna mit „True Blue".

„Sie ist keine von diesen Schwulenmuttis, du wirst schon sehen!" Jakob war nervös. Es war ihm wichtig, dass Marius und Katrin sich gut verstanden, sein Freund und seine beste Freundin. „Sie hat selbst eine Beziehung."

„Und wieso hast du sie dann so lange vor mir versteckt? Ich meine, wir kennen uns jetzt neun Monate." Marius parkte das Auto auf dem Seitenstreifen des Bürgersteigs.

„Hab ich gar nicht!", protestierte Jakob, aber das war natürlich nicht wahr. Er hatte erst ganz sicher sein wollen mit Marius, bevor er ihn Katrins kritischem Blick unterwarf.

Katrin und er hatten sich im zweiten Semester kennengelernt, in einem Seminar über Kanadistik, wo sie stundenlang über „Survival" als ein zentrales Thema kanadischer Literatur diskutierten und bergeweise Kurzgeschichten über das karge und entbehrungsreiche Leben der ersten kanadischen Siedler lasen. Jakob hatte Anglistik als Nebenfach, und Katrin belegte es als Hauptfach. Hin und wieder überschnitten sich ihre Kurse, und es wurde zur Gewohnheit, dass sie bei solchen Anlässen nebeneinander saßen. Katrin setzte ihn dann in aller Ausführlichkeit und mit dem ihr eigenen trockenen Humor sowie einer Prise Selbstironie detailliert über ihre Probleme mit Michael, ihrem Freund, in Kenntnis. Irgendwann hatte Jakob das Vertrauen, das sie ihm entgegenbrachte, mit einem ebensolchen Freundschaftsbeweis honorieren wollen und Katrin mit einem mulmigen Gefühl im Bauch gestanden, dass er schwul war. Worauf Katrin nur die Augen verdrehte, einen vielsagenden Blick auf sein rosafarbenes Sweatshirt warf und fragte, was es sonst Neues gebe. Bevor er etwas erwidern konnte, waren sie von der Dozentin gebeten worden, entweder den ganzen Kurs an ihrem sicherlich aufregenden Privatleben teilhaben zu lassen oder sich – falls ihnen das zu unangenehm sei – dann doch wieder mit den vorliegenden Texten zu beschäftigen.

Seit damals war Katrin diejenige, der er alles erzählte. Während er mit anderen Kommilitonen nur oberflächliche Bekanntschaften schloss, trafen sich Katrin und er mindestens einmal die Woche, um sich gegenseitig auf den neuesten Stand zu bringen. Er wusste, dass Michael ihr mehrmals untreu gewesen war, dass sie unter dem frühen Tod ihres Vaters litt und ausgesprochen ehrgeizig war. Sie hatte seine Entwicklung als schwuler Mann beobachtet, Rat und Trost gespendet und sich dabei aber immer eine gewisse kritische Distanz bewahrt, was Jakob schätzte.

Und jetzt hatte er beschlossen, Marius Katrin vorzustellen, an einem verregneten Oktoberabend bei einem Essen in Katrins Wohnung. Beide waren Teil seines Lebens, es war Zeit, dass sie einander kennenlernten. Marius hatte sich die letzten Tage nicht besonders gefühlt – eine Erkältung, die er einfach nicht los wurde und die ihn blass aussehen ließ – und war in Köln geblieben; eine unverhoffte Möglichkeit für ihn und Jakob, auch während des Semesters in der Woche Zeit miteinander zu verbringen.

„Was gibt's denn zu essen?", fragte Jakob. Marius stand etwas verloren in der Küche, nicht sicher, ob er sich schon setzen durfte, während Katrin an mehreren Töpfen am Herd hantierte, in der linken Hand einen Kochlöffel, in der rechten ein Geschirrtuch. Er hatte darauf bestanden, ihr einen Blumenstrauß mitzubringen, eine Geste, die Jakob zu förmlich und irgendwie altmodisch fand, aber zu seiner Überraschung von Katrin mit einem freudigen Lächeln quittiert wurde. Jetzt standen die gelben und weißen Fresien in einer Vase auf dem Tisch.

„Na, was schon? Spaghetti Bolognese natürlich. Das ist das Einzige, was ich kann." Sie blies sich eine Haarsträhne aus dem Gesicht. „Macht den Rotwein auf und bedient euch schon mal. Ich bin hier noch ein bisschen beschäf... Scheiße!" Ein Topf war übergekocht und verteilte blubbernd Fleischsoße über den Herd. Marius sprang ihr zur Seite und drehte die Herdplatte herunter. „Gott, ich hasse Kochen", seufzte Karin und sank erschöpft auf einen Küchenstuhl. „Sobald ich genug Geld verdiene, gehe ich essen. Jeden Tag." Sie nahm Jakob das Glas Wein ab, das er gerade an Marius weiterreichen wollte, und genehmigte sich einen großen Schluck.

„Wo ist Michael?", erkundigte sich Jakob. Eigentlich hatte es ein Essen zu viert werden sollen.

„Frag nicht. Er hat gerade angerufen und abgesagt", winkte Katrin mürrisch ab. „Angeblich hat er so viel zu tun. Er macht seit zwei Wochen ein Praktikum beim WDR. Ich glaube, er hat was mit einer Redakteurin. Anett dies, Anett das. Ich bin sofort misstrauisch geworden."

„Du solltest ihn in den Wind schießen."

„Aber er ist gut im Bett!"

Marius grinste und Katrin warf ihm einen empörten Blick zu. „Für euch Schwule ist das mit dem Sex einfach. Ihr geht mal eben in die Sauna oder schleppt jemanden in einer Kneipe ab. Kann ich als Frau nicht machen."

„Wieso? Du kannst auch in eine Kneipe gehen und ..."

„Hah! Dann bin ich doch sofort eine Schlampe!", erwiderte Katrin und schüttelte den Kopf. Mit einem kritischen Blick nahm sie Marius genauer unter die Lupe. „Schon viel über dich gehört. Jakob ist ja ziemlich verliebt."

„Ich auch", erklärte Marius.

„Das ist gut. Wenn du ihm wehtust, reiß ich dir die Eier ab."

Marius sah sie einen Augenblick überrascht an, dann brach er in schallendes Gelächter aus. „Soll ich vielleicht das mit dem Kochen übernehmen?", fragte er. Wortlos hielt ihm Katrin den Kochlöffel hin. Während Marius die Soße mit Rosmarin und italienischen Kräutern verfeinerte, kamen die beiden aufs Studium zu sprechen. Katrin erzählte, dass sie vorhatte, im Unibetrieb zu bleiben.

„Wirklich?", mischte sich Jakob ein. „Das höre ich zum ersten Mal." Bisher hatten Karrieren bei einer Zeitung und in einem Verlag zu Katrins favorisierten Plänen gehört. Andere Ideen wie etwa die Eröffnung eines Nagelstudios oder Mätresse des Bundeskanzlers waren eher halbherzig von ihr vorgetragen worden.

„Ich bin für etwas anderes nicht geeignet", erklärte sie, während sie an einem Käsecracker knabberte und ihre Füße auf Jakobs Schoß legte. „Lehrerin werde ich nie und nimmer. Ich hasse Kinder! Und ich mag Lesen, das Forschen an einem Text oder über einen Autor. Etwas herausfinden über die gesellschaftlichen und historischen Zusammenhänge, in denen der Text entstanden ist. Ich werde Dozentin. Ich bin ganz sicher."

„Dann musst du auch unterrichten!"

„Aber keine Kinder. Und ich muss nicht mehr als zwei oder drei Kurse geben. Den Rest der Zeit kann ich forschen." Jakob sah sie zweifelnd an. Er war sicher, dass am Job eines Dozenten noch mehr hing als die Korrektur von Klausuren,

Unterrichtsvorbereitungen, Verwaltungskram. Aber es war müßig, Katrin darauf aufmerksam zu machen. Sie ließ sich nur schwer von etwas abbringen, was sie sich einmal vorgenommen hatte. Abgesehen davon beneidete Jakob seine Freundin um ihre Zuversicht. Je länger er über seine eigene Zukunft nachdachte, desto nebulöser waren seine Vorstellungen davon. Es schien nicht sehr viele Berufe zu geben, für die man ein Studium der amerikanischen Geschichte vorweisen musste. Hin und wieder erwischte er sich bei dem Gedanken, die Uni zu schmeißen und eine Lehre als Gärtner zu beginnen. Pflanzen hatte er schon immer gemocht. Jedes Mal, wenn er eine Blume umtopfte, erfüllte ihn eine tiefe, unerklärliche Ruhe; sobald er seine Hände in schwarzer Erde vergrub, an Blüten und Blättern zupfte, fühlte er Zufriedenheit. Vielleicht war es noch nicht zu spät? Aber wie sollte er das seinen Eltern erklären, die sein Studium mitfinanzierten?

„Und du?“, fragte Katrin Marius und riss damit Jakob aus seinen Überlegungen. „Was wird aus dir später?“

Marius schmeckte die Soße ein letztes Mal ab und goss die Nudeln durch ein Sieb. „Ein Architekt.“

„Die gibt es doch wie Sand am Meer.“

„Ich will mich irgendwann auf Altbausanierung spezialisieren.“

„Ausgerechnet Altbau?“, erwiderte Katrin mit hochgezogenen Augenbrauen. „Davon gibt es ja nicht mehr viele hier. Was im Krieg nicht kaputt gebombt wurde, hat man in den sechziger und siebziger Jahren abgerissen oder verstümmelt. Bestes Beispiel ist das Haus, in dem ich wohne.“

„Ja. Ich hab schon die hohen Decken bemerkt.“

„Der Vermieter hat das Haus in den fünfziger Jahren gekauft und den Stuck von den Decken und der Fassade abschlagen lassen. Er hat mir neulich mal Fotos gezeigt.“ Katrin schüttelte den Kopf. „Als Schnickschnack hat er die Verzierungen bezeichnet. Rauputz sei viel besser.“

„In der DDR gibt es noch viele Altbauten", erwiderte Marius mit einem wehmütigen Blick. „Zwar total heruntergekommen, aber immerhin noch vorhanden. Ich war als Kind mal in Stralsund, meine Eltern haben dort Verwandte. Da hätte ich für den Rest meines Lebens zu tun."

„Ich würde an deiner Stelle nicht auf die Wiedervereinigung spekulieren, Schnuffi", grinste Jakob und verteilte die Spaghetti auf die Teller. „Bevor das passiert, sind sowohl du als auch die Altbauten drüben zu Staub zerfallen." Er war zu beschäftigt, um den schockierten Blick zu bemerken, den Marius ihm zuwarf.

Später, als sie mit dem Essen fertig waren und drei leere Rotweinflaschen auf dem Tisch standen, nahm Katrin Jakob beiseite. Marius war gerade aufgestanden, um das Badezimmer zu benutzen. „Er ist nett", sagte sie. „Ich mag ihn. Der ist eine Investition in deine Zukunft. Du solltest ihn nicht mehr aus den Fingern lassen."

„Hab ich auch nicht vor", erwiderte Jakob.

„Man merkt, dass er es ernst meint."

„Wirklich? Woran?"

Katrin seufzte. „Daran, wie er dich ansieht, Baby. Und wie er dich anfasst. Bei so viel Liebe wird mir fast schlecht."

Jakob spürte ein wohliges, warmes Gefühl, als säße er vor einem knisternden Kaminfeuer, und konnte das breite Lächeln nicht aus seinem Gesicht wischen.

Die Sonne blendet und Jakob setzt die Sonnenbrille auf. Allerdings ist die ungewöhnliche Hitze der letzten Apriltage verschwunden wie ein Spuk, dessen Zauberkraft verbraucht ist, und hat einem launischen Frühling Platz gemacht, der sich darin gefällt, Wind, Regen und Schönwettermomente wild durcheinanderzuwürfeln. Jakob kommt kaum nach, seine Kleidung den jeweiligen Tageserfordernissen anzupassen: Mal ist er zu warm angezogen und schwitzt, mal ärgert er sich, keinen Pullover übergestreift zu haben.

Das Wetter ist ein Spiegel seiner eigenen Gefühlslage. Arnes Flucht hat ihn aus der Bahn geworfen; er fühlt sich wie ein torkelnder Brummkreisel, hin und her taumelnd zwischen Tagen, an denen er vor Traurigkeit kaum aus dem Bett kommt, und Tagen, an denen er manchmal stundenlang nicht an Arne denkt. Bedeutet Letzteres, dass er ihn gar nicht mehr liebt? Dass er ihn vielleicht nie geliebt hat?

Um sich zu beschäftigen, macht Jakob Überstunden in der Gärtnerei und erledigt Dinge, die lange liegengeblieben sind. Er hat die Scheiben des Treibhauses geputzt, die vorgezogenen Tomatensträucher etikettiert, umgepflanzt und ausgepreist, zusammen mit den Gurken und Zucchinistauden. Selbstgezogenes Gemüse geht seit Jahren gut, insbesondere in der Großstadt. Jeder will auf seinem Balkon zumindest einen Tomatenstrauch haben, jeder will ein bisschen an dem Bio-Feeling teilhaben, das den Zeitgeist bestimmt.

Anfangs hat er versucht, Arne zu erreichen, aber es sieht so aus, als hätte er sein Handy abgeschaltet. Erst nachdem seine Therapeutin ihn darauf aufmerksam gemacht hat, dass Arne sein Telefon möglicherweise aus einem bestimmten Grund deaktiviert hat und dieser Grund mit an Sicherheit grenzender Wahrscheinlichkeit der sei, dass er nicht mit Jakob sprechen möchte, hat Jakob seine Versuche eingestellt – unter Protest natürlich. Er hat Silky Legs gefragt, wie sie sich das vorstelle, immerhin sei noch nichts mit der Wohnung geklärt und Arnes Sachen seien noch da. Irgendwann müsse das doch geregelt werden! Doch wenn er ehrlich ist, ist er froh, dass er Arne nicht sprechen konnte. So kann er sich länger der Fantasie hingeben, dass er zurückkommt. Dass noch nicht alles vorbei ist zwischen ihnen.

Auf dem Weg zum Supermarkt kommt Jakob an einigen vertrockneten Maibäumen vorbei, festgezurrt an den Regenrinnen neben Kneipen und Hauseingängen. Die bunten Bänder in den Zweigen rascheln im Wind, den welken Blättern fehlt dazu schon die Kraft. In der Hosentasche hat Jakob einen Einkaufszettel. Seit Arne weg ist, hat er von Junkfood gelebt, hat sich abends einen Döner oder Hamburger geholt und Cola getrunken, literweise Cola. Natürlich hat sich dieser Lebensstil auf sein Gewicht ausgewirkt – er ist keine zwanzig mehr, als er bedenkenlos Kalorien und Kohlehydrate in sich hineinstopfen konnte, ohne ein Gramm Fett anzusetzen. Trotzdem hat ihn die Gewichtszunahme überrascht – und nachdem er am Morgen von der Waage gestiegen ist, hat er sich geschworen, nach Feierabend einzukaufen: Gemüse, Obst, Saft, Joghurt – und ein Steak. Es ist Wochen her, dass er ein richtiges Steak gegessen hat, und schon während er mit dem Einkaufswagen durch die Regale fährt, läuft ihm bei dem Gedanken an ein gebratenes Stück Fleisch das Wasser im Mund zusammen.

An den Kassen warten lange Schlangen, und natürlich stellt er sich an der an, wo es besonders langsam vorangeht. Vor einigen Wochen hat er im Radio einen Bericht gehört, dass es dieses Phänomen eigentlich gar nicht gibt, wissenschaftlich oder mathematisch oder wie auch immer wäre erwiesen, dass das wiederholte Anstehen an der langsamsten Schlange nur ein subjektiver Eindruck ist. Tatsächlich gehe es statistisch betrachtet an allen Kassenschlangen gleich schnell oder langsam voran. Jakob hätte den Berichterstatter zu gerne gerade neben sich stehen. Dann würde er auf die Rentnerin zwei Leute vor ihm deuten, die mit einer beachtenswerten Trägheit das Kleingeld aus ihrem Portemonnaie abzählt, oder auf die Frau hinter ihr, die mit einem verblüfften Gesichtsausdruck feststellt, dass sie weder genug Bargeld noch eine Scheckkarte für ihre Einkäufe dabei hat, sodass die Kassiererin einen Stornobon machen muss, was noch einmal mindestens fünf Minuten Warten bedeutet. In der Zwischenzeit sind an der nächsten Kasse vier Kunden durchgeschleust worden. Jakob hätte zu gerne gewusst, wie dieser Radiomensch sich da herausgeredet hätte.

Genervt will Jakob gerade laut fragen, ob es nicht möglich ist, eine weitere Kasse zu öffnen, als es am Ausgang des Supermarkts einen Zwischenfall gibt. Ein junger Mann will mit raschen Schritten gerade durch die Tür verschwinden, als der Alarm ausgelöst wird. Ein Wachmann taucht auf und versperrt ihm den Weg. Es kommt zu einer Rangelei. Im ersten Moment will sich Jakob schulterzuckend und peinlich berührt abwenden, aber als er genauer hinsieht, kommt ihm etwas an dem Dieb bekannt vor. Die strohfarbenen, lockigen Haare, die blaue Strickmütze … wie von selbst setzen sich seine Füße in Bewegung.

„Gibt's hier ein Problem?", wendet er sich an den Angestellten der Sicherheitsfirma.

Der Uniformierte sieht ihn unwillig an, als wollte er fragen, warum Jakob sich einmische. „Er wollte Zigaretten klauen."

„Wollte ich gar nicht. Ich hab nur vergessen, sie zu bezahlen." Der Stricher aus dem Pornokino schüttelt die Hand des Mannes ab. „Fass mich nicht an, Alter!"

„Vergessen zu bezahlen? Das sagen alle." Zu Jakob sagt der Mann: „Ich hab ihn gerade noch erwischt. Gehört der etwa zu Ihnen?"

Und dann hört sich Jakob antworten: „Ja, das ist mein Neffe." Er deutet auf seinen Einkaufswagen, der noch immer vor der Kasse steht. „Das ist nur ein Missverständnis. Ich war gerade dabei, mich in die Schlange einzureihen. Wahrscheinlich hat mich mein Neffe nicht gesehen und gedacht, ich wäre schon draußen. Wahrscheinlich wollte er mich suchen und hat die Zigaretten tatsächlich vergessen." Er hat keine Ahnung, wie die Worte plötzlich auf seine Zunge und über seine Lippen kommen, aber es scheint das Natürlichste der Welt zu sein, den Jungen aus dieser Situation herauszuhauen. Jakob fühlt eine merkwürdige Verwegenheit seinen Puls beschleunigen. Wenn er sich nicht besser kennen würde, würde er glauben, Spaß zu haben.

Der Stricher ist genauso erstaunt wie Jakob, aber der Sicherheitsmensch macht einen Schritt zurück, zögert unentschlossen, und damit siegt die waghalsig entworfene Fiktion über die Realität. „Na schön." Der Mann vom Wachdienst zuckt die Schultern in Richtung des Geschäftsführers, der aus den Tiefen des Supermarktes auf sie zukommt. „Eigentlich wäre hier eine Anzeige fällig, aber …"

„Es wird nicht noch einmal passieren", lächelt Jakob zuvorkommend und drängt den Stricher zu seinem Einkaufswagen. Der Junge lässt die Schachtel Zigaretten auf die Sachen fallen, die Jakob in den Wagen gestapelt hat, und beißt sich auf die Lippen, um nicht grölend loszulachen.

„Das war cool, Opi", raunt er Jakob zu. „Echt cool."

„Sag noch einmal Opi und ich erzähle denen die Wahrheit", flüstert Jakob zurück. „Und jetzt hilf mir, die Sachen aufs Band zu legen."

„Ich hab gar keinen Onkel", sagt der Stricher.

„Und ich hab keinen Neffen", erwidert Jakob. Was er hat, sind weiche Knie, und er fühlt eine prickelnde Anspannung vom Nacken bis zu seinen Fußspitzen, die sich erst entlädt, als sie beide den Supermarkt verlassen haben und um eine Ecke gebogen sind. Erschöpft lässt sich Jakob auf den Mauervorsprung neben dem Parkhaus des Supermarktes fallen.

„O Mann", sagt er. „Gib mir eine von den Zigaretten, die du mitgehen lassen wolltest. Ich hab zwar aufgehört zu rauchen, aber jetzt brauche ich eine."

Der Stricher holt zwei Glimmstängel aus der Packung und setzt sich zu Jakob. Einträchtig sehen sie dem Rauch zu, der aus ihren Mündern strömt.

„Ich kann dir die Kohle für die Fluppen nicht wiedergeben", sagt der Stricher und spuckt auf den Bürgersteig. „Ich bin im Moment total abgebrannt."

„Hab ich mir fast gedacht", sagt Jakob mit einem Anflug von Ironie. „Wie heißt du eigentlich?" Langsam beruhigt sich sein Puls wieder.

Der Stricher zuckt mit den Schultern. „Such's dir aus."

„Komm, sag schon. Ich will deinen richtigen Namen wissen. Ich bin Jakob."

„Ich heiße Philip."

„Ehrlich?"

„Ja, Mann, ehrlich." Der Stricher raucht hastig zu Ende und schnippt seine Kippe achtlos auf den Bürgersteig.

„35 Euro", sagt Jakob automatisch.

„Hä?"

„So viel kostet das Wegwerfen eines Zigarettenstummels, wenn dich das Ordnungsamt erwischt." Jakob lässt seine Zigarette ebenfalls zu Boden fallen und grinst. Er fühlt sich zunehmend tollkühn.

„Krass." Philip lacht und springt auf. „Ich muss weiter."

„Wohin?"

Philip sieht ihn an, dreht die Strickmütze in seiner Hand und ist einen Augenblick lang sprachlos. „Weiter", sagt er schließlich. Die Sonne taucht hinter den Wolken auf und verleiht dem Wust seiner blonden Haare einen honigfarbenen Schimmer. Plötzlich sieht er unsagbar schön und verletzlich aus, und Jakob kann die Möglichkeiten erkennen, die in dem Jungen verborgen sind. Die Hoffnungen, die er in einer Ecke seiner Seele verschlossen hat. Dann verschluckt eine Wolke die Sonnenstrahlen, und er ist wieder nur Philip, der schwule Stricher.

„Du könntest mit zu mir nach Hause kommen." Zum zweiten Mal hört sich Jakob etwas sagen, von dem er nichts wusste, bevor er es ausgesprochen hat.

„Als Gegenleistung?"

Jakob verzieht das Gesicht. „Als Einladung." Er deutet auf die Tüten mit seinen Einkäufen. „Wir könnten zusammen essen. Ich hab versehentlich für zwei eingekauft."

Philip zögert. „Du bist echt *strange*, Alter." Dann nickt er.

Während Jakob in der Küche die Sachen aus dem Supermarkt wegräumt und die Zutaten für das Essen bereitstellt, hat Philip im Wohnzimmer Clinton entdeckt. „Du hast 'ne Katze. Voll cool!" Er krault Clinton hinter den Ohren. Der Kater schließt verzückt die Augen und fängt an zu schnurren. „Als ich klein war, wollte ich auch 'ne Katze haben oder einen Hund. Aber meine Alten ..." Er lässt den Satz unbeendet.

„Wissen deine Eltern ..." Jakob weiß nicht, wie er die Frage möglichst neutral formulieren soll. „Wissen sie, was du machst?"

„Die wissen noch nicht mal, wo ich bin. Zum Glück."

„Was meinst du damit? Wohnst du nicht mehr zu Hause?"

„Hast du sie noch alle? Ich bin abgehauen, als ich sechzehn war." Philip streift durch das Chaos des Wohnzimmers, betrachtet CDs und probiert das Sofa aus.

Jakob setzt das Messer ab, mit dem er gerade die Kartoffeln schält. „Und wo wohnst du?"

Philips Antwort ist vage. „Mal hier, mal da."

„Und du lebst von dem, was du so mit ... Sex verdienst?" Er kann sich Philips Leben nicht vorstellen, es ist so außerhalb jeglicher Regeln, dass ihm ein Referenzpunkt fehlt.

„Yep."

Jakob schüttelt den Kopf.

Philip hat inzwischen Arnes Namen auf dem Abo der Computerzeitschriften entdeckt. „Du wohnst hier nicht alleine, oder?"

„Ja … nein." Jakob kann nicht sagen, welche Antwort die richtige ist.

Philip lacht auf. „Was denn nun?"

Jakob drückt seine Hände gegen die Arbeitsplatte und schließt die Augen. „Wir haben uns gestritten. Arne ist abgehauen. Seitdem habe ich nichts mehr von ihm gehört."

„Aha." Die Antwort scheint Philip zu genügen, er speichert sie ab wie eine Datei, die er vielleicht später aufrufen wird oder auch nicht, und Jakob fühlt einen leichten Unmut über sein Desinteresse in sich aufsteigen.

„Mann, krass, Alter!", sagt Philip plötzlich. „Du hast sogar noch Schallplatten. Wie schwul ist das denn?"

Jakob kann nicht einmal ansatzweise erraten, was das Wort „schwul" in diesem Zusammenhang zu bedeuten hat. „Wir haben sogar noch einen Plattenspieler", antwortet er.

Ohne zu fragen, stöbert Philip in der Schallplattensammlung, die Arne und Jakob aus ihrer Jugend in die Zeit der MP3-Player und iTunes hinübergerettet haben. Die klassischen Stücke legt er mit einem Gähnen zur Seite, als wären sie Kaufhausmusik, und bei den Alben von *Abba* verzieht er die Mundwinkel. Der Name *Blue Öyster Cult* geht ihm nur mühsam über die Lippen, auch Stevie Wonder scheint ihm nicht zuzusagen. Dann hört Jakob ein Rascheln, als Philip eine Platte aus ihrer Hülle zieht, das Klicken des Plattenspielers und das dumpfe Geräusch des Tonarms, der auf der Platte aufsetzt. Als die Musik anfängt, klingt sie verzerrt, zu tief und leiernd, wie ein Band, das zu langsam abgespielt wird.

„Irgendwas stimmt nicht", sagt Philip und sieht den Plattenspieler misstrauisch an.

„Wahrscheinlich hast du die falsche Geschwindigkeit eingestellt", ruft ihm Jakob zu. „LPs auf 33 und Singles und Maxi-Singles auf 45." Er lächelt über die Unwissenheit des Jungen, aber das Lächeln gefriert ihm auf den Lippen, als Philip die richtige Geschwindigkeit gefunden hat, die ersten Noten der Melodie zu ihm in die Küche dringen und Bette Midler zu singen beginnt.

„It must have been cold there in my shadow, to never have sunlight on your face. You were content to let me shine, that's your way, you always walked a step behind ..."

Jakob stürmt ins Wohnzimmer und zerrt den Tonarm von der Platte. „Das nicht!", fährt er Philip an. Er reißt ihm die Plattenhülle aus der Hand. „Gib das her!"

Der Junge hebt die Hände in einer Geste der Beruhigung. „Schon gut, Alter!" Er starrt Jakob an, der neben dem Regal steht und um Fassung ringt.

Es ist Ende September, und als sie aus dem Kino kommen, zieht sich Marius die Mütze tief über die Stirn, obwohl es draußen schon dunkel ist. Jakob weiß, dass er sich davor fürchtet, jemand könnte die Flecken in seinem Gesicht bemerken. Er weiß, dass sich Marius seines Aussehens schämt, was die Krankheit aus ihm gemacht hat.

Sie haben sich „Freundinnen" im Kino angeschaut, den neuen Film mit Bette Midler, ein Film über zwei Frauen, von denen eine an Krebs stirbt. Vielleicht war das keine so gute Idee. Als Bette Midler „Wind beneath My Wings" gesungen hat, sind ihnen beiden Tränen über die Wangen gerollt, und ihre Hände haben sich aneinandergeklammert. Sie haben viel geweint in den letzten Wochen, und jedes Mal wird ein Stück von Jakobs Herz zu Eis, weil es sich anfühlt wie ein kleiner Abschied.

Sie schaffen es gerade noch bis in eine Nebenstraße, wo Marius im Schatten eines Hauseingangs zusammenbricht. Rotz und Tränen verkleben sein Gesicht, er zittert am ganzen Körper. „Ich habe solche Angst!", stößt er hervor und sieht Jakob verzweifelt an. „Ich habe solche Angst."

„Alles okay mit dir?", fragt Philip. „Du siehst scheiße aus."

Jakob dreht sich zu ihm, als wüsste er nicht, wen er vor sich hat. „Mir geht's gut", sagt er leise und räuspert sich. Plötzlich will er, dass Philip geht, will alleine sein. Wie ist er bloß auf die Idee gekommen, einen Stricher zu sich nach Hause einzuladen? Er kennt den Jungen kaum. Was ist, wenn dieser Philip ihn plötzlich ausraubt? Seine Scheckkarten und sein Bargeld liegen im Portemonnaie auf dem Küchentisch, er bräuchte nur zuzugreifen.

Seine Gedanken scheinen sich auf seinem Gesicht widerzuspiegeln, denn Philip sagt plötzlich: „Ist wohl besser, wenn ich 'n Abgang mache, Alter." Er schiebt seine Mütze vom Kopf, wuschelt sich durch die Haare und zieht sie wieder über, sodass nur noch die Locken auf der Stirn und die Haare im Nacken darunter hervorlugen. Das, mehr als alles andere, lässt Jakob wieder zur Besinnung kommen.

„Nein", sagt er. „Bleib. Es tut mir leid." Zärtlich streicht er über die Platte von Bette Midler. „Das Lied erinnert mich an meinen Freund."

„Der, der dich sitzen gelassen hat?"

Jakob sieht Philip verwirrt an, kann ihm einen Moment nicht folgen. „Oh. Nein, nicht Arne. Marius. Mein erster Freund. Er ist gestorben, 1989."

„Echt jetzt? In dem Jahr bin ich geboren. Krass." Philip verarbeitet das eben Gehörte, dann fragt er: „Woran ist er gestorben? Ein Unfall?"

„Aids", sagt Jakob langsam. Ein irrwitziger Gedanke beginnt in seinem Kopf Gestalt anzunehmen.

Philip pfeift leise durch die Zähne. „Tut mir leid, Mann. Ich hab noch nie jemanden getroffen, der einen gekannt hat, der an Aids gestorben ist."

Aber Jakob hört ihm kaum zu. „Wann genau bist du geboren?", fragt er.

„November", erwidert Philip. „27. November 1989. Damit bin ich schon Schütze. Wieso, ist das wichtig?"

Jakob hat auf einmal ganz trockene Lippen. „Marius ist am 26. November gestorben", sagt er heiser.

Philip sieht ihn verständnislos an. „Hammer!", sagt er, aber es ist ihm anzumerken, dass er sich plötzlich unwohl fühlt. „Und du meinst … dass das irgendwas zu bedeuten hat?"

„Ich … ich weiß nicht. Es ist ein merkwürdiger Zufall, oder?"

Sie starren einander an, Jakob fühlt die Sekunden verrinnen. Dann weicht Philip einen Schritt zurück. „Du bist ein bisschen durchgeknallt, Alter. Das ist wirklich nur ein Zufall."

Erst als Jakob bemerkt, wie die Blicke des Jungen hastig zur Wohnungstür springen, wird ihm klar, wie absonderlich er sich in den letzten Augenblicken verhalten hat. Dass er Philip einen ziemlichen Schrecken eingejagt hat – und sich selbst auch. Er ist sicher, dass Silky Legs bei seiner nächsten Sitzung eine ganze Menge dazu sagen wird, wenn er davon erzählt.

„Es tut mir leid", entschuldigt er sich erneut. „Ich … Marius ist noch immer ein wunder Punkt für mich, auch nach so langer Zeit. Natürlich hat das nichts zu bedeuten."

Philip entspannt sich ein wenig und lacht unsicher. „Schon klar."

In diesem Moment kocht das Wasser der Kartoffeln über, und Jakob eilt erleichtert in die Küche. Während er die übergelaufene Brühe wegwischt und die Herdplatten mit zitternden Fingern säubert, ist er sicher, dass er gleich das unvermeidliche Geräusch der Wohnungstür hören wird, die hinter Philip ins Schloss fällt. Er an Philips Stelle würde wahrscheinlich genauso handeln. Doch dann kommen die Schritte des Jungen zu ihm in die Küche, ein Stuhl wird zurückgeschoben, und Jakob lauscht dem verräterischen Klicken eines Feuerzeugs. Er ist so froh darüber, dass er Philip noch nicht einmal sagt, dass in der Wohnung das Rauchen eigentlich verboten ist.

„Hast du vielleicht irgendwas Alk-mäßiges im Haus? Bier oder so?", fragt Philip.

„Ich habe Wein", erwidert Jakob, ohne sich umzudrehen.

„Na schön", seufzt Philip. „Hauptsache, es dröhnt."

Januar 1987

Die Perestroika-Politik von Michail Gorbatschow beginnt auch ein Umdenken im Westen zu bewirken. Am 1. Januar sendet Radio Moskau eine Neujahrsbotschaft des amerikanischen Präsidenten Ronald Reagan an das sowjetische Volk, in der er seiner Hoffnung auf weitere Abrüstungsschritte Ausdruck verleiht.

Bei der Neujahrsansprache von Bundeskanzler Helmut Kohl (CDU) für das Jahr 1987 kommt es dagegen zu einem peinlichen Missgeschick: Die ARD hat am Silvesterabend versehentlich die Rede von 1986 wiederholt und strahlt die für das neue Jahr geplante Ansprache erst einen Tag später, am 1. Januar, aus.

Die Wahlen zum elften Deutschen Bundestag enden mit Verlusten für die großen Parteien CDU und SPD sowie Gewinnen für die FDP und die Grünen. Dennoch kann sich die schwarzgelbe Koalition mit einer klaren Mehrheit behaupten.

Peter Gauweiler, Staatssekretär im Bayerischen Innenministerium, fordert in einem Spiegel-Streitgespräch eine Meldepflicht bei HIV-Infektionen, regelmäßige Zwangsuntersuchungen der

Betroffenen, die Erfassung der Angehörigen aller Risikogruppen und die Ausweisung von HIV-infizierten Ausländern.

Randy Shilts, Reporter des San Francisco Chronicle, veröffentlicht eine der ersten Chroniken über Aids: „And the Band Played On – Politics, People, and the AIDS Epidemic“.

Aufgeschreckt durch die auch in Europa immer stärker ansteigenden Infektionszahlen beginnen mehrere westeuropäische Länder ihre Bevölkerungen mit Postwurfsendungen und Fernsehspots über die Gefahren von Aids und die Ansteckungsrisiken zu informieren.

In Deutschland führen Mel & Kim mit „Showing out“ die Hitparade an; in Großbritannien steht Jackie Wilson mit „Reet Petite“ an der Spitze.

Jakob hatte nicht erwartet, dass die Realität mit einer Kraft über ihm zusammenbrach, die einer Sturmflut glich, mit einer zerstörerischen Gewalt, die seine Welt aus den Fugen geraten ließ. Er hatte sich einfach nicht vorstellen können, dass er die Zeit ab sofort in zwei Abschnitte unterteilen würde: die Zeit davor und die Zeit danach. Er hatte nicht glauben können, dass es ihn tatsächlich traf. All die Jahre, in denen er von der Existenz des Virus wusste, hatte er nicht ernsthaft die Möglichkeit in Betracht gezogen, sich infizieren zu können. Solche Dinge passierten in Amerika oder in Afrika, nicht hier, nicht ihm. Er war jung, gerade fünfundzwanzig, er hatte sich unsterblich gefühlt. Wie hätte er erwarten können, sich mit dem Tod zu beschäftigen?

Jakob starrte den Telefonhörer an und fühlte sein Herz im Brustkorb pochen, viel zu schnell, viel zu aufgeregt.

Vor Weihnachten war er erneut zu einem Test gegangen, und dieses Mal hatte er Marius vorher Bescheid gesagt. Anfang Dezember hatte er die verräterische Schwellung der Lymphknoten in seiner Leiste entdeckt. Beide hatten gewusst, was das bedeutete, und trotzdem hatte Marius gefragt, ob er es denn wirklich wissen wollte. Was es denn nütze, wenn er die Information bekäme? Marius hatte seltsam schicksalsergeben geklungen, und Jakob hatte ihn verständnislos angesehen, wie schon einmal. Wie konnte es sein, dass sie in diesem Punkt so unterschiedlicher Meinung waren?

Die drei Wochen Wartezeit waren die schlimmsten seines Lebens gewesen. Er hatte kaum geschlafen und die Feiertage waren an ihm vorbeigezogen, ohne dass er im Nachhinein sagen konnte, wie er sie überstanden hatte. Die Weihnachtsferien hatte er in einer Art Dämmerzustand verbracht; nur bröckchenweise hatte er Essen zu sich genommen. Unter dem Weihnachtsbaum bei seinen Eltern hätte er beinahe angefangen zu heulen und er war kurz davor gewesen, alles zu beichten. Nur die dunkle Ahnung, welches Drama er dadurch entfachen würde, hatte ihn davon abgehalten. Seine Eltern hatten sich schon mit seiner Homosexualität nur schwer abgefunden; Marius als Schwiegersohn zu akzeptieren, war ihnen ebenfalls nicht leicht gefallen. Dass er und Marius nebenbei noch Sex mit anderen Männern hatten, dass sie keine monogame Beziehung führten, lag jenseits ihres Horizonts. Mit einer tödlichen Infektion würden sie nicht umgehen können. Das Schlimmste jedoch war, dass Jakob, der Marius nach Silvester nur an den Wochenenden hatte sehen können, niemanden hatte, an dem er sich hatte festklammern können.

Und jetzt wusste er es. Als er sich am Morgen bei der Sprechstundenhilfe meldete, war er sofort zu seinem Arzt durchgestellt worden – schon allein diese Tatsache war ein schlechtes Omen gewesen –, und der hatte nicht lange um den heißen Brei herumgeredet: „Das Testergebnis ist positiv, Herr Brenner." Und als Jakob nicht geantwortet hatte, nur darauf bedacht war, weiterzuatmen, ein und aus, als hätte er verlernt, wie man die Lungen mit Luft füllt, hatte er hinzugefügt: „Zwei oder drei Jahre, mehr kann ich Ihnen nicht versprechen. Machen Sie sich noch eine schöne Zeit." Jakob war so schockiert gewesen, dass er nicht einmal bemerkt hatte, wie zynisch der letzte Satz klang.

Wie betäubt stand er auf, zog sich nackt aus und stellte sich im Badezimmer vor den Spiegel. Betrachtete seinen Körper mit zusammengekniffenen Augen, tastete die Schwellung im Bereich seiner Leiste ab, seine Arme, seinen Oberkörper. Er hatte immer gedacht, er würde sich krank fühlen, müde, abgeschlagen, wenn er das Virus hatte, so wie bei einem grippalen Infekt. Stattdessen fühlte er sich – besessen. Etwas Fremdes war in diesen Körper eingedrungen, etwas, das nicht zu ihm gehörte, das gegen ihn arbeitete und ihn in absehbarer Zeit töten würde. Ein mikroskopisch kleiner, unsichtbarer Feind. Wenn er es nur exorzieren könnte wie einen Dämon oder herausschneiden wie ein Chirurg, der ein bösartiges Geschwulst mit einem Skalpell entfernt. Er hatte keine Erinnerung daran, die Nagelschere aus ihrem Etui geholt zu haben, aber plötzlich hielt er sie in der Hand und ihre Spitze stach in seine Leiste, ein Tropfen Blut quoll heraus. Erst der unerwartete Schmerz und die kirschrote Farbe des Blutes ließen ihn zur Besinnung kommen.

Jakob floh aus dem Badezimmer, zog sich wieder an und sah aus dem Fenster, beobachtete den Verkehr, der im Schritttempo durch die Gassen des Belgischen Viertels fuhr. Eine milchige Wintersonne reflektierte das Licht in den Scheiben des gegenüberliegenden Hauses. Im Herbst war er umgezogen, mit Marius' Hilfe, in ein kleines Einzimmerapartment in Fußnähe zur Innenstadt. Sie waren so fröhlich gewesen, so zuversichtlich. Marius hatte den VW-Bus eines Bekannten organisiert, und Jakob hatte seine wenigen Habseligkeiten problemlos darin verstaut. Das sperrigste Möbelstück war sein abgenutzter Schreibtisch gewesen; den Kleiderschrank hatten sie in Einzelteile zerlegt. Innerhalb weniger Stunden war der Umzug abgeschlossen, und als am späten Nachmittag auch das Doppelbett, das Jakob aus zweiter Hand preiswert erstanden hatte, geliefert und aufgestellt worden war, hatten sie Sex gemacht, wild und ausgelassen. Wie merkwürdig, jetzt daran zu denken. Er konnte sich nicht vorstellen, jemals wieder Sex zu haben. Der Akt an sich kam ihm besudelt vor, unrein. Seiner Leichtigkeit beraubt.

Das Wichtigste war, diesen Tag zu meistern, irgendwie die Stunden zu füllen, die vor ihm lagen. Jakob sah einem Mann nach, der seinen Hund Gassi führte, zwei Kindern, die mit Schulranzen auf dem Rücken die Straße überquerten und Sammelbilder tauschten. Wie absurd, dass die Welt nicht stillstand, dass sie über sein Schicksal teilnahmslos hinwegging, sich weiterdrehte, während er innerlich versteinerte.

Jakob hätte sich gerne Katrin anvertraut, aber seine Freundin befand sich seit Ende Oktober in Schottland, hatte ein Auslandsstipendium ergattert. Es gab keinen Weg, sie zu erreichen, genauso gut hätte Katrin an einer Expedition zum Nordpol teilnehmen können. Und Marius war in Koblenz. Er hatte versprochen, direkt nach der Uni anzurufen, am Nachmittag, spätestens am frühen Abend.

Wie ein Schlafwandler verrichtete Jakob sein Tagewerk. Er versuchte, nur an die nächsten Minuten zu denken, kleine Zeitabschnitte, die er bewältigen konnte: Pack deinen Rucksack; geh die Straße entlang; um zehn Uhr willst du in der Unibibliothek sein; schreib auf, worum es in dem Zeitschriftenartikel geht. (Er musste den Artikel fünf Mal lesen, bevor sich ihm der Sinn erschloss. Irgendwas über F.D. Roosevelt und den New Deal, und Jakob hätte ums Verrecken nicht sagen können, was dieser New Deal beinhaltete, obwohl er sicher war, eine Woche zuvor in einem Seminar etwas darüber gelernt zu haben.) Wenn du nichts essen kannst, versuch wenigstens die Suppe bei dir zu behalten; trink einen Kaffee; wenn du deine Lippen bewegst, kannst du auch sprechen. Aber wozu das alles noch? Wozu sich Mühe geben?

Es kostete ihn eine fast übermenschliche Selbstbeherrschung, diesen Tag zu überstehen. Wenn ihn jemand ansprach, hörte er die Worte wie durch einen Schalldämpfer, er lächelte reflexartig und antwortete auf Fragen, ohne zu wissen, was er sagte. Später hatte er keinerlei Erinnerung an die Stunden nach dem Anruf beim Arzt. Sein Gedächtnis hatte die nachfolgenden Ereignisse einfach gelöscht, die kleinen Nichtigkeiten, die diesen Tag ausmachten, nicht abgespeichert. Eine ärztliche Untersuchung hätte ergeben, dass er unter Schock stand, vielleicht sogar ein Trauma erlitten hatte, aber Jakob fühlte sich nur seltsam abwesend, als hätte ein Fremder die Steuerung und Grundfunktionen seines Körpers übernommen, während er von außen unbeteiligt zusah.

Das alles änderte sich erst, als er sich am späten Nachmittag in seiner Wohnung wiederfand. Das Klingeln des Telefon riss ihn aus seiner Amnesie; er fühlte eine Welle der Trauer durch seinen Körper rasen und stöhnte unwillkürlich auf.

„Ich bin's", sagte Marius. Seine Stimme in der Telefonzelle klang blechern.

Jakob wollte etwas erwidern, aber er brachte nur ein heiseres Krächzen zustande, und dann brach er in Tränen aus. Er hörte, wie sein Freund zischend einatmete.

„Ich komme sofort. Ich setze mich ins Auto, und in ungefähr einer Stunde bin ich bei dir. Kannst du so lange durchhalten? Bitte, Jakob?"

Marius klang ängstlich, und Jakob nickte stumm. Erst dann fiel ihm ein, dass er etwas sagen musste, dass er seine Stimmbänder zwingen musste, sich in Gang zu setzen. „Komm schnell", brachte er heraus. „Du musst mich festhalten."

Einen Monat später erhielt auch Marius sein positives Testergebnis, und es kam ihnen vor, als begänne die Zeit, die sie für unendlich gehalten hatten, zwischen ihren Fingern zu zerrinnen, wie zu feiner Sand in einem Stundenglas.

Nachdem ihr Mann aus Budapest zurückgekehrt ist, hat Arne Katrins Vorschlag angenommen und für einige Tage das Gästezimmer bezogen. Von Jochen bekommt er nicht viel zu sehen, er hat eine internistische Praxis, geht aus dem Haus, bevor Arne aufwacht, und arbeitet bis spät in den Abend. Arne mag ihn sowieso nicht besonders; wenn sie sich im Haus begegnen, liegt eine merkwürdige Spannung in der Luft, als fühlte Jochen sich in seiner Männlichkeit bedroht, nur weil Arne schwul ist.

Von Katrin sieht er dafür umso mehr. Sie hat ein Sabbat-Semester eingelegt und ist den ganzen Tag zu Hause. Eigentlich will sie die Zeit nutzen, um ihr Buch über *World Building and Fictional Universes* in den späten Romanen von Margaret Atwood zu schreiben. Arne kann sich darunter nicht das Geringste vorstellen, aber immerhin hat er den Namen der kanadischen Autorin schon gehört, sodass er sich nicht wie ein kompletter Idiot vorkommt. Sein Besuch jedoch scheint Katrin als Vorwand gerade recht zu kommen, denn während seines Aufenthalts lässt sie alle Arbeiten an dem Projekt ruhen.

Zu seiner Überraschung verstehen sie sich gut. Katrin hat einen trockenen, bissigen Humor, der ihn immer wieder überrumpelt und lachen lässt, bevor er sich seiner Heiterkeit bewusst werden kann.

„Es gab wohl in letzter Zeit nicht viele Gelegenheiten, bei denen du fröhlich warst, oder?" Arne stolpert über einen Stein und Katrins Hand fängt ihn auf. Ihre Frage trifft ihn unerwartet, als sie einen ausgedehnten Spaziergang in dem an das Dorf angrenzenden Wald unternehmen. Der Boden ist weich und gibt federnd unter seinen Schritten nach, grünbraunes Moos überzieht weite Teile des Weges. Sonnenlicht flackert durch die Lücken der Baumkronen, im Unterholz raschelt ein Tier.

„Wie kommst du darauf?“, fragt er zurück.

„Dein Lachen klingt ein bisschen eingerostet.“

Er denkt an die letzten Wochen und Monate mit Jakob zurück. Gab es da tatsächlich keinen Moment, in dem er herzhaft gelacht hat, in dem er ausgelassen war? Alles, was ihm einfällt, sind Diskussionen, Streitereien, Unstimmigkeiten und Jakobs Augen, die immer in die Vergangenheit blicken, nie nach vorne. Früher wollte er mit ihrem Blau eins werden; stattdessen hat er sich darin verloren, verspürt eine unerträgliche Einsamkeit, wenn er Jakob ansieht.

„War er immer so?“, fragt er. „So … traurig?“

Katrin schnaubt auf und kichert. „Hat er dir je von seinem ersten Erlebnis mit einem Lederkerl erzählt?“

Arne schüttelt den Kopf. „Er redet mit mir nicht über früher.“ Tatsächlich verschließt sich Jakob wie eine Auster, die eine Perle beschützt, wenn Arne ihn auf seine Vergangenheit anspricht. Wie jemand, der befürchtet, es könnte ihm etwas gestohlen werden. Dass er sein Fotoalbum hervorgeholt und seine Freunde beschrieben hat, war eine Ausnahme, unwillig gestattet, nie wiederholt.

„Das muss gewesen sein, kurz nachdem wir uns kennengelernt haben, vielleicht 1984, also weit vor Marius. Jakob und ich hatten damals dieses Seminar zusammen, ‚Einführung in die Kanadistik‘, wenn ich mich nicht irre. Morgens von zehn bis zwölf. Glaub mir, keine gute Uhrzeit für Jakob, denn er hat die ersten Semester eher damit verbracht, durch sämtliche Dunkelräume der Stadt zu kriechen, als sich um sein Studium zu kümmern.“

Arne hebt die Augenbrauen. Diese Schilderung von Jakob passt so gar nicht zu dem Bild, das er von seinem Freund hat. Und er ist nicht sicher, ob er hören will, wie Jakob es mit einem anderen Mann getrieben hat. Obwohl sie seit Jahren keinen Sex mehr haben und er weiß, dass Jakob – genau wie er – sich seine Befriedigung bei anderen geholt hat, bemerkt er so etwas wie Eifersucht.

„Du glaubst mir nicht?“, fragt Katrin. Sie sind an einem kleinen, schilfbestandenen Wasserlauf angekommen, an dessen Ufer eine verwitterte Holzbank steht. Katrin holt ein Papiertaschentuch aus ihrer Hosentasche, wischt über die Sitzflächen und nimmt Platz. Hinter ihnen steht ein Busch Brennnesseln in Blüte und verströmt einen feinen Duft von Honig.

„Doch, schon“, entgegnet er und setzt sich zu ihr. „Es ist nur … Jakob war seit Jahren in keiner schwulen Kneipe. Er glaubt, er sei dafür zu alt.“

Katrin streift eine Haarsträhne hinters Ohr und beobachtet eine Ameisenstraße zu ihren Füßen, die sich vom Kadaver einer verendeten Schnecke ins Gebüsch zieht. „Damals konnte er nicht genug davon bekommen. Er kam an diesem Morgen fünfzehn Minuten zu spät in den Unterricht und war total aufgeregt. Jedes Mal, wenn sich die Dozentin umgedreht hat, um etwas an die Tafel zu schreiben, hat er auf mich eingeredet. Er wollte unbedingt diese Geschichte loswerden. Am Abend zuvor ist er wohl zum ersten Mal in seinem Leben in einer Lederkneipe gewesen. Ich wusste gar nicht, was das ist, und er musste mir das erst erklären.“

„Eine Kneipe, in der sich Männer treffen, deren Fetisch Lederklamotten sind“, wirft Arne ein. „Ein Synonym für etwas härteren, robusten Sex.“

„Noch so was, das ich bei schwulen Männern nie verstehen werde“, erwidert Katrin. „Für mich gehören Sex und Liebe zusammen. Wieso ist das bei euch anders?“

„Das hat nichts mit Schwulsein zu tun. Heteromänner würden auch wild in der Gegend herumficken, wenn ihre Frauen sie nur lassen würden. Frag deinen Jochen.“

„Das würde der sich niemals trauen“, antwortet Katrin grimmig, und Arne lächelt still in sich hinein. „Jedenfalls ist

Jakob da von einem Typen angequatscht worden, voll aufgebrezelt in Lederjacke, Lederhose, schweren Stiefeln und einer von diesen lächerlichen Schirmkappen, die damals wohl sehr in Mode waren in eurer Szene."

„Ein *Tom of Finland*-Klon", erinnert sich Arne. „So wollten wir damals alle aussehen. Heute laufen die schwulen Kids andauernd in Sportklamotten herum, als kämen sie gerade aus dem Fitnessstudio."

„Nicht nur die schwulen Kids. Auch meine Studenten an der Uni", seufzt Katrin. „Ich fühle mich dann immer so entsetzlich alt ... Jakob hat sich die Gelegenheit natürlich nicht entgehen lassen und ist mit dem Typen mitgegangen. Zu seinem größten Bedauern ist es aber nicht zum Äußersten gekommen. Der Ledertyp hat ihm nämlich eine Pille angeboten, womit der Sex angeblich noch geiler werden würde, und zwanzig Minuten später hat Jakob einen Lachflash nach dem anderen bekommen. Er konnte gar nicht mehr aufhören zu lachen, hat er erzählt."

„Jakob hat Drogen eingeworfen?" Arne kann nicht glauben, was er da hört. Bisher wusste er nur, dass Jakob in seiner Jugend ab und zu einen Joint geraucht hatte.

„Ich glaube, er wusste nicht mal genau, was er da eigentlich genommen hat. Einen Trip oder eine Ecstasy, keine Ahnung." Arne ist ziemlich sicher, dass Mitte der achtziger Jahre noch niemand von Ecstasy-Tabletten gehört hatte, aber er will Katrin nicht schon wieder unterbrechen. „Der Typ war daraufhin so frustriert, dass er Jakob halbnackt aus seiner Wohnung geworfen und ihm seine Klamotten hinterhergeschmissen hat", erzählt sie. „Jakob musste sich im Hausflur anziehen und mitten in der Nacht zu Fuß nach Hause laufen, immer noch kichernd. Auf dem Rückweg ist er vor Lachen beinahe von der Deutzer Brücke in den Rhein gefallen." Katrin hebt einen Stein vom Boden auf und wirft ihn ungeschickt in den Bach, wo er mit einem Plumps versinkt. Sie sieht Arne an. „Das ist der Jakob, den ich damals kennengelernt habe."

Die Anekdote über seinen Freund hat ihn wehmütig gemacht. Nichts von diesem jungen Jakob ist in dem älteren erhalten geblieben. Mit Drogen oder Leder kann Arne nichts anfangen, dafür ist er zu strukturiert, so etwas passt nicht in seine Vorstellung von Leben. Aber mit Jakobs Unbekümmertheit, der Sorglosigkeit, die in Katrins Erzählung durchschimmert, hätte er gerne Bekanntschaft gemacht.

„Aber wann hat er sich so verändert?", fragt er am Nachmittag, als sie auf der Terrasse sitzen und einen etwas verunglückten Apfelkuchen essen. Katrins Fähigkeiten in der Küche haben sich im Laufe der Jahre nicht verbessert. Der Kuchen war zu lange im Ofen, die Ränder sind verbrannt, und als Arne sie abschneidet und ein paar Amseln im Garten zuwirft, wollen selbst sie die schwarzen Krumen nicht aufpicken.

Katrin spießt ein Stück Kuchen auf ihre Gabel und kaut trotzig. „Na ja", sagt sie mit vollem Mund. „Er ist etwas ruhiger geworden, als er Marius getroffen hat." Sie blinzelt, als müsste sie ein paar Tränen unterdrücken, und Arne fühlt eine gewisse Ohnmacht, nein, eher Frustration in sich aufsteigen. Anscheinend kann auch Katrin nicht über Marius sprechen, ohne von Trauer übermannt zu werden. Vielleicht war es ein Fehler, hierherzukommen.

„Marius war Jakobs erste große Liebe", sagt Katrin sanft, als hätte sie Arnes Unmut genau registriert. „Und sein Tod hat Jakob gezeichnet. Was erwartest du?"

Er rutscht unruhig auf seinem Stuhl herum. „Dass ich nicht gegen Gespenster kämpfen muss. Denn diesen Kampf kann ich nicht gewinnen."

„Da ist was dran. Du hast von Anfang an schlechte Karten gehabt. Marius wird in Jakobs Erinnerung immer jung sein …"

„… und ich bin der alte Sack, zu dem er gekommen ist, weil nichts Besseres mehr auf Lager war?“, fragt Arne verbittert. „Weil er nicht mehr allein sein wollte?“

Katrin blickt nachdenklich in den Garten. „Das weiß ich nicht.“ Sie räumt das Kaffeegeschirr zusammen und trägt es auf einem Tablett in die Küche. „Als Marius gestorben ist, habe ich schon nicht mehr in Köln gewohnt.“ Wahllos stapelt sie die Tassen und Teller in die Spülmaschine, und Arne muss an sich halten, um nicht mehr Ordnung in ihr System zu bringen. Wenn er das Geschirr einsortieren würde, passte mehr als doppelt so viel hinein. „Ich bin schon während des Studiums nach München gegangen, wegen meines damaligen Freundes, Michael, der beim Bayerischen Rundfunk eine Stelle bekommen hatte. Gott, was für ein Arschloch! Nach zwei Monaten habe ich herausgefunden, dass er hinter meinem Rücken mit so einer Schlampe aus der Buchhaltung gevögelt hat.“ Sie unterbricht sich und runzelt die Stirn. „Sorry. Wir haben wohl alle unsere Narben aus vergangenen Beziehungen. Was ich sagen wollte, ist, dass Jakob und ich uns zwar noch immer beste Freunde nennen und auch noch immer absolutes Vertrauen zueinander haben, aber in Wahrheit sind wir uns im Laufe der Jahre ein wenig fremd geworden. Allein schon aufgrund der Entfernung. Wir telefonieren alle vier Wochen und sehen uns vielleicht einmal im Jahr, wenn Jakob die Zeit findet, mich zu besuchen – ich schaffe es ja auch nie, nach Köln zu kommen. Das ist okay, versteh mich nicht falsch, und ich würde alles für Jakob tun, aber ich weiß nicht wirklich, was für ein Mensch er inzwischen ist.“

„Du meinst, du kannst mir nicht helfen?“

Katrin schürzt die Lippen und streicht gedankenverloren ein paar Kuchenkrümel von der Arbeitsfläche. „Ich weiß nicht, *wobei* ich dir helfen soll, Arne. Ich bin nicht sicher, ob es den Jakob, den ich einmal gekannt habe, noch gibt.“

*

Philip hat das Steak, die Kartoffeln und das Gemüse bis auf den letzten Rest verputzt. Die Bratensauce tunkt er mit einem Stück Baguette auf, dann lässt er sich mit einem zufriedenen Seufzer an die Lehne des Stuhles fallen und leckt sich die Finger. „Das war gut. Du hättest Koch werden sollen. In deinem Restaurant würde ich jeden Abend essen."

Inzwischen ist es dunkel geworden, und Jakob schaltet das Licht in der Küche ein. Die Schatten im Raum fliehen in die unzugänglichen Ecken unter dem Schrank und hinter der Heizung. „Du hättest kein Geld, um für die Mahlzeit zu bezahlen", sagt er.

„Ich könnte dich anders entschädigen", grinst Philip, aber Jakob winkt ab.

„Sex spielt in meinem Leben keine große Rolle mehr."

„Was soll denn das heißen? Macht dir Ficken keinen Spaß?"

Jakob schwenkt nachdenklich sein Rotweinglas. „Als ich so alt war wie du, hab ich auch an kaum etwas anderes gedacht", gibt er zu. „Aber irgendwann ... man hat plötzlich andere Prioritäten."

„Blödsinn", erwidert Philip. „Wieso hab ich dann so viele Kunden ab deinem Alter aufwärts?"

„Es ist wahrscheinlich einfacher, jemanden für Sex zu bezahlen, als sich der Demütigung auszusetzen, andauernd einen Korb zu bekommen, nur weil man nicht mehr jung ist. Wer will schon mit einem Fünfzig- oder Sechzigjährigen ins Bett, wenn er jemanden haben kann, der dreißig Jahre jünger ist?"

„Ich, zum Beispiel." Philip kramt eine Zigarette aus der Packung und raucht. Der Nikotingestank überlagert den Geruch des Essens, und Jakob öffnet das Fenster.

„Was nimmst du eigentlich so, wenn du dich mit jemandem triffst?"

„Kohlemäßig? Hundert Euro die Stunde. Die ganze Nacht fünfhundert."

Jakob bleibt der Mund offen stehen. „So viel? Du müsstest steinreich sein!“ Er überschlägt die Summen im Kopf und rechnet aus, dass der Junge monatlich mehr verdient als er.

„Ich mach das nur, wenn ich abgebrannt bin“, schränkt Philip ein. „Regelmäßig wär mir das zu stressig.“

„Ich versteh deinen Lebensstil nicht“, sagt Jakob. „Ich meine, wieso machst du nicht mehr aus deinem Leben? Du kannst das vielleicht für die nächsten fünf oder zehn Jahre tun – und dann?“

„Mann, willst du mir jetzt moralisch kommen?“ Philip verzieht gelangweilt das Gesicht. „Ist doch meine Sache!“

„Aber ...“ Jakob beißt sich auf die Lippen. Es stimmt, es geht ihn nichts an. Aber irgendwie beginnt er, so etwas wie Schutzinstinkte für Philip zu entwickeln – was grotesk ist, denn vor wenigen Tagen hat er ihn noch nicht einmal gekannt. „Passt du wenigstens auf?“

Philip sieht ihn erst fragend an, dann fängt er an zu lachen. „Du bist echt abgefahren, Alter. Du laberst wie die Ehrenamtler von diesem Verein, der schwule Stricher betreut. Die stecken einem auch andauernd Safer-Sex-Packs zu. Lass das mal meine Sorge sein.“ Er schnippt Asche von seiner Zigarette. „Außerdem – einer meiner besten Kunden ist Arzt. Wenn ich mir was eingefangen hab, sag ich dem Bescheid. Es gibt nichts, was ein paar Antibiotika nicht behandeln könnten.“

„Und was ist mit HIV?“

Philip zuckt mit den Schultern. „Halb so wild. Da gibt’s doch auch Pillen für. Außerdem bin ich schon positiv.“

„Aber du bist erst zweiundzwanzig!“, sagt Jakob erschrocken. Und dann erinnert er sich, dass er selbst nur wenig älter war, als er sich angesteckt hat.

„Ich hab’s mir schon mit achtzehn geholt“, erwidert Philip. „Keine große Sache.“

„Keine große Sache?“, wiederholt Jakob. Dann steht er auf und stellt sich neben Philip. Er greift den Zeigefinger des Jungen und fährt über seine eingefallenen Wangen, rollt sein T-Shirt hoch und deutet auf die Fettpolster um seinen Bauch. „Siehst du das?", sagt er aufgebracht. „Das nennt man Lipodystrophie, eine Fettumverteilung als Nebenwirkung der HIV-Medikamente, die ich seit zwanzig Jahren nehme. Jeden Tag, wenn ich in den Spiegel sehe, werde ich daran erinnert, welchen Preis ich zahle."

Philip grinst ihn an. „Wenn du auch positiv bist, brauchen wir ja keine Gummis zu nehmen", sagt er.

Jakob ist sprachlos über seine Unbekümmertheit. Wie kann er ihm verständlich machen, dass seine Einstellung falsch ist? Damals, nach seinem eigenen Testergebnis, hat er ähnlich gedacht, und manchmal denkt er auch heute noch so, er kann nichts dagegen tun. Seit Marius hat sich nichts daran geändert, dass er Gummis als störend empfindet, dass sie ihn beim Sex behindern. Jedes Mal, wenn er versucht, sich eines überzurollen, denkt er an den Tod. Marius' Gesicht taucht dann plötzlich vor ihm auf und all die anderen, die das Virus niedergemäht hat.

In den Jahren, die nach Marius kamen, hat er versucht, riskante Situationen einfach zu vermeiden, auch wenn ihm das nicht immer gelungen ist, hat auf Dinge verzichtet, die ein Kondom erfordert hätten, oder sich Männer gesucht, die auch positiv waren. Das machte die Sache nicht weniger falsch, aber er konnte das Thema verdrängen, ohne ein schlechtes Gewissen haben zu müssen. Erst mit Arne hatte ihn seine Vergangenheit wieder eingeholt. Arne bestand auf Gummis, er war negativ und wollte es auch bleiben. Ob diese Tatsache einer der Gründe war, warum der Sex zwischen ihnen so schnell vorbei war?

Die Wahrheit ist, dass Jakob das Wort „Prävention" nicht mehr hören kann. Sein halbes Leben lebt er mit dem Virus, ist mit Aufklärungsbroschüren beworfen worden, hat Plakate an Werbewänden gelesen, Werbespots gesehen, Gespräche mit Ärzten geführt und sich die Reden von Gesundheitspolitikern angehört. Er erinnert sich noch genau an Peter Gauweiler und die Gefahr einer Stigmatisierung von HIV-Infizierten; er weiß sehr gut, wie viel er und all die anderen Rita Süssmuth zu verdanken haben. Auch die Übertragungswege des Virus kennt er und was man dagegen tun kann. Und trotzdem: Jakob ist müde. Mag sein, dass es heute Therapien gibt, die den Verlauf der Infektion eindämmen. Mag sein, dass man – zumindest in den westlichen Industrienationen – mit Aids alt werden kann. Mag sein, dass es von einer lebensbedrohlichen zu einer chronischen Infektion geworden ist. Aber eines hat sich nicht geändert: Wie Marius vor mehr als zwanzig Jahren will Jakob einfach nur, dass das Virus verschwindet. Dass alles so wird wie früher.

Als sie im Bett liegen und ihre verschwitzten Körper langsam wieder zu Atem kommen, nestelt Philip seinen Kopf in Jakobs Armbeuge. „Hammer!", seufzt er zufrieden. Seine Hand streicht über Jakobs Oberschenkel und Jakob denkt darüber nach, dass ihm Philips Berührungen nicht unangenehm sind, nicht so wie die von Arne. Was bedeutet das? Warum kann er sich in Philips Umarmungen fallen lassen, und warum zuckt er zurück, wenn Arne ihn anfasst? Weil er und Philip keine Geschichte haben? Weil sie nur in diesem Moment existieren, auf diesem Bett? Weil ihre Begegnung wie ein zufälliger Schnappschuss ist, an dessen Entstehung man sich später nicht mehr erinnert?

„Erzähl mir von dir", sagt er.

„Kein Bock."

„Los, mach schon."

„Na schön. Was willst du wissen?" Philips Stimme klingt schläfrig. Er dreht sich auf den Bauch und Jakob hat die Möglichkeit, die geflügelte Schlange zu bewundern, die großflächig auf Philips Rücken tätowiert worden ist. Ihr langer, geschuppter Leib windet sich an Philips Wirbelsäule entlang, der Oberkörper ist bedrohlich aufgerichtet, die filigranen, libellenartigen Flügel spannen sich bis auf seine Schulterblätter. Das weit aufgerissene Maul der Schlange ist mit zwei langen Giftzähnen versehen, die im Begriff zu sein scheinen, zuzuschlagen. Aber irgendetwas stimmt mit den lidlosen, starren Augen nicht. Jakob beugt sich über Philips Rücken und fährt im Schein der auf dem Nachttisch flackernden Kerze mit dem Finger über beinahe kreisrundes, rotvernarbtes Gewebe unterhalb der linken Schulter. Die beiden Narben sind ungefähr so groß wie ein Ein-Cent-Stück.

„Zum Beispiel, wer das gemacht hat", sagt er.

Philip dreht sich so, dass Jakob die Schlange nicht mehr sehen kann. „Geht dich nichts an, Mann." Seine Gesichtszüge sind hart und abweisend.

„Wer?", insistiert Jakob.

„Mein letzter Stiefvater", antwortet Philip schließlich und betont das letzte Wort mit einer Mischung aus Bitterkeit und Verachtung. „Meine Alte hatte einen Stecher nach dem anderen, ich sollte immer so tun, als ob sie meine Stiefväter wären. Manche waren okay, manche nicht. Der letzte hat mich nicht gemocht und ich ihn nicht. Er hat mich verprügelt. Als er anfing, seine Kippen auf mir auszudrücken, bin ich abgehauen."

„Hast du ihn angezeigt? Das ist Körperverletzung!"

„Meine Alte hat mich angebettelt, es nicht zu tun."

„Aber ..." Jakob fehlen die Worte.

„Die Schlange hab ich mir machen lassen, sobald die Wunden verheilt waren. Vom ersten Geld, das ich mir verdient hab."

„Als Stricher."

„Als Escort, du Arsch!" Philip setzt sich auf und sieht Jakob wütend an. „Ich entscheide, mit wem ich es treibe und mit wem nicht. Und falls du es nicht bemerkt hast, mit dir hab ich es schon zum zweiten Mal für lau gemacht!"

„Nein, so war das doch gar nicht ..."

„Ach, Scheiße!", flucht Philip und springt auf. „Ich hab keinen Bock mehr auf dich, Opi." Er sucht seine Klamotten zusammen und zieht sich in Windeseile an. „Ich hab das hier nicht nötig. Such dir doch jemand anderen." Er schlüpft in seine Sneakers, und eine Minute später knallt die Wohnungstür hinter ihm zu. Jakob hört, wie sich seine Schritte im Hausflur verlieren.

März 1987

Willy Brandt erklärt seinen Rücktritt als SPD-Vorsitzender, nachdem sein Vorschlag, die parteilose griechische Journalistin Margarita Mathiopoulos zur neuen Parteisprecherin zu machen, auf heftige innerparteiliche Kritik gestoßen ist und eine Diskussion über seinen Führungsstil ausgelöst hat. Damit endet eine Ära: Brandt war seit 1964 Vorsitzender der SPD, von 1969 bis 1974 war er auch Bundeskanzler und stand der ersten sozialliberalen Koalition vor.

Mehr als 200 Menschen kommen ums Leben, als die britische Autofähre „Herald of Free Enterprise" beim Auslaufen aus dem belgischen Hafen Zeebrügge kentert.

Auf einer Sonderkonferenz in Bonn werden von den Gesundheitsministern in Bund und Ländern neue Maßnahmen gegen die Ausbreitung von Aids beschlossen. Dazu gehören ein zentrales Aids-Register und eine anonyme Berichtspflicht der Institute, die beim Bluttest eine Infektion feststellen.

Kurz zuvor hat die bayerische Staatsregierung im Alleingang einen „Maßnahmenkatalog zur Abwehr von AIDS" verabschiedet, der unter anderem die Möglichkeit vorsieht, „Ansteckungsverdächtige" zum HIV-Test vorzuladen, ebenso die namentliche

Registrierung von Infizierten, die Internierung von Kranken in besonderen Einrichtungen und Tätigkeitsverbote. Darkrooms und Saunen werden geschlossen. Die Präventionsarbeit der freien Träger droht daraufhin zusammenzubrechen, HIV-Infizierte verlassen Bayern aus Angst vor Denunziation und Repressalien. Erste Anti-Gauweiler-Demonstrationen finden in München statt.

Der neue bayerische Kultusminister Johann Zehetmair (CSU) sieht Aids als „Symptom einer maroden Gesellschaft" an. Er lokalisiert Homosexualität im „Randbereich der Entartung". Sie sei „naturwidrig" und im Grunde „krankhaft".

In den USA gründet sich Act Up (Aids Coalition to Unleash Power), eine Organisation von Aids-Aktivisten, die mit Demonstrationen, gezielten Störmaßnahmen, Boykottierungen und zivilem Ungehorsam auf die unzureichenden Maßnahmen der Reagan-Regierung in Bezug auf Aids aufmerksam machen will. Bis zu diesem Zeitpunkt hat der Präsident zu diesem Thema kein einziges Mal öffentlich Stellung genommen. Zwar fließt inzwischen Geld in die Forschung, aber es kommt den Betroffenen nicht zugute.

Derweil wird der Streit um die Entdeckung des HI-Virus zwischen dem Amerikaner Gallo und dem Franzosen Montagnier auf höchster politischer Ebene beigelegt: Präsident Reagan und Präsident Chirac einigen sich darauf, entsprechende Patente zu gleichen Teilen auf die beiden Wissenschaftler und die sie unterstützenden Teams aufzuteilen.

Vor dem Obersten Bundesgericht in den USA wird über den Fall der Gay Games verhandelt. Die Veranstalter des weltweit größten schwul-lesbischen Sportevents waren verklagt worden, weil sie sich ursprünglich Gay Olympics nennen wollten. Im Juni entscheidet das Gericht, dass nur die Olympischen Spiele als Olympiade bezeichnet werden dürfen, und sieht sich dem Vorwurf der Homophobie ausgesetzt.

In einer Folge der „Lindenstraße" küssen sich erstmals im deutschen Fernsehen zwei schwule Männer.

In Deutschland führen Pierre Cosso & Bonnie Bianco mit „Stay" die Charts an; in Großbritannien ist es Boy George mit „Everything I Own".

Der schmale, neonbeleuchtete Gang roch nach Desinfektionsmittel und Kaffee und sah nach Improvisation aus – als wären die verantwortlichen Stellen auch im vierten Jahr der Epidemie noch nicht ausreichend auf sie vorbereitet. Eine Krankenschwester schob ratternd einen Essenswagen an ihnen vorbei, bestückt mit Tabletts, die die Frühstücksreste der stationär aufgenommenen Patienten trugen. Ein alter Mann in Bademantel und Pantoffeln schlurfte hinterher, in Richtung Schwesternzimmer. Im Hintergrund konnte man die Türen des Fahrstuhls hören. Jemand hatte ein paar nichtssagende Drucke von Gräsern an die weißen Wände gehängt, um deren Trostlosigkeit abzumildern, und war kläglich gescheitert.

Der Gang war bestückt mit einem Dutzend Stühle, auf denen Marius und Jakob zwischen den anderen Patienten Platz genommen hatten, den Blick auf die anonyme weiße Tür gerichtet, hinter der sich die HIV-Ambulanz verbarg. Ein paar Gesichter waren ihnen vertraut, einige Männer waren ihnen im „Pimpernel" oder der „Römerstube" schon mal über den Weg gelaufen. Man registrierte sich mit einem knappen Nicken oder einem peinlich berührten Wegsehen. Der also auch. Und der und der. Ein Schaulaufen der Aussätzigen. Es fühlte sich erniedrigend an. Jakob hatte ein Buch mitgebracht, um die Wartezeit zu überbrücken – *Pride and Prejudice*, das er für ein Jane-Austen-Seminar durcharbeiten musste –, aber es lag zugeklappt auf seinem Schoß. Marius starrte zu Boden, alle Muskeln angespannt wie ein Boxer, der in der Ecke des Ringes sitzt und jeden Augenblick zur nächsten Runde gerufen wird.

Es war ihr zweiter Besuch im Uniklinikum; nach dem positiven Testergebnis waren sie von ihrem Hausarzt hierhin überwiesen worden. „Ich habe nicht die Möglichkeiten, Ihnen zu helfen, Herr Brenner. Ich kenne mich auf dem Gebiet nicht aus und, um ehrlich zu sein, ich möchte es auch nicht. Wenn sich herumspricht, dass einige meiner Patienten ...“ Er hatte betreten aus dem Fenster gesehen. Die offensichtliche Abneigung des Arztes, die Angst um den Verlust anderer Klientel, wenn er ihn weiter behandelte, hatten Jakobs Protest in seiner Kehle ersticken lassen.

Hin und wieder öffnete sich die Tür, ein bärtiger Pfleger streckte den Kopf heraus und bat den Nächsten einzutreten. Die Minuten vergingen, als wären sie zu doppelter Länge aufgebläht. Jakob beobachtete, wie acht Uhr verstrich, halb neun, neun. Bald gab es nicht mehr genug Stühle. Aus den Augenwinkeln warf er hastige Blicke auf die anderen Patienten, suchte sie nach sichtbaren Zeichen der Krankheit ab und bemerkte erschrocken, dass sie ihn und Marius genauso verstohlen musterten. Er wollte schreien, und seine Hände ballten sich unbewusst zu Fäusten, bis er sie unter seinen Oberschenkeln vergrub, damit er nicht hochschnellte und seinem Zorn nachgab, die Bilder von den Wänden riss.

„Ich hasse es hier“, murmelte Marius.

Jakob versuchte, ihre Anspannung durch einen Witz abzumildern. „Das Krankenhaus sollte im *Spartacus* als Cruising Area aufgeführt werden“, raunte er ihm zu, aber Marius reagierte nicht, tat so, als hätte er nicht gehört.

Die Ambulanz bestand aus einem großen Raum mit weißen Wänden, die den Angstschweiß der Patienten ausdünsteten, und einem grauen Linoleumboden, auf dem die Gesundheitsschuhe des Pflegepersonals und der Ärzte geschäftig quietschten. Vor eine Wand war ein Schreibtisch geschoben worden, daneben stand ein Regal mit Schubladen voller Spritzen, Kanülen, Pflastern und Verbandsmaterial. Vor den schmutzigen Fenstern, die die trübe Frühlingssonne in einen gelbbraunen Pfannkuchen verwandelten, befanden sich drei Liegen, voneinander getrennt durch weiße Vorhänge, die bei Bedarf zugezogen wurden: ein lächerliches Minimum an Privatsphäre. Jakob wusste genau, wer sich nebenan befand, und er konnte der Unterhaltung des Arztes mit dem Patienten Wort für Wort folgen. Der Vorhang bewegte sich, als das Gespräch vorüber war und der Arzt sich ihm zuwandte. Das Schild an seinem weißen Kittel wies ihn als Dr. Schmidt aus.

„Ich will Ihnen nichts vormachen. Wir wissen noch nicht viel über HIV-Infektionen. Letztendlich sind Sie so eine Art Versuchskaninchen." Er wirkte überarbeitet und lethargisch, als hätten seine Augen zu viel Hoffnungslosigkeit gesehen, aber immerhin hielt er ein knappes Lächeln für Jakob bereit, während er den Laborbericht mit den Ergebnissen seiner Blutuntersuchung überflog. „487. Das ist die Zahl, die Sie sich merken müssen. Sie bezeichnet die Anzahl Ihrer T-4-Helferzellen in einer bestimmten Menge Ihres Blutes. Die Helferzellen sind die Polizei Ihrer Immunabwehr, sie bekämpfen Infektionen. Je mehr Sie davon haben, desto besser. Das Dumme ist nur, dass das HI-Virus genau diese Zellen angreift und zerstört."

„Und wie viel hat ein gesunder Mensch normalerweise?"

„Unterschiedlich. Zwischen 600 und 1000, manchmal bis 1500. Das ist ein guter Richtwert."

Jakob schluckte. „Weniger als die Hälfte ..."

„Es ist gut, dass Ihre Infektion relativ frisch ist. Damit erhöhen sich Ihre Chancen ..." Der Arzt schien es für besser zu halten, den Rest des Satzes unausgesprochen zu lassen. „Wie haben Sie das überhaupt geschafft?", platzte er stattdessen plötzlich heraus.

„Was geschafft?"

„Ihrer Akte entnehme ich, dass Sie im Oktober noch einen Test mit negativem Ergebnis hatten. Und drei Monate später ... Sie waren doch gewarnt!"

Jakob fühlte eine Mischung aus Zorn und Scham in sich hochsteigen. Wer war dieser Mensch, sich moralisch über ihn zu entrüsten? Und gleichzeitig musste er ihm recht geben. Wieder und wieder hatte sich Jakob in den letzten Wochen die gleiche Frage gestellt. Und die beste Antwort, die er gefunden hatte, war: „Es ist einfach passiert."

Der Arzt räusperte sich, ließ ihn sein fehlendes Verständnis spüren und kam zum eigentlichen Thema zurück. „Kritisch wird es, wenn die Zahl der Helferzellen sinkt. Dann erhöht sich das Risiko HIV-assoziierter Erkrankungen. Unter 300 treten vermehrt Herpes- oder Pilzinfektionen und Nachtschweiß auf, unter 200 besteht das Risiko einer pneumocystis carinii, einer speziellen Form der Lungenentzündung. Die gute Nachricht ist, dass wir gegen all diese Begleiterscheinungen Medikamente einsetzen können, prophylaktisch oder therapeutisch. Die schlechte ist, dass es noch kein Medikament gegen eine HIV-Infektion gibt. Aber das wissen Sie ja sicherlich."

„Aber es muss doch irgendetwas geben, was Sie tun können. Was ich tun kann." So also fühlte man sich, wenn man in einem brennenden Haus saß, ohne Fluchtweg, ohne Feuerlöscher, während die Flammen immer näher kamen. Ohnmächtig, panisch. Und wütend. Als wäre man von jemandem betrogen, hinters Licht geführt worden. Als hätte jemand seinen Teil der Abmachung nicht eingehalten.

„Ja. Natürlich." Der Arzt schaute ihn über den Rand seiner Brille hinweg an. „Leben Sie gesund. Schlafen Sie ausreichend. Und kommen Sie alle drei Monate zu einer Blutkontrolle." Er drehte sich zum Gehen, aber der Ausdruck in Jakobs Gesicht schien ihn zu bewegen, noch ein paar Worte der Beruhigung hinterherzuschieben. „In den Vereinigten Staaten gibt es Studien über einen ersten Wirkstoff namens AZT, die halbwegs vielversprechend klingen. Wir stehen kurz vor der Zulassung in Deutschland."

„Das heißt, dann kann ich ... geheilt werden?" Jakob konnte den bettelnden Tonfall in seiner Stimme nicht unterdrücken. Vielleicht war ja alles doch nicht so schlimm.

„Geheilt?" Der Arzt lachte humorlos auf. „Das werden Sie und ich wohl kaum erleben. Im besten Fall ist AZT in der Lage, den Verlauf der Erkrankung zu verzögern. Und es kann mit massiven Nebenwirkungen einhergehen. Das ist das Beste, was ich Ihnen zurzeit sagen kann. Und wenn ich Ihnen noch einen Tipp geben darf: Versuchen Sie, so viel Alltag wie möglich in Ihr Leben zu integrieren. Eine geregelte Tagesstruktur. Machen Sie das, was Sie immer machen. Es wird Ihnen helfen."

Jakob wartete im Gang, bis Marius aus der Ambulanz herauskam. Sein Freund sah bleich aus, aber er zwang ein schmales Lächeln auf seine Lippen, als er Jakob sah.

„Und? Was haben die gesagt?" Sie verließen die Station so schnell wie möglich, jeder Meter Entfernung ließ die Erleichterung spürbarer werden. Als sie allein im Fahrstuhl zum Ausgang fuhren, lehnte sich Marius an die kühle Metallwand der Kabine und schloss die Augen. „Ich geh da nie wieder hin", brachte er heraus. „Nie wieder."

„Aber ..."

„Ich kann das nicht! Hörst du, Jakob? Ich kann das nicht!"

„Ist irgendwas passiert? Wie sind deine Werte?"

„Um die 400, glaube ich. Ich hab nicht genau zugehört." Marius mied den Blickkontakt mit Jakob und starrte auf die Leiste, die die vorbeirauschenden Etagen zählte.

„Du hast nicht genau zugehört?", fragte Jakob entgeistert. „Was soll denn das heißen? Das ist wichtig!"

„Wieso?", fuhr ihn Marius an. „Wieso ist das wichtig? Sie können sowieso nichts für uns tun! Sie verwalten uns nur! Hast du das Mitleid in ihren Gesichtern nicht gesehen? Das Bedauern? Ich werde mich da nicht noch einmal hinsetzen."

„Natürlich können sie uns helfen. Der Arzt hat mir was von AZT erzählt, einem Medikament, das ..."

„... massive Nebenwirkungen hat. Erbrechen, Übelkeit, Fieber, Blutarmut, Durchfälle, Bauchspeicheldrüsenentzündung, Hautausschläge, Atembeschwerden, Hepatitis, veränderte Geschmacksempfindungen, Schüttelfrost ..." Marius' Stimme wurde immer lauter. „Der Beipackzettel ist ein einziger Horror!"

„Woher weißt du das?"

„Ich habe gefragt."

„Aber das muss doch nicht eintreffen. Es kann unter Umständen zu einigen dieser Symptome ..."

„Nein, Jakob!", fiel ihm Marius ins Wort. „Auf keinen Fall!"

„Vielleicht sollten wir mal zur Aids-Hilfe ..."

„Hast du noch so einen brillanten Vorschlag? Aids-Hilfe! Damit wir dort noch mehr Leuten aus der Szene begegnen, die herumerzählen, dass wir es auch haben?"

„Aber die Leute da können uns beraten ... denke ich."

„Wobei? Vermeidungsstrategien? Wie wir uns nicht infizieren? Ist wohl ein bisschen spät dafür." Die Tür des Fahrstuhls öffnete sich und Marius stürmte mit großen Schritten dem Ausgang entgegen. Ein Mann auf Krücken, der einen eingegipsten Fuß hatte und vor der Tür eine Zigarette rauchte, sah ihnen nach.

Im Auto saßen sie schweigend nebeneinander. Der Schlüssel steckte im Zündschloss, aber Marius machte keine Anstalten, den Anlasser zu bedienen. Jakob legte seinem Freund die Hand auf den Oberschenkel. Selbst durch den Stoff der Jeans spürte er das Zittern seines Körpers.

„Es ist die einzige Chance, die wir haben", sagte er leise. „Bitte, geh weiter zum Arzt. Ich komme auch mit. Du musst da nicht alleine hin."

Marius kramte ein Taschentuch aus der Hose und fuhr sich damit über die Augen. Er war der Einzige, den Jakob kannte, der tatsächlich noch Stofftaschentücher benutzte, eine merkwürdig altmodische Angewohnheit, wie das Schnupfen von Tabak oder das Tragen von langen Unterhosen. Jakob hatte zwar nie gefragt, aber er war sicher, dass seine Mutter die Taschentücher für ihn bügelte.

Marius schüttelte den Kopf. „Ich geh zugrunde, wenn ich da regelmäßig hinmuss“, erwiderte er.

Jakob lag es auf der Zunge zu sagen, dass er zugrunde gehen würde, wenn er *nicht* hinginge, wenn er sich *nicht* regelmäßig kontrollieren ließe, aber er schrak vor den Worten zurück, schob sie beiseite, verbot sich diesen Gedanken. „Lass uns irgendwo einen Kaffee trinken“, sagte er. „Ich muss dieses Krankenhaus vergessen.“

Föhn hat sich in den Abendstunden über das Voralpenland geworfen; wie ein feindliches Heer hat er die Gegend, in der Katrin lebt, aus dem Hinterhalt kommend überwältigt. Arne liegt wach auf seinem Bett und hört den stetig blasenden Wind an den Fensterläden rütteln. Die Decke hat er zur Seite gelegt, das Laken haftet klamm an seinem Körper. Er ist von dem Wetterwechsel überrascht worden; sein Kreislauf macht ihm Probleme, und er ist zu erschöpft, um schlafen zu können. Der Wind erinnert ihn an seinen ersten Urlaub mit Jakob – so viel Zeit ist seitdem vergangen, dass er noch nicht einmal mehr die Jahreszahl benennen kann. Es war das erste Mal, dass Arne ein Stück von Jakobs zerborstener Seele zu sehen bekam.

Voller Enthusiasmus hatte Arne Italien vorgeschlagen. Jakob und er kannten sich noch nicht lange – einige Monate vielleicht? –, und die Ferien sollten etwas Besonderes werden. Als Schüler hatte er eine Interrailtour durch Italien gemacht und sich in die hügelige Landschaft der Toskana verliebt, mit ihren Olivenbäumen und Pinien, den Zypressen und Weinreben. Städte wie Siena, Pisa oder Lucca hätte er gerne noch einmal besucht; in Florenz hatte er die italienische Renaissance schätzen gelernt: den David von Michelangelo, die Uffizien. Den malerischen Ponte Vecchio. Vor allem aber waren dem damals siebzehnjährigen Arne die italienischen Männer in Erinnerung geblieben: ihre dunklen Dreitagebärte, die heimlichen Blicke und das unvermittelte Zungenschnalzen, von dem er kaum glauben konnte, dass es ihm galt und das ihm schlaflose Nächte bereitet hatte.

Aber Jakob hatte sich quergestellt, hatte abfällige Bemerkungen über die Italiener gemacht, Essens- und Klimaunverträglichkeiten angeführt. Arne war naiv – und verliebt – genug gewesen, um diese Behauptungen nicht zu hinterfragen. Erst im Nachhinein machte er sich Gedanken darüber, wieso sich Jakob zu Hause noch nie darüber beschwert hatte, wenn es Pizza oder Pasta gab oder der Sommer dem Rheinland ein paar heiße, trockene Tage bescherte. Also hatte er ein alternatives Reiseziel ins Spiel gebracht: Sylt. Hier konnte Jakob Teiggerichten aus dem Weg gehen, und heiße Sonnentage waren an der Küste erträglicher und im Allgemeinen auf ein Minimum reduziert. Sie waren knapp mit der Zeit und mussten sich schnell entscheiden, daher hatte er gebucht – und den erneuten Protest Jakobs ignoriert, hatte ihn nicht wirklich ernst genommen. Es war schwierig genug gewesen, zehn Tage zu finden, an denen sie sich beide frei machen konnten, und er, Arne, hatte den Urlaub nötig. Dringend.

Jakob war verstummt, sobald sie mit dem Autoreisezug über den Hindenburgdamm rollten. Wenn er es nicht besser gewusst hätte, hätte Arne den Ausdruck in seinen Augen als Furcht bezeichnet. Nichts, was er sagte, konnte Jakob aufmuntern oder ihm mehr als ein karges Ja oder Nein entlocken. Die Strandkörbe, die Gischt der unruhigen See, die steife Meeresbrise, die den Sand in den Dünen vor sich hertrieb – nichts davon zauberte ein Lächeln auf Jakobs Lippen, stattdessen wurde er mit jedem Tag stiller und mehr in sich gekehrt. Im Bett drehte er Arne den Rücken zu und stellte sich schlafend, aber im Halbdunkel der Vollmondnacht konnte Arne Jakobs geöffnete Augen im Spiegel des Schlafzimmerschrankes erkennen, und wenn er ihn berührte, fühlte er seine verkrampften Muskeln. Er schien unerreichbar, unfassbar. Einmal, als sie beim Frühstück auf ihrem Balkon saßen, Arne die Zeitung las und Jakob sich unbeobachtet glaubte, während er den Möwen zusah, die mit weit gespannten Flügeln gemächlich in der Luft trieben, hörte er ihn flüstern: „Ich hätte nicht herkommen dürfen. Es war ein Fehler.“ Als hielte er Zwiesprache mit einem Dritten, einem Unsichtbaren.

Am letzten Tag des Urlaubs unternahmen sie einen Spaziergang von Westerland Richtung Norden. Es war zu kalt, um an den Strand zu gehen, in der Nacht hatte es ein paar Regenschauer gegeben, und wieder zerrte ein böiger Wind an ihren Jacken, während sie durch die Dünen stapften. Versteckt zwischen Heidekraut und Heckenrosen tauchte irgendwann eine Familienpension auf, ein zweistöckiges Haus mit Spitzgiebel, grün getünchten Holzbalkonen und Liegestühlen in einem schmalen, abgezäunten Garten. Zwei Kinder spielten vor dem Haus. Jakob blieb wie angewurzelt stehen und sein Gesicht hatte jedwede Farbe verloren.

„Was ist?", fragte Arne. Im ersten Moment dachte er, Jakob hätte sich den Magen verdorben, weil er sich plötzlich krümmte und mit schmerzverzerrter Miene in die Hocke ging. Dann sah er die Tränen in Jakobs Augen.

„Das Haus. Hier haben wir gewohnt. Ich hatte ganz vergessen, wie es aussieht."

„Wer wir?"

„Marius und ich."

„Du und Marius, ihr wart auf Sylt?"

Jakob nickte fast unmerklich. „1989. Drei Monate, bevor …" Er brach ab.

„Aber warum hast du das nicht gesagt?" Arne ging ebenfalls in die Hocke und hielt Jakob fest. „Warum hast du mir nicht gesagt, dass du schlechte Erinnerungen an diesen Ort hast?"

Jakob schwieg.

„Und die Toskana … da warst du auch mit Marius?"

Jakob nickte wieder, noch immer stumm. „Es sind keine schlechten Erinnerungen", sagte er schließlich. „Sie sind nur … unendlich traurig." Er deutete zum Haus auf ein kleines Fenster direkt unter dem Dach. „Da oben, da war unser Zimmer. Marius … er hatte Probleme beim Treppensteigen, er konnte keine längeren Spaziergänge machen, war schon nach der kleinsten Anstrengung außer Atem." Ein kurzes Lächeln, in dem Arne so etwas wie Sehnsucht zu entdecken glaubte, huschte über seine Lippen. „Selbst zum Ficken hat es manchmal nicht mehr gereicht." Dann wurde er wieder ernst, und seine Stimme klang bitter und hart. „Seine Lunge war voller Kaposi-Sarkome. Aber das wussten wir damals noch nicht."

Arne fühlte sich hilflos, ohnmächtig. Ausgeschlossen. „Es tut mir leid", erwiderte er. „Du hättest etwas sagen sollen." Nichts in seiner Vergangenheit war mit dem vergleichbar, was Jakob erlebt hatte. Wie konnte er der Trauer, die dieser Mann empfand, jemals gerecht werden? Gab es irgendetwas, das er ihr entgegensetzen konnte? „Vielleicht ist es besser, wenn du nächstes Mal den Urlaubsort aussuchst. Einen Ort, der nicht von Geistern heimgesucht wird. Es wird ja irgendwo auf der Welt einen Platz geben, an dem ihr nicht wart."

Er stand auf und ging ein paar Schritte voraus, bis Jakob sich gesammelt hatte. Doch in Wahrheit war er es, der sich sammeln, der seine wirren Gefühle ordnen musste: Wie konnte er wütend auf einen Toten sein?

Nachts um zwei Uhr hat er die Hoffnung auf Schlaf endgültig aufgegeben. Durstig macht er sich auf die Suche nach einem Glas Wasser, aber im Dunkeln findet sich Arne in der fremden Küche nicht zurecht. Er stößt sich den Zeh an einer Kante und flucht mit unterdrückter Stimme. Kurz darauf geht die Schlafzimmertür auf, und Katrin kommt heraus. Ihre Haare sind zerzaust, und sie trägt einen weißen Bademantel.

„Kannst du nicht schlafen?"

„Tut mir leid, ich wollte niemanden aufwecken."

Katrin zuckt mit den Schultern. „Jochen schläft immer wie ein Stein. Der würde noch nicht einmal wach werden, wenn ich eine Handgranate neben dem Bett hochgehen ließe. Kakao?"

„Was?"

„Ein heißer Kakao wirkt Wunder bei Schlaflosigkeit. Irgendeine Aminosäure, die in der Milch enthalten ist, fördert das Einschlafen, glaube ich." Ohne Arnes Antwort abzuwarten, macht sie sich am Herd zu schaffen, gießt Milch in einen Topf, holt zwei Becher aus dem Schrank und schüttet Kakaopulver hinein. Ihre Bewegungen sind von schlafwandlerischer Sicherheit, als hätte sie schon öfter zu diesem Hausmittel gegriffen.

Mit den dampfenden Tassen in der Hand gehen sie auf die Terrasse. Der Föhn hat alle Wolken vertrieben, die Luft ist so warm wie das Wasser eines tropischen Meeres. Im Garten zirpen die Grillen, verbreiten die Illusion eines mediterranen Sommers, und der Himmel ist wie eine schwarze, samtene Decke, auf der jemand versehentlich Puderzucker verstreut hat: kitschig schön.

„Ich habe noch nie so viele Sterne gesehen", sagt Arne, als er sich in einen der Terrassenstühle fallen lässt und in den Himmel schaut. „Wahnsinn."

„Das ist der Vorteil, wenn du in einem Kuhkaff wohnst am Rande der Berge." Katrin pustet auf ihren Kakao. Im Dunkeln sieht sie jung aus, und Arne bekommt eine ungefähre Vorstellung von der Katrin, die Jakob vor über zwanzig Jahren kennengelernt hat. „Der Nachteil ist, dass deine Nachbarn alles über dich wissen. Die soziale Kontrolle ist effektiver als eine elektronische Fußfessel." Sie lächelt. „Heute Morgen beim Brötchenholen bin ich schon auf dich angesprochen worden. Ich glaube, man vermutet eine Ménage à trois."

„Und was hast du gesagt, wer ich bin?"

„Die Wahrheit. Der Freund eines Freundes."

Schweigend betrachten sie den Nachthimmel. „Jakob ist ein Fan von *Star Trek*", sagt Arne plötzlich.

Katrin lacht leise auf. „Immer noch?"

„Bei manchen Folgen kann er alle Dialoge mitsprechen. Er muss sie mindestens ein Dutzend Mal gesehen haben."

Arne schüttelt resigniert den Kopf. Er stellt sich Jakob im Bett neben sich vor, die Beine unter der Decke angezogen, eine Schachtel Schokoladenkekse in Reichweite, die Augen gebannt auf Captain Picard gerichtet, und er und der Captain sagen: „Commander Riker, Sie haben die Brücke! Ich bin in meinem Bereitschaftsraum. Informieren Sie mich, wenn wir die errechneten Koordinaten erreicht haben." Es ist ein Bild, das ihm einen Stich ins Herz versetzt. Bis jetzt war ihm nicht bewusst, wie sehr ihm diese Abende mit Jakob fehlen. Während dieser Momente war er sich Jakobs sicher, weil sie nur ihnen gehörten, ihnen beiden. Diese unscheinbaren, alltäglichen Augenblicke, in denen er versuchte, den Laptop auf seinem Schoß zu balancieren und E-Mails zu schreiben, während Jakob mit der Crew der „Enterprise" fremde Welten entdeckte, neue Lebensformen und unbekannte Zivilisationen. Diese seltenen Gelegenheiten, die deshalb so kostbar waren, weil sie nicht von der Erinnerung an Marius kontaminiert waren.

Irgendwo in der Dunkelheit vor ihnen durchbricht der Schrei eines Käuzchens die Stille. Katrin und Arne zucken zusammen.

„Vorhin im Bett ist mir eingefallen, wie ich davon erfahren habe, dass Jakob und Marius positiv sind", sagt Katrin. Sie rührt gedankenverloren in ihrem Kakao und sieht an Arne vorbei. „Ich war gerade von meinem Auslandsstipendium in Edinburgh zurückgekommen. Komisch. Ich habe seit Jahren nicht mehr daran gedacht."

Arne schüttelt sich unwillig. Eigentlich will er die Geschichte nicht hören, aber trotzdem interessiert sie ihn, natürlich. Denn Jakob hat ihm noch nie davon erzählt. Allerdings vermeidet es auch Arne nur zu gerne, über solche Dinge zu reden, weil sie ihm ins Gedächtnis rufen, dass trotz allem ein Damoklesschwert über Jakobs Leben schwebt.

„Und?", fragt er.

Katrin zuckt mit den Schultern.

April 1987

Bei der hessischen Landtagswahl wird die CDU mit 42,1% der Stimmen mit ihrem Spitzenkandidaten, dem Bundesumweltminister Walter Wallmann, stärkste Partei und bildet mit der FDP eine Koalition. Damit wird erstmals nach dem Ende des Zweiten Weltkriegs der hessische Ministerpräsident nicht von der SPD gestellt.

Die Boykottaufrufe im Vorfeld der für den Mai 1987 geplanten Volkszählung erreichen ihren Höhepunkt. Über eintausend Bürgerinitiativen haben sich gegen die Volkszählung gebildet, getragen wird die Bewegung auch von den Grünen, Teilen der Gewerkschaften und Teilen der SPD und FDP. Auch einige Kommunen lehnen die Volkszählung ab. Trotzdem wird sie schließlich – anders als 1983 – durchgeführt.

Aufgrund seiner umstrittenen Vergangenheit im Zweiten Weltkrieg erklären die USA den neugewählten österreichischen Bundespräsidenten Kurt Waldheim zur „Persona non grata". Damit bleibt dem ehemaligen UNO-Generalsekretär die Einreise in die Vereinigten Staaten verwehrt.

Papst Johannes Paul II. kommt zu einem fünftägigen Besuch in die Bundesrepublik. Dabei wird er zwei Opfer des Nationalsozialismus, die Karmeliterin Edith Stein und den Jesuitenpater Rupert Mayer, seligsprechen.

Am 29. April wird in den USA der erste Western-Blot-Test bei HIV-Blutuntersuchungen zugelassen, ein genaueres Testverfahren als die bisherigen Elisa-Tests, bei denen es häufig zu falschen Ergebnissen kam. Etwa zur gleichen Zeit veröffentlicht die WHO einen Bericht, wonach es bisher weltweit etwa 50.000 Aids-Tote und weitere 50.000 schwer an Aids Erkrankte gibt. Experten halten diese Zahlen für untertrieben, da für Afrika, Asien und Osteuropa keinerlei verlässliche Zahlen zur Verfügung stehen.

In Großbritannien eröffnet Prinzessin Diana am 9. April die erste auf HIV spezialisierte Krankenhausabteilung, das London

Lighthouse. Insbesondere die Tatsache, dass Diana Aids-Patienten die Hand gibt, ohne Handschuhe zu tragen, erregt Aufmerksamkeit – obwohl die Übertragungswege von HIV längst bekannt sind.

Nach Jahren des Schweigens spricht sich Präsident Ronald Reagan in den USA erstmals vorsichtig für ein größeres Engagement des Staates bei der Aufklärung über Aids aus, allerdings mit der Einschränkung, dass Schülern auch sexuelle Abstinenz als probates Mittel einer Infektionsvermeidung nahegelegt wird. Gemäß seinem Weltbild empfiehlt er auch eheliche Treue als wirksamen Schutz vor Aids. Wenig später befürwortet er regelmäßige und verpflichtende Tests bei Risikogruppen.

Tatsächlich ist die Aids-Politik der Reagan-Administration alles andere als eindeutig. Im Juli 1987 ist eine Kommission ins Leben gerufen worden, die den Präsidenten in Aids-Fragen beraten soll. Alle Mitglieder sind erzkonservativ (wie zum Beispiel der Kardinal von New York, John Joseph O'Connor, der schon mehrmals mit antischwulen Äußerungen an die Öffentlichkeit getreten ist), und keines der Mitglieder ist ein ausgewiesener Aids-Experte. Andererseits hat der Surgeon General, eine Art oberster Berater des Präsidenten in Gesundheitsfragen, im Februar 1987 einen ausgesprochen progressiven Aids-Präventionsbericht verfasst, der neben Monogamie auch Aufklärungsunterricht in den Schulen fordert und den Gebrauch von Kondomen befürwortet.

An der Spitze der deutschen Charts stehen Mel & Kim mit „Respectable", in Großbritannien ist es Madonna mit „La Isla Bonita".

Marius fuhr im Schritttempo die Straße entlang, auf der Suche nach einem Parkplatz. Die ersten Apriltage hatten mit kühlem, regnerischem Wetter Einzug gehalten, eine dichte Wolkendecke aus eintönigem Grau trübte den Nachmittag. Beide, Jakob und Marius, waren schweigsam. Die Stille im Wagen wurde nur unterbrochen vom rhythmischen Schaben der Scheibenwischer, dem Prasseln der Regentropfen auf die Windschutzscheibe.

„Bist du sicher?“, fragte er, als er den BMW in eine Parklücke direkt vor Katrins Wohnung setzte. Sein Gesicht wirkte schmal, verhärmt.

Jakob nickte. „Ich kann das nicht in mir vergraben. Ich muss jemanden haben, mit dem ich darüber reden kann. Sonst wird es größer und größer wie ein Geschwür.“

„Du kannst mit mir darüber reden!“

„Ich meinte einen Außenstehenden.“ Jemanden, der nicht vom Schlimmsten ausging, wollte er hinzufügen, jemanden, der sich nicht von vornherein geschlagen gab, doch er schluckte die Worte hinunter.

Schon als Jakob und Marius die Treppe hochkamen, den feuchten Straßenschmutz unter ihren Schuhen im Hausflur verteilend, empfing Katrin sie mit gerunzelter Stirn und einem besorgten Gesichtsausdruck. Am Abend zuvor, als Jakob gleich nach ihrer Rückkehr aus Schottland anrief, hatte sie übersprudelnd vor Freude erst nichts bemerkt von seiner gedrückten Stimmung, hatte von Edinburgh erzählt, den Freunden, die sie dort gefunden hatte, dem fast unverständlichen schottischen Akzent, dem Mann, mit dem sie unerwartet eine stürmische Affäre gehabt hatte. Jakob hatte schweigend zugehört, einsilbige Kommentare abgegeben, bis auch sie endlich aufmerksam wurde.

„Ich muss mit dir reden“, hatte er schließlich gesagt. „Wir müssen das. Marius und ich. Können wir morgen auf einen Kaffee vorbeikommen?“

„Ich hab sogar Kuchen“, sagte Katrin jetzt unsicher zur Begrüßung. Im Flur standen noch unausgepackte Taschen, ein Karton mit englischen Büchern, daneben lag ein Haufen Schmutzwäsche. „Ich war gestern Morgen kurz bei meiner Mutter, sie hat mir einen halben Frankfurter Kranz ...“ Sie starrte in Jakobs Augen, die abgeschlagen und entmutigt ihrem Blick auswichen. „Jetzt sagt schon, was los ist!"

Jakob schluckte. „Wir ... wir sind positiv", brachte er heraus. „Wir haben uns infiziert." Plötzlich lag er heulend in Katrins Armen. Es war, als durchlebte er den Schock ein zweites Mal. Er wollte aufbegehren gegen die Ungerechtigkeit – wieso er? Wieso Marius und er? Was hatten sie anderes getan, als sich endlich frei zu fühlen und ihrem Verlangen nachzugeben? Was hatten sie anderes getan, als ihrer Lust zu folgen, ein Vermächtnis – nein, ein Recht! –, das die Generation vor ihnen für sie erkämpft hatte? Wie konnte es sein, dass dieses Erbe vergiftet war? Und dann weinte er, weil in ihm plötzlich die Ahnung erwachte, was er verschenkt hatte; er sah die Jahre, die ihm zugestanden hätten, sah, wie sie sich vor seinen Augen in Nichts auflösten – wie trockener, sandiger Mörtel, der einer unbarmherzigen Sonne nichts mehr entgegenzusetzen hat, zu Staub zerfällt und mit dem Wind davongetragen wird.

„Wir waren so dumm", flüsterte er.

Auch bei Katrin flossen die Tränen, bis Jakob sie plötzlich von sich stieß und zwei Schritte zurückging und panisch „Nicht!" sagte. „Wir müssen aufpassen. Es ... es wird doch durch Körperflüssigkeiten übertragen. Wenn du mit meinen Tränen in Berührung kommst ..."

Reflexartig wischte sie ihre Hände an der Hose ab und sah, wie Marius sie mit einem bitteren Lächeln beobachtete. Um dem entstandenen Eindruck entgegenzuwirken, ging sie entschlossen auf ihn zu und umarmte ihn. „Es war keine Absicht", sagte sie. „Es tut mir leid. Ich habe einfach keine Ahnung von Aids. Aber wieso ... ich meine, woher habt ihr es?"

Jakob zuckte mit den Schultern und ließ sich seufzend auf einen Küchenstuhl fallen. „Du weißt doch, dass wir beide keine Verfechter von Treue sind", versuchte er müde zu erklären. „Und wie wir es uns geholt haben, ist doch letztendlich egal.“

„Aber ...“ Für Katrin war es schwierig, diese Einstellung nachzuvollziehen. „Wer euch das angetan hat ...“

„Angetan? Quatsch. Dazu gehören immer zwei“, winkte Marius ab. „Es macht nicht sonderlich viel Sinn, jemand anderem die Schuld in die Schuhe zu schieben, oder? Einer von uns beiden hat es sich geholt und dann unwissentlich den anderen angesteckt. Wer wen wie infiziert hat, spielt doch keine Rolle.“

„Nein?“, fragte Katrin.

„Nein.“ Jakob sah Marius mit noch immer feuchten Augen an. „Wenn ich es von dir habe ... irgendwie ist das sogar ein tröstliches Gefühl.“ Seine Lippen begannen zu zittern. „Weil ... dann habe ich ein Stück von dir in mir. Für den Rest meines Lebens.“

„Das ist ... krank!“, erwiderte Katrin, aber Marius kam Jakob zu Hilfe.

„Ach ja? Weißt du, was wirklich krank ist?“, fuhr er Katrin wütend an. „Heteros produzieren Kinder, wenn sie sich paaren, aber Schwule kriegen ein tödliches Virus. Und alle nennen es die ‚schwule Lustseuche‘, weil sie glauben, es geht sie nichts an. Das ist krank!“

„Ich hab nie irgendwas von einer schwulen ...“

„Aufhören!“, ging Jakob dazwischen, und Katrin und Marius hielten erschrocken inne. „Das bringt doch nichts. Wenn ihr beide euch jetzt auch noch an die Gurgel geht, dann ...“ Erneut liefen ihm Tränen die Wangen hinunter. Er räusperte sich verärgert und putzte sich die Nase. „Tut mir leid. Ich habe noch nie so viel geheult wie in den letzten Wochen. Es ist wirklich furchtbar. Beim geringsten Anlass breche ich in Tränen aus, als ob ich zu einem lebenden Springbrunnen mutiert wäre.“ Für einen Moment hellte ein wässriges Lächeln sein Gesicht auf. Sarkasmus und Ironie erschienen ihm mehr und mehr ein probates Mittel, um auf die Krise zu reagieren.

Es gab nichts mehr, was sie zu verlieren hatten. Warum nicht darüber lachen?

„Aber was werdet ihr jetzt tun?“ Katrin hangelte nach einer Zigarette. Das Nikotin rauschte in ihre Lungen und vermittelte ihr ein beruhigendes Gefühl.

Marius schüttelte fast unmerklich den Kopf. „Wir werden uns noch ein paar schöne Jahre machen, irgendwie.“

„O Gott“, flüsterte Katrin entsetzt und verbarg das Gesicht in den Händen. „Es muss doch irgendetwas geben, was ihr tun könnt!“

„Aids ist unheilbar. Und es ist tödlich“, antwortete Marius, und Jakob meinte hinter der Verzweiflung in seiner Stimme eine merkwürdige Befriedigung herauszuhören.

„Sag das nicht!“, erwiderte er aufgebracht. „Das kannst du nicht wissen.“

„Ach nein? Und was ist mit denen, die schon gestorben sind? Natürlich ist es tödlich! Hör auf, die Augen vor der Wahrheit zu verschließen! Sie sterben wie die Fliegen um uns herum, und niemand – niemand! – kann etwas dagegen tun! Uns wird es genauso ergehen.“

„Du willst überhaupt nicht kämpfen!“

„Es ist sinnlos, einen Kampf zu führen, den man nicht gewinnen kann“, flüsterte Marius mit gesenktem Kopf.

„Dann kannst du dich auch gleich ins Bett legen und aufgeben.“ Jakob verstand seinen Freund nicht. Marius schien sich vor seinen Augen zu verändern. Der starke Mann, an den er sich in der vergangenen Zeit so gerne angelehnt hatte, verwandelte sich in jemanden, den er kaum kannte. Der sein vermeintliches Schicksal ohne Gegenwehr akzeptierte, es beinahe wie ein Märtyrer ertrug. Manchmal wollte Jakob ihn schütteln, ihn wachrütteln, aber er hatte Marius' Argumenten nichts entgegenzusetzen außer dem Willen weiterzuleben.

Katrin hatte der Auseinandersetzung schweigend zugehört. Während ihr Jakob anschließend vom Besuch in der

HIV-Ambulanz berichtete, setzte sie Kaffee auf, stellte Tassen und Teller auf den Tisch. Marius ging dazwischen, räumte das Geschirr wieder weg.

„Das geht nicht, Katrin. Wir haben unser eigenes Zeug mitgebracht.“ Er zog eine Grimasse und deutete auf das Plastikgeschirr und das Besteck, das er aus seinem Rucksack holte. „Es ist nur ... wir sollten nicht mit deinen Kuchengabeln essen. Wir ... wir sind nicht sicher, ob das Virus dann nicht auch da dran klebt und ...“ Seine Stimme versagte, und er starrte auf das Plastikbesteck in seiner Hand.

Katrin zog die Augenbrauen zusammen. „Wisst ihr, was ich nicht verstehe? Jetzt seid ihr so vorsichtig. Warum wart ihr das vorher nicht?“

Weder Marius noch Jakob hatten eine Antwort auf ihre Frage. „Es ist einfach passiert“, sagte Jakob schließlich. Er klang genauso ratlos wie Wochen zuvor in der Uniklinik.

„Aber wieso? Ich meine ... was ist so schlimm daran, sich ein Gummi überzustülpen?“

„Sagte die Frau, die nie in die Verlegenheit kommen wird.“

„Haha! Ich muss mich auch andauernd um Verhütung kümmern!“

„So ein Gummi nimmt mir etwas weg“, erwiderte Jakob zögernd. „Den Spaß am Sex.“

„Es hätte dir etwas schenken können“, fuhr Katrin ihn an. „Deine Gesundheit.“ Jakob sah aus, als hätte sie ihm eine Ohrfeige verpasst. „Tut mir leid. Ich bin nur so durcheinander. Und ihr ... ich meine, was tut ihr jetzt, um niemanden anzustecken?“

Die beiden Männer blickten sich an. „Jeder weiß, wie man sich anstecken kann“, antwortete Marius vorsichtig. „Also ... gehe ich davon aus, dass der andere schon positiv ist, wenn er mit mir ohne Gummi Sex machen will.“

Katrin lachte ungläubig auf.„Aber das ist doch absurd! Ihr wart doch auch vorher negativ. Andere werden es ebenso sein.“

„Ich ziehe ihn raus, bevor ich komme", warf Jakob ein.

Sie rümpfte die Nase. „So genau wollte ich das gar nicht wissen."

Marius seufzte. „Ach, Sex ... Es gibt viele, die mit Gummis Probleme haben. Wir sind der beste Beweis", versuchte er Jakob und sich zu verteidigen. Aber wie konnte er Katrin klarmachen, was ihnen erst selbst langsam bewusst wurde? Dass die Sorge um die Gesundheit anderer geringer war, wenn sie keinen Namen, keine Geschichte hatten. Dass man mit dem Hinweis auf die Selbstverantwortung jedes einzelnen das eigene Handeln leichter verschleiern konnte. Und dass es so viel einfacher war zu verdrängen. „Es ist immer in meinem Kopf", sagte er leise. „Jeden Tag, jede Stunde, jede Minute. Nur beim Sex kann ich abschalten. Aber wenn ich so ein Gummi überziehe, dann sind die Gedanken an das Virus sofort wieder da, und ich krieg keinen mehr hoch. Das war schon vorher so ... vor der Infektion. Das Virus ... es hat alles kaputt gemacht."

„Also, wenn ich an eurer Stelle wäre ..."

„Bist du aber nicht!", fiel ihr Jakob ins Wort. „Niemand ist an unserer Stelle!" Er hatte die Melancholie in Marius' Stimme gehört und war auf einmal wütend, hatte das Gefühl, ihm beistehen, ihn beschützen zu müssen, sogar vor seiner besten Freundin. „Ihr Heteros ... für euch ist es doch ganz praktisch, wenn wir alle an Aids krepieren", teilte er unvermittelt aus. „Eine unangenehme Minderheit weniger, auf die man Rücksicht nehmen muss."

„Was soll denn das jetzt?", regte sich Katrin auf. „So was hab ich nie gesagt!"

„Nein, noch nicht!" Jakob war plötzlich nicht mehr zu bremsen. „Noch sagen es nur diese scheinheiligen, fundamentalistischen Christen in Amerika, die Aids für die Strafe Gottes halten. Und natürlich dieser Ratzinger, dieser Kotzbrocken von Kardinal, der erklärt hat, dass es die Natur ist, die sich wehrt ..."

„Ach, na ja, die Kirche ..."

„Aber viele denken so! Gauweiler denkt so! Und früher oder später werden auch andere sagen, dass die Schwulen es nicht besser verdient haben."

„Vielleicht hättet ihr wirklich besser aufpassen können!"

„Es ist nicht so einfach!", brüllte Jakob. „Jeder weiß, dass Alkohol und Zigaretten schädlich sind, und trotzdem rauchen und trinken die Leute."

„Schon, aber Rauchen und Trinken ist nicht ansteckend!"

Jakob starrte Katrin wütend an. „Auf wessen Seite stehst du eigentlich?", fragte er.

Marius griff ihm an die Schulter. „Nicht, Jakob ..."

„Auf deiner natürlich, du Idiot", sagte Katrin. „Auf eurer. Ich denke nur, dass ... egal." Sie schüttelte den Kopf und wechselte vorsichtshalber das Thema. „Ich hab in Schottland hin und wieder Berichte über Gauweiler gelesen. Meine Mutter hat mir den *Spiegel* regelmäßig nachgeschickt. Werdet ... werdet ihr jetzt auch registriert?"

Jakob verneinte. „Das gibt's zum Glück nur in Bayern."

„Sei dir nicht so sicher, dass Gauweiler nicht doch gewinnt", entgegnete Marius dumpf. „Der Mann ist gefährlich. Wenn der sich mit seiner harten Linie durchsetzt ... mit der Registrierung hat in Deutschland schon mal alles angefangen. Danach wurde ausgesondert, interniert, und zum Schluss ..." Er verstummte.

„Vielleicht ... vielleicht kommt ja auch alles ganz anders", entgegnete Katrin.

„Anders? Was meinst du?"

Sie malte gedankenverloren mit ihrem Zeigefinger einen Kreis auf den Tisch. „Ich dachte nur so ... dass Aids ja auch eine Chance sein kann ... vielleicht erwächst daraus ja auch mehr Verständnis für Schwule und Lesben in der Gesellschaft ..." Sie zögerte, als sie Jakobs und Marius' hochgezogene Augenbrauen bemerkte. „Ich meine ... könnte es nicht sein, so in zehn oder zwanzig Jahren ...?"

„Ja, klar!", erwiderte Jakob. Die Vorstellung war so absurd, dass er trotz allem grinsen musste. „Ich sehe sie schon vor mir, die schwule Gleichberechtigung ..."

„Gesellschaftliche Gleichstellung ...", fiel Marius ein und begann ebenfalls zu kichern.

„Homo-Ehe ..."

„Ein Anti-Diskriminierungsgesetz ..." Plötzlich mussten alle drei lachen.

„Ein Recht auf Adoption ..."

„Ehegattensplitting ...", brachte Katrin heraus und erntete noch mehr Heiterkeit.

Bis Jakob plötzlich wieder ernst wurde und sagte: „Das werden wir wohl nicht mehr erleben."

„Nein", stimmte ihm Marius zu. „Das werden wir nicht."

Eine Weile herrschte verunsichertes Schweigen, und alle drei lauschten dem Regen, der an das Küchenfenster prasselte. Ein schmaler Streifen Himmel am Horizont hellte sich auf und verkündete ein Ende des Niederschlags. Katrin schnitt den Kuchen an und verteilte die Stücke auf die Plastikteller, die ihr Marius reichte. „Nein!", sagte sie plötzlich und hielt inne. „Es ist mir egal. Das geht nicht. Ich glaube das nicht." Sie riss Marius die Teller aus der Hand und warf sie zusammen mit den Plastiktassen und dem Plastikbesteck in den Mülleimer. „Notfalls schrubbe ich euer Geschirr mit Desinfektionsmittel ab. Aber ich kann euch nicht von diesem Plastikzeug essen lassen."

Jakob fühlte erneut Tränen hochsteigen, aber dieses Mal, zum ersten Mal seit Wochen, waren es Tränen, denen etwas Gutes zugrunde lag und die das enge Gefühl in seiner Kehle ein wenig entspannten.

„Heulsuse", brummte Katrin und reichte ihm ein Taschentuch.

Er wechselt gerade die Streu in Clintons Katzenklo, als das Telefon klingelt. Hektisch durchsucht Jakob das zunehmende Chaos in der Wohnung nach dem Apparat, sieht unter leeren Pizzakartons nach, in der auf dem Boden verstreuten Schmutzwäsche, zwischen den CDs, die er in den letzten Tagen gehört und dann nicht wieder an ihren Platz geräumt hat. Schließlich findet er ihn versteckt im Badezimmer auf dem Fensterbrett neben Marius' Farn. Für einen glorreichen Augenblick hofft er, dass Arne der Anrufer ist, aber die Nummer auf dem Display sagt ihm nichts. Unwillig meldet er sich.

„Hi", nuschelt eine junge Stimme, die er im ersten Moment nicht zuordnen kann. „Ich … hier ist Philip." Jakob schweigt überrascht. „Ich … *fuck* … da waren diese Typen … bist du noch dran?" Die Stimme des Jungen klingt verwaschen, er hat Mühe, ihn zu verstehen.

„Was für Typen?"

„Keine Ahnung! Typen halt! Irgendwelche Wichser, die mal einen Stricher zusammenschlagen wollten eben."

Jakob reibt sich durchs Gesicht. „Zusammenschlagen?" Er kann sich keinen Reim auf Philips Geschichte machen. „Bist du verletzt?"

„Weiß nicht … die Lippe blutet und … Scheiße, verdammte!" Es hört sich an, als müsste Philip ein Schluchzen zurückhalten.

„Wo bist du?"

Philips Stimme verschwindet, wird mal leiser, dann wieder lauter. „Ehrenfeld … Die Arschlöcher haben mir die ganze Kohle abgenommen, Handy, einfach alles." Im Hintergrund kann Jakob Autolärm hören, eine Fahrradklingel. „Hier ist so 'n Münzfernsprecher, ich hab mir das Geld von 'ner Frau geliehen. Wusstest du, dass es die Dinger kaum noch gibt? Ich musste 'ne Viertelstunde suchen, bis ich einen gefunden hab. Scheiß-Telekom."

„Was für eine Frau?“, fragt Jakob und kommt sich ein bisschen idiotisch vor.

„Was? ’ne Frau halt. Die kam hier an der Venloer an mir vorbei. Ich hab sie angebettelt. Ich meine … kann ich bei dir ’ne Nacht pennen?“

Jakob fühlt sich überrumpelt. „Warum ich? Ich dachte, du hast keinen Bock mehr auf mich?“

„Komm, Alter, jetzt mach keinen Stress“, drängelt Philip. „Bitte!“ Das kleine Wort kostet ihn hörbar Überwindung.

Jakob zögert kurz, dann sagt er seufzend: „Na schön, dann komm vorbei.“

„Ich … kannst du mich vielleicht holen?“ Wieder verschwindet Philips Stimme, dann hört er ihn rufen: „Ey, ich bin gleich fertig, okay?“, und dann ist Philip wieder bei ihm. „Mann, die Leute sind so was von scheiße drauf hier! Also … kannst du mich vielleicht holen? Ich glaub, ich schaff das nicht bis zu dir … ich kann jetzt so nicht in die U-Bahn.“

Jakob rollt die Augen, dann macht er mit Philip einen Treffpunkt aus, setzt sich in seinen Wagen und fährt quer durch die Stadt, um ihn abzuholen.

Es ist schon dunkel, die Neonreklamen der Geschäfte spiegeln sich in den Schaufenstern. Der Junge hockt am Eingang zur U-Bahn-Station zwischen abgestellten Fahrrädern und raucht nervös eine Zigarette, als Jakob am Bürgersteig hält. Er sieht ziemlich mitgenommen aus. Seine Lippe und sein linkes Auge sind geschwollen, auf sein hellblaues T-Shirt ist Blut getropft und er hinkt, als er Jakob entgegenkommt.

„Na endlich“, sagt er und lässt sich aufatmend auf den Beifahrersitz fallen. „Bloß weg hier. Gib Gas.“

„Wie ist das denn passiert?“, fragt Jakob. Er dreht den Wagen und fährt zurück.

„Ich hatte hier in der Ecke ’nen Kunden. Und als ich aus der Haustür raus bin, waren die plötzlich vor mir. Drei. Ich meine … was haben diese Typen für ein Problem? Ich lass die doch auch zu Allah beten, dann sollen die mich ficken lassen, mit wem ich will!“ Philip ist noch immer aufgebracht.

„Es waren also Ausländer?“ Jakob hat gehört, dass in Köln Schwule in letzter Zeit vermehrt Opfer von Übergriffen junger Deutsch-Türken geworden sind, überhaupt sollen Aggressionen gegen Schwule wieder zunehmen, aber er selbst ist davon bisher verschont geblieben. Tatsächlich hat er noch nie aufgrund seiner Homosexualität Probleme gehabt. Eher wegen seiner HIV-Infektion.

Jakob steht im Büro seines Professors, in wenigen Monaten muss er seine mündlichen Examensprüfungen ablegen. Er sieht furchtbar aus, Marius ist vor zwei Tagen ins Krankenhaus gekommen.

„Ich kann in den nächsten ... W-Wochen nicht an den Seminaren teilnehmen“, stammelt er. „Mein Freund ist krank, es geht ihm sehr schlecht.“ Eigentlich wollte er eine Lüge erfinden, aber die Wahrheit ist ihm über die Lippen gerutscht, bevor er Zeit hatte zu überlegen. Er denkt viele Dinge in letzter Zeit nicht zu Ende, schert sich nicht um Konsequenzen. Nur Marius ist noch wichtig.

Das Krötengesicht des Professors mit dem breiten Mund und der flachen Nase blickt überrascht auf. Der Mann ist stark übergewichtig und kurzatmig. Während des Unterrichts hat er die Angewohnheit, sich mit einem Taschentuch über die Stirn zu wischen, um den Schweiß abzutrocknen. „Ihr ... Freund?“ Jakob kann sehen, wie seine Äußerung verarbeitet und eingeordnet wird, wie Schlussfolgerungen gezogen werden. Er wünschte, er könnte seine Worte zurücknehmen. „Ich verstehe.“ Der Professor trommelt mit einem Kugelschreiber auf seinen Schreibtisch. „Natürlich. Dann kümmern Sie sich um Ihren ... ähm ... Ihren Partner, Herr Brenner.“

Jakob bedankt sich erleichtert und ist schon in der Tür, als er zurückgerufen wird.

„Herr Brenner?" Das Gesicht des Professors ist bereits in einen wissenschaftlichen Aufsatz vertieft, während er mit ihm spricht. „Sie haben doch neulich mit meiner Assistentin die Möglichkeit eines Doktorandenstipendiums nach dem Examen erörtert."

„Ja, richtig. Ich dachte an die innenpolitischen Auseinandersetzungen während ..."

„Vielleicht ... vielleicht sollten wir eine andere Möglichkeit ins Auge fassen. Etwas weniger Zeitintensives."

Jakob sieht ihn stumm an. Plötzlich ahnt er, was als Nächstes kommt, aber er will es aus dem Munde des Professors hören. „Etwas anderes?"

Der Blick von Prof. Dr. Scherber bleibt starr auf das Papier vor ihm gerichtet. Er räuspert sich mehrmals, als wäre etwas Sperriges in seiner Kehle steckengeblieben. „Angesichts Ihrer ... ähm ... Lebenssituation erscheint mir eine Doktorarbeit zu umfangreich. Ich kann ein solches Unterfangen aus ... wirtschaftlichen Gründen nicht befürworten. Die Gelder, die für solche Stipendien zur Verfügung stehen, sind begrenzt, und es wäre unsinnig, sie in jemanden zu investieren, dessen Lebenszeit ... Sie verstehen mich. Konzentrieren Sie sich auf Ihr Examen, danach werden wir etwas finden, was Ihrem ... ähm ... Zeitrahmen entgegenkommt."

„Bitte?" Jakob hat Philip nicht zugehört. Er blinzelt und findet sich im Auto wieder.

„Türken, Libanesen, Marokkaner, was weiß ich", wiederholt der Junge, der gar nicht gemerkt hat, dass Jakob geistig abwesend war. „Einer war aber Deutscher. Der hat auch als Erster zugeschlagen. Waren alle in meinem Alter ungefähr."

„Aber ..." Etwas an der Geschichte kommt ihm merkwürdig vor. Warum sollten sie grundlos auf Philip eindreschen?

„Mann, du weißt doch, wie so was abgeht!", sagt Philip und tastet vorsichtig seine Lippe ab. „Der eine hat ‚Schwuchtel‘ hinter mir hergerufen, als ich an denen vorbeiwollte. Da bin ich zurück und hab gefragt, ob ich ihn in den Arsch ficken soll.“

„Was?“ Jakob tritt scharf auf die Bremse. Um ein Haar wäre er auf den Wagen vor sich aufgefahren. „Bist du irre?“

„Alter, so was lass ich mir nicht gefallen!“

„Aber die waren zu dritt!“

Philip zuckt mit den Schultern. Dann sagt er: „150 Euro zum Teufel. Das ist echt zum Kotzen!“

„Sei froh, dass dir nichts Schlimmeres passiert ist. Du hättest auch krankenhausreif geprügelt werden können. Wie fühlst du dich überhaupt?“

„Beschissen, Mann. Was denkst du denn? Und irgendwas stimmt mit meinem Bein nicht. Der eine hat voll dagegengetreten, als ich am Boden lag.“

„Du solltest dich anschnallen, wenn du im Auto sitzt.“ Jakob deutet auf den Gurt, der ungenutzt an der Beifahrerseite hängt. Die Bordelektronik ist teilweise defekt, sonst hätte ihn ihr Piepen schon darauf aufmerksam gemacht.

„Für die kurze Strecke?“, mault Philip. „Sind doch nur ein paar Meter.“

„Im Stadtverkehr passieren die meisten Unfälle. Das ist statistisch erwiesen. Außerdem muss ich das Knöllchen zahlen, wenn wir von der Polizei angehalten werden, denn du hast dir ja dein Geld abnehmen lassen.“

„Ich hab es mir nicht abnehmen lassen! Es ist mir geklaut worden, nachdem die Arschlöcher mich verprügelt haben“, erwidert Philip patzig, aber immerhin, er schnallt sich an. „Was ist das überhaupt für ein komisches Auto?“, sagt er nach einer Weile. „Hier ist nur Platz für zwei. Und wofür brauchst du die Ladefläche? Außerdem riecht’s hier voll krass.“

„Erstens ist das ein amerikanischer Pick-up, ein Chevrolet, um genau zu sein.“ Jakob lächelt unwillkürlich. Er muss plötzlich an Marius denken und seine eigene anfängliche

Unkenntnis, was Automarken angeht. Er hat einen weiten Weg hinter sich. „Zweitens brauche ich den Wagen, wenn ich Pflanzen oder Blumen ausfahre, und drittens riecht's hier drin nach Erde."

„Du bist Gärtner, stimmt's?"

„Genau."

„Dachte ich mir."

Jakob dreht sich erstaunt zu ihm. „Wieso?"

„Nur so. Find ich cool." Philip starrt aus dem Seitenfenster, als gäbe es dort etwas Interessantes zu sehen.

Der Rest der Fahrt verläuft schweigend. Während Jakob den Wagen durch den Feierabendverkehr schlängelt, lehnt Philip den Hinterkopf an die Kopfstütze und schließt die Augen. Jakob wirft ihm hin und wieder einen verstohlenen Blick zu, mustert die weichen – im Moment allerdings eher verquollenen – Gesichtszüge, die Haare, die ihm wirr in die Stirn fallen. Er hat noch nie eine so merkwürdige Bekanntschaft geschlossen. Kann es sein, dass er neidisch auf Philip ist? Auf seine Jugend, auf die Unbekümmertheit, mit der der Junge durchs Leben geht? Aber das ergibt keinen Sinn. Dann wäre er neidisch auf jemanden, der sich damit durchschlägt, seinen Körper zu verkaufen. Andererseits – Philip scheint damit keine Probleme zu haben. Vielleicht ist es tatsächlich nur ein Job wie jeder andere auch? Vielleicht ist er von dem Jungen deshalb so fasziniert, weil er seine Vorurteile über den Haufen wirft. Weil jedes Treffen eine Überraschung bereithält.

„Komm mit ins Bad", sagt Jakob, nachdem er Philip zu Hause die Treppen hochgeholfen hat. „Wir müssen dich erst mal verarzten."

Die Verletzungen sehen schlimmer aus, als sie sind. Das Auge ist zwar mittlerweile zugeschwollen, aber Jakob glaubt nicht an bleibende Schäden. Auf Philips Oberschenkel ist ein faustgroßer Bluterguss zu sehen, wo ihn der Schuh des

Angreifers getroffen hat. Jakob holt eine Salbe gegen Sportverletzungen und Stauchungen aus seinem Medikamentenschrank und drückt sie Philip in die Hand.

Der Junge nickt zu den Medikamentendosen und Schachteln, die sich in dem Schrank stapeln. „Sind die alle für dich? Gegen … HIV?"

„Ja."

„Krass. Das sind so viele."

„Die meisten sind gegen die Nebenwirkungen", erklärt Jakob ungeduldig. „Übelkeit, Schlafstörungen, Pilzinfektionen, Magenprobleme. Und jetzt setz dich endlich hin!" Während der Junge auf dem Klodeckel hockt, tupft er ihm die Lippe mit Desinfektionsmittel ab.

„Autsch!"

„Halt still, dann dauert es auch nicht so lange! Musst du keine Medikamente nehmen?"

Philip zuckt mit den Schultern. „Ich schätze nicht. Ich fühl mich gut. Wieso?"

Jakob richtet sich auf. „Wann warst du zum letzten Mal bei einer Blutkontrolle?"

„Ich hab keine Krankenversicherung, wie soll ich da zu einer …"

„Du hast keine Krankenversicherung?", fragt Jakob entsetzt.

„Mann, ich leb mehr oder weniger auf der Straße."

„Was?"

Philip zieht ein genervtes Gesicht. „Hab ich doch schon mal gesagt, Mann. Ich penne meist bei Kumpeln. Wenn's Stress gibt, zieh ich weiter. Meine Sachen passen in eine kleine Reisetasche, und einen festen Job hab ich auch nicht. Außerdem hab ich keinen Bock auf Sozialamt. Ich war schon überall in Deutschland: Berlin, Hamburg, Wuppertal, Bremen, Aachen, Amsterdam …"

„Amsterdam ist in Holland."

„Na und wenn schon, du Arsch!"

„Und was ist, wenn du mal krank wirst?"

„Dann leg ich mich schlafen." Philip sieht, dass Jakob einen weiteren Einwand hat, und kommt ihm zuvor. „Ja, schon gut! Meistens geht's am nächsten Tag auch schon wieder. Außerdem hab ich dir doch erzählt, für Notfälle hab ich immer noch diesen Arzt an der Hand. Jedenfalls kann ich tun und lassen, was ich will. Ich bin niemandem Rechenschaft schuldig."

„Und wenn's dir mal richtig dreckig geht? Ich meine, das mit dem Überfall eben hätte auch ins Auge gehen können!"

„Geht dich das was an?", sagt Philip mürrisch. Offensichtlich will er nicht darüber sprechen.

„Nein", sagt Jakob schmallippig. „Das tut es nicht." Etwas fester als notwendig reibt er die Salbe auf den Bluterguss und hört, wie Philip zischend einatmet. Zum Schluss füllt er einen Waschlappen mit Eisbeuteln und drückt ihn Philip in die Hand. „Halt das gegen das Auge, dann geht die Schwellung ein wenig zurück. Und gib mir dein T-Shirt, ich stecke es in die Waschmaschine, dann kannst du es morgen wieder anziehen."

Philip streift das Shirt über den Kopf, wirft es auf den Boden und grinst ihn mit nacktem Oberkörper schief an. „Ich würd dir ja als Entschädigung einen blasen, aber mit der Lippe … ich könnte dich ficken."

„Nein, danke. Ich hab keine Lust auf Sex heute."

„Schon wieder nicht? Wie kann man so oft wie du keine Lust auf Sex haben?", fragt Philip. „Ich kann immer." Als Beweis holt er seinen steifen Schwanz aus der Unterhose.

„Das ist der Vorteil, wenn man ein wenig älter ist." Jakob ringt sich ein kleines Lächeln ab. „Und jetzt pack wieder ein."

„Stimmt ja, ich hätt's beinahe vergessen. Du hast jetzt andere Prioritäten." Philip beugt sich nach unten und krault Clinton, der ihm um die Beine streicht, den Nacken.

Jakob ignoriert den süffisanten Unterton in seiner Stimme. „Hast du Hunger?“

„Klar. Ich hab immer Hunger. Ich war zwar bei KFC, aber das war heute Mittag.“

„Was ist denn KFC?“

„Der Fast-Food-Laden mit den Hähnchen am Rudolfplatz. Mann, wo lebst du?“

„Ich könnte ein paar Nudeln machen. Nichts Besonderes, aber …“

„Wäre cool, Alter.“

Jakob geht in die Küche, und Philip humpelt hinter ihm her. Er sieht sich um, begutachtet die Kaffeeringe auf dem Tisch, das ungespülte Geschirr, den überquellenden Mülleimer. „Dein Kerl ist immer noch nicht wieder aufgetaucht?“

Jakob murmelt etwas Unverständliches und schüttelt unwillig den Kopf.

Philip hebt abwehrend die Hände. „War nur ’ne Frage, Alter!“

„Und ich bin nicht ‚Alter‘, nicht ‚Mann‘ und nicht ‚Opi‘, wenn wir schon mal dabei sind. Mein Name ist Jakob!“

Der Junge sieht ihn mit großen Augen an. „Schon gut, Al… Jakob.“

Jakob sucht ein paar Tomaten aus dem Obstkorb und beginnt, eine Soße für die Nudeln zuzubereiten. „Es tut mir übrigens leid“, sagt er. „Das mit dem Stricher. Ich wollte dich nicht beleidigen.“

Philip macht eine wegwerfende Handbewegung. „Ich bin nicht nachtragend.“

Jakob hält plötzlich inne. „Woher hast du eigentlich meine Telefonnummer?“ Er kann sich nicht erinnern, sie Philip gegeben zu haben.

„Ähm … von deiner Visitenkarte. Die … lagen da neben dem Telefon?“, druckst Philip herum. „Ich hab eine mitgehen lassen, als ich neulich abgehauen bin.“

Aber Jakob weiß genau, dass er seine Visitenkarten nie neben dem Telefon deponiert. „Daher wusstest du also, dass ich Gärtner bin! Du hast es auf der Karte gelesen! Das heißt, du warst an meinem Portemonnaie!“, sagt er wütend und dreht sich zu Philip. „Hast du Geld mitgehen lassen?“

„Nein, hab ich nicht!“, empört sich Philip. „So was mach ich nicht! Nur die Visitenkarte. Ich wollte wissen, wie dein Kerl aussieht. Hier gibt's nirgendwo ein Foto von ihm, und da dachte ich, es ist in der Geldbörse ... der ist auch noch ziemlich jung, oder?“

„Arne?“, erwidert Jakob verwirrt. „Nein, Arne ist sogar ein paar Jahre älter als ...“ Dann versteht er, was Philip gemeint hat. „Das ist ein Foto von Marius. Der, der gestorben ist.“

„Du trägst noch ein Foto von ihm im Portemonnaie? Und was sagt Arne dazu?“

„Das hat nichts mit Arne zu tun.“

„Also ich wäre sauer, wenn mein Kerl das Foto von einem anderen ständig mit sich herumschleppen würde.“

„Aber Marius ist tot!“, verteidigt sich Jakob.

„Wär mir egal“, sagt Philip.

Nach dem Essen sind beide faul und müde. Das Adrenalin, das seinen Körper seit dem Überfall geflutet hat, verebbt zusehends, und Philip kuschelt sich wie selbstverständlich an Jakob, als sie im Bett liegen. Er ist wie ein Welpe, der sich in den Schutz eines Stärkeren flüchtet. Jakob fühlt sich seltsam unbeholfen und schüchtern, er weiß nicht, wohin mit seinen Händen. Nur zögernd umfasst er Philip, zieht ihn enger an sich.

„Erzähl mir von ... wie hieß er? Marius?“, murmelt der Junge schon im Halbschlaf.

Jakob streicht ihm durch die Haare. „Nein.“

„Ach, komm schon. Zier dich nicht so.“

„Na schön. Marius ... war meine große Liebe.“

Philip kichert schläfrig.
„Was gibt's da zu lachen?"
„Das hört sich so dramatisch an. Wie in einer Ami-Schnulze."
„Ist aber so. Warst du noch nie verliebt?"
„Nein."
„Du bist zweiundzwanzig und warst noch nie verliebt?", fragt Jakob.
„Immer, wenn mir andere davon erzählen, hört es sich voll stressig an. Ich hab keinen Bock auf Stress."
„Du hast keine Ahnung, wovon du redest."
Philip öffnet sein gesundes Auge. „Wenn Marius deine große Liebe war, was ist dann der andere … dieser Arne?" Er scheint ein Gespür für unangenehme Fragen zu haben; Jakob fühlt sich plötzlich unbehaglich.
„Arne hat mir das Gefühl von Sicherheit gegeben", antwortet er schließlich.
„Das können ein Bankkonto und eine beheizte Wohnung auch."
„So hab ich das nicht gemeint."
„Aber du liebst ihn nicht."
Jakob schweigt. „Doch", sagt er dann. „Aber anders."
„Wie, anders?"
„Anders eben. Können wir jetzt schlafen? Ich muss morgen früh raus."
„Reg dich ab, Mann", brummt Philip und fährt schläfrig mit der Hand über seine Brust. „War nur 'ne Frage."
Jakob knipst das Licht aus und hört ihn kurz darauf leise schnarchen. Er selbst liegt noch lange wach.

Arne wird durch die Abwesenheit eines Geräuschs wach: Der Wind hat sich gelegt. Die Zweige des Baumes vor seinem Fenster, die sich in der Nacht mit den Windböen gebogen haben, verharren jetzt reglos unter einem weiß bewölkten

Himmel. In der Ferne hört Arne das Bimmeln von Kuhglocken. Er verspürt einen leichten Kopfschmerz, als hätte er zu viel getrunken am Abend vorher.

Als er in die Küche kommt, steht Katrin vor der Arbeitsplatte und rückt den Schmutz- und Fettrückständen mit Schwamm und Küchenreiniger zuleibe. Die Kopfhörer eines MP3-Players stecken in ihren Ohren, und sie summt leise eine Melodie, bewegt ungelenk die Hüften im Takt. Arne verkneift sich ein Grinsen. Erst das Geräusch der zufallenden Küchentür macht sie auf seine Anwesenheit aufmerksam. Sie wirft ihm einen Blick zu und sagt: „Das ist der rapide Wetterwechsel. Damit haben viele Menschen hier zu kämpfen."

„Bitte?"

„Du hast Kopfschmerzen, oder?" Katrin nimmt die Hörer aus den Ohren.

Er nickt.

„Der Föhn hat sich verzogen. Der Körper hinkt mit der Umstellung hinterher. Wenn du was im Magen hast, bekommst du ein Aspirin."

Arne gähnt. „Danke."

Sie deutet auf die Kaffeekanne, und er bedient sich. Der Tisch ist nur für eine Person gedeckt. „Habt ihr schon gefrühstückt?"

„Jochen ist schon vor einer Stunde aus dem Haus. Er ist mit den Kassenabrechnungen im Rückstand."

Arne schmiert sich ein Brötchen, während Katrin weiterputzt. Dann nimmt sie sich ebenfalls einen Kaffee und leistet ihm am Tisch Gesellschaft. „Du solltest nach Hause fahren", sagt sie.

Arne lässt sein Brötchen sinken. „Dann hab ich deine Gastfreundschaft überbeansprucht? Ich wollte nicht, dass …"

Katrin schüttelt den Kopf. „Red keinen Blödsinn. Darum geht es nicht. Du solltest dich mit Jakob aussprechen."

Er lehnt sich zurück in seinem Stuhl. „Ich weiß nicht, was es da zu besprechen gibt.“ Und es stimmt: Irgendwie hatte er gehofft, dass sein Besuch bei Katrin ihm Jakob näher bringen würde, ihm helfen würde, Jakob zu verstehen. Aber sie hat ihm nichts erzählen können, was ihn begreifen ließe, warum Jakob so verwundet ist. Warum er so sehr an der Vergangenheit leidet, dass er die Zukunft ablehnt.

„Hast du dich eigentlich nicht gefragt, warum ich mit dir so freigiebig über Jakob spreche?“, erkundigt sich Katrin. Es scheint, als hätte sie seine Gedanken gelesen. „Immerhin sind wir uns bis vor ein paar Tagen noch nie begegnet. Ich kannte deinen Namen nur aus den Telefonaten mit Jakob.“

Arne zuckt mit den Schultern.

„Weil dein Auftauchen hier so eine Art Déjà-vu-Erlebnis für mich war. Nur waren die Positionen anders verteilt.“ Katrin rührt nachdenklich einen halben Löffel Zucker in den Kaffee.

„Ich verstehe kein Wort“, erwidert er.

„Jakob hat mich damals besucht, als ich gerade zwei oder drei Monate hier gewohnt habe. Das muss gewesen sein ...“ Sie runzelt die Stirn und gräbt in ihrem Gedächtnis nach einem genauen Zeitpunkt. „... Sommer 1988. Er ist zu mir gekommen, um Abstand zu gewinnen. Um darüber nachzudenken, ob er Marius verlassen soll. So ähnlich wie du. Und er hat die falsche Entscheidung getroffen damals. Irgendwie fühle ich mich dafür mitverantwortlich. Deshalb habe ich dir einiges von Jakob erzählt. Damit du nicht auch die falsche Entscheidung triffst.“

„Er wollte Marius verlassen? Das wusste ich nicht.“ Arne reibt sich die Wangen. Unter seinen Händen fühlt er harte Stoppeln; er hat sich seit Tagen nicht rasiert. „Und du findest, er hätte es tun sollen?“, fragt er erstaunt. „War Marius da nicht schon krank?“

„Oh. Nein, du missverstehst mich. Er *hat* Marius verlassen.“

„Was? Davon wusste ich auch nichts!" Arne ist sicher, dass Jakob ihm davon erzählt hätte, wenn es so gewesen wäre. Oder? Tatsächlich kennt er nur wenige Details aus Jakobs Beziehung mit Marius. Er ist zufällig auf sie gestoßen; wie Fundstücke aus den Ruinen einer untergegangenen Kultur hat er sie entdeckt, verschüttet in Nebensätzen und Parenthesen, wenn Jakob sein früheres Leben erwähnt hat. Er hat den Wahrheitsgehalt dieser Bruchstücke nie angezweifelt. Aber genauso wie man die Bedeutung einzelner altertümlicher Relikte falsch interpretieren kann, wenn man nicht in der Lage ist, sie in einen größeren Zusammenhang zu setzen, so können einzelne Ereignisse der Vergangenheit falsch gedeutet werden, wenn man nicht die ganze Geschichte kennt.

„Aber … er war doch mit Marius zusammen, als er gestorben ist!"

Katrin nickt. „Ja. Trotzdem hat er sich von ihm getrennt. Kurz, nachdem sie zusammengezogen sind."

„Sie haben zusammen gewohnt?" Arne bleibt der Mund offen stehen.

„Jakob hat das nie erwähnt?", seufzt Katrin. „Vielleicht habe ich schon zu viel gesagt."

„Aber warum hat er Marius verlassen?"

Doch Katrin schüttelt den Kopf und legt ihre Hand auf Arnes. „Es tut mir leid. Aber das musst du Jakob selbst fragen."

September 1987

Am Vorabend der Landtagswahl in Schleswig-Holstein wird ein Bericht des Nachrichtenmagazins Der Spiegel bekannt, in dem der Pressereferent in der Kieler Staatskanzlei, Reiner Pfeiffer, behauptet, er habe im Auftrag des CDU-Ministerpräsidenten Uwe Barschel eine Verleumdungskampagne gegen den SPD-Spitzen-

kandidaten Björn Engholm geführt. Nach und nach wird das ganze Ausmaß der Barschel-Affäre bekannt, die wochenlang die Republik erschüttert und schließlich mit dem Rücktritt und dem Selbstmord Barschels im Oktober 1987 endet. Die genauen Umstände seines Todes sind bis heute jedoch nicht vollständig aufgeklärt.

Erich Honecker, Staatsratsvorsitzender der DDR und Generalsekretär der SED, kommt zu einem fünftägigen Arbeitsbesuch in die Bundesrepublik. Ergebnis dieses Besuchs ist die Festschreibung des Status quo in den Beziehungen der beiden deutschen Staaten.

Mit überwältigender Mehrheit lehnt der Bundesrat den Maßnahmenkatalog Bayerns bei der Bekämpfung von Aids ab. Damit ist Peter Gauweilers Konzept, die harte Linie Bayerns auf den Bund zu übertragen, gescheitert. Stattdessen unterstützt der Bundesrat die Linie der Bundesgesundheitsministerin Rita Süssmuth, die auf Aufklärung und Prävention setzt.

In einer Brandrede beschuldigt der Aids-Aktivist Larry Kramer die weiße, Männer-dominierte Mittelschicht in Amerika einer Mitschuld an der Ausbreitung von Aids. Er argumentiert, dass das Desinteresse der Politik und die Verweigerung homosexueller Gleichberechtigung den Rückzug schwuler Männer in eine identitätsstiftende Promiskuität begünstigt hat. Zu diesem Zeitpunkt gibt es allein in den USA, die bisher am stärksten von der Aids-Epidemie betroffen sind, über 25.000 Tote, etwa Dreiviertel von ihnen homosexuelle Männer.

Im Herbst findet die bis dahin größte Demonstration von Lesben und Schwulen in den USA statt: 650.000 Menschen protestieren beim „March on Washington" gegen die Aids-Politik der Reagan-Administration.

Die Reaktion der fundamentalistischen Rechten lässt nicht lange auf sich warten: Jesse Helms, erzkonservativer Senator der Republikaner, bringt ein Gesetz durch den Kongress, das HIV-infizierten Menschen die Einreise in die USA verweigert. Das

Einreiseverbot wird erst 2010 von Präsident Obama aufgehoben. Gleichzeitig verbietet ein Gesetz auf Helms' Initiative hin die finanzielle Unterstützung aller Aids-Präventionsmaßnahmen, die Homosexualität direkt oder indirekt befürworten oder unterstützen. Damit torpediert der Gesetzgeber entscheidend die Safer-Sex-Aufklärung für Schwule und Lesben.

In Washington wird erstmals der Aids-Quilt ausgestellt, ein Kunstwerk aus Stoff, bestehend aus vielen, aneinandergehefteten Quadraten, die an die bisherigen Aids-Toten erinnern sollen und von Angehörigen und Freunden in liebevoller Kleinarbeit angefertigt wurden.

In Deutschland befindet sich Desireless mit „Voyage, Voyage" an der Spitze der Charts; in Großbritannien ist Rick Astley mit „Never Gonna Give You up" wochenlang die Nummer Eins.

„Das ist es?", fragte Jakob zweifelnd.

Marius wirkte enttäuscht. „Du magst es nicht."

„Nein, es ist nur ..." Er wusste gar nicht, wo er anfangen sollte. Er sah sich auf dem staubigen Speicher des Altbaus um, registrierte die beklemmend niedrigen Decken, die mit Spinnweben verhangenen, schmalen Taubenschläge, die kaum Licht hereinließen. Mäusekot auf dem Boden deutete darauf hin, dass sie nicht die Einzigen waren, die sich hier niederlassen wollten. „Ich kann mir nicht vorstellen, wie hieraus eine Wohnung für uns werden soll. Es gibt noch nicht mal ein Bad."

Marius rollte den Plan aus, den er auf seinem Zeichenbrett entworfen hatte, und wies auf einen Punkt. „Okay, man braucht ein bisschen Fantasie", gab er zu. „Aber da hinten, die linke Ecke." Dabei zeigte er auf drei Wäscheleinen, die nebeneinander im Raum gespannt waren und an denen ein vergessenes Paar Strümpfe baumelte. „Da kommt das Bad hin. Eine Dusche, ein Waschbecken, ein Klo. Es wird nicht groß, vielleicht vier Quadratmeter, aber für uns reicht es doch." Er sah Jakob hoffnungsvoll an. „Aus irgendeinem Grund existiert da schon ein Fallrohr und ..."

„Ist das gut?"

Marius lächelte über Jakobs Unwissenheit. „Das bedeutet, dass der Speicher mit dem Abwassernetz der Nachbarwohnungen unter uns verbunden ist. Wir brauchen keine neuen Rohre verlegen zu lassen und können da zum Beispiel die Toilette anschließen. Zwischenwände existieren ja teilweise auch schon. Vielleicht war mal geplant, den Dachboden auszubauen, und man hat es dann nicht zu Ende gebracht."

Marius hatte ihn mit dem Vorschlag, den alten Speicher auszubauen, vor zwei Wochen überrascht. Das Haus gehörte einer Bekannten von Marius' Mutter, einer alten Dame, die sich bereit erklärt hatte, ihnen die Wohnung mitten im Studentenviertel zehn Jahre mietfrei zu überlassen, wenn sie die Kosten für die Sanierung übernähmen. Für Jakob hatte es sich zuerst wie das Geschäft des Jahrhunderts angehört, allerdings war er da noch von kleineren Schönheitsreparaturen ausgegangen, von Tapezieren und Streichen. Aber jetzt ...

Marius jedoch lief mit federnden Schritten durch den Speicher, zeigte enthusiastisch auf die Stellen, an denen die Gauben für die großen Fenster einer Balkontür eingebaut würden; wo man eine Wand versetzen müsste, um ein Zimmer zu vergrößern; deutete auf die Decke, die herausgerissen werden musste, damit die Holzgiebel des Spitzdaches zum Vorschein kamen; redete von Dämmung, die erneuert werden musste. Mit Zollstock und Taschenrechner bewaffnet, maß er Längen und Breiten aus, berechnete die benötigte Menge von Glaswolle. Jakob hatte ihn schon lange nicht so energiegeladen, so voller Vorfreude gesehen.

„Wie viel Quadratmeter sind das eigentlich?", fragte er. Der Dachboden wirkte riesig.

„Ungefähr 70. Wir könnten daraus ein Wohnzimmer machen, jeweils ein Zimmer für dich und mich, eine kleine Küche und ein kleines Bad."

„Hast du eine Ahnung, wie viel Arbeit das ist?" Jakob war noch immer skeptisch. Er starrte auf seine Hand. Er hatte sich nur kurz an der Wand angelehnt, jetzt waren die Finger rabenschwarz.

„Ich bin Architekturstudent. Ich weiß genau, was da auf uns zukommt: Staub, Dreck, Schutt und monatelanges Schuften. Allein für die Decke brauchen wir einen Container. Die Bauarbeiten übernehmen wir selbst. Ich weiß, wie das geht. Nur für die Elektrizität, die neuen, großen Fenster und die Heizung brauchen wir Handwerker." Er scharrte mit den Schuhen über den fleckigen, grauen Estrich. „Der Boden müsste noch geebnet werden", murmelte er.

„Marius! Warum können wir uns nicht einfach eine Mietwohnung nehmen? Wir sind nur zu zweit! Und wir sind nicht gesund. Glaubst du nicht, dass so ein Vorhaben unsere Kräfte übersteigt?"

„Mir geht es gut!" Marius' Antwort klang schärfer, als Jakob erwartet hatte. „Ich fühle mich prima."

„Du warst seit Monaten nicht mehr zur Kontrolle! Du hast keine Ahnung, ob es dir gut geht!"

Ein Schatten huschte über Marius' Gesicht. „Was hältst du von einer Gasetagenheizung? Die Therme würde dann in die Küche kommen und die wäre dann ... hier." Er machte ein paar Schritte nach links und deutete auf einen Bereich neben dem imaginären Bad. „Wir ziehen eine neue Wand mit YTong-Steinen. Das geht ganz einfach. Und nach vorne raus hätten wir dann sogar einen Balkon, auf den zwei Stühle und ein Tisch passen."

„Du hörst mir gar nicht zu. Und woher sollen wir überhaupt das Geld dafür nehmen? Das kostet doch Unsummen!"

„30.000 Mark. Ich hab schon einen Kostenvoranschlag grob durchgerechnet."

Jakob schnappte nach Luft. „30.000! Na, das ist doch easy! Das zahl ich doch locker vom Geld, mit dem ich mein Studium finanziere. Weißt du, wie mein derzeitiger Kontostand aussieht? Ich bin mit dreihundert in den Miesen." Er tippte sich an die Stirn. „Wo sollen wir so viel Kohle herkriegen?"

„Meine Eltern." Marius grinste verschämt. „Sie finanzieren die ganze Sache. Ich hab schon mit ihnen gesprochen. Ich hab meiner Mutter gesagt, wie schön es doch wäre, wenn ich wieder näher an zu Hause wohnen würde. Ich könnte sie öfter besuchen." Was er nicht erwähnte, war, dass sein Vater nicht zu Unrecht darauf hingewiesen hatte, dass er dann auch gleich wieder zu Hause einziehen könne. Warum er denn unbedingt mit einem Studentenkameraden eine Bude teilen wolle? Marius war kurz davor gewesen, seinem Vater an den Kopf zu werfen, weil er Jakob liebe, aber die Augen seiner Mutter hatten ihn gewarnt.

„Und du willst wirklich jeden Tag nach Koblenz pendeln?", fragte Jakob.

„Ab nächstem Semester kann ich meine Kurse so wählen, dass ich nur noch drei Tage die Woche nach Koblenz muss. Die Bauarbeiten könnten wir an den Wochenenden machen ..."

Jakob lachte gehässig auf. „Dann sind wir im Jahr 2000 wahrscheinlich fertig."

„Quatsch. Nächstes Jahr im März oder April." Marius sah ihn bittend an. „Es wäre für uns."

„Wir haben uns auch ohne diese Wohnung."

„Es wäre für unsere Zukunft."

Jakob hielt inne. Es war das erste Mal seit dem Wissen um seine Infektion, dass Marius einen Blick nach vorne wagte. Was, wenn er dieses Projekt brauchte, um Mut zu fassen? Wenn er mit seinen eigenen Händen etwas erschaffen musste, um an eine Zukunft zu glauben?

Jakob rutschte an der staubigen Wand herunter und setzte sich auf den Boden. Er brauchte diese Wohnung nicht, sein kleines Apartment im Belgischen Viertel gefiel ihm gut. Natürlich, es wäre schön, mit Marius zusammenzuleben. Der Gedanke war verführerisch. Er würde mit seinem Freund in einer Wohnung leben, mit diesem Mann, der alles für ihn tun würde. Aber war es auch die richtige Entscheidung? Er fühlte sich überrumpelt.

Nach eineinhalb Jahren hatte sich in ihre Beziehung so etwas wie Normalität geschlichen. Die Semesterferien und die Wochenenden waren für Marius bestimmt, an den übrigen Wochentagen war Jakob frei, das zu tun, was er wollte. Eigentlich fand Jakob diese Abmachung sehr angenehm. Er hatte die Geborgenheit einer Beziehung kombiniert mit der rastlosen Jagd eines schwulen Single-Daseins. Würden sie sich nicht schnell auf die Nerven fallen, wenn sie sich jeden Tag sahen, jede Nacht nebeneinander einschliefen? Würde sich ihre Liebe nicht abnutzen wie ein Paar häufig getragener Schuhe?

Schon jetzt hatten sie bei Weitem nicht mehr so oft Sex miteinander wie in den ersten Wochen und Monaten ihrer Beziehung. Auch gab es mittlerweile Dinge, die er an Marius nicht mochte, obwohl er sich das nur ungern eingestand: dass er beim Autofahren ein Vorurteil gegen Frauen am Steuer hatte; wie er mit dem Fingernagel die Zähne säuberte, wenn ein Essensrest in den Zahnzwischenräumen steckengeblieben war; dass er sich niemals beim Pinkeln setzte. Wie würde das sein, wenn Diskussionen um nicht weggebrachten Müll, schmutziges Geschirr und das Fernsehprogramm ihren Alltag bestimmten?

Auf einmal hockte Marius vor ihm. „Wenn die Dachbalken freiliegen ... wir könnten einen Sling daran aufhängen und ich könnte dich ins Nirwana ficken.“

Wider Willen musste Jakob lachen. „Darum geht es nicht.“

„Das weiß ich.“ Marius legte einen Finger unter Jakobs Kinn und hob sein Gesicht, bis er in seine Augen sehen konnte. „Bitte.“

„Du willst das hier wirklich, oder?“ Er deutete mit einer vagen Handbewegung in den Raum hinein.

Marius nickte. „Ich brauche das. Es ist ... ein Traum, den ich mir erfüllen will, bevor ...“

„Sag so was nicht“, erwiderte Jakob leise.

„Doch.“ Marius war plötzlich sehr ernst. Jedes Mal, wenn Jakob in den Monaten nach ihrem Testergebnis auf das Thema Aids zu sprechen kam, hatte Marius rigoros abgeblockt, war manchmal sogar wütend geworden, als könnte er mit seinem Schweigen das Wissen um die Infektion verdrängen. Jakob erinnerte sich an einen Streit im Auto. Er hatte erneut versucht, Marius dazu zu überreden, seine Blutwerte kontrollieren zu lassen, hatte nicht locker gelassen, obwohl es offensichtlich war, dass Marius nicht darüber sprechen wollte. Ein Wort hatte das andere gegeben, bis Marius ihn angebrüllt und scharf abgebremst hatte, an die Seite gefahren war und ihn aus dem Wagen geworfen hatte. An der nächsten Ecke hatte er zwar auf ihn gewartet und sie waren sich schluchzend in die Arme gefallen, aber das Thema war nicht mehr erwähnt worden.

„Es geht nicht nur darum, mit dir zusammenzuziehen. Natürlich auch, aber ...“ Marius seufzte. „Ich weiß nicht, ob ... ob ich jemals ein Haus bauen werde, ob ich jemals dazu kommen werde, das Wissen, das ich mir in meinem Studium angeeignet habe, in die Tat umzusetzen. Wenigstens diese Chance hier will ich nutzen.“

„Und dann?“, fragte Jakob mit einem Kloß im Hals. „Wenn wir das geschafft haben, legst du dich ins Bett und wartest auf den Tod?“

„Wer weiß, was in einem Jahr ist“, erwiderte Marius und lehnte seinen Kopf an Jakobs Schulter.

*

Den Speicher auszubauen war anstrengender als alles, was Jakob bisher erlebt hatte. Es war körperliche Knochenarbeit, unzählige Sand- und Zementsäcke in den fünften Stock zu schleppen, unhandliche Rigipsplatten durch das schmale Treppenhaus zu wuchten und am Ende eines Tages den gesammelten Schutt aus der Wohnung nach unten zum Container vor dem Haus zu tragen. Es gab Ärger mit den Nachbarn, die sich über den Schmutz beschwerten und über die Lautstärke, wenn Marius einer Wand mit der Bohrmaschine zu Leibe rückte. Es gab Frustrationen, wenn Handwerker ihre Termine nicht einhielten, Entsetzen, wenn sie auf ein Problem stießen, mit dem sie nicht gerechnet hatten – zum Beispiel den versotteten Kamin, den sie mit einer Bleiplatte abdecken mussten, um nicht die gesamte Außenwand abzureißen. Manchmal war Jakob nahe daran, alles hinzuwerfen. Da waren Tage, an denen er sich vor Muskelschmerzen nicht bewegen konnte, an denen er glaubte, den Baustaub kaum von seiner Haut abwaschen zu können. Und Marius schonte sich ebenso wenig wie er. Eines Tages, irgendwann im Dezember, während draußen Regenböen niedergingen und die Atemluft auf dem eiskalten Dachboden hing wie der morgendliche Dunst einer feuchten Wiese, entdeckte Jakob seinen Freund im Gebälk des Dachstuhls hockend, wie er mit den wuchtigen Schlägen eines Vorschlaghammers die alte, viel zu tief hängende Decke zertrümmerte. Jeder Schlag löste eine neue Staub- und Schmutzwolke aus, einen erneuten Hustenanfall von Marius.

„Mach eine Pause, ich hab Kaffee mitgebracht!", rief Jakob durch den schmierigen Nebel aus Staub und Dreck.

„Jetzt nicht. Ich muss heute damit noch fertig werden", röchelte Marius und hustete weiter. „Die Dachdecker kommen am Montag."

„Wo ist dein Mundschutz?"

„Es war keiner mehr da. Ich hab vergessen, neue zu holen."

„Bist du bescheuert? Du atmest doch den ganzen Dreck ein!"

„Nicht so schlimm. Geht schon!" Ein neuer Schlag, der einen Teil der Decke nach unten beförderte. Grauweißer Putz stob auf, Mörtel bröckelte herunter.

„Marius! Schluss jetzt!" Jakob stieg auf die Leiter und zerrte am Unterschenkel seines Freundes, bis dieser unwirsch nachgab und herunterkletterte. Sein Gesicht und seine Haare waren weiß vor Baustaub, und er atmete schwer zwischen weiteren Hustenanfällen.

„Das geht so nicht", sagte Jakob. „Du machst dich kaputt!" Erst jetzt bemerkte er Marius' hohle Augen und seine zitternden Beine.

Marius ließ sich auf den Boden sinken und hielt sich die Seiten. „Das ... das ist so anstrengend", keuchte er. Aus den Taschen seiner Hose wühlte er eines seiner altmodischen Stofftaschentücher und hustete hinein. „Scheiße", krächzte er plötzlich. Mit großen Augen zeigte er Jakob den roten Fleck, der auf dem weißen Taschentuch zu sehen war.

„Wo ... wo kommt das Blut her?", fragte Jakob bestürzt.

„Hat nichts zu sagen", wehrte Marius noch immer kurzatmig ab. „Wahrscheinlich ist durch das Husten eine Kapillare in den Bronchien geplatzt."

Jakob schwieg. Dann brüllte er plötzlich: „Verdammt!" und trat mit einem Fuß gegen die Wand, verschüttete den Kaffee in seiner Hand. „Ich hasse diese Wohnung!"

„Jakob ..."

„Und wenn es nicht nur eine dämliche Kapillare in deinen Bronchien ist? Wenn es was Ernstes ist? Wenn du dich hier buchstäblich zu Tode schuftest?"

„Aber ..."

„Ist dir schon mal aufgefallen, dass sich unser ganzes Leben nur noch um diese verdammte Baustelle dreht? Seit drei

Monaten verbringen wir hier jede freie Minute. Wir schuften und rackern und sind am Abend so platt, dass wir zu nichts anderem mehr Lust haben! Wir reden nur noch über diese Wohnung, was wir kaufen, was wir als Nächstes erledigen müssen. Ich träume nachts schon von diesen schwarzen Plastikeimern, mit denen wir den Schutt runter- und den Zement raufschleppen! An der Uni bin ich so müde, dass ich in den Vorlesungen einschlafe! Ich bin so fertig, dass ich mir nicht mal mehr einen runterhole. Von Sex ganz zu schweigen! Weißt du noch, wie das ist, mit mir in die Kiste zu gehen?"

„Wir tun das doch für uns", wandte Marius ein.

„Nein!", erwiderte Jakob verärgert. „Du tust das, um nicht an deine Infektion denken zu müssen. Das hier ist pure Verdrängungstaktik!"

„Ja, natürlich", fuhr ihn Marius an. „Jakob hat die Weisheit mit Löffeln gefressen! Jakob ist Experte für Aids, nur weil er brav alle drei Monate zum Doktor rennt! Ich gehe eben anders mit meiner Infektion um als du, und wenn es dir nicht passt: Da ist die Tür!"

„Schön!", sagte Jakob und schüttelte den Kopf. „Prima. Aber glaub ja nicht, dass ich an deinem Bett stehe und heule, wenn es so weit ist! Das hast du dir selbst zuzuschreiben!"

Zornig drehte er sich um, Tränen der Wut in den Augen. Seine Hand war schon an der Türklinke, als er endlich ein Räuspern hörte.

„Lauf nicht weg, bitte. Wenn ... wenn wir die Wohnung fertig haben, dann gehe ich zum Arzt", gab sich Marius geschlagen. „Versprochen. Aber du musst mitkommen. Ich ... ich kann das nicht alleine."

„Es ist doch nichts dabei", erwiderte Jakob. „Meine letzten Ergebnisse waren stabil. Es gibt keinen Grund, sich Sorgen zu machen. Und man gewöhnt sich daran. Ehrlich."

Marius ließ den Kopf hängen. „Daran werde ich mich nie gewöhnen. Du bist anders als ich. Du bist stärker. Du wirst überleben."

„Hör auf!", schrie Jakob ihn an. „Ich will das nicht hören! Das ist doch Schwachsinn! Du kannst doch nicht aufgeben, bevor du überhaupt angefangen hast zu kämpfen!"

Marius stand auf und lehnte sich an Jakob. „Halt mich fest", flüsterte er.

Jakob spürte, wie seine Hände Marius in eine Umarmung zogen, fühlte, wie seine Finger mechanisch durch seine Haare strichen, bemerkte, wie seine Lippen beruhigende Floskeln murmelten. Und wie seine Gedanken die ersten Steine einer Mauer zwischen sich und Marius aufbauten. Er musste vorbereitet sein.

Und dann, Mitte März des folgenden Jahres, war die Wohnung tatsächlich fertig. Es war merkwürdig, ein strahlend weißes, blitzendes Waschbecken und die Duschwanne an den Plätzen zu sehen, wo vorher nur unverputzte Wände gewesen waren, auf weichem Teppich zu laufen, wo vorher nur nackter, kalter Estrich gelegen hatte. Es war ungewohnt, auf neue Tapeten und Bilder zu blicken, wo vorher Schmutz gelegen und Spinnweben gehangen hatten. Es grenzte fast an ein Wunder, die Wärme der Heizkörper zu spüren, wo zuvor eisige Zugluft durch ungedämmte Dachschindeln gefegt war. Als Jakob und Marius die letzten Möbel geradegerückt hatten, die letzten Gläser und Tassen aus den Umzugskartons geräumt hatten – inklusive des alten Porzellans mit Zwiebelmuster, das Marius' Mutter ihrem Sohn aufgedrängt hatte –, starrten sie sich ungläubig an.

„Wir haben es tatsächlich hinbekommen", sagte Jakob. „Unfassbar. Ich bin stolz auf uns. Geht es dir auch so?"

Marius hing erschöpft auf dem Sofa, das sie sich von ihrem letzten Geld gekauft hatten. „Ich bin vor allen Dingen müde", murmelte er. „Ich glaube, ich krieg eine Erkältung. Ich muss ins Bett."

Es dauerte zehn Tage, bis er das Bett wieder verließ. Schüttelfrost und Fieberschübe suchten seinen Körper heim, quälender Husten, Durchfälle und Gliederschmerzen. Jakob machte Wadenwickel, kochte Tee und löffelte Suppe in Marius' Mund, während er versuchte, seine Angst zu verbergen.

„Es ist nur die Erschöpfung", sagte er, um sie beide zu beruhigen, und hielt ein distanziertes Lächeln für seinen Freund parat, eines, das Pfleger für ihre Patienten hervorholten. „Du hast dir in den letzten Monaten zu viel zugemutet."

„Was hältst du von einer Katze?", fragte Marius matt. „Ich meine, wäre das nicht passend? Dann wären wir so was wie eine richtige Familie."

„Ich hab gehört, man soll bei einer HIV-Infektion keine Katze halten. In dem Kot sind irgendwelche Erreger, die eine Toxoplasmose verursachen können, wenn man mit ihnen in Berührung kommt."

„Dann ziehen wir uns eben Gummihandschuhe an, wenn wir das Katzenklo saubermachen. Bitte!"

Jakob atmete innerlich auf. Alles würde gut werden. Bestimmt würde alles gut werden. „Ich wollte schon immer eine Katze haben", antwortete er.

Jakob versucht, freundlich zu bleiben. „Wir haben keine Schnittblumen“, bedauert er. „Gehen Sie in die nächste Querstraße. Da gibt es einen Blumenladen.“

„Aber Sie sind doch eine Gärtnerei!“ Die schlaksige, gehetzt wirkende Kundin, die mit einem grauen Pudel in ihrer Gefolgschaft das Geschäft betreten hat, sieht ihn entrüstet an.

„Eben“, erwidert Jakob und verzieht das Gesicht zu einem hoffentlich zuvorkommenden Lächeln. „Eine Gärtnerei. Wir haben Stauden, Gräser, Gemüsepflanzen, Sträucher, kleine Bäume, Balkonpflanzen. Keine Schnittblumen.“

„Bitte. Dann werde ich die zehn Euro für einen Blumenstrauß eben bei Ihrer Konkurrenz anlegen“, erwidert die Frau schnippisch und dreht sich auf dem Absatz herum.

„Zehn Euro“, murmelt Jakob, als sie außer Hörweite ist. „Die Konkurrenz wird kaum an sich halten können vor Dankbarkeit.“

Karsten, der neben der Kasse steht und gerade aus seiner Wasserflasche trinkt, prustet und verschluckt sich lachend. Jakobs Mitarbeiter ist ein stämmiger, gutmütiger Blondschopf mit breiten Händen und einem roten Gesicht. Den Vormittag hat er damit verbracht, eine ganze Ladung neuer Terrakotta-Töpfe mit bunten Sommerblumen zu bepflanzen: pinkfarbene Geranien, gelbe Husarenknöpfchen, weißrote Fuchsien, aufgelockert mit Efeu oder kleinen, immergrünen Stauden. Die Kunden werden zusehends fauler. Immer mehr Menschen bevorzugen den Kauf fertig bepflanzter Kästen und Kübel für ihren Balkon oder ihre Terrasse; die wenigsten haben noch die Muße oder die Lust, sich selbst die Hände schmutzig zu machen. Blumen *to go* hat Karsten diese Entwicklung getauft. Jakob kann sie nur recht sein, dadurch erhöht sich die Gewinnmarge seines Geschäfts.

„Hast du mal einen Moment Zeit?“, fragt Karsten.

„Klar. Ist irgendwas?“

„Na ja, es ist so …“ Karsten druckst herum und starrt auf seine groben Arbeitsschuhe, an denen Erde klebt. „Du weißt doch, dass Anni und ich heiraten wollen nächsten Monat.“

„Du hast mich zu eurer Hochzeit eingeladen“, erinnert ihn Jakob. „Natürlich.“ Karsten hat Anni vor einem Jahr auf einer Gartenmesse in Holland kennengelernt, wo sie den Betrieb ihres Vaters vertreten hat, ein kleines Gärtnerei-Imperium mit vier oder fünf Filialen über die ganzen Niederlande verstreut.

„Es ist nur so …“, murmelt Karsten. „Annis Vater hat mir einen Job angeboten. Er möchte, dass ich die Leitung des Betriebs in Nijmegen übernehme.“

Jakob runzelt die Stirn. „Ich verstehe.“

„Das ist für mich eine große Chance“, verteidigt sich Karsten.

„Keine Frage“, seufzt Jakob. „Wann willst du aufhören?“

„Na ja, Anni und ich fliegen nach der Hochzeit für zwei Wochen in die Karibik. Ich dachte, direkt danach …“

Jakob überschlägt schnell, wie viel Resturlaub Karsten noch zusteht. „Dann wäre ja nächste Woche dein letzter Arbeitstag!“, sagt er entsetzt. „Wo soll ich so schnell Ersatz für dich herkriegen?“

„Es tut mir leid. Ich wollte dir keine zusätzlichen Probleme verursachen.“ Karsten – genau wie Ahmed, Jakobs zweiter Mitarbeiter – hat natürlich mitbekommen, dass Arne gegangen ist.

Für einen Moment ist Jakob versucht, Karsten auf den Arbeitsvertrag hinzuweisen und auf die gesetzlichen Kündigungsfristen. Wenn er wollte, könnte er ihm die Bitte abschlagen und ihn ein paar Wochen länger halten, aber das würde nicht seinem Stil entsprechen. Er hat immer Wert auf eine freundschaftliche Atmosphäre im Betrieb gelegt. Dann kommt ihm plötzlich eine Idee. „Kannst du wenigstens noch eine Woche dranhängen und deinen Nachfolger einarbeiten?"

Am Abend, als er gegen sieben Uhr nach Hause kommt, findet er Philip auf der Couch vor dem Fernseher. Der Junge hat die DVD-Sammlung entdeckt und sieht sich Johnny Depps *Fluch der Karibik* an. Sein geschwollenes Auge blüht inzwischen in allen Regenbogenfarben, die Schwellung an der Lippe ist allerdings zurückgegangen. Auf seinem Bauch – ein völlig glatter Bauch, ohne ein einziges Gramm Fett, wie Jakob zum wiederholten Mal neidisch registriert – thront ein voller Aschenbecher und neben ihm auf dem Boden steht eine halbleere Flasche Bier.

„Wieso ist Jack Sparrow so tuntig?", fragt er.

„Weil es witzig ist." Jakob lässt sich müde neben Philip fallen. Er nimmt ihm die Fernbedienung ab und schaltet auf Pause.

„Ey, Mann, ich gucke hier gerade was!", mault Philip.

„Hättest du Lust, mal auf einem ganz anderen Gebiet zu arbeiten als bisher?"

„Häh?"

„Etwas, das ein bisschen mehr Zukunftsperspektive bietet."

„Aber ich ficke gerne für Kohle. Das ist echt okay, solange ich mir die Typen selbst aussuchen kann. Und ich hab viel Freizeit."

„Ja, und nebenbei wirst du verprügelt."

„Die Wichser haben mich nicht zusammengeschlagen, weil ich einen auf Escort mache, sondern weil ich schwul bin", sagt Philip und angelt nach der Fernbedienung.

Jakob zieht seine Hand außer Reichweite. „Trotzdem. Bei mir in der Gärtnerei wird eine Stelle frei. Ich würde dich richtig anstellen, so mit Sozialabgaben und allem. Du hättest ein geregeltes Einkommen, eine Krankenversicherung und könntest dir eine eigene Wohnung suchen."

Philip lässt sich genervt zurück aufs Sofa fallen und zieht seine Strickmütze übers Gesicht. „Das hat mir gerade noch gefehlt", ertönt seine Stimme dumpf unter dem blauen Stoff. „Jemand, der mich resozialisieren will."

Jakob rollt ihm die Mütze wieder über die Stirn. „Wenigstens als Versuch. Probeweise. So, wie du im Moment aussiehst, kannst du sowieso keine Verabredung mit Kunden machen."

„Du bist so krass, Alter", stöhnt Philip. Er vergräbt seinen Kopf in Clintons Fell. Der Kater hat es sich neben ihm auf dem Sofa gemütlich gemacht. „Und wann? Ab nächste Woche?"

„Morgen", erwidert Jakob. „Und ich bin nicht ‚Alter'", wiederholt er.

Aber es hat keinen Sinn. Philip ist schon das frühe Aufstehen nicht gewöhnt. Als der Wecker um halb sieben klingelt, muss Jakob sämtliche seiner Überredungskünste aufbringen, um ihn aus dem Bett zu holen, und im Geschäft hat er den Eindruck, dass Philip sich bewusst dumm anstellt. Er lässt einen Terrakottatopf auf den Boden fallen, zertrampelt einige Setzlinge und rennt alle zehn Minuten vor die Tür, um eine Zigarettenpause zu machen. Zu den Kunden ist er unwirsch und maulfaul, und Jakob bemerkt, dass weder Karsten noch Ahmed einen Zugang zu dem Jungen kriegen. Je mehr Stunden vergehen, desto schlechter wird ihre Laune, genau wie die von Philip. Gegen Mittag hat der Junge die Nase voll.

„Ich hau ab", sagt er. „Das ist Kacke hier."

„Du musst dir eine Chance geben", versucht Jakob ihn zum Bleiben zu überreden. „Ich verstehe ja, dass eine reguläre Arbeit etwas ganz Neues für dich ist, aber …"

„Gar nichts verstehst du, Mann!", raunzt Philip ihn an. „Ich hab keinen Bock darauf, dein neues Sozialprojekt zu werden. Ich brauch den Scheiß hier nicht! Mir geht's auch ohne deine Hilfe gut."

„Ja", erwidert Jakob und kann den Spott in seiner Stimme nicht unterdrücken. „Deshalb hast du mich ja auch angerufen, als du nicht weiterwusstest."

„Arschloch!", sagt der Junge und stürmt aus der Gärtnerei.

Jakob rennt hinter ihm her. „He!", ruft er. „Tut mir leid." Es scheint zur Gewohnheit zu werden, dass er sich bei Philip entschuldigt. „Wo willst du denn hin?"

Philip macht eine Handbewegung, die alles und nichts bedeuten kann, ohne ihn eines Blickes zu würdigen. Gleich darauf ist er um die nächste Ecke verschwunden.

„Wo hast du den denn aufgegabelt?", fragt Karsten, als Jakob zurückkommt.

„Auf der Straße", murmelt er verärgert. Aber als er daran denkt, dass er am Abend in eine leere Wohnung zurückkehren wird, zieht sich sein Magen zusammen.

Wolken hüllen den Tag in ein graues und klammes Kleid. Arne klopft sich den Sprühregen von seiner Jacke, als er die kleine Wohnung betritt, und stampft die Feuchtigkeit von seinen Schuhen. Am Morgen hat er sich von Katrin verabschiedet, die ihn zum Bahnhof gebracht hat. Plötzlich vermisst er das Klima des Voralpenlandes.

Obwohl es erst früher Nachmittag ist, muss er schon das Licht einschalten. Kein Wunder, dass er das Apartment nicht vermieten kann. Wer möchte schon im ständigen Halbdunkel wohnen, in einem Schattenreich? Er stellt seine Tasche ab und schaut sich um.

Nach dem Tod seines Vaters hatte Arne die Wohnung verkaufen wollen, aber Jakob hatte ihm abgeraten. Er war der Auffassung, dass sie als Studentenbude ideal wäre und ihnen sichere Mieteinkünfte bescheren würde. Also hat Arne die Wohnung komplett renovieren lassen, im Bad die Fliesen, die Dusche und das Waschbecken erneuert und eine neue Küche einbauen lassen. Bei einem seiner seltenen Einblicke in seine Vergangenheit hat Jakob erzählt, dass er als Student froh über die Möblierung seines ersten eigenen Zimmers war. Also hat Arne auch noch ein Bett, einen Schrank und für die Küche einen Tisch und vier Stühle gekauft. Mieter für die Wohnung hat er jedoch nie gefunden. Jeder Interessent hat die Nase gerümpft über die schlechten Lichtverhältnisse und den fehlenden Balkon. Studenten haben sich auch nie für das Objekt begeistern können, weil es zu weit entfernt ist von der Universität und zu teuer. Vielleicht haben sich die Ansprüche seit der Zeit, als Jakob studiert hat, geändert.

Vor einem halben Jahr hat sich Arne dann doch entschieden, es zu verkaufen, hat einen Makler engagiert, Zeitungsanzeigen geschaltet, im Internet annonciert. Bisher jedoch vergebens; niemand will das Geld bezahlen, das er für die Wohnung haben möchte. Immerhin, jetzt ist sie fürs Erste eine ideale, wenn auch etwas trostlose Zuflucht. Solange Arne sich nicht überwinden kann, Jakob gegenüberzutreten. Solange er nicht weiß, was er sagen oder tun würde.

Auf der Fahrt zurück hat er beschlossen, erst einmal hier seine Zelte aufzuschlagen. Das ist kostensparender, als in einem Hotel zu schlafen, wenn auch etwas spartanischer. Die Wände sind kahl, an den Decken hängen nackte Glühbirnen, es gibt keinen Fernseher und kein Radio. Allerdings funktioniert zumindest der Kühlschrank, sobald Arne ihn eingeschaltet hat. Warmes und kaltes Wasser laufen auch, ebenso die Heizung. Im Keller, den er schon lange hat ausmisten wollen, findet er in einem alten Schrank sogar Decken und Kissen. Er riecht misstrauisch den Muff, der ihm in die Nase steigt, als er die Decken aus dem Schrank holt, und würde sie am liebsten in die Ecke werfen. So weit ist es mit ihm gekommen! Es ist alles Jakobs Schuld. Dann nimmt er die Decken doch, trägt sie nach oben und richtet sich notdürftig ein.

Wenn er aus dem Küchenfenster blickt, kann Arne nur die Füße und die Unterschenkel der Leute sehen, die auf dem Bürgersteig vorbeihasten: weiße Socken in Turnschuhen, dunkle Socken in schwarzen Halbschuhen, Damensöckchen in pinkfarbenen Ballerinas. Er hört das Klackern von Pumps, das zögernde Aufsetzen eines Gehstocks, das leise Surren eines elektrobetriebenen Rollstuhls. Jemand lässt achtlos eine leere Zigarettenschachtel fallen und sie landet im Laub des vergangenen Herbstes, das sich im Schacht vor dem Fenster türmt. Vielleicht sollte er ein Gitter über dem Schacht anbringen lassen. Vielleicht sollte er dem unachtsamen Zeitgenossen hinterherrennen und sich mit ihm über Umweltverschmutzung unterhalten. Vielleicht sollte er gar nicht hier sein.

Arne hat Hunger, deshalb geht er in der Pizzeria schräg gegenüber essen, nachdem er seine Tasche ausgepackt hat. Katrin hatte ihm für die Rückfahrt ein paar Brote geschmiert. Abgesehen davon, dass ihn die Geste berührt hat und er an seine Schulzeit erinnert wurde, konnte er damit nicht viel anfangen, denn das Graubrot war mit Nüssen versetzt, und er reagiert allergisch auf alle möglichen Nusssorten. Jakob hätte das gewusst – etwas, das Arne schmerzlich bewusst wurde, als er im Zug die Alufolie entfernte. Wenn Jakob Brot kauft, achtet er immer darauf, dass er keines der vielen Körnerbrote nimmt.

Nach dem Essen holt Arne seinen Wagen aus der Werkstatt und ärgert sich über die horrenden Kosten, die die Inspektion verursacht hat. Immerhin, als er die ersten Meter gefahren ist, bemerkt er, dass das komische Geräusch, das in letzter Zeit bei jedem Bremsvorgang auftrat, verschwunden ist. Danach macht er sich auf den Weg in den Kölner Süden und hält eine halbe Stunde später auf dem Parkplatz einer Seniorenresidenz.

Er hat keine Ahnung, was er mit einem Besuch bei Margarete Janssen eigentlich bezweckt, aber als die Idee dazu ihm im Zug gekommen war, hat sie sich dort festgesetzt und ihn nicht mehr losgelassen. Jakob hat vor einigen Jahren einmal beiläufig erwähnt, in welchem Altersheim Marius' Mutter untergebracht ist, und aus irgendeinem Grund hat Arne den Namen behalten. Er erinnert sich auch noch an den Ausdruck von Widerwillen, der über Jakobs Gesicht gehuscht war, als er über die Frau sprach. Bis dahin war Arne gar nicht klar gewesen, dass Jakob nach Marius' Tod eine Zeitlang noch sporadischen Kontakt zu ihr hatte.

„Sie mag mich nicht und ich sie nicht", hatte Jakob gesagt.

„Aber warum triffst du dich dann noch mit ihr?"

Jakob hatte mit den Schultern gezuckt. „So eine Art Verpflichtung", hatte er gemurmelt. „Aber jetzt, wo sie im Altersheim ist … ich gehe da nicht mehr hin."

Im Zug hat Arne den Standort des Hauses auf seinem Laptop gegoogelt, doch nun, im Angesicht des dreistöckigen, weißgestrichenen und mit kleinen Balkonen versehenen Neubaus, fällt ihm ein, dass Margarete Janssen in der Zwischenzeit gestorben sein könnte. Es ist sogar sehr wahrscheinlich, dass sie tot ist. Und was, zum Teufel, will er von ihr? Arne lehnt seinen Kopf auf das Lenkrad und stöhnt.

Aber Marius' Mutter lebt, wie er an der Rezeption erfährt, wo er sich als Freund der Familie ausgibt. Sie ist auf der Pflegestation untergebracht, und natürlich, so die grauhaarige Dame hinter dem Tresen, kann er sie besuchen. Allerdings dürfe er nicht allzu viel erwarten, erklärt sie in einem Nachsatz und sieht ihn bedeutungsvoll über den Rand ihrer Lesebrille an. Arne traut sich nicht, nachzufragen, was mit dieser Andeutung gemeint ist, und während er mit dem Aufzug in den ersten Stock fährt, stellt er sich eine bettlägerige, todkranke Frau vor, die abgemagert und geschrumpft in einem viel zu großen Bett liegt und apathisch an die Decke starrt.

Doch Margarete Janssen, mittlerweile in den Neunzigern, sitzt auf einem bequemen Korbstuhl am Fenster ihres Zimmers, bekleidet mit einem fliederfarbenen Kostüm, das wie ein schlaffer Sack auf ihren schmalen Schultern hängt, die Füße stecken in dunklen Pantoffeln. Ihr Gesicht und ihre Hände sind voller Runzeln und von Altersflecken übersät, und unter den dünnen, weißen Haaren schimmert die Kopfhaut hervor. Die bleiche Haut und der ausgedörrte Körper lassen sie wie eine alte, zerbrechliche Puppe aussehen. Als Arne nach mehrmaligem Klopfen eintritt, nesteln ihre Finger ruhelos an einem goldenen Ring an ihrer rechten Hand. Im ersten Moment kann er nicht nachvollziehen, wieso sie auf der Pflegestation wohnt. Das ändert sich, als er sich zögernd vorstellt.

„Frau Janssen, ich bin …"

„Marius!" Ihre dünne, aber hoch erfreut klingende Stimme unterbricht ihn, und die wässrigen, von roten Äderchen durchzogenen Augen beginnen feucht zu glänzen. „Wie schön." Sie versucht matt, aus dem Korbstuhl nach oben zu kommen, und fällt wieder zurück in den Sitz. „Dann kann ich ja Kaffee aufsetzen und den Kuchen anschneiden. Ich weiß gar nicht, wo ich das Messer …" Ihr Blick irrt suchend durch das Zimmer, bleibt verständnislos an dem Pflegebett zu ihrer rechten Seite hängen und an dem kleinen Tisch vor ihr, auf dem ein zierliches Bouquet aus weißen Plastikrosen steht. „Holst du es aus der Küche? In der zweiten Schublade, unter dem Silberbesteck."

„Frau Janssen … ich bin nicht Marius", erwidert Arne. „Mein Name ist Arne Konitzer. Ich bin Jakobs Freund … Jakob Brenner?"

Zitternde Finger ziehen ein im linken Ärmel des Kostüms verstecktes Stofftaschentuch heraus und betupfen die feuchten Augen. „Nicht Marius …" Die Freude in der Stimme ist wie weggewischt; Margarete Janssen klingt plötzlich verloren.

„Nein. Ihr Sohn … er ist gestorben. Erinnern Sie sich nicht?“ Arne macht ein paar Schritte ins Zimmer hinein. Zögernd nimmt er auf dem einzigen anderen Stuhl Platz, den es gibt, gegenüber von Margarete Janssen.

„Das ist lächerlich“, entrüstet sie sich. „Woran sollte Marius gestorben sein? Er war kerngesund und … bis …“ Ihre Stimme verliert sich in einem undeutlichen Gemurmel. „Schweinkram“, stößt sie dann plötzlich hervor, und Arne zuckt zurück. „Sind Sie auch einer von denen?“

„Einer von welchen? Oh …“ Arne wird rot und ärgert sich sofort darüber. „Ja“, sagt er. „Das bin ich in der Tat. Genauso wie Marius.“ Margarete Janssen presst die Lippen zusammen und dreht sich weg von ihm, sieht demonstrativ aus dem Fenster.

Ihr einziges persönliches Möbelstück in diesem Zimmer ist eine monströse, schwere Standuhr, die laut tickend die verstreichende Zeit zählt und die Stille füllt, die sich über den Raum senkt. Arne spürt eine Art Beklemmung in sich aufsteigen, als gäbe es hier nicht genug Atemluft für zwei Personen. Auf dem Tisch am Fenster, neben den Plastikblumen und halb versteckt von der Gardine, entdeckt er einige Fotografien, gerahmt in staubige, abgegriffene Silberrahmen. Ein Foto, das wohl ihren Mann darstellt, und drei Bilder, auf denen Marius zu sehen ist. Das erste zeigte ihn mit einem Schulzeugnis in der Hand; sein Körper sieht noch unfertig und pubertär aus, und sein Gesicht weist am Kinn Pickel auf; auf dem zweiten ist er noch jünger, ein Teenager mit Schlaghosen und einem Parka, wie man sie in den siebziger Jahren trug. Das dritte Foto … Arne stutzt. Es muss kurz vor Marius' Tod aufgenommen worden sein: Ernst sieht er auf einen Punkt jenseits der Kamera und dreht den Kopf ein wenig zur Seite, als wollte er der Kamera einen Blick auf seine rechte Gesichtshälfte verweigern. Doch der Schnappschuss hat ihn überrumpelt, und auch wenn Arne kaum etwas über

Marius' Leidensweg weiß, so kann er doch die rotbraunen Flecken an der Schläfe einordnen, weiß, was sie zu bedeuten haben. Doch nicht das, was auf dem Foto zu sehen ist, macht es für Arne so interessant, sondern das, was fehlt. Das Bild ist in der Mitte durchgeschnitten, eine Schere hat eine zweite Person auf dem Foto entfernt, nur noch der rechte Arm um Marius' Schulter ist zu erkennen. Und jetzt entdeckt Arne auch einige Dinge im Hintergrund des Bildes: ein paar dunkle Holzbalken unter einer spitz zulaufenden, weiß gestrichenen Decke, am linken Bildrand, etwas verschwommen, eine schwarzweiß gesprenkelte Katze, die auf einem schwarzen Sofa liegt. Sie sieht Clinton zum Verwechseln ähnlich. Die Aufnahme muss in der gemeinsamen Wohnung von Jakob und Marius entstanden sein, die Wohnung, von der er bis vor wenigen Tagen nichts wusste.

„Warum?", fragt Arne. „Warum haben Sie Jakob aus dem Foto entfernt?" Seine Stimme zittert vor Empörung; die Verunstaltung des Fotos kommt ihm wie eine Schändung von Jakobs Vergangenheit vor, ein Versuch, die Geschichte umzuschreiben.

Margarete Janssen lächelt spitz; es ist das herablassende Lächeln eines Siegers über den Besiegten. „Er gehört da nicht hin", sagt sie und sie klingt plötzlich sehr viel klarer als vorher.

„Sie irren sich", entgegnet Arne.

Margarete Janssens Hände nesteln erneut ruhelos an dem Ring an ihrem Finger, und ihre Augen, die eben noch hell und stechend waren, trüben sich wieder ein, hasten ruhelos durch den trostlosen Raum. „Alles weg", murmelt sie. „Friedhelm, Marius … kommen Sie mich holen?"

„Bitte?"

„Ich möchte nach Hause. Sind Sie gekommen, um mich zu holen?"

„Das hier ist Ihr Zuhause", antwortet Arne.

Marius' Mutter lacht ungläubig auf. „Aber nein, junger Mann!“ Sie runzelt die Stirn. „Ich wohne ...“ Sie sieht ihn hilfesuchend an. „Wo ist Marius? Ich hatte ihm gesagt, er soll nicht so spät von der Schule ... nicht im Dunkeln. Heutzutage weiß man nie ... es laufen so viele Ganoven auf der Straße herum ... sind Sie ein Freund von Marius?“

Gegenwart und Vergangenheit scheinen sich in diesem Zimmer in ständiger Bewegung zu befinden, überlappen und überschneiden sich, bis die Grenzen verwischen und nicht mehr auszumachen sind.

Arne bringt es nicht über sich, ihr zum zweiten Mal zu sagen, dass ihr Sohn nicht mehr lebt. „Nein“, sagt er und entscheidet sich für einen Kompromiss. „Ich habe ihn leider nie kennengelernt.“

Margarete Janssen nickt und lehnt sich vertraulich nach vorne. „Wussten Sie, dass er ... Sie wissen schon ... vom anderen Ufer kommt?“ Sie macht ein Gesicht, als hielte sie etwas Unappetitliches zwischen zwei Fingern und betrachtete es angeekelt.

Ihr Gespräch dreht sich im Kreis. Was auch immer Arne hier bei Marius' Mutter zu finden hoffte, es ist verloren gegangen im Strudel ihrer verwirrten Gedanken. Weiter denn je scheint er entfernt von Antworten. Er steht auf und verabschiedet sich.

„Der andere“, sagt sie plötzlich, als er schon an der Tür ist, „der hat mir Marius weggenommen.“ Arne hört die Verbitterung in ihrer Stimme. „Und dann ...“ Er dreht sich um und sieht, wie ihre Hand wieder zu dem Stofftaschentuch im Ärmel greift und die Augen betupft. „Und dann war er tot.“

„Sie geben Jakob die Schuld an Marius' Tod?“, fragt Arne ungläubig, aber Margarete Janssen hat seine Anwesenheit schon vergessen und ihren Blick wieder aus dem Fenster gerichtet. Arne drückt die Klinke herunter und schließt leise die Tür hinter sich.

Marius lehnt über seinem Zeichenbrett, ganz vertieft in seine Arbeit. Wie immer, wenn er sich auf etwas konzentriert, fährt seine Zungenspitze über seinen Mundwinkel, und ein Grübchen bildet sich zwischen seinen zusammengezogenen Augenbrauen. Neben ihm liegen griffbereit Zirkel und diverse Lineale, ein Bleistift. Eine gleißende, nachmittägliche Frühlingssonne fällt durch das schräge Dachfenster auf seinen Arbeitsplatz, Staubfussel tanzen in ihrem Lichtkegel. In der Wohnung riecht es noch immer nach frischer Farbe, obwohl sie schon drei Wochen zuvor eingezogen sind. Jakob lümmelt sich ausgestreckt auf dem Teppich, die Ellenbogen aufgestützt, schlürft eine Cola und blättert durch die neueste Ausgabe der *Zeit*, während Truman, der schwarzweiß gefleckte junge Kater, der seit Neuestem ihr Leben teilt und sich auf den Zeichentisch gehockt hat, jede Handbewegung von Marius mit Argusaugen beobachtet. Es ist ganz still, nur das kratzende Geräusch von Bleistift auf Papier unterbricht die Ruhe.

Dann, plötzlich, explodiert die Stille in tösendem Chaos. Trumans Pfote schnellt nach vorne und hangelt nach dem Radiergummi neben Marius' Arm. Der Radierer springt vom Tisch und wird tollpatschig von Truman verfolgt. Im Eifer des Gefechts reißt er das Marmeladenglas vom Tisch, in dem Marius seine Stifte aufbewahrt, sie regnen auf den Boden, und der Kater, überrascht von der Kettenreaktion, die er ausgelöst hat, nimmt fauchend Reißaus und flüchtet mit angelegten Ohren unter das Sofa im Wohnzimmer. Marius und Jakob sehen sich an und fangen an zu lachen.

„Es ist schon wieder passiert", sagt Jakob. Er liegt auf der Couch in Silky Legs' Praxis, und seine Hände wischen unruhig über seine Oberschenkel. „Ich habe diesen Mann auf der Straße gesehen. Er kam in Begleitung einer Frau aus einem Schuhgeschäft. Dabei habe ich ihn nur von hinten gesehen.

Aber er hatte den gleichen wiegenden Gang wie Marius, ungefähr die gleiche Größe, dieselbe Haarfarbe und denselben Haarschnitt."

„Und dieser Anblick hat bei Ihnen die Erinnerung an Ihren Freund ausgelöst?" Die Therapeutin sitzt in einem angemessenen Abstand hinter seinem Kopf, wie immer mit Notizblock und Stift bewaffnet.

„Es geschieht immer schlagartig, wie ein Überfall. Ich bin nie darauf vorbereitet." Jakob seufzt unglücklich.

„Es ist doch eigentlich ein schönes Bild. Die Frühlingssonne, die Ruhe, das Familienleben ... es strahlt Glück aus. Was stört Sie daran?"

Jakob schweigt.

„Herr Brenner?"

Aber Jakob will nicht zugeben, dass die Erinnerung eine trügerische ist. Er will nicht zugeben, dass es die letzte unbeschwerte Erinnerung an seine Beziehung mit Marius ist. Dass er am Abend jenes Tages Stefan kennengelernt hat.

„Ich würde Ihnen für unsere nächste Sitzung gerne eine Hausaufgabe mit auf den Weg geben", sagt Silky Legs.

„Bin ich in der Schule oder was?", braust er auf.

Die Therapeutin ignoriert seinen Protest. „Schreiben Sie die Erinnerungen an Marius auf. All die Bilder, die Ihnen im Kopf herumspuken. Setzen Sie sich hin und bringen Sie sie zu Papier. Die guten und die schlechten Erinnerungen."

„In der richtigen Reihenfolge?" Jakob glaubt, sie erwarte eine Chronologie der Ereignisse, und er bezweifelt, dass er nach so vielen Jahren das jeweils passende Datum zuordnen kann.

„Das ist völlig egal. Es geht um die Erinnerungen an sich. Es geht ums Aufschreiben."

„Und wozu soll das nütze sein?"

„Tun Sie es einfach." Silky Legs klappt ihr Notizbuch zu, und Jakob weiß, dass die Sitzung für heute beendet ist.

Während die Therapeutin sofort den Raum verlässt, rappelt er sich mühsam von der Couch hoch und fährt sich mit den Händen durchs Gesicht. Auf dem Weg nach draußen schaltet er sein Handy ein und checkt es nach eingegangenen SMS und Anrufen. Aber niemand hat versucht, sich mit ihm in Verbindung zu setzen, auch nicht Arne oder Philip. Nach wie vor befindet sich sein Leben in einer Art Schwebezustand; schwerelos und ohne Ziel treibt er zwischen Vergangenheit und Zukunft, wie ein Luftballon, der einer unachtsamen Kinderhand entglitten und zu einem Spielzeug des Windes geworden ist. Die Vorstellung verursacht ihm Übelkeit.

II. Geisterbeschwörung

Lying in my bed I hear the clock tick,
and think of you
Caught up in circles, confusion –
is nothing new,
Flashback – warm nights –
almost left behind
Suitcases of memories,
Time after –

Cyndi Lauper – Time after Time

Jakob hat seinen Schreibtisch aufgeräumt, um für sein Vorhaben Platz zu schaffen. Wobei das Wort „aufräumen“ großzügig interpretiert ist. Eigentlich hat er nur den Wust der Unterlagen, die sich um den Monitor seines Rechners stapeln, zur Seite geschoben, hat Stifte, Notizzettel, Rechnungen, CD-Rohlinge und Kalender mit seinem Ellenbogen an das linke Ende des Tisches verbannt, bis die Arbeitsplatte wieder zum Vorschein kam. Auch die Fotos aus dem Karton in der Abstellkammer hat er wieder herausgekramt, als Gedächtnisstütze, als Halt. Sie liegen auf dem Boden neben ihm, kreuz und quer verstreut wie buntes Herbstlaub, das in seine Wohnung geweht wurde.

Anfangs wollte er seine Erinnerungen an Marius auf dem Computer niederschreiben, aber nachdem er eine Viertelstunde auf ein geöffnetes, leeres Word-Dokument gestarrt und den blinkenden Cursor hypnotisiert hat, hat er den PC ausgeschaltet und Maus und Tastatur auf den nutzlosen Haufen zu seiner Linken geräumt. Es fühlte sich nicht richtig an, Marius einem Computer anzuvertrauen. Zu verführerisch ist die Gefahr des schnellen Korrigierens, der Schönfärberei. Mit ein paar einfachen Tastenberührungen wird aus Wahrheit Fälschung, aus Ehrlichkeit Lüge. Jetzt liegen ein Kugelschreiber und ein Blatt Papier vor ihm, ebenfalls leer, weiß und unbeschrieben, und Jakob muss einsehen, dass sein eigenes Zögern, sein eigener Widerwille der Grund ist, warum sich die Seite nicht mit Worten füllt.

Vielleicht kann er Silky Legs beim nächsten Termin einfach sagen, dass er noch keine Zeit gehabt hat, ihrer Aufforderung Folge zu leisten? Oder er könnte eine Erkältung vortäuschen, die ihn zu Bettruhe und Nichtstun gezwungen hat. Aber die Therapeutin würde seine Ausrede durchschauen, ihn vor sich selbst bloßstellen, ihn mit Stille und Schweigen bekämpfen, bis er anfinge zu reden. Besser, selbst die Kontrolle zu haben, seine Gedanken zu lektorieren, zu zensieren, wenn nötig. Also schreiben.

Brüsk hascht er nach einer Erinnerung an Marius und zwingt sie mit ungelenken Fingern auf Papier. Doch als er den ersten vollständigen Satz liest, zuckt er erschrocken zurück. Gerade noch sind die Worte wie durchs Licht angezogene Nachtfalter in seinem Kopf herumgeschwirrt, lebendig und zart, doch nachdem er sie eingefangen hat, kommen sie ihm vor wie die aufgespießten Insektenleichen in einem Schaukasten, starr, reglos, nur noch ein Schatten ihrer selbst.

Er zerknüllt das Blatt Papier und bemüht sich, seinen Unwillen zu vergessen, wirft einen Blick auf die Fotos zu seinen Füßen, atmet tief ein und beginnt erneut. Diesmal gelingt es ihm besser; die Worte, die er jetzt niederschreibt, sind wie Fische in einem Aquarium – manche bunt, manche unscheinbar, aber immerhin sind sie alle lebendig.

Es ist eine Postkartenidylle, fast kitschig schön: Ein rot getünchter Abendhimmel, die Sonne geht im Westen hinter ein paar Schleierwolken unter, fett und rund wie eine Apfelsine. Wir sind in Florenz, im Spätsommer 1987, auf einem ziemlich abschüssigen Campingplatz etwas außerhalb der Stadt, kurz vor dem Ende unseres Italienurlaubs. Marius hat unser schmales 2-Mann-Zelt aufgebaut – ich glaube, es war blau –, während ich auf dem kleinen Gaskocher Nudeln mit Tomatensoße fürs Abendessen gemacht habe. Die Nudeln waren total pampig, und ich war wütend auf mich selber. Marius hat kein Wort darüber verloren und hat sie kommentarlos gegessen, und das hat mich nur noch mehr verärgert.

Gegen zehn Uhr, als es langsam dunkel wurde und wir schlafen gehen wollten, begann plötzlich laute Musik zu spielen (also wirklich richtig laut, dass einem die Ohren abfielen). Erst da haben wir gemerkt, dass wir in der Nähe eines Stadions oder eines alten Amphitheaters campierten. Madonna war gerade mit ihrer „Who's that Girl"-Tour in Italien, und wir konnten das ganze Konzert mithören, von „True Blue" über „Like a Virgin" bis „Papa Don't Preach". Die Italiener waren ganz verrückt nach Madonna damals, weil sie italienische Wurzeln hat. Als sie „Live to Tell" gesungen hat, eins von ihren wenigen langsamen Stücken, hat Marius angefangen zu schluchzen. Ich habe so getan, als hätte ich nichts bemerkt, weil ich unsere Tränen nicht mehr ertragen konnte.

Mitten in der Nacht hat es dann wie aus Eimern geschüttet, der erste Regen in der Toskana seit mehr als einem Monat. Unser Zelt am Abhang ist von den Wassermassen weggerissen worden, alle Klamotten waren total durchnässt. Ich hatte kein einziges Paar trockene Schuhe am nächsten Morgen und musste auf feuchten Espandrillos durch die Medici-Kapellen laufen. Überall auf dem kostbaren Marmorboden waren meine Fußabdrücke zu sehen.

Ungefähr zur selben Zeit, vielleicht ein paar Monate früher, auf jeden Fall, bevor Marius und ich zusammengezogen sind: Ich habe noch in dem kleinen 1-Zimmer-Apartment im Belgischen Viertel gewohnt. Anstatt meine Vorlesung am Freitagnachmittag zu besuchen, habe ich auf der Uniklappe jemanden abgeschleppt und mit zu mir nach Hause genommen. Christoph, so einen kleinen, drahtigen Blondschopf, ein Jurastudent, den Marius und ich aus der Szene kannten und auf den ich schon lange scharf war. An den Sex kann ich mich nur noch vage erinnern, wohl aber an das, was danach passiert ist. Als wir fertig waren, ist Christoph unter die Dusche gesprungen. Ich wollte gerade das Bett aufräumen, als die Wohnungstür aufging und Marius im Flur stand. (Er hatte einen Schlüssel von der Wohnung.) Ich glaube, mir sind alle Gesichtszüge entglitten, weil ich erst am Abend mit ihm gerechnet hatte. Marius hat sofort gecheckt, dass etwas nicht stimmte, und dann hat er das Wasser im Bad rauschen hören. Er hat die Badezimmertür geöffnet, den Duschvorhang zur Seite geschoben – und sich bepisst vor Lachen. Dann hat er ganz cool Christoph begrüßt, ist aus dem Bad herausgekommen und hat grinsend gesagt, dass er eine Viertelstunde spazieren geht. Ich habe gedacht, er kommt nie wieder – auch wenn wir bewusst keine monogame Beziehung hatten. Als Christoph ziemlich verstört verschwunden war und Marius wieder auftauchte, wusste ich vor Erleichterung gar nicht, wohin mit mir.

Jakob unterbricht und schüttelt sein schmerzendes Handgelenk aus. Er ist es nicht mehr gewöhnt, lange Texte mit der Hand zu schreiben. Wann hat er den letzten Brief verfasst? Vor zehn Jahren, vor zwanzig? Es erscheint ihm wie eine aussterbende Schriftform. Wenn es auf der Welt in den nächsten hundert Jahren zu einer Katastrophe kommt – und Jakob ist überzeugt davon, dass es eine geben wird; im Moment tippt er auf das Klima, früher hat er fest mit einem Atomkrieg gerechnet – und spätere Archäologen Ausgrabungen unternehmen, werden sie von den westlichen Zivilisationen des 21. Jahrhunderts keine schriftlichen Überlieferungen finden, sondern nur verrottete, unlesbare Mikrochips.

Clinton schnurrt um seine Beine und springt dann mit einem Satz auf den Tisch, reibt den Kopf fordernd an seinem Arm. Jakob sieht auf die Uhr: Der Kater hat Hunger, übers Schreiben hat er vergessen, seinen Fressnapf zu füllen. Er geht in die Küche, gibt Clinton eine halbe Dose Katzenfutter und macht sich einen Tee, Red Chai, seine Lieblingssorte. Draußen verabschiedet sich der Tag; die Straßenlaternen leuchten auf, als Jakob gedankenverloren und mit einem dampfenden Becher in der Hand an den Schreibtisch zurückkehrt. Sein Unwille ist fürs Erste einer überraschten Konzentration gewichen. Er hat vergessen, sich zu fragen, warum seine Therapeutin ihn aufgefordert hat, über Marius zu schreiben.

Für den Moment ist ihm daran gelegen, die Erinnerungen so präzise wie möglich festzuhalten. Wie der Regisseur eines Dokumentarfilms gefällt er sich in der Rolle des neutralen Beobachters.

Eine der wenigen guten Erinnerungen an unsere gemeinsame Wohnung, also 1988 oder später. Es war Nachmittag und Marius hat auf dem Bett in seinem Zimmer gelegen und einen alten Ralf-König-Comic gelesen, während ich in meinem Zimmer an irgendeinem Thesenpapier für ein Geschichtsseminar gearbeitet habe. Zwischendurch habe ich ihn immer mal wieder glucksen und kichern hören. Dann plötzlich ein Wiehern und Klopfen, das überhaupt nicht mehr aufhörte, und ich bin panisch zu ihm gerannt, in der Annahme, es wäre irgendetwas passiert. Ich habe immer das Schlimmste angenommen, bin immer vom größten anzunehmenden Unglück ausgegangen. Aber Marius hat sich nur vor Lachen gekrümmt und mit der Faust auf den Rahmen seines Bettes geschlagen. Er hatte den Comic mit der Banane im Arsch wiederentdeckt.

Klopfen. Das erinnert mich an etwas anderes, vielleicht zur selben Zeit. Marius hatte die Nacht in seinem eigenen Bett verbracht, weil er sich am Abend nicht besonders gefühlt hatte. Am Morgen wurde ich wach, weil die Heizung neben meinem Schreibtisch so merkwürdige, scheppernde Geräusche von sich gab. Genau, es muss irgendwann im Sommer gewesen sein, denn ich erinnere mich, dass ich mich gewundert habe, weil wir die Heizung noch gar nicht aufgedreht hatten.

Ich bin aufgestanden und in die Küche gegangen, um Kaffee aufzusetzen, und dabei habe ich ein lautes Klopfen und Stöhnen aus Marius' Zimmer gehört. Als ich seine Tür öffnete, lag er völlig verkrampft und halbnackt auf seinem Bett, in der Hand eines seiner Matchboxautos, mit dem er gegen die Heizung schlug.

„Endlich!", hat er gekeucht. „Ich brülle mir seit Stunden die Lunge aus dem Leib! Wieso hörst du mich nicht?"

„Weil ich geschlafen habe. Was ist mit dir?"

„Ich habe einen Hexenschuss. Ich kann mich nicht mehr bewegen."

Ich musste meinen Hausarzt anrufen, der dann eine Stunde später kam und Marius eine Spritze gegeben hat.

Am nächsten Tag, als die Schmerzen besser waren, konnte Marius über die Szene auch lachen.

Eine ganz kurze Erinnerung, wie ein zufälliger Schnappschuss, nicht mehr als ein paar Sekunden lang. Nach Marius' Tod habe ich eine Zeitlang tatsächlich gedacht, das Bild existiere als Fotografie, und habe es überall gesucht. Aber es ist wohl doch nur in meinem Kopf vorhanden, wenn auch so scharf, dass ich manchmal denke, ich könnte danach greifen.

Marius liegt ausgestreckt (und angezogen) auf seinem Bett, die Arme weit ausgebreitet, und ruft mit einem breiten Grinsen fordernd: „Kuscheln! Kuscheln!". Die Szene hat etwas Unschuldiges, Kindliches, und ich fühle mich gleichzeitig angezogen – weil er mich will – und abgestoßen – weil er sich so gar nicht männlich verhält, so gar nicht dem Bild entspricht, das ich von ihm habe: stark, kraftvoll, unabhängig.

Schon wieder was mit Regen, und weil unser Kater die Hauptrolle spielt, kann ich die Szene auf 1988 oder später datieren.

Trumi hatte immer die Angewohnheit, über die geöffneten Dachfenster unserer Wohnung auszubüxen und stundenlang die Dächer der anderen Häuser zu inspizieren. Wir haben dabei jedes Mal Höllenängste ausgestanden, dass er versehentlich in einer fremden Wohnung landen oder in einen Kamin fallen könnte.

An dem Nachmittag zog urplötzlich ein Gewitter auf, während Trumi noch draußen war. Marius ist auf den Balkon gegangen und hat ihn gerufen und dabei mit einer Schachtel Trockenfutter gerappelt. Als dann die ersten dicken Tropfen fielen, kam Trumi in einem Affenzahn vom Dachfirst über das schräge Dach geschossen, aber das Wasser hatte die Dachziegeln glitschig gemacht, und die Katze verlor ihren Halt und schlidderte über das Dachende hinweg. Nur mit den Vorderpfoten konnte sie sich gerade noch an der Regenrinne festhalten. Unter ihr ging es fünf Stockwerke in die Tiefe. Marius hat die Schachtel mit dem Trockenfutter fallenlassen und sich so weit wie möglich über die Balkonbrüstung gelehnt, aber er konnte Trumi nicht erreichen. In seiner Verzweiflung hat er Trumi wie einem Kind zugeredet und ihn mehr oder weniger angefeuert, nicht aufzugeben, nicht loszulassen. Und tatsächlich hat sich Truman hochziehen und in die Regenrinne retten können. Dabei hat er Marius nicht einen Moment lang aus den Augen gelassen. Kurz darauf hat er pitschnass und zitternd in Marius' Armen gehockt. Ich habe keine Erinnerung daran, was ich getan habe. Bin ich einfach nur im Hintergrund geblieben und habe alles beobachtet?

Die Pose des objektiven Betrachters, des nüchternen Berichterstatters, lässt sich nur kurz aufrechterhalten. Gerade diese letzte Erinnerung macht Jakob ein weiteres Mal deutlich, was er verloren hat. Seine Augen glänzen feucht und er muss innehalten, um sich zu sammeln. Was bezweckt Silky Legs mit dieser albernen Übung? Dass er sich noch mieser fühlt? Für einen Augenblick ist der Gedanke, das ganze Geschreibsel einfach zu zerreißen und in den Mülleimer zu werfen, ein verführerischer. Aber er kann nicht. Je länger er am Schreibtisch sitzt, desto mehr Erinnerungen an Marius fallen ihm ein. Dinge, an die er seit Jahren nicht gedacht hat. Dinge, von denen er glaubte, sie vergessen zu haben. Es ist, als hätte er einen Wasserhahn aufgedreht und besäße jetzt nicht mehr die Kraft, ihn zu schließen. Der Druck der Wassermassen, die aus dem Hahn schleudern, ist einfach zu groß.

Sex. Ich glaube, wir haben alles ausprobiert, was es gibt. Golden Shower, SM, Rollenspiele, völlig egal. Marius war genauso experimentierfreudig wie ich.

Wir waren nachts zusammen am Aachener Weiher, es war warm, aber stockdunkel, also irgendwann im Hochsommer. Im Gras haben die Grillen gezirpt wie verrückt, und hundert Meter entfernt haben die Heteros auf der Wiese Lagerfeuer gemacht und Bier getrunken.

Marius und ich sind getrennt auf Männersuche gegangen. In dem Wäldchen gab es richtige Trampelpfade, die beliebtesten Stellen konnte man an den gebrauchten Tempos und Parisern erkennen. Zu der Zeit war der Aachener Weiher als Cruising-Gelände so beliebt, dass man am Wochenende manchmal Schwierigkeiten hatte, einen freien Baum zu finden, unter dessen Schutz man es treiben konnte.

Ich hatte mit einem Typen was angefangen und war gerade mittendrin, als ich aus den Augenwinkeln mitbekommen habe, dass uns Marius aus einiger Entfernung beobachtete. Zuerst dachte ich, er ist eifersüchtig und macht mir gleich eine Szene, aber dann habe ich gemerkt, dass er sich daran aufgegeilt hat, wie ich von dem anderen Kerl gefickt werde. Das wiederum hat mich auch geil gemacht. Als der andere abgespritzt hatte, hat Marius mich am Kragen gepackt und ins nächste Gebüsch gezerrt, mit den Worten: „Und jetzt mach ich dich fertig, du Sau!" Mann, das war ... heute ist am Weiher gar nichts mehr los, glaube ich.

Eine Szene ganz zu Anfang unserer Beziehung. Ich wohnte noch in der WG in Deutz und Marius und ich kannten uns erst ein paar Wochen. Wir haben auf dem hässlichen braunen

Sofa gehockt, das in der Möblierung des Zimmers enthalten war und bei dem man immer die Sprungfedern unter dem Hintern gespürt hat. Ich erinnere mich an die Stimmen von Ralf und Amir, die aus der Küche gedämpft zu uns drangen. Marius und ich haben uns die „Schwarzwaldklinik" angesehen. Ich hatte einen uralten, kleinen Schwarz-Weiß-Fernseher mit einer Zimmerantenne. Ich habe meinen Kopf an Marius' Schultern gelegt und bin eingeschlafen …

Jakob zögert. Die letzte Erinnerung ist fehlerhaft, trügerisch. Zumindest unvollständig. Er könnte sie so stehen lassen; durch die Verschriftlichung erhielte sie einen zusätzlichen Wahrheitsanspruch. Die Therapeutin würde die kleine Lüge nicht bemerken. Doch es geht nicht. Selbst, wenn es nur eine winzige, kaum ins Gewicht fallende Verdrehung der Tatsachen ist: Gerade, weil er sie zu Papier bringt, gerade, weil er seine Erinnerungen an Marius in Buchstaben und Wörter gießt, fühlt sich Jakob verpflichtet, sie korrekt darzustellen. Die Vorstellung, beim Schreiben eine bessere Kontrolle ausüben, einen Filter benutzen zu können, der ihn in einem positiven Licht erscheinen lässt, war genau das: nur eine Vorstellung, eine Illusion. Er streicht den letzten Satz und ersetzt ihn durch die Wahrheit.

… Ich habe meinen Kopf an Marius' Schultern gelegt und so getan, als wäre ich eingeschlafen, habe tiefe und regelmäßige Atemzüge vorgetäuscht. Marius hat den Betrug nicht bemerkt, er hat geglaubt, ich wäre wirklich vor lauter Müdigkeit eingeschlummert. Ich habe gespürt, wie er sich vorsichtig bewegt, um mich nicht aufzuwecken, habe seine Hand auf meiner Schulter gespürt, und dann habe ich gehört, dass er geflüstert hat: „Wie süß!" Es war wie ein Sieg. Ab diesem Moment war ich mir seiner sicher.

Mein sechsundzwanzigster Geburtstag, also Ende 1987. Wir hatten schon mit der Sanierung unserer zukünftigen Wohnung begonnen, aber ich wohnte noch im Belgischen Viertel. Die Stimmung war schon die ganze Woche angespannt, Marius und ich waren beide ziemlich k.o. Er hatte die Nacht nicht bei mir, sondern bei seinen Eltern verbracht, was mich zusätzlich verärgerte. Ich wollte nicht allein aufwachen am Morgen meines Geburtstags. Am Vormittag kam Marius mit sechsundzwanzig roten Rosen im Arm zu mir, doch anstatt mich darüber zu freuen, fand ich die Geste zu theatralisch, zu tuntig. Ich hatte Probleme damit, als Mann Blumen geschenkt zu bekommen.

Am Abend war meine Laune noch immer nicht besser geworden, trotzdem hatte ich mir vorgenommen, etwas Besonderes zu kochen – auch wenn ich damals noch keinen blassen Schimmer vom Kochen hatte, abgesehen von Kartoffelsalat, den konnte ich schon immer. Ausgerechnet eine andalusische Fischsuppe wollte ich machen, was natürlich total in die Hose ging. Die Suppe war versalzen, der Fisch noch halb roh, und ich habe schließlich alles ins Klo geschüttet. Danach hatte ich eine Stinklaune, die ich so lange an Marius ausgelassen habe, bis er anfing zu heulen und mir vorwarf, dass ich alles kaputt mache. Erst da bin ich zu mir gekommen und habe mich entschuldigt.

Wir hatten Besuch, ich habe unsere Küche und unser Wohnzimmer mit den Dachbalken vor Augen. Kurz nach unserem Einzug im Frühjahr 1988; alles roch noch neu. Sascha war da, natürlich, mein bester Freund, und Klaus und Helmut. Wir haben zusammen gekocht, na ja, ich hab mich eigentlich mehr um die Getränke gekümmert. Ich erinnere mich, dass Marius am Morgen einen allerersten rötlich-braunen Fleck auf seiner Haut entdeckt hatte. Wir wussten genau, was es ist.

„Die Pest", hat er geflüstert. „Ich habe die Pest", und hat mit zitternden Fingern über den Fleck gestrichen. Ich sehe noch immer den ungläubigen Schock in seinem Gesicht. Und noch immer schäme ich mich meines völlig unzureichenden Mitgefühls, denn anstatt ihn zu trösten, war ich genervt, weil er sich erst kurz vorher von einer schweren Erkältung erholt hatte. Zu dem Zeitpunkt hatte er andauernd irgendwas, und ich wollte einfach mal entspannen und nichts wissen von Kranksein, Infektionen und dem ganzen Zeug.

„Lass dir nichts anmerken", habe ich befohlen. „Wir kriegen Besuch."

Er hat mich groß angesehen und genickt.

Es lief schon eine Weile nicht mehr so gut zwischen uns. Ich glaube, ich fühlte mich eingeengt und irgendwie ausgeliefert, als ob der Rest meiner Zukunft schon festgeschrieben wäre. Und Marius wurde immer abhängiger von mir, hat geklammert, was mich noch weiter von ihm entfernt hat. Aber an diesem Abend haben wir uns noch mal zusammengerissen. Das Essen war gut – irgendwas mit Pute, glaube ich –, und wir haben alle ziemlich viel getrunken und Blödsinn gemacht und gelacht, sogar Marius, nur Sascha war stiller als gewöhnlich.

Am nächsten Mittag hatte ich einen ziemlichen Kater. Ich weiß noch, dass ich das Leergut zum Altglas-Container gebracht habe, es waren zehn Flaschen Wein. Und als ich zurückkam, hat mich Marius schon an der Tür abgefangen und gesagt, dass gerade das Telefon geklingelt hat. Sascha hatte sich umgebracht, nachdem er am Tag zuvor sein positives Testergebnis erhalten hatte. Er ist vom Balkon seiner Wohnung gesprungen, zehnter Stock, Unicenter-Hochhaus. Die ganze Zeit hat er am Abend mit uns zusammengesessen und kein Wort gesagt.

Für ein paar Wochen hat das Marius und mich noch mal einander näher gebracht.

Jakob hat gar nicht gemerkt, wie schnell die Zeit vergangen ist, während er schreibt. Erst der anbrechende Abend erinnert ihn daran, dass es Zeit ist, seine Medikamente zu schlucken. Die Einnahme ist zu einer Gewohnheit geworden, zu einer Alltagshandlung, über die er nicht mehr nachdenkt. Eine blaue Tablette, eine weiße, eine bunte, möglichst regelmäßig, möglichst im Abstand von zwölf Stunden. Aids ist zu einer chronischen Krankheit degradiert worden so wie Bluthochdruck, Asthma und Osteoporose.

Er ist dankbar für die Pause. Mittlerweile pulsiert ein dumpfer Schmerz in seinem Handgelenk und seine Wirbelsäule ist das lange, gebückte Sitzen auch nicht gewöhnt. Abgesehen von dem matten Schein der Schreibtischlampe ist die Wohnung in Dunkel gehüllt. Hin und wieder springen Schatten die Wände entlang, wenn das Licht eines vorbeifahrenden Autos von den gegenüberliegenden Häusern reflektiert und nach oben geworfen wird. Der Kater hat sich auf dem Sofa zusammengerollt und schläft; seine Ohren zucken, als Jakob auf Strümpfen an ihm vorbeiläuft. Irgendwo auf der Straße vier Stockwerke unter ihm scheppert eine Blechdose den Asphalt entlang, und Jakob meint eine Stimme seinen Namen rufen zu hören, aber als er an eines der Fenster zur Straßenseite tritt, ist Nebel aufgezogen und versperrt ihm die Sicht. Wahrscheinlich nur ein paar betrunkene Rowdys, wahrscheinlich hat er sich verhört.

Nachdem er aus dem Badezimmer zurückkommt, bleibt Jakob einen Moment unentschlossen vor dem Schreibtisch stehen. Er hat schon lange nicht mehr an Sascha gedacht, und er fürchtet sich vor den nächsten Erinnerungen. Nach Saschas Tod schien alles bergab zu gehen, als hätte das Schicksal nur auf den Startschuss gewartet.

Marius' Eltern waren bei uns zu Besuch, irgendwann, nachdem wir wieder zusammen waren, also wahrscheinlich Anfang 1989. Wir hatten einen Stuhl in die zweite Etage des Treppenhauses gestellt, damit sie sich auf dem Weg nach oben in den fünften Stock ausruhen konnten. Ich erinnere mich, dass Marius damals schon nicht mehr zum Studium nach Koblenz gefahren ist, weil er ansonsten seine vielen Arzt- und Behandlungstermine nicht geschafft hätte. Seinen Eltern hat er das natürlich verheimlicht, die durften nichts von alldem wissen.

Beim Kaffeetrinken blinzelte Marius' Mutter durch ihre Brille und deutete dann plötzlich auf ein Kaposi-Sarkom an seiner Schläfe. „Hast du dich gestoßen, mein Junge?", hat sie gefragt. Marius hat mich hilflos angesehen. Einen Tag zuvor hatte er sich extra Theaterschminke besorgt, damit die Flecken nicht auffielen, und vor dem Besuch seiner Eltern hat er eine Viertelstunde im Badezimmer versucht, die Flecken zu übertünchen, ohne Erfolg. Er wollte gerade irgendwas sagen, irgendwas, was seine Eltern ablenkt, nehme ich an, als ihm sein Vater das Wort abgeschnitten hat.

„Spätpubertäre Akne", hat er mit einem dröhnenden Lachen gesagt.

„Friedhelm, das ist doch Unsinn", hat Frau Janssen erwidert. „Der Junge ist ein erwachsener Mann."

Auf der einen Seite waren wir beide unglaublich froh, dass das Thema damit erledigt zu sein schien, auf der anderen Seite hätte ich seinen Eltern am liebsten die Fresse poliert. Weil sie sich mit so einer Albernheit zufrieden gaben.

Ich weiß bis heute nicht, ob sie wirklich zu alt, zu weltfremd waren, um zu verstehen, was vor sich ging, oder ob sie einfach nicht verstehen wollten. Selbst später, als Marius schon Jahre tot war und auch sein Vater nicht mehr lebte, hat mich seine Mutter bei meinen monatlichen Anstandsbesuchen immer wieder gefragt, woran Marius denn eigentlich gestorben sei. Und jedes Mal, wenn ich versucht habe zu erklären, dass er Aids gehabt hat, hat sie mich mit so einem merkwürdigen, ungläubigen Lächeln angesehen und gesagt: „Aber, Herr Jakob, woher soll er so was denn gehabt haben?"

Irgendwann habe ich diese Fragen nicht mehr ausgehalten und meine Besuche eingestellt.

Eine späte Erinnerung, vielleicht vier Wochen vor Marius' Tod. Ich bin von der Uni nach Hause gekommen, irgendwann an einem frühen Abend, ziemlich müde und abgespannt. Als ich die Tür aufschloss, hörte ich schon die würgenden Geräusche aus dem Badezimmer. Marius hing über der Kloschlüssel, die Hände um das Becken gekrallt. Am Morgen hatte er seine erste Chemotherapie erhalten. Seine Stirn war klatschnass geschwitzt, die Haare klebten an seinem Kopf. Als ich ihn angefasst habe, habe ich gemerkt, dass er vor Fieber glühte. Er hatte diesen hoffnungslosen, verzweifelten Blick in seinen Augen, als er mich angesehen hat. Ich habe ihm hochgeholfen und in sein Zimmer geschleppt – wenn er krank war, wollte er immer allein schlafen, in seinem Einzelbett in seinem Zimmer, sonst haben wir die Nacht immer im Doppelbett in meinem Zimmer verbracht – und habe ihn warm eingepackt, weil er inzwischen zitterte. Danach habe ich einen Eimer neben das Bett gestellt und Marius Tee eingeflößt. Die ganze Zeit haben wir nicht ein Wort miteinander geredet. Zum einen war es nicht nötig, zum anderen hätte keiner von uns beiden gewusst, was er hätte sagen sollen. Trumi ist auf das Kopfkissen gesprungen und wollte Marius trösten und fing an, ihm durchs Gesicht zu lecken.

„Nimm ihn weg", hat Marius plötzlich gekeucht, „sonst steckt er sich an meinem Schweiß an."

Es ist fast zu viel. Jakob spürt, dass es seine Kräfte übersteigt, diese Erinnerungen aufzuschreiben. Alles kommt wieder, alles stürzt erneut auf ihn ein. Die Angst, die Hoffnungslosigkeit, die Trauer dieser Jahre. Und über all diesen Emotionen das alles durchdringende Gefühl der Irrationalität, des Unglaubens, des Nicht-Wahrhaben-Wollens. Dass so etwas wirklich geschehen konnte, dass es ausgerechnet ihnen passierte.

„Ich kann das nicht“, murmelt er und starrt aus dem Fenster. „Ich will das nicht.“ Und doch klammern sich Zeigefinger und Daumen wieder um den Kuli und reichen Silky Legs zwei letzte Erinnerungen zum Sezieren an.

Manche Daten sind ja im kollektiven Gedächtnis eines Volkes gespeichert. Meine Mutter zum Beispiel weiß noch genau, was sie an dem Tag gemacht und gedacht hat, als die Mauer gebaut wurde, meine Großmutter konnte sich noch genau an den Tag erinnern, als sie die erste D-Mark nach der Währungsreform in der Hand hielt. Der 9. November 1989, der Tag, an dem die Mauer gefallen ist, ist auch so ein Datum.

Marius und ich haben abends vor dem Fernseher gesessen und uns das Schauspiel live und in Farbe angesehen. Marius hat seinen weißen Bademantel getragen; sein Gesicht war voller Kaposi-Sarkome, überall rötlich-braune Schwellungen. Aber zumindest für den Moment hatten wir unsere eigenen Sorgen vergessen, weil wir doch von dem, was sich vor unseren Augen entfaltete, gefesselt waren. Die Fassungslosigkeit der Reporter war zu spüren, genau wie die der Menschen, die plötzlich zu Fuß oder in ihren Trabis durch die Grenzübergänge gelassen wurden und in den Westen hinüberschwappten. Und dann die ersten Leute, die johlend und grölend auf die Mauer kletterten, Bierflaschen und Deutschlandfahnen schwenkten, während im Hintergrund die Vopos standen und ganz offensichtlich nicht den leisesten Schimmer hatten, wie sie mit dieser Situation umgehen sollten.

„Ist ja doch irgendwie rührend, sich das anzusehen“, hat Marius gesagt. Zum ersten Mal seit Wochen habe ich ihn lächeln sehen in diesem Moment.

Und dann hat er die Arme hinter dem Kopf verschränkt, und ich habe bemerkt, wie sein Lächeln plötzlich erstarrte. Er nahm die Hände vom Hinterkopf und hielt ein Büschel Haare in den Fingern. „O nein", hat er geflüstert, „nicht das."

Meine allerletzte Erinnerung an Marius ist eine Einbildung, ein Streich, den mir meine Gehirnzellen gespielt haben. Ein paar Tage nach seinem Tod, aber noch vor seiner Beerdigung. Genauer gesagt, am Morgen seiner Beerdigung. Ich bin aufgewacht, und in der Wohnung war alles ganz still. Ich weiß noch, dass ich mich gefragt habe, wie ich in Zukunft diese Stille aushalten soll. Den Kater hatten wir schon zur Pflege zu seinen Eltern gegeben, kurz bevor Marius ins Krankenhaus gekommen ist. Weil ich der Meinung war, keine Zeit zu haben, mich ausreichend um ihn zu kümmern. Um den Kater. Dann habe ich das Radio eingeschaltet, habe die Stimme des Moderators gehört und fühlte mich ein bisschen weniger einsam.

Ich hatte die Tage zuvor eigentlich ständig geheult, immer wieder, bei jeder Kleinigkeit habe ich mich quasi aufgelöst, gebadet in einem Ozean der Trauer. Aber jetzt, beim Aufwachen, ausgerechnet vor Marius' Beerdigung, wusste ich, dass ich nicht eine Träne weinen würde. Und gleichzeitig hatte ich keine Ahnung, wie ich diesen Tag durchstehen sollte. Ich erinnere mich daran, vor dem Kleiderschrank zu stehen und mit der Entscheidung, was ich anziehen sollte, völlig überfordert zu sein. Und dann war da auf einmal so ein warmes Gefühl um mich herum, und ich wusste genau, dass Marius mich von hinten umarmt, mich festhält.

Ich konnte es nicht ertragen. Es war einfach zu viel. Ich bin ausgerastet und habe die Luft angeschrien. „Geh weg!", habe ich gebrüllt. „Ich kann dich nicht sehen, ich kann dich nicht hören, ich kann dich nicht riechen! Und ich kann dich vor allen Dingen nicht anfassen! Also verschwinde! Sonst schaffe ich das alles hier nicht!"

Aber wie gesagt, wahrscheinlich waren es nur meine überstrapazierten Nerven, denen ich auf den Leim gegangen bin.

Jakob wischt sich die Tränen aus den Augen und lässt den Kuli fallen. Genug. Es ist genug. Er ist erschöpft, als hätte er einen ganzen Acker mit feuchter Erde umgegraben. Mehr kann er seiner Therapeutin nicht bieten. Und er hat schon mehr preisgegeben, als er eigentlich wollte. Nicht alles natürlich. Nicht das mit Stefan und nicht, wie es sich angefühlt hat, als Marius gestorben ist. Und dass es seine, Jakobs, Schuld ist, dass Marius nicht mehr lebt.

III. Schatzgräber

And if I only could
I'd make a deal with God
And I'd get him to swap our places

Kate Bush – Running up that Hill
(A Deal with God)

Feuchte Luft kriecht in der Nacht aus dem Flussbett und verhüllt die Stadt mit dünnen Nebelschwaden. Wie tanzende Irrlichter flackern die Straßenlaternen im Dunst, verschwinden und tauchen wieder auf. Arne bläst frierend in seine Hände; eigentlich würde er mit einem solchen Wetter im Herbst rechnen, aber dieser Frühling ist launisch. Er tröstet sich damit, dass für die kommenden Tage wärmeres Wetter vorhergesagt wurde.

Die Augen zu schmalen Schlitzen zusammengekniffen, beobachtet er das Licht in der Wohnung unter dem Dach. Es ist nur eine indirekte Lichtquelle, kaum wahrnehmbar, also muss Jakob im Arbeitszimmer sein, das nach hinten liegt. Er muss die Tür des Zimmers geöffnet haben, sodass der Schein seiner Lampe am Schreibtisch bis zu den Fenstern der Straßenseite quillt. Arne fragt sich, was Jakob um ein Uhr nachts am Schreibtisch macht, normalerweise geht er spätestens um Mitternacht schlafen. Und er fragt sich, was um alles in der Welt in ihn selbst gefahren ist. Warum er wie ein Spitzel in einem schlechten Hollywoodfilm zu nachtschlafender Zeit in den Schatten des gegenüberliegenden Hauses gelehnt seine eigene Wohnung ausspioniert; warum er wie ein liebestrunkener Tölpel darauf hofft, einen heimlichen Blick auf seinen Freund zu erhaschen. Von dem er sich doch getrennt hat. Weil er es nicht mehr ausgehalten hat. Eine Welle der Wut und Frustration brandet plötzlich durch seinen Körper, und er tritt gegen eine Blechdose, die mit lautem Scheppern vom Bürgersteig rollt. „Verdammt, Jakob!“, brüllt er. „Du schuldest mir was!“

Es wäre so einfach, den Schlüssel aus der Hosentasche zu kramen, die Straßenseite zu wechseln und die Tür aufzuschließen. Die Treppenstufen hinaufzusteigen und zu sagen: „Ich bin zurück.“ Doch Arne vergräbt die Hände in der Jackentasche und macht sich geschlagen auf den Weg zu seinem Apartment. Morgen wird er wieder zur Arbeit gehen.

Er ist lange genug fort gewesen, zu lange, um ohne Erklärungen weiter wegzubleiben. Eigentlich bräuchte er einen Anzug fürs Büro, ein frisches Hemd, eine Krawatte. Diese rein praktischen Erwägungen waren der Grund, warum er sich auf den Weg zu seiner Wohnung gemacht hat, vor drei Stunden. Er hatte sich vorgenommen, nur ganz kurz vorbeizuschauen, ein paar Sachen zu holen und wieder zu gehen und Jakob in dieser Zeit einfach zu ignorieren. Aber als er das Licht im Arbeitszimmer gesehen hat, ist er von seinem Mut verlassen worden, hat sich lieber die Beine in den Bauch gestanden und sich einen steifen Nacken geholt, während er wie hypnotisiert nach oben geschaut hat.

Arne schüttelt verärgert den Kopf, während er durch die schlafende Stadt läuft, vorbei an verdunkelten Kneipen, Häusern und Supermärkten. Er ist über fünfzig und hat die gefühlsmäßigen Verwirrungen eines Pubertierenden. Hört das denn nie auf? Er sehnt sich zurück nach einem normalen Leben mit Jakob, einem Leben, das nur in seiner Vorstellung, aber nie in Wirklichkeit existierte. Immer saß noch ein anderer mit am Tisch, lag mit ihnen im Bett. Arne hat ihn nur lange Zeit nicht sehen wollen. Und als er Marius' Anwesenheit nicht mehr ignorieren konnte, hätte er zu gerne die Augen geschlossen. Aber es ist so eine Sache mit Geistern: Wenn man ihrer erst einmal gewahr wurde, wird man sie nur schwerlich wieder los. Weil sie eigentlich gar nicht da sind.

Ohne es zu merken, ist Arne in der Altstadt gelandet, dort, wo auch um diese Zeit noch Leben herrscht. Nebelfetzen treiben an ihm vorbei. Neben dem Taxistand versorgt ein Dönerladen hungrige Nachtschwärmer mit den letzten Hammel- oder Hähnchenfleischtaschen; eine Fischbude hat ebenfalls noch geöffnet, Brötchen mit Hering und Backfisch liegen hinter der gläsernen Theke, drapiert auf welken Salatblättern. Zusammen mit einem Schwall Reggaemusik stolpert eine Gruppe junger Frauen mit unsicheren Schritten und viel Gegacker aus einem Club an die frische Luft. Die beiden Türsteher sehen ihnen halb sehnsüchtig, halb gelangweilt hinterher. Arne setzt sich auf eine Bank auf dem leergefegten Heumarkt. Von seiner Warte aus hat man einen guten Blick auf das Reiterdenkmal von König Friedrich Wilhelm III., eine Erinnerung an die preußische Vergangenheit der Stadt im 19. Jahrhundert. Die Stadt erinnert sich gern an vergangene Größe, schwelgt in der Pflege von Traditionen und ist doch oftmals nicht in der Lage, die Gegenwart zu meistern.

Er ist so in seine Gedanken versunken, dass er die torkelnde Gestalt anfangs gar nicht wahrnimmt, die plötzlich aus dem Nebel auftaucht, unsicher auf ihn zusteuert und sich dann neben ihn auf die Bank fallen lässt. Ein junger Kerl mit blonden Haaren, vom Alter her könnte er wahrscheinlich sein Sohn sein, und er ist offensichtlich ziemlich betrunken. Arne macht Anstalten aufzustehen; er hat kein Interesse daran, in Schwierigkeiten verwickelt zu werden.

Dabei ist er schon mittendrin, denn der Junge spricht ihn an. „He, Mann, warte mal." Sein Atem riecht nach Gummibärchen, und seine Hand greift nach Arnes Ärmel und zieht ihn zurück auf die Bank.

Arne streift die Hand ab. „Was soll das?", fragt er ungehalten.

Der junge Kerl schüttelt den Kopf und bedeutet ihm mit einer Bewegung zu warten, dann beugt er sich plötzlich nach vorne und übergibt sich auf das Straßenpflaster. Arne springt angeekelt zur Seite.

„Sorry", keucht der Junge und fährt sich mit dem Handrücken über den Mund. „Hat nichts mit dir zu tun. Zu viel Alkohol."

„Aha."

„Wodka-Red-Bull, um genau zu sein", informiert ihn der Junge mit schwerem Zungenschlag. „Mein Lieblingsgetränk." Er mustert Arne mit unverhohlener Neugier. „Du bist irgendwie niedlich. Wie ein zu groß geratener Teddybär. Und dann noch rote Haare. Putzig."

Ob das eine Anmache ist? Arne kann noch nicht einmal mit Bestimmtheit sagen, ob sein Gegenüber schwul ist. Bei den männlichen Jugendlichen von heute verlässt ihn sein sonst so untrüglicher Instinkt. Sie sehen alle aus, als kämen sie gerade vom Casting für eine Boy-Band. Vielleicht ist der Typ auch stockhetero und nur besoffen und Arne kriegt gleich ein paar auf die Fresse, wenn er etwas Falsches sagt. Schlägereien scheinen kein Fremdwort für den Typen zu sein; unter seinem linken Auge kann Arne die Reste eines Blutergusses ausmachen. „Ich geh dann mal", sagt er vorsichtig. Sex steht heute sowieso nicht auf seiner Wunschliste. „Schönen Abend noch."

Aber kaum ist er ein paar Meter gegangen, hört er Schritte hinter sich. Der Junge hat sich mühsam aufgerappelt und wankt hinter ihm her. Er hat Koordinationsschwierigkeiten und stolpert über seine eigenen Füße, die in ungeschnürten Turnschuhen stecken. Arne kann ihn gerade noch vor dem Fallen bewahren.

„Scheiße, Mann", flucht der Junge und zieht sich an Arnes Schulter hoch. Dann grinst er ihn an. „Du hast rote Haare, Alter!"

„So weit waren wir schon", seufzt Arne. Er sieht sich verstohlen nach Hilfe um, aber wenn man Unterstützung braucht, ist natürlich weit und breit niemand zu finden. Stand hier nicht immer irgendwo eine Polizeistreife?

„Rote Haare. Wollte ich nur gesagt haben. Steh ich drauf." Der Junge sieht ihn mit großen Kulleraugen an und wuschelt sich durch seinen ungekämmten Haarschopf. Arne ist mittlerweile fast sicher, dass er angemacht wird.

„Ich könnte dein Vater sein", wagt er sich ein Stück aus der Deckung.

„Bist du aber nicht." Der Junge stutzt, weicht einen Schritt zurück und mustert Arne mit gespieltem Ernst. „Oder? Weil … ich kenn meinen Alten nicht. Also theoretisch …"

„Nein", sagt Arne mit fester Stimme. „Nicht mal theoretisch."

„Gut!", sagt der Junge und klatscht erfreut in die Hände. „Dann steht 'ner Runde Ficken ja nichts mehr im Weg."

„Bitte?"

„Ficken, Mann! Wenn ich gesoffen hab, bin ich immer rattig."

„Aber …"

Der Junge zieht genervt einen Flunsch. „Boah, komm schon! Ich raff das nicht! Wieso zieren sich Männer über vierzig immer so? Nur 'n bisschen *fun*, Alter. Ist doch nichts dabei!"

„Du riechst nach Kotze", wendet Arne ein. Er fühlt sich wie in einem absurden Theaterstück, einem Drama von Samuel Beckett, bei dem man keine Ahnung hat, wohin der nächste Satz eines Dialoges führt. Dann plötzlich fällt ihm ein, dass es hier in der Altstadt einige Stricherkneipen gibt, und er zieht die Verbindung zu dem Blondschopf, der vor ihm steht. „Du willst Geld dafür!", sagt er überrascht. Natürlich, wie konnte er so dumm sein! Bis gerade eben hat er sich tatsächlich ein wenig geschmeichelt gefühlt, aber jetzt ist er nur noch angewidert. „Nein, danke."

Der Junge kramt in seiner Hosentasche, zieht ein paar zerknitterte Geldscheine heraus und hält sie ihm wütend vors Gesicht. Arne macht zwei Fünfziger aus, mehrere Zwanziger und einen Zehneuroschein. „Hier, siehst du das?", fährt ihn der Junge an. „Ich brauch deine Kohle nicht. Ich wollte einfach nur … ach, Scheiße, vergiss es!"

Arne hat prompt ein schlechtes Gewissen. „Tut mir leid. Ich dachte nur, weil …"

„Ja, ja“, brummt sein Gegenüber noch immer ungehalten. „Du bist doppelt so alt wie ich, und deshalb denken Typen in deinem Alter sofort, dass ich sie ausnehmen will. Schon mal was von ’nem Daddy-Komplex gehört?“

Ganz gegen seinen Willen muss Arne lachen. Der Junge besitzt unbestreitbar Charme. „Du riechst trotzdem nach Kotze.“

„Ich kann mir bei dir zu Hause den Mund ausspülen.“

„Ich bin … gerade erst eingezogen. Ich hab … kaum Möbel.“

„Aber du hast bestimmt einen Wasserhahn. Und ein Bett, oder?“, grinst der Junge. Er spürt, dass er schon fast gewonnen hat. „Also bist du nicht von hier?“

„Ja … doch“, erwidert Arne. „Längere Geschichte.“

„Aha. Wenn du Bock hast, kannst du sie mir ja erzählen. Aber erst hinterher. Ich muss jetzt dringend erst mal ficken, okay?“

„Ich hab so was noch nie gemacht.“ Arne fühlt seinen letzten Widerstand dahinschmelzen.

„Was? Ficken?“

„Nein. Jemanden einfach so aufgegabelt. Auf der Straße.“

„Hast du auch jetzt nicht, Mann. Du hast dich von mir aufgabeln lassen.“

Von dieser Seite hat Arne es noch gar nicht betrachtet. „Und wie heißt du?“

Ein Schulterzucken antwortet ihm. „Kannst du dir aussuchen.“

„Will ich aber nicht. Ich will deinen richtigen Namen wissen.“

„Hab ich die Tage schon mal gehört“, brummt der Junge. „Ist das der neue Ich-fick-erst-mit-dir-wenn-du-mir-deinen-richtigen-Namen-verrätst-Hype?“ Arne kommt nicht ganz mit, und seinem Gesicht scheint man das anzusehen, denn sein Gegenüber seufzt und sagt: „Philip. Mein Name ist Philip. Und wie heißt du?“

„A... Alexander“, stottert Arne. Es ist eine reine Vorsichtsmaßnahme, auch wenn er selbst nicht so genau weiß, gegen was er sich vorsehen will.

Philip hebt eine Augenbraue. „Alexander. Okay. Und wo ist deine Wohnung, Alexander?“

„Wir nehmen ein Taxi.“ Plötzlich fühlt sich Arne verwegen, abenteuerlustig. Seine Fingerspitzen kribbeln, als könnten sie es nicht abwarten, etwas Neues auszuprobieren. „Philip“, sagt er und lächelt in den Nebel der Nacht.

April 1988

In Genf unterzeichnen Vertreter Afghanistans, Pakistans und der Garantiemächte USA und UdSSR den unter UNO-Vermittlung ausgehandelten Afghanistanvertrag. Dieser regelt den endgültigen Abzug der sowjetischen Truppen aus dem von einem Bürgerkrieg zerrissenen Land.

Als Vergeltung für die Beschädigung einer US-Fregatte durch eine vom Iran gelegte Mine im Persischen Golf beschießen US-Kriegsschiffe zwei iranische Bohrinseln und unterstützen so indirekt den Irak. Damit geht der erste Golfkrieg (1980-1988) in seine letzte Phase. Im August erklärt sich der Iran zur Anerkennung eines Waffenstillstandsabkommens bereit.

In der ersten Runde der französischen Präsidentschaftswahlen erstarkt die äußerste Rechte unter Jean-Marie Le Pen und kann beinahe 15 Prozent der Stimmen gewinnen. Aus der Stichwahl Anfang Mai zwischen Jacques Chirac und François Mitterand geht Amtsinhaber Mitterand als Sieger hervor.

In Washington tagt eine auf öffentlichen Druck eingerichtete Kommission, die den Umgang der Regierung mit der Aids-Epidemie untersuchen soll. Im Juni 1988, als die Kommission ihren

Abschlussbericht vorlegt, wird die angesehene New York Times kommentieren, dass die Maßnahmen der Reagan-Administration zu Aids durch Vorurteile gegen die mit dem Virus Infizierten geprägt waren. Die Kommission selbst wird in ihrem Bericht zu dem Schluss kommen, dass die Reaktionen der Regierung langsam, zögerlich und unausgewogen waren.

In München wird ein HIV-infizierter Mann wegen Geschlechtsverkehrs ohne Kondom mit einer 22jährigen Frau zu einer einjährigen Haftstrafe ohne Bewährung verurteilt. Die Frau hatte sich nicht angesteckt. Der Mann wurde der versuchten gefährlichen Körperverletzung für schuldig befunden.

Unterstützt von Hiobsbotschaften einer Landtagskommission aus Bayern, nach denen das Ergebnis jedes dritten Aids-Tests falsch ist, macht der Spiegel Stimmung gegen den angeblich noch immer unsicheren HIV-Test.

Mit dem Gewinn des Grand Prix Eurovision de la Chanson startet Celine Dion ihre Weltkarriere.

In England stehen die Pet Shop Boys mit „Heart" ein letztes Mal an der Spitze der Charts; in Deutschland wird die Hitparade von Kylie Minogue mit „I Should Be So Lucky" angeführt, eine weitere Nummer des Produzententrios Stock/Aitken/Waterman, die mit ihren Titeln seit Jahren die Charts dominieren.

Marius war früh ins Bett gegangen, aber Jakob kam nicht zur Ruhe. Für einen Augenblick betrachtete er das friedliche Gesicht seines Freundes neben sich, dessen Konturen er blind hätte nachzeichnen können. Die vollen Lippen, die früher oft zu einem spöttischen Lächeln verzogen waren, ein Lächeln, das ihn gereizt und herausgefordert hatte, aber jetzt nur noch selten hervorblitzte. Die mit dunklem Flausch behaarten Wangen und die noch immer nicht behaarte Stelle über der Oberlippe, die gleichmäßigen, ovalen Augenbrauen. Selbst an das erste Kaposi-Sarkom in Marius' Gesicht hatte er sich gewöhnt, diesen rötlich violetten Fleck an der Schläfe, ein Brandzeichen, ein Schandmal. Das Gewebe darüber war leicht erhaben, wenn man mit der Fingerspitze darüberfuhr, der Tumor walnussgroß und von einem kreisrunden rot schimmernden Kranz umgeben, seitdem Marius zur Bestrahlung ging.

Und doch wurde ihm dieser Mann immer fremder. Manchmal kam es ihm vor, als paddelten sie seit langer Zeit auf zwei Flößen nebeneinander einen Fluss hinunter, Flöße, die sie erst vor kurzer Zeit miteinander verbunden hatten, um noch enger zusammmenzusein. Und plötzlich waren sie in eine Strömung geraten, die an der Verbindung zerrte, die Knoten löste. Marius hatte den Sog der Strömung noch nicht bemerkt, war noch zu erschöpft vom Festzurren der Taue, und er, Jakob, saß seltsam tatenlos daneben und freute sich insgeheim auf die Zeit, in der sein Floß allein neuen Ufern entgegenschwamm.

Jakob seufzte. Er hatte keine Ahnung, woher diese Bilder stammten und warum sie sich in seinen Gedanken breitmachten. Dabei hatte er alles, was er sich jemals erträumt hatte. Alles, außer ... Ärgerlich zuckte er im Dunkeln mit den Schultern. Es war müßig, darüber nachzugrübeln, wenn er nicht einmal ein Wort für seine Unzufriedenheit, seine Unruhe fand. Wahrscheinlich brauchte er nur Ablenkung. Nur ein paar Minuten die Nähe eines anderen spüren, nur ein paar Momente den Kopf ausschalten, sich treiben lassen, vergessen. Leise stand er auf, zog sich an, scheuchte den Kater von der Wohnungstür weg und eilte die Treppen nach unten.

Die Nacht empfing ihn mit einer schmalen, zunehmenden Mondsichel und einem fast wolkenlosen Himmel. Seit Tagen wehte ein lauer Wind aus dem Süden endgültig den Frühling herbei. Jakob war fast zu warm in seiner Lederjacke.

Die letzten Wochen waren anstrengend gewesen, nervenaufreibend. Die Arbeit an der Uni, bei der das Schreiben seiner Magisterarbeit mehr und mehr in den Vordergrund rückte:

ein Thema zur „Reconstruction", der Periode der Wiedereingliederung der Südstaaten in die amerikanische Union nach dem Bürgerkrieg. Niemand außerhalb des kleinen Kreises von Anglo-Amerikanisten hatte je davon gehört, niemand außer ihnen würde diese Arbeit je lesen. Jede Woche, jeden Tag saß er stundenlang vor einem Mikrofiche-Lesegerät und quälte sich durch die Akten des amerikanischen Kongresses, bis die winzige Schrift vor seinen Augen zu einem schwärzlichen Buchstabenbrei verklumpte.

Immer wieder schweiften seine Gedanken in dem verdunkelten Raum an der Uni ab; immer wieder blieben sie bei Sascha hängen, malten sich seinen auf dem Asphalt liegenden Körper aus. Ob er den Aufschlag gespürt hatte? Was war in ihm vorgegangen, als er gesprungen war? Hatte er seine Arme ausgebreitet? Waren ihm wenigstens für einen winzigen Moment Flügel gewachsen? Hatte er sich frei gefühlt? Denn das war es doch, weswegen er gesprungen war: um frei zu sein. Oder war alles, was er verspürt hatte, der unwiderstehliche Sog der Schwerkraft gewesen? Jakob grübelte darüber nach, warum ihn sein bester Freund nicht ins Vertrauen gezogen hatte, fühlte sich ausgelaugt durch das ständige Wechselbad von Wut und Traurigkeit. Warum? Warum war Sascha gesprungen? Jakob war nicht besonders religiös, dennoch fehlte ihm letztendlich das Verständnis für Saschas Entschluss. Niemals seit dem Wissen um seine Infektion hatte er daran gedacht ... oder doch? Plötzlich erinnerte er sich an eine Nagelschere in seiner Hand, die in seine Leiste stach, aber der Schmerz hatte ihn wieder zu sich kommen lassen, und er hatte gewusst, dass er sich dem Virus nicht kampflos geschlagen geben würde. Wegen Marius. Weil er sich das selbst schuldete. Wenn Marius doch nur ebenso denken würde.

Jakob hatte dem Aachener Weiher seit dem Winter keinen Besuch mehr abgestattet. Das quadratische Stück künstlichen Sees, eingebettet im Grüngürtel der Stadt, besaß eine trübe, bräunliche Farbe, auf der Oberfläche schwammen Plastiktüten und leere Hamburger-Schachteln. Kein Wasser, in das man seine Hände tauchen wollte, geschweige denn den ganzen Körper. Jakob schreckte ein Entenpärchen aus dem Schlaf, das sich unter den Schutz eines Busches in Ufernähe begeben hatte. Am jenseitigen Ufer fuhr ein Radfahrer stadteinwärts; die Stille der Nacht trug das Rappeln des Schutzblechs zu Jakob herüber.

Oberhalb des Sees, auf dem bewaldeten Hügel, roch es nach frischem, jungem Gras; die eingetretenen Trampelpfade fühlten sich fremd an unter seinen Füßen. Zwischen den Bäumen raschelte das Herbstlaub des vergangenen Jahres, als wären Ratten oder Karnickel dabei, ihre Erdhöhlen zu vertiefen. Doch dann bogen sich die Blätter beiseite und Turnschuhe oder Stiefel bahnten sich ihren Weg durch das Unterholz, zerrissen die Dunkelheit mit dem Aufflackern eines Feuerzeugs, dem Glimmen einer Zigarette. Jakob schob die Hände in die Taschen und blieb auf der kleinen Anhöhe stehen, von der aus man einen guten Überblick über das Geschehen am Weiher besaß, bis sich seine Augen an die Schwärze der Nacht gewöhnt hatten.

Saschas Beerdigung zwei Wochen zuvor war ein einziges Fiasko gewesen. Marius und Jakob waren mit ein paar Freunden in den Westerwald gefahren, dort, wo Sascha aufgewachsen war und seine Eltern noch lebten. Natürlich wollten die Eltern Sascha in seiner Heimat bestatten, dem Dorf, dessen Namen er sieben Jahre nicht mehr in den Mund genommen hatte, aus Angst vor einem nicht enden wollenden Brechreiz. Vor dessen Spießigkeit und sozialer Kontrolle er nach Köln geflohen war, um so leben zu können, wie er es wollte. Aber im Tod hatte seine Heimat ihre Klauen wieder nach ihm ausgestreckt und ihn in ihrer von Unverständnis und Intoleranz vergifteten Erde vergraben. Was für ein schauderhaftes

Panoptikum: ein Priester, der sie vor der kleinen Dorfkirche mit Leichenbittermiene empfing; die Eltern, die sich noch in einem Schockzustand befanden, aber wie selbstverständlich in der vordersten Reihe Platz nahmen, obwohl sie seit Jahren kein Wort mehr mit ihrem jüngsten Sohn gesprochen hatten; der ältere Bruder mit Frau und drei kleinen Kindern, der sich weigerte, Jakob, Marius und den anderen die Hand zu schütteln. Die Köpfe der Gemeinde, die sich während der Trauerfeier nach ihnen umdrehten; die Münder, die tuschelnd Halbwahrheiten, Gerüchte und Meinungen verbreiteten: „Der hat das doch gehabt, diese Schwulenseuche", „Und die da? Sind das alles ehemalige Bettgenossen? Haben die das jetzt auch?", „Wegen mir sollte man die alle wegsperren."

Und dann die Ansprache des Priesters, gespickt mit Allgemeinplätzen, Banalitäten und Lügen. Dass Sascha ein verirrtes Schaf gewesen sei, für den die Kirche in ihrem großen Herzen einen Platz gefunden habe. Dass die Nachricht, an Krebs erkrankt zu sein, ihn aus der Bahn geworfen und zu einem Kurzschluss verleitet hatte. Dass man mit der Familie fühle. Krebs! Marius und er hatten ihren Ohren nicht getraut. Zusammen mit den anderen Freunden hatten sie nicht mehr gewartet, bis die Familie Sascha zu Grabe trug, sondern waren geflohen, so schnell sie nur konnten, so wie Sascha sieben Jahre zuvor. Zurück in Köln hatten sie sich gemeinsam besoffen und Geschichten erzählt von Sascha, wie er wirklich gewesen war. Eine Schlampe, die keine Sauerei ausgelassen hatte. (Zum Beispiel die Nacht, in der er völlig betrunken und splitternackt aus dem Darkroom gekrochen war, komplett durchgevögelt, aber mit einem breiten, zufriedenen Grinsen im Gesicht.) Ein Freund, auf den man sich verlassen konnte. (Zum Beispiel die fünfhundert Mark, die er, ohne mit der Wimper zu zucken, Martin geliehen hatte, als der plötzlich ohne Job dastand und seine Miete nicht zahlen konnte.)

Danach hatten sie Sascha zugeprostet und sich versprochen, ihn nie zu vergessen. Und sich ein wenig besser gefühlt.

Für einen ganz normalen Wochentag waren ziemlich viele Kerle auf der Pirsch. Anscheinend hatte der Frühling nicht nur bei Jakob Hormone und Adrenalin freigesetzt. Zwei oder drei Männer hatte er schon gesehen, die ihn interessieren könnten, aber er wartete noch ab, genoss die abschätzenden, taxierenden Blicke. Seit er mit Marius zusammen war, fand er das Jagen noch spannender, weil er wusste, dass es nicht unbedingt sein musste, weil zu Hause jemand auf ihn wartete. Und das spürten auch die anderen Männer. Es war, als umgäbe ihn eine Aura, die ihre Blicke auf ihn zog, ihn begehrenswerter, schöner, geiler erscheinen ließ. Einer schlich um ihn herum, vielleicht in seinem Alter, aber unsicher, schüchtern, mit bettelnden Augen, fasste sich dann endlich ein Herz, trat zu Jakob und fragte: „Habe ich eine Chance?" Dabei starrte er auf den Boden, als erwartete er demütig Jakobs Urteilsspruch. Und Jakob hatte fast Mitleid, aber dann schüttelte er den Kopf und sagte: „Sorry, nicht mein Beuteraster." Eine Formulierung, mit der er niemanden vor den Kopf stieß; er hielt nichts davon, jemanden mit einer schnippischen Bemerkung abblitzen zu lassen. Der Mann nickte, als hätte er nichts anderes erwartet, murmelte ein „Okay", schenkte ihm ein flüchtiges, bedauerndes Lächeln und verschwand. Jakob legte den Kopf in den Nacken und betrachtete die Sterne.

Saschas Tod hatte auch bei Marius etwas verändert. Endlich, nach mehr als einem Jahr, hatte er seinen Mut zusammengekratzt und war mit schlotternden Knien erneut zur Blutkontrolle gegangen, hatte den stirnrunzelnden Ärzten sein Kaposi-Sarkom gezeigt. Jakob hatte ihn begleitet und die Moralpredigt mitangehört. Dass Marius unverantwortlich gehandelt habe. Dass er schon viel früher hätte kommen sollen. Insgeheim fühlte Jakob sich bestätigt; die Ärzte wiederholten nur, was er monatelang schon gesagt hatte. Aber er hatte auch Angst bekommen, denn die Skepsis in den Augen der Ärzte war unübersehbar. Marius' Werte waren im Keller, die Helferzellen auf knapp 100 abgesackt. Seit einer Woche bekam er Bestrahlung gegen die Kaposis auf seiner Haut, und niemand wusste, ob die Behandlung etwas nutzen würde, immer mehr Flecken wuchsen wie kleine Beulen auf seinem Körper. Auf der Brust: zwei. Auf den Oberarmen: drei. Auf dem rechten Oberschenkel: einer. Im Gesicht: zum Glück bisher nur einer. Und seit gestern nahm er Retrovir, das Aids-Medikament, das Jakob schon seit Monaten schluckte. Er hatte versucht, Marius die Angst zu nehmen, hatte ihn darauf hingewiesen, dass er, Jakob, keinerlei Nebenwirkungen verspürte, aber Marius war noch immer verängstigt. Er vertraute den Pillen nicht. Jakob hatte gesagt, er müsse die Tabletten als seine Verbündeten ansehen, Waffenbrüder im Kampf gegen das Virus. Stattdessen betrachtete Marius sie als einen zusätzlichen Feind, der seine Flanke bedrohte, während er sich auf die Offensive von vorne konzentrierte. Am Morgen der ersten Einnahme hatte er eine der unscheinbaren, blauweißen Pillen in die Hand genommen und gesagt: „Tut mir nichts, ich tue euch auch nichts. Bitte." Jakob hatte entnervt die Hände in die Seiten gestemmt, während Marius Trumi auf den Arm genommen und die Tür seines Zimmers hinter sich geschlossen hatte.

Ein bulliger Kerl mit Schnäuzer lief auf die Anhöhe zu und stapfte an ihm vorbei, die Beine steckten in einer engsitzenden Jeans, die Lederjacke war lässig über die Schulter geworfen, die Lederkappe tief ins Gesicht gezogen. Etwas kleiner als Jakob, etwas älter vielleicht. Macho. Abweisend. Für einen Moment trafen sich ihre Augen, entschieden sich. Jakob fühlte das Blut in seinen Unterleib rauschen, den Puls in seinen Schläfen pochen. Er sah dem entschlossenen Gang nach, den entschiedenen Schritten der schwarzen Bundeswehrstiefel, dem breiten Kreuz, das im Dickicht der Bäume verschwand und Dominanz, Härte und Lust versprach. Wie gebannt folgte er dem Mann abseits der Wege, stolperte über Wurzeln, bog Äste zur Seite, die ihm ins Gesicht zu schlagen drohten. Bis er den Mann verloren glaubte, enttäuscht innehielt und „Scheiße!“ murmelte. Bis sich eine Pranke auf seine Schulter legte und ein leises, überraschend freundliches Lachen ihn herumfahren ließ.

„Hier bin ich.“

Hungrig stürzte sich Jakob auf ihn, vergrub sich in der fremden Umarmung, die einen Schauer über seinen Rücken jagte, riss sich Jacke und T-Shirt vom Leib und presste seine Lippen wild auf den Mund des Fremden. Und plötzlich wurde das Ungestüme von Zärtlichkeit ausgebremst; da waren Finger, die kaum merklich über seinen Oberkörper strichen und die Haare auf der Brust elektrisch aufluden und Jakob zu unfreiwilligem Stöhnen veranlassten. Dann eine Handfläche, die sich energisch um seinen Mund schloss, und Lippen, die seinen Schwanz verschluckten, bis er glaubte, in der feuchten Wärme zu explodieren.

Der Mann richtete sich auf, und Jakob sah keuchend in tiefschwarze, blitzende Augen. „Mehr?“

Als ob der Kerl die Antwort nicht wüsste, als ob er an Jakobs Reaktion nicht gemerkt hätte, was er in ihm auslöste. Aber anstatt einer flapsigen Bemerkung brachte Jakob nur ein heftiges, staunendes Nicken zustande.

Doch dann war er auf einmal derjenige, der austeilte, der vorgab, der die Hände des anderen auf den Rücken zwang, ihn unter seine Kontrolle brachte und den Sieg mit Zärtlichkeit belohnte, mit sanften Küssen und vorsichtigen Bissen in die Brustwarzen, bis er in die geweiteten Augen des anderen Mannes blickte, die Vertrauen signalisierten und den Willen, sich bedingungslos fallen zu lassen. Jakobs Höhepunkt kam schnell, viel zu schnell, er hätte noch stundenlang den Körper und die Grenzen des anderen erkunden können, und mit einem Grunzer der Enttäuschung ließ er von ihm ab.

Plötzlich fühlte er sich unendlich erschöpft, als hätte er mit seinem Höhepunkt auch alle Energie verschossen. Mit einem Nicken wollte er sich davonstehlen, als er zurückgehalten wurde.

„Kann man dich auch mal näher kennenlernen?"

„Ähm ... klar. Aber ... na ja, ich bin befreundet." Er brachte es beinahe wie eine Entschuldigung hervor.

Ein frustrierter Seufzer antwortete ihm. Dann, etwas zögernd: „Trotzdem." Und ein neugieriges Lächeln, das im fahlen Mondschein eine schmale Lücke zwischen den Schneidezähnen offenbarte und ein Grinsen auf Jakobs Gesicht zauberte. Wie niedlich! Er malte sich aus, wie es wäre, mit diesem Mann in seinen Armen einzuschlafen.

„Und wie heißt du?", fragte er.

„Stefan."

Ohne zu wissen, wieso, stürzte Jakob nach vorne und vergrub sich erneut in einer Umarmung, roch den herben Duft des Leders, den Schweiß auf dem Nacken des anderen. „Stefan", murmelte er. Dann kramte er Zettel und Kuli aus seiner Jacke, schrieb hastig seinen Namen und seine Telefonnummer darauf und drückte ihn Stefan in die Hand. Anschließend verschwand er in der Dunkelheit.

Später, als er neben Marius lag und dessen ruhigen und gleichmäßigen Atemzügen lauschte, konnte er noch immer nicht einschlafen.

Silky Legs hat den Raum streichen lassen, in dem die Therapiesitzungen stattfinden. Anstelle des warmen Weißtons schimmert jetzt ein tiefes Gelb an den Wänden, das Jakob das Gefühl gibt, im Innern eines Eidotters zu sitzen. Er überlegt, ob die Wahl der Farbe aufgrund neuer Erkenntnisse in der Psychotherapie getroffen wurde, aber er behält seine Frage für sich. Vielleicht hatte Silky Legs auch nur eine Veränderung nötig.

Die Therapeutin blättert durch die Aufzeichnungen, die Jakob mitgebracht hat. Sie greift zu dem obligatorischen Kuli, haucht ihn an, und Jakob zuckt zusammen, weil er glaubt, sie würde seine Erinnerungen an Marius mit Randbemerkungen beflecken, würde ihm wie bei einem Diktat Grammatik- und Rechtschreibfehler anstreichen.

„Keine Sorge." Silky Legs hat seine Unruhe registriert. „Sie werden die Blätter unbeschadet zurückbekommen." Erst jetzt sieht Jakob, dass sie ihren Schreibblock auf den Knien balanciert, versteckt unter seinen Erinnerungen.

Als die Therapeutin alle Seiten gelesen hat, schürzt sie die Lippen und schweigt, und Jakob befürchtet, dass seine Aufzeichnungen nicht ihren Erwartungen entsprechen, dass er etwas an der Aufgabe falsch verstanden hat. Doch dann sagt sie: „Sie wissen, dass Sie hier einen Schatz haben, Herr Brenner?"

Und er schüttelt den Kopf, noch während seine Unterlippe zu zittern beginnt und sich gleich darauf ein wahrer Sturzbach aus Tränen über sein Gesicht ergießt. Der Gefühlsausbruch kommt so plötzlich, dass er völlig unvorbereitet ist. Sein ganzer Körper bebt, er kann überhaupt nicht mehr aufhören zu heulen und verbirgt sein rotz- und tränenverschmiertes Gesicht in den Händen, holt zischend Luft und heult weiter. Währenddessen sitzt Silky Legs ihm gegenüber, ist die Ruhe selbst und reicht Jakob hin und wieder ein Papiertaschentuch.

Als er sich endlich leergeweint hat, entfährt ihm ein tiefer Seufzer. „Das da", sagt er und deutet auf die Papiere in der Hand der Therapeutin, „ist kein Schatz. Es ist meine Trauer. Es ist der Klotz an meinem Bein."

Silky Legs schüttelt den Kopf. „Es ist ein Schatz", wiederholt sie bestimmt. „Sie müssen nur noch lernen, ihn als solchen anzusehen."

Später, als er wieder auf der Straße steht, klingelt sein Handy.

„Und?“, fragt Katrin. „Ist er wieder da?“

„Was?“, erwidert Jakob verwirrt. „Wer?“

„Na, Arne!“

„Nein … aber woher weißt du, dass er mich verlassen hat?“

„Ach, herrje“, seufzt Katrin. „Dann hat er sich doch nicht bei dir gemeldet?“

„Nein.“

„Ich dachte eigentlich …“, murmelt Katrin, dann sagt sie etwas lauter: „Er war hier.“

Jakob fällt aus allen Wolken. „Er war bei dir? Er hat dich besucht? Wann?“

„Vor ein paar Tagen. Er wollte sich ein Bild von Marius machen. Er wollte reden.“

„Und das hast du gemacht?“, fährt Jakob sie an. „Du hast mit ihm über Marius gesprochen?“

„Er stand plötzlich vor der Haustür! Hätte ich ihn wegschicken sollen?“, verteidigt sich Katrin. „Aber hauptsächlich habe ich mit ihm über dich geredet. Arne ist unglücklich, mein Lieber.“

„Er hat *mich* verlassen!“, gibt er empört zurück. „Hast du … hast du ihm etwas von Stefan erzählt?“

„Nicht direkt.“

„Was heißt das, nicht direkt?“

Katrin seufzt erneut. „Rede mit ihm, Jakob. Sonst wird er nie verstehen, warum du so geworden bist.“

Aber Jakob will nicht, dass Arne weiß, wie sehr er versagt hat, wie sehr er Marius verletzt hat. Er will nicht, dass Arne in die tiefsten Abgründe seiner Scham sieht. „Wie bin ich denn geworden?“, lenkt er ab.

„Traurig“, antwortet Katrin.

Mai 1988

Bei den nach der Barschel-Affäre vorgezogenen Landtagswahlen in Schleswig-Holstein erreicht die SPD mit über 50 Prozent der Stimmen die absolute Mehrheit. Björn Engholm wird neuer Ministerpräsident. Fünf Jahre später holt die Barschel-Affäre auch ihn ein, als er wegen einer Falschaussage vor dem Untersuchungsausschuss von allen Ämtern zurücktritt. Damit ist seine anvisierte Kanzlerkandidatur für 1994 hinfällig.

Während sich Ronald Reagan und Michail Gorbatschow in Moskau zu einem weiteren Gipfel treffen, um den Vertrag über die Vernichtung der Mittelstreckenraketen zu besiegeln, beschuldigt in den USA der ehemalige Stabschef der Regierung in einer Autobiographie die First Lady Nancy Reagan, zu viel Einfluss auf ihren Mann zu haben und die Politik des Weißen Hauses vom Rat einer Astrologin abhängig zu machen. Das Buch gibt den amerikanischen Präsidenten der Lächerlichkeit preis und stellt ihn als dementen und müden, desinteressierten Mann dar.

Die DDR-Regierung widerspricht öffentlich einer Behauptung Peter Gauweilers, dass es eine Vereinbarung zwischen dem Freistaat Bayern und der DDR geben wird über eine enge Zusammenarbeit im Aids-Bereich. Die DDR lehnt die namentliche Meldepflicht offiziell ab.

In Großbritannien wird die von der Thatcher-Regierung eingebrachte sogenannte Clause 28 im Parlament verabschiedet. Fortan ist es lokalen Behörden untersagt, Homosexualität zu fördern und Material zu veröffentlichen und zu verbreiten, das Homosexualität fördert. Schulen ist es verboten, homosexulle Partnerschaften als akzeptable, alternative Familienform darzustellen. Das Gesetz hat anfänglich eine freiwillige Auflösung vieler Schwulengruppen zur Folge, stärkt aber langfristig den Widerstand der Schwulenbewegung in England. 2003 wird das Gesetz aufgehoben.

In den USA wird endlich eine erste großangelegte und landesweite Aufklärungskampagne zum Thema Aids gestartet. 107 Millionen Exemplare der Broschüre „Understanding AIDS" werden an Haushalte, Firmen, öffentliche Einrichtungen und Institutionen verteilt. Darin wird u.a. vor Sex ohne Kondom gewarnt. Außerdem wird darüber informiert, dass man sich durch normalen Körperkontakt, Küssen oder Mückenstiche nicht infizieren kann.

In Großbritannien hält sich ein Remake der Beatles mehrere Wochen an der Spitze der Charts. WetWetWet/Billy Bragg with Cara Tivey mit „With a Little Help from My Friends/She's Leaving Home". In Deutschland steht France Gall mit „Ella elle l'a" auf der Nummer Eins.

Jakob hatte die Taschen mit den Lebensmitteleinkäufen noch nicht abgestellt, als Marius auf ihn zukam. „Jemand namens Stefan hat gerade angerufen." Da war ein merkwürdiger Unterton in seiner Stimme, und Jakob hatte sofort ein schlechtes Gewissen.

„Ich ... oh, ja." Für einen Moment trafen sich ihre Augen, dann senkte Jakob den Blick. „Ich rufe gleich zurück", murmelte er. „Tut mir leid."

Aber Marius schien nicht wirklich verärgert zu sein, eher überrascht, und Jakob war versucht, diesen Umstand darauf zurückzuführen, dass die Bestrahlungen erste Erfolge zu zeigen schienen. Zwei Kaposis waren kaum noch zu sehen: das im Gesicht und eines auf dem Oberarm. Nur zwei rötliche Schatten wiesen darauf hin, dass sie einmal existiert hatten. Auch das Retrovir schien Marius entgegen seinen Befürchtungen zu vertragen. Zwei Wochen hatten sie kaum zu atmen gewagt und auf körperliche Begleiterscheinungen gewartet, hatten jedes Zucken im Bauch, jeden leichten Kopfschmerz, jedes Unwohlsein gefürchtet. Aber abgesehen von einigen Durchfällen verspürte er keine Nebenwirkungen. Ob es etwas nutzte, war noch nicht abzusehen. Vielleicht bedeutete Retrovir ja doch Rettung auch für Marius: Sie trauten sich kaum, daran zu denken. Zu groß wäre die Enttäuschung, wenn die Hoffnung trog, zu tief die Verzweiflung, wenn das Medikament nicht half. Und doch hofften sie, natürlich, heimlich, ohne es dem anderen zu zeigen. Jeden Tag, jede Stunde, jede Minute.

„Wann hast du ihn kennengelernt?"

„Vor zwei Wochen. Am Weiher."

„Beschreib ihn mir."

„Ein bulliger Typ, Schnäuzer, Dreitagebart, Lederjacke, ein paar Jahre älter als wir", erwiderte Jakob zögernd. Warum wollte Marius das wissen? Sie erzählten sich sonst nie von ihren sexuellen Abenteuern.

„Eine Lücke zwischen den Schneidezähnen?" Marius' Stimme zitterte leicht bei der Frage.

Jakob sah überrascht auf. „Woher weißt du das?"

Marius ließ sich auf die Couch im Wohnzimmer fallen und kraulte gedankenverloren Trumi den Nacken. Der Kater hatte sich auf einem Kissen zusammengerollt und hielt ein Nickerchen. „Ich habe ihn an der Stimme wiedererkannt."

„Du hast ihn ... dann hast du auch schon mal mit ihm ..."

Marius nickte. „Im letzten Herbst. An dem Wochenende hast du deine Eltern besucht. Ich bin samstagabends im ‚Teddy Treff' gewesen. Wir haben ein paar Bier zusammen getrunken und dann ... Er ist Krankenpfleger und wohnt in Ehrenfeld."

„Ja, ich ... ich weiß", murmelte Jakob. Stefan hatte am Tag, nachdem sie sich am Weiher getroffen hatten, angerufen, und Jakob hatte ihn schon zu Hause besucht. Viermal. Wie es ihm gelungen war, diese Treffen vor Marius geheimzuhalten, war ihm selbst ein Rätsel. Aber er hatte gewusst, dass es besser war, nichts zu sagen. Weil sich das mit Stefan von Anfang an anders anfühlte. „Es war ..." Erneut trafen sich ihre Blicke.

„Kerzen?“, fragte Marius. Seine Lippen schmunzelten, aber Jakob konnte auch Furcht in seinen Augen erkennen. „Brennende Kerzen im ganzen Zimmer verteilt? Die Matratze auf dem Boden? Im CD-Player Vangelis?“

Jakob wurde rot und nickte. Es fühlte sich komisch an, dass Marius die gleichen Erlebnisse mit Stefan gehabt hatte.

Die Wahrheit war, dass er nicht genug bekommen konnte von diesem Mann, der wenig Worte machte und sich durch Körperlichkeit auszudrücken schien. In dessen Händen und Fingern sich jede Berührung zu potenzieren schien und in Jakob Gefühle auslöste, die er noch nie erlebt hatte. Gefühle, die nach mehr verlangten, süchtig machten, ihn alles andere vergessen ließen. Und dann der Sex. Mit Marius war er immer gut gewesen, mit Stefan war er ... unbeschreiblich.

Obwohl die ersten beiden Treffen in dieser Hinsicht ein Desaster gewesen waren. Weder Jakob noch Stefan hatten einen hochbekommen, so verzweifelt sie sich auch abmühten und so sicher sie sich waren, dass sie es wollten. Stefan hatte sich schließlich halb resigniert, halb lachend aufs Bett zurückfallen lassen und gesagt: „Sieht aus, als wollten uns unsere Körper etwas mitteilen.“

„Ich bin positiv“, hatte Jakob daraufhin gesagt.

„Ich auch“, hatte Stefan erwidert und noch mehr gelacht.

Es tat gut, darüber zu lachen. Zu wissen, dass sie nicht mehr vorsichtig sein mussten, weil ihnen das Schlimmste schon passiert war. Erst dann war der Knoten geplatzt.

Jakob hatte sich immer gefragt, was wohl gemeint war, wenn man mit jemandem verschmolz, hatte diese Formulierung in schnulzigen Liebesromanen nie nachvollziehen können. Es bedeutete, im wahrsten Sinn des Wortes nicht mehr zu wissen, wo der eine begann und der andere aufhörte; es bedeutete, Stefan in die Matratze zu ficken und ihn hilflos „Gib's mir, gib's mir!“ betteln zu hören; es bedeutete, ihm eine Hand um den Hals zu legen und die Luft abzudrücken, während er keuchend nach mehr verlangte, und erst im letzten Moment wieder loszulassen; es bedeutete, ihm den Schwanz so tief in den Rachen zu stoßen, dass man ihn kaum noch spürte. Es bedeutete, Stefan in den Armen liegen zu haben und sein zufriedenes Seufzen zu hören, wenn man ihm die Brust streichelte.

Jakob vergaß buchstäblich Zeit und Raum, wenn er bei ihm war, bis er auf die Uhr schaute und erschrocken bemerkte, dass drei oder vier Stunden vergangen waren. Wenn er in Stefans Augen sah, erblickte er in den dunklen Pupillen sich selbst. Wenn Stefans Hände ihn berührten, konnte er sich wieder spüren. Die hilflosen, heftigen Zuckungen, die Stefans gesamten Körper erzittern ließen, wenn er kam, faszinierten ihn, und es machte ihn stolz, dass er, Jakob, es war, der so etwas hervorrief. Nichts, was er bisher kannte, hatte ihn auf die sinnlichen Erfahrungen vorbereitet, die er mit diesem Mann erlebte. Nichts hatte ihn darauf vorbereitet, dass er immer mehr wollte.

Wenn sie redeten, dann erzählte Stefan stockend von seinem Job als Krankenpfleger auf einer Schwerstverbranntenstation, von den Tragödien, die dort tagtäglich geschahen und wie sehr die Patienten nach Trost hungerten, wie belohnend ein Lächeln von ihnen war. Oder er erzählte davon, dass er Gefahr lief, diesen Job zu verlieren, weil das Krankenhaus durch eine Indiskretion des Personalrates von seiner Infektion erfahren hatte und ihn auf eine weniger gefährliche Station, nämlich auf die Geriatrie, versetzen wollte, wo ihn die Kollegen aber auch nicht haben wollten, aus Angst vor einer Ansteckung. Später, als Jakob selbst mit der Diskriminierung durch seinen Professor konfrontiert wurde, erinnerte er sich an dieses Gespräch, und er verstand, wieso Stefan sich nicht gewehrt hatte und sich nach einigen Monaten mit gerade einmal fünfunddreißig Jahren lieber berenten ließ: weil diese Diskriminierung zu sehr überraschte. Weil sie sprachlos machte. Weil man sich ihrer schämte.

Nach den Treffen mit Stefan fühlte Jakob sich ausgelaugt und erschöpft, als hätte jemand seine Energien abgezapft und ihn mit einer leeren, ausgebrannten Batterie zurückgelassen. Zu Hause fiel er todmüde ins Bett und schlief acht Stunden am Stück, traumlos, reglos, wunschlos.

„Ja", sagte Marius jetzt, „ich kann mich gut erinnern." Es klang beinahe wehmütig.

„Warum ... warum hast du ihn nicht mehr wiedergesehen?", fragte Jakob.

„Ich bin mit dir zusammen, und er wollte mehr. Da habe ich abgeblockt."

„Oh." Jakob konzentrierte sich darauf, die Einkäufe wegzuräumen. Mehl und Zucker in den Vorrat. Oliven und Eier in den Kühlschrank.

„Jakob? Hast du dich verliebt?"

Zigaretten, Lauch, Äpfel, Waschmittel. Hatte er nicht auch Katzenfutter besorgt? Wo war das Katzenfutter?

„Jakob?"

„Ich ... nein, Blödsinn." Es war einfacher, Marius anzulügen, als ihm wehzutun und die Wahrheit zu sagen. „Mach dir keine Sorgen. Er ... er gibt mir einfach etwas, was ich im Moment brauche."

„Und was ist das?" Marius wirkte trotz allem verletzt.

„Ich weiß es nicht", erwiderte Jakob, und zumindest das war nicht gelogen. „Ich ... ich würde ihn gerne weitersehen. Ist das okay?"

Marius nickte zögernd. „Ich denke." Er stand auf und drückte sich an Jakob. „Verlass mich nicht. Bitte. Bitte nicht."

Arne raucht eine Zigarette. Die linke Hand hinter dem Kopf verschränkt, sieht er zu, wie sich der Rauch in der Luft kräuselt und die Tabakwolke dem offenen Fenster entgegenschwebt, sich vermischt mit dem Duft des spätblühenden Ginsters im Blumenbeet hinter dem Apartment. Jakob könnte ihm wahrscheinlich den lateinischen Namen der Pflanze nennen.

Arne hat seit Jahren nicht mehr geraucht, seit Jahrzehnten, und schon gar nicht im Bett. Aber Philip hat die Zigarette angezündet und ihm einfach zwischen die Lippen geschoben und gesagt: „Mach mal was, was gegen die Regeln ist. Mach dich mal locker, Mann!"

„Bin ich zu verkrampft?", hat Arne gefragt, aber Philip war schon auf dem Weg zur Dusche. Als Arne das Rauschen des Wassers im Badezimmer hört, steht er auf und wirft die Zigarette aus dem Fenster.

Philip wohnt jetzt schon vier Tage bei ihm, und er macht keine Anstalten zu gehen. Er hat die Kargheit der Wohnung beinahe kommentarlos zur Kenntnis genommen.

„Und wo sind die Kartons, wenn du gerade eingezogen bist?" Als Arne nur etwas hilflos mit den Schultern zucken konnte, hat er genickt und gesagt: „Schon okay, geht mich ja auch nichts an." Und damit war das Thema für ihn erledigt. Er scheint kein Interesse daran zu haben, die Realität zu hinterfragen; lieber nimmt er sie so, wie sie ist. Für Arne ist das eine ganz neue Erfahrung.

Er bildet sich ein, dass Philip deshalb so viel Zeit mit ihm verbringt, weil er seine Gesellschaft mag und weil der Sex mit ihm gut ist, aber natürlich hat er mitbekommen, dass Philip keinen festen Job und keine feste Bleibe hat und Arnes Bekanntschaft ihm schon deshalb durchaus gelegen kommt. Aber all das ist ihm seltsam egal. Die Situation passt zu seinem derzeitigen Leben, einer Existenz im Schwebezustand. Alles ist im Fluss, unabgeschlossen: seine Beziehung zu Jakob, seine unerklärliche Willenlosigkeit, an seiner trostlosen Wohnungssituation etwas zu ändern, seine Suche nach Antworten. Philips Bekanntschaft erscheint ihm da irgendwie logisch. Zu keiner Zeit vorher wäre er bereit gewesen, sich auf jemanden wie diesen seltsamen Freigeist einzulassen, der keinen Gedanken an morgen verschwendet und noch nicht einmal eine Uhr besitzt.

Arne hat versucht, die Zeitmesser in dem Apartment – die Uhr am Herd, den billigen Radiowecker am Kopfende des Bettes, den er sich kurzentschlossen zusammen mit ein paar Handtüchern und einigen anderen Lebensnotwendigkeiten im Kaufhaus zugelegt hat – mit seiner Armbanduhr in Einklang zu bringen. Aber es ist, als hätte er die Asynchronität der Zeit aus der gemeinsamen Wohnung mit Jakob hierhin eingeschleppt wie ein Virus. Die Uhren lassen sich einfach nicht korrekt einstellen. Und dann hat Philip seine Bemühungen endgültig sabotiert, als er den Stecker des Radioweckers gezogen hat, um sein neues Handy aufzuladen.

Arne hat eine vage Vorstellung davon, was Philip in der Zeit tut, die er im Büro verbringt, aber er ist klug genug, nicht nachzufragen. Hin und wieder trägt der Junge andere Sachen, also muss er irgendwo einen Unterschlupf haben, eine Art Basislager. Außerdem kommuniziert er andauernd per Handy, verschickt Dutzende SMS pro Tag. Immer wieder greift seine Hand in die Hosentasche und gräbt sein Mobiltelefon hervor, wirft er einen kurzen Blick auf eingegangene Nachrichten. Dass er Philip mit anderen Männern teilen muss, Männer, die für seinen Körper bezahlen, ist Arne unangenehm, und er verscheucht die Gedanken daran wie eine lästige Fliege. Es ist Philips Leben, und er, Arne, wäre sicherlich der Letzte, der so etwas wie Besitzansprüche anmelden könnte. Trotzdem … wenn er durch seine Beziehung mit Jakob nicht so ernüchtert wäre, so ausgebrannt, könnte ihm die Vorstellung, etwas Ernsthaftes mit Philip zu versuchen, durchaus gefallen. Arne mag seine Unbekümmertheit, seine Sorglosigkeit, sein Lachen, ihre Kabbeleien. Philips Art, das Leben prinzipiell nicht zu ernst zu nehmen, hat etwas

Erfrischendes nach Jakobs überbordender Melancholie und grenzenloser Traurigkeit. Und es fühlt sich gut an, endlich wieder jemanden spüren zu können, anzufassen. Arne erinnert sich daran, wie Jakob zurückgezuckt ist, wenn er ihn in den letzten Monaten berührt hat, sich verschlossen hat wie eine Schachtel, in der ein Geheimnis aufbewahrt wird. Andererseits: ein Stricher? Und dann der Altersunterschied? Unmöglich. Arne beruhigt sich damit, dass es nur Planspiele sind. Außerdem ist er noch nicht mit Jakob fertig.

Immer wieder ertappt er sich dabei, dass seine Gedanken auf die Suche nach Jakob gehen, sich ausmalen, was er gerade tut, wo er sich gerade aufhält. Immer wieder beobachtet er sich, wie er blind an die Wand oder aus dem Fenster starrt und an den Mann denkt, mit dem er die letzten Jahre seines Lebens geteilt hat. Manchmal vergehen fünf Minuten, manchmal eine halbe Stunde, bevor er aufschreckt und zu sich kommt. Es ist, als vergäße die Zeit ihre Bestimmung, nämlich in exakt messbaren Intervallen zu verrinnen, wenn er Jakob vor sich sieht.

Philip trudelt meist irgendwann im Laufe des Abends ein, manchmal ist er schon da, wenn Arne aus der Firma kommt, und surft auf Arnes Laptop durchs Internet, manchmal kommt er erst am späten Abend, gestern erst mitten in der Nacht. Immer aber ist das Erste, was er tut, sich an Arne anzukuscheln und seine Finger in Arnes behaarter Brust zu vergraben. Was dann immer zu mehr führt. So viel Sex wie in den letzten Tagen hat Arne seit Jahren nicht mehr gehabt. Also kann Philips andauernde Anwesenheit doch nicht ausschließlich auf egoistischen Motiven beruhen, oder?

Genauso wie Jakob einige Tage zuvor hat Arne schockiert auf die Geschichte reagiert, die hinter dem Schlangen-Tattoo auf Philips Rücken lauert, hat den Kopf geschüttelt, als Philip von seinem rastlosen Leben erzählt hat, von den vielen Städten und provisorischen Heimstätten. Aber anders als Jakob hat er Philip keine Vorhaltungen gemacht, weil er die Körperverletzung nicht juristisch hat verfolgen lassen. Er hat verstanden, warum ein sechzehnjähriger Jugendlicher damit völlig überfordert gewesen wäre.

Anfangs hat Philip erstaunt und verständnislos auf Arnes Ansinnen reagiert, nur mit Gummi zu ficken, obwohl er keinen Hehl daraus gemacht hat, positiv zu sein.

„Aber ich bin negativ!“, hat Arne geantwortet.

„Und mich nerven die Dinger!“, hat Philip gemault. Auf diese Antwort war Arne durch seine Erfahrungen mit Jakob jedoch gewappnet und hat sich nicht davon abbringen lassen, bis Philip schließlich eingewilligt hat. Schmollend hat er sich das Gummi übergerollt – und Arne anschließend ins Nirwana gevögelt.

„So viel schlechter als ohne?“, hat Arne anschließend gefragt.

„Erheblich schlechter“, hat Philip geantwortet, aber das Grinsen in seinem Gesicht hat seine Antwort Lügen gestraft.

„Du solltest besser Acht geben auf dein Leben.“

„Halt's Maul, Alexander“, hat Philip erwidert und ihn mit einem Kissen beworfen. „Du bist nicht mein Papa, sondern nur ein Fick.“

Mehr als einmal war Arne kurz davor, Philip zu sagen, wie sein richtiger Name lautet, aber der passende Moment hat sich nie eingestellt, und je länger er wartet, desto schwieriger scheint es zu werden, diesen Augenblick zu finden. Außerdem gewöhnt er sich langsam an sein Alias. Genauso wie dieses leere Apartment, genauso wie Philip, passt der fremde Vorname zu seiner Situation. Ein Zwischenleben. Und so saugt Arne träge den süßlichen Duft des Ginsters auf und lässt sich treiben, bis etwas geschieht, was ihn aus seiner Lethargie herausreißt.

„Ich hab Hunger.“ Philip steht mit nacktem Oberkörper vor ihm, ein Handtuch um die Hüften geschwungen, und rubbelt sich die Haare trocken. „Gehen wir zu Mägges?“

„Wohin?“
Philip rollt die Augen. „McDonald’s.“
„Kommt nicht in Frage. Ich betrete kein Restaurant, in dem man sein Essen in einer Kunststoffverpackung auf das Tablett geklatscht bekommt.“
„Döner?“
Arne setzt sich auf und betrachtet Philips Bauchmuskeln, die wenigen, hellen Haare auf seiner Brust. „Kann jemand wie du mit Messer und Gabel essen?“, fragt er augenzwinkernd.
„Jemand wie ich nimmt Nahrung eigentlich lieber in flüssigem Zustand zu sich und schmeißt noch ein paar Drogen hinterher. Nur so kann man die fetten, alten Säcke ertragen, die über einen drüberrutschen.“
„Dann vielleicht Pizza?“, grinst Arne. „Die kann man notfalls auch in die Hand nehmen.“
„Nee, nicht schon wieder Pizza. Hatten wir gestern.“
„Dann Brauhaus“, schlägt Arne vor. „Ich habe Lust auf etwas Deftiges.“ Instinktiv vermeidet er es, ein besseres Restaurant zu nennen, als hätte er Angst, dort mit Philip gesehen zu werden.
„Brauhaus?“ Philip überlegt. „Na schön, warum nicht?“
„Begeistert klingt anders.“
„Ich war eben noch nie in so was drin. Ist das nicht voll spießig? So mit Hirschgeweihen an der Wand und so?“
„Du lebst in Köln und warst noch nie in einem Brauhaus?“ Arne kann es kaum glauben. „Und nein, es ist nicht voll spießig. Kann sogar Spaß machen.“

Obwohl es ein Tag mitten in der Woche ist, sind in der Wirtschaft fast alle Tische belegt, aber Arne erspäht drei Gäste, die gerade aufbrechen, und sichert den Tisch für Philip und sich. Der Geräuschpegel ist hoch, Gesprächsfetzen driften zu ihnen herüber, als Arne seine dünne Jacke über die Stuhllehne legt. An der Wand, neben einigen Drucken, die ein mittelalterliches Köln zeigen, hängt ein Foto von Bill Clinton, der hier während eines Staatsbesuchs gegessen hat. Mehrere blau beschürzte Kellner hasten mit Bierkränzen durch die Reihen, ersetzen leere Gläser unaufgefordert durch volle, balancieren Teller mit dampfenden Gerichten in ihren Armbeugen und stellen sie mit einem knappen Nicken auf blanke, rustikale Holztische.

Philips Blick streift durch den Raum, dann fixiert er plötzlich starr die Speisekarte. „Schnitzel", presst er zwischen schmalen Lippen hervor, ohne zu lesen. „Wiener Schnitzel und ..."

„Willst du nicht lieber was von den Spezialitäten probieren? Hier gibt's Hirschgulasch und Semmelknödel."

„... dreh dich jetzt nicht nach hinten. Da ist Kundschaft von mir. Scheiße. Der Sack."

Natürlich kann Arne sich nicht beherrschen. Am Tisch hinter ihnen sitzt ein Mann um die sechzig, allein, mit einem verquollenen Gesicht und fettigen, dünnen Haaren, der offensichtlich schon zu viel getrunken hat. Vor ihm steht ein halbleeres, aber mit Sicherheit nicht sein erstes Kölschglas, daneben zwei leere Schnapsgläser. Immer wieder rutschen seine Ellbogen von der Tischkante, immer wieder versucht er vergeblich, sich aufzustützen. Sein glasiger Blick stiert Philip an.

„So was lässt du an dich ran?", rutscht es Arne heraus. „Diesen schmierigen Kerl?" Er ist fassungslos.

„Nur ein Mal", fährt Philip auf. „Ich war total blank. Ich brauchte die Kohle."

„Trotzdem, ich ..."

„Red mir nicht in mein Leben rein, Mann", sagt Philip.

Der Mann steht ruckartig auf, schwankt einen Moment, bis er sein Gleichgewicht gefunden hat, und kommt dann mit unsicheren Schritten an ihren Tisch. Arne kann seine

Alkoholfahne riechen und rutscht angewidert so weit wie möglich von ihm weg, aber der Mann hat sowieso nur Augen für Philip.

„Na, Süßer, wie wär's noch mal mit uns beiden?" Er hat den schweren Zungenschlag eines Betrunkenen, und seine linke Hand kommt vertraulich auf Philips Schulter zu ruhen. „Ich geb dir zwanzig Mäuse, wenn ich ihn dir noch mal lutschen darf."

Philip ist weiß wie ein Bettlaken. Seine Hände zittern, während er krampfhaft auf die Speisekarte sieht.

„Komm schon", drängt der Mann. „Damals hast du dich auch nicht so geziert!" Er grinst ein obszönes, gelbzähniges Grinsen. „Oder glaubst du, du bist jetzt was Besseres?" Sein Blick streift Arne, nimmt dessen gepflegtes Äußeres zur Kenntnis, die Markenjeans, das Polohemd.

Um sie herum verstummen verunsichert die Gespräche, die anderen Gäste bemerken, dass etwas nicht stimmt. Köpfe drehen sich herum, und Arne versteinert innerlich. Plötzlich ist er völlig hilflos, wie gelähmt; am liebsten würde er vor Scham im Erdboden versinken. Er öffnet den Mund, aber er bringt keinen Ton heraus und schaut betreten auf den Tisch.

Als die Hand des Mannes über Philips Haare streichen will, zuckt Philip zusammen, als hätte ihn ein elektrischer Schlag getroffen. Er stößt die Hand weg, springt auf, und sein Stuhl kippt polternd nach hinten, dann schubst er den Mann mit beiden Händen von sich. Der Freier torkelt überrascht ein paar Schritte zur Seite und kann sich gerade noch an der Tischplatte des Nachbartisches fangen.

„Fass mich nicht an!", brüllt Philip mit wutverzerrtem Gesicht. „Du Stück Scheiße!"

Aus dem Hintergrund eilen zwei Kellner herbei, um die Situation zu klären und die Gemüter zu beruhigen, aber Philip ist an einer Klärung nicht interessiert. Für einen Augenblick starrt er Arne an, und Arne begreift, dass er versagt hat, dass seine Unfähigkeit, Philip zur Seite zu stehen, ihn mehr verletzt hat, als das Gegrapsche des Besoffenen.

Dann dreht sich Philip auf dem Absatz herum und verschwindet aus Arnes Leben, als wäre er nie darin vorgekommen.

August 1988

Das Gladbecker Geiseldrama und dessen Folgen beschäftigen wochenlang Politik und Medien. Zwei bewaffneten Männern – Dieter Degowski und Hans Jürgen Rösner – gelingt es, eine Bank in der Stadt im Ruhrgebiet auszurauben. Unbehelligt von der Polizei entkommen sie erst mit einem Fluchtfahrzeug, dann bringen sie einen Bus mit über dreißig Fahrgästen in ihre Gewalt, gehen zwischendurch noch einkaufen und führen Interviews mit den Medien, zum Beispiel in einer Fußgängerzone in Köln. Erst nach drei Tagen werden Degowski und Rösner überwältigt, insgesamt sterben bei dem Drama drei Menschen: zwei Geiseln und ein Polizist. Bei der Aufarbeitung des Falles wird ein ungeheures Ausmaß an Inkompetenz bei allen beteiligten Polizeistellen sichtbar, genauso wie ein unverantwortliches Verhalten der Medien.

Ermuntert von der Glasnost- und Perestroika-Politik des sowjetischen Präsidenten Gorbatschow nehmen die Unruhen im Ostblock zu: In Estland, Litauen und Lettland demonstrieren mehr als 100.000 Menschen für die Unabhängigkeit der baltischen Staaten, in Polen kommt es immer wieder zu Streikwellen gegen das Verbot der Gewerkschaft Solidarnosc, in der Ständigen Vertretung der Bundesrepublik in Ostberlin kampieren die ersten DDR-Bürger, um ihre Ausreise zu erzwingen.

In der medizinischen Forschung wird zunehmend deutlich, wie variationsreich und wandelbar das Aids-Virus ist. Als Beispiel nennen US-amerikanische Forscher unter anderem die Blutprobe eines HIV-Infizierten, die 17 unterschiedliche HIV-

Varianten aufwies. Bei einer erneuten Blutuntersuchung des gleichen Probanden 16 Monate später war keines der Viren mehr mit den Erregern der ersten Blutprobe identisch.

Außerdem werden erste Zusammenhänge entdeckt zwischen Infektionsrisiko und der Schwere der Aids-Erkrankung. Es gibt bereits Untersuchungen, wonach Vollbild-Patienten erheblich infektiöser sind als Infizierte, die noch keine Aids-Symptome entwickelt haben.

In Großbritannien stehen Yazz & the Plastic Population mit „The Only Way Is up" an der Spitze der Charts, in Deutschland Frank Farians Retortenband Milli Vanilli mit „Girl, You Know It's True".

Jakob hätte es kommen sehen müssen. Man kann nicht zwei Männer gleichzeitig lieben. Er jedenfalls konnte es nicht.

Manchmal reichte schon ein Blick, um ihn zu erregen. Ein Blick in Stefans nachtschwarze, undurchdringliche Augen, denen er sich nicht entziehen konnte. So wie an diesem Abend, an dem sie im „Teddy Treff" etwas trinken gewesen waren, sich heiß gemacht hatten mit Küssen am Tresen, ins Ohr geraunten Versprechungen und anzüglichen Griffen in den Schritt. Dann bestand er nur noch aus Trieb und Verlangen, konnte nicht anders, als Stefan das Hemd vom Leib zu reißen, sobald sie zu Hause waren, ihn auf die Matratze zu drängen und durchzuvögeln. Es war wie ein Zwang, dem er nur allzu gerne nachgab. „O Gott", murmelte er, als er endlich in Stefan eindrang. „Ja."

Die feuchte, schwüle Luft des Sommers wehte durch das geöffnete Fenster herein, staute sich im Zimmer, sammelte sich auf seiner Stirn und rann ihm über das Gesicht, während er zustieß.

„Mehr", forderte Stefan und warf sich ihm entgegen, „mehr!" Er bleckte die Zähne, und Jakobs Schwanz ließ ihn stöhnen, stammeln und betteln. Bis beide in stummem Einverständnis plötzlich innehielten, verharrten und diese unbeschreibliche Nähe genossen, die durch ihre Körper floss, um dann wieder von vorne zu beginnen und schließlich erschöpft und verschwitzt aufeinander zu kollabieren.

Nach einer Weile rollte Jakob zur Seite, fühlte, wie der Schweiß seine Haut kühlte. Selbst mit geschlossenen Augen konnte er den Schein der flackernden Kerzen wahrnehmen, die Stefan trotz der Wärme angezündet hatte. Ein rötlicher Schimmer, der vor seinen Pupillen tanzte: Noch Jahre später, für den Rest seines Lebens, würde er brennende Kerzen und jene drückende Sommerhitze mit Stefan verbinden, mit dem besten Sex, den er je gehabt hatte.

Was ihn jedoch am meisten an diesem Mann faszinierte, war dessen unstillbarer Hunger nach Nähe, seine nie enden wollende Gier nach Liebe. Wie ein Süchtiger dem nächsten Schuss, so fieberte Stefan Jakobs Küssen entgegen, den Berührungen seiner Hände und Lippen, mal sanft, mal fordernd, aber immer noch mehr wollend. Niemals zuvor hatte sich Jakob so mächtig gefühlt, niemals so unzureichend. Aber Stefan gab auch, großzügig, verschwenderisch, als besäße er einen schier unerschöpflichen Schatz an Zärtlichkeiten, und Jakob sehnte sich nach der Vertrautheit seines Körpers, seines Lachens, seiner Stimme, wenn er nicht bei ihm war. War bald genauso süchtig wie Stefan. Es waren gestohlene Nachmittage und Nächte, die sie zusammen verbrachten, die Tür zu Stefans Wohnung fest hinter sich geschlossen, damit die Welt ihnen nicht zu nahe kam. Eine Welt, die Jakob mehr und mehr vergessen wollte.

„Bist du okay?“, fragte Stefan schläfrig. Er zündete eine Zigarette an und reichte sie an ihn weiter. Er mochte den Rauch in Jakobs Atem, es törnte ihn an.

Einmal hatte Jakob ihn deswegen veralbert, hatte den Qualm ausgestoßen wie ein rußiger Schornstein, wie eine Dampflokomotive.

Stefan hatte sich irritiert weggedreht. „So meine ich das nicht."

„Wie meinst du es dann?", hatte Jakob gefragt.

„Der Geruch der Zigaretten ... er macht dich irgendwie maskuliner."

„Dann bin ich dir also nicht männlich genug?" Jetzt war es Jakob, der sich verletzt gefühlt hatte.

„Du verstehst mich nicht. Du verstehst mich absichtlich falsch."

Marius dagegen hasste es, dass Jakob hin und wieder rauchte. Er weigerte sich, ihn zu küssen, wenn er kurz vorher eine Zigarette zwischen den Lippen gehabt hatte. „Du riechst wie ein Aschenbecher. Warum sollte ich jemanden küssen wollen, der nach Asche und Nikotin schmeckt?"

Nein, wollte Jakob jetzt antworten, ich bin nicht okay, aber das wäre Stefan gegenüber nicht fair gewesen. Er konnte nichts dafür, dass nichts mehr richtig und alles aus dem Lot gerissen worden war. Stattdessen schwieg Jakob und inhalierte das Nikotin, bis seine Lungen brannten.

Vor drei Wochen hatte es einen weiteren ihrer Freunde erwischt, Andreas, ganz plötzlich, ohne Vorwarnung: eine Lungenentzündung, gegen die kein Antibiotikum auszureichen schien. Vierzehn Tage hatte er sich im Krankenhaus gegen das Unvermeidliche gestemmt, hatte geschrien und getobt, geheult und gebettelt. War innerhalb weniger Tage von einem gutaussehenden Mann zu einem gebeugten Greis gealtert. Im Fieberdelirium hatte er sein Schwulsein verdammt und einem Racheengel Besserung gelobt, dann hatte er den Kampf aufgegeben.

Es war schon der dritte Tod innerhalb weniger Monate. Als ob sich dieses Jahr darin gefiele, Trauer zu tragen, sich mit Leid zu schmücken wie ein Weihnachtsbaum mit glitzernden Kugeln. Als ob es eine innere Befriedigung verspürte, in Jakobs und Marius' Freundeskreis zu wüten. Erst Sascha, jetzt

Andreas und davor Martin, den das Virus erst mit Erblindung schlug, bevor er sich am Wasting-Syndrom buchstäblich zu Tode schiss. Zum Schluss hatte sein Kopf ausgesehen wie ein Totenschädel und sein Körper wie der eines KZ-Häftlings.

Die Beerdigungen ließen Jakob seltsam taub werden, unempfindlich gegen den Schmerz, den er eigentlich hätte verspüren müssen. Er aß, er trank, mühte sich sogar weiter an seiner Magisterarbeit ab, redete, funktionierte. Aber alles geschah wie unter örtlicher Betäubung, als hätte ihm der Zahnarzt eine Spritze gesetzt. Nur bei Stefan gelang es ihm, diese Abgestumpftheit abzulegen, wieder er selbst zu sein, wieder zu fühlen.

Jakob drückte die Zigarette aus und lauschte den gleichmäßigen Atemzügen von Stefan. „He", flüsterte er, „schläfst du schon?"

„Mhm."

Geistesabwesend ließ er seine Hand über Stefans Rücken gleiten, spürte die Knochen der Wirbelsäule, der Schulterblätter. Bis vor ein paar Jahren war Stefan Leistungssportler gewesen, hatte Eishockey in der Kreisliga gespielt. Sein bulliger Körperbau und seine muskulösen Waden und Oberschenkel erinnerten an diese Zeit. Noch immer war es für Jakob ein Rätsel, wie ein solcher Mann ausgerechnet ihm verfallen war.

„Kannst du nicht bleiben?", nuschelte Stefan verschlafen. „Bleib, und schlaf mit mir ein."

„Und Marius? Ich hab ihm nicht Bescheid gesagt, dass ich die Nacht bei dir bleiben möchte."

Stefan seufzte. „Ich weiß ..."

Jakob lächelte traurig. Bei Marius zu sein, kam inzwischen der Ernüchterung nach einem Rausch gleich, dem Absturz nach einem Höhenflug, insbesondere, wenn er gerade von Stefan zurückkehrte. Dann war ihre Vertrautheit ihm nicht mehr genug, wirkte ihre gemeinsame Geschichte fade und langweilig, kam ihr Zuhause ihm eng und zu alltäglich vor. Was war ein Fernsehabend mit Marius gegen die Ekstase in Stefans Bett? Was war die Sorge um Marius gegen das Vergessen, das Stefan versprach? Trotzdem liebte er Marius, natürlich tat er das, er hatte ihn mehr als zwei Jahre geliebt, solche Gefühle lösten sich nicht plötzlich in Luft auf. Und doch: Jakob hatte Angst. Angst, dass diese Liebe mit der Zeit unter die Räder kommen würde, austrocknen könnte wie ein See, der von seinen Zuflüssen abgeschnitten ist. Schon jetzt fühlte sie sich kleiner an, unscheinbarer als das, was er für Stefan empfand. Litt unter der Verantwortung, die er fühlte. Ja: Er wollte nicht mehr verantwortlich sein, wollte sich einer Last entledigen. Leicht sein. Und er wollte sich nicht mehr zerrissen fühlen, hin und her gerissen zwischen diesen beiden Männern, diesen beiden Lieben, die auf ihn bauten.

Auch deshalb war er am vorherigen Wochenende überstürzt zu Katrin gereist, um Abstand zu gewinnen. Um nachzudenken und einen Entschluss zu fassen. Als er seine Tasche bei Katrin auspackte, hatte er zwischen seiner Wäsche einen kleinen Teddybären gefunden, mit schwarzen Kulleraugen und einer grünen Schleife um den Hals. Nur Marius hatte ihn heimlich in die Tasche stecken können. Ein Stofftier als stummes Zeichen, als schweigende Bitte.

„Kannst du morgen Nachmittag zu uns kommen?“, fragte Jakob und setzte sich auf.

Stefan öffnete die Augen. „Zu euch? Warum?“

„Tu es einfach. Ich muss mit euch reden. Mit euch beiden.“

Später würde er sich immer an das Gebrumm der Hummeln erinnern, die auf dem Balkon pollentrunken um den Lavendel tanzten. Würde sich an die Sonne erinnern, die an diesem Tag wie zum Hohn vom Himmel brannte, mit ganzer Kraft den Asphalt der Straßen zum Glühen brachte. Der Kater hockte in Lauerstellung unter der Balkonbrüstung, den Blick starr auf die Insekten gerichtet, nur die Haare seines Schnurrbarts zitterten vor Erregung.

„Er wird sich einen Stich in die Pfoten einfangen", sagte Marius.

„Hummeln stechen nicht. Oder zumindest nur selten", antwortete Jakob nervös. Immer wieder suchte sein Blick die Wohnungstür. Gleich würde es schellen. Gleich würde Stefan kommen. Dann gab es kein Zurück mehr.

„Du musst das nicht tun." Marius' Stimme war leise, fast nicht zu verstehen. „Ich weiß, was du vorhast. Du musst das nicht tun." Er hockte auf dem Sofa, die Beine an die Brust gezogen, an der Wand über ihm Andy Warhols Druck von Marilyn Monroe. Sie hatten das Bild gemeinsam ausgesucht, an einem Samstagnachmittag vor einem halben Jahr, als sie sich beide eine Zukunft ohne den anderen nicht vorstellen konnten. Hatten lange Zeit über die Farbe des Rahmens gestritten, bis sie sich auf violett einigten.

Jakob schüttelte unwillig den Kopf. Was wusste Marius schon davon, wie er sich fühlte! Das ewig schlechte Gewissen, wenn er in Stefans Armen lag. Die Sehnsucht, wenn er zu Marius zurückkehrte. „Doch", sagte er. „Ich ..."

Die Klingel an der Wohnungstür ließ sie beide zusammenfahren. Marius' Augen flehten ihn ein letztes Mal an, aber Jakob wich dem Blick aus und öffnete.

Es war sonderbar, Stefan zusammen mit Marius zu sehen. Sie benahmen sich nicht wie Konkurrenten, verstanden sich nicht als Gegner. Natürlich, Jakob wusste, dass sie auch einmal ein Wochenende lang etwas miteinander gehabt hatten, aber trotzdem ... In seiner Vorstellung hatte er sich einen abweisenden Marius und einen reservierten Stefan ausgemalt, doch stattdessen lächelte Stefan sein schüchternes Lächeln und umarmte Marius, und Marius erwiderte die Umarmung, als müssten sie sich gegenseitig Kraft geben für das, was in den nächsten Minuten über sie hereinbrechen, was Jakob ihnen antun würde.

„Ich kann das nicht mehr", begann er schließlich mit gesenktem Blick. „Ich habe in den letzten Monaten versucht, mich zu teilen, aber es zerreißt mich." Sie hatten im Wohnzimmer Platz genommen. Marius und er auf dem Sofa, Stefan auf einem der schwarzledernen Schwingsessel von Le Corbusier, die Marius so schön fand. „Ich halte das nicht mehr aus."

„Aber wieso?" Jakob konnte spüren, wie vorsichtig Stefan seine Worte wählte. „Hat sich einer von uns beiden jemals beschwert?"

„Nein, aber ... glaubst du, ich merke nicht, wie du mich ansiehst, wenn ich aufstehe und deine Wohnung verlasse?", fragte er. „Und bei Marius ist es dasselbe."

„Ich will dich eben nicht verlieren", brachte Marius heraus. „Ist das so schwer zu verstehen?"

„Nein, natürlich nicht, aber ..." Jakob brach frustriert ab. Wie sollte er ihnen klarmachen, dass er so nicht weitermachen konnte? Dass er einen von beiden verletzen musste, einem von beiden den Boden unter den Füßen wegreißen musste, um selbst wieder Halt zu finden? Dass er einen Platz brauchte, wo er sich zu Hause fühlte? Einen, nicht zwei.

Alle drei schwiegen und beobachteten den Kater, der seine Jagd auf dem Balkon beendet hatte und ins Wohnzimmer stolzierte. Neugierig beschnüffelte er Stefans Lederhose, dann sprang er Marius auf den Schoß. Als wollte er ihn mit seinem Körper beschützen, als wollte er Böses von ihm abwehren.

„Du musst dich nicht entscheiden", sagte Stefan eindringlich.

„Ja", stimmte Marius zu. „Du musst dich nicht entscheiden." Sie tauschten einen Blick aus, als hätten sie sich vorher verständigt.

„So ein Schwachsinn!", fuhr Jakob sie an. War für einen Moment verunsichert. Tat er wirklich das Richtige? Gab es tatsächlich keine andere Lösung? Dann gab er sich einen Ruck, schob die Zweifel beiseite. „Natürlich muss ich das, ich ... Es geht nicht anders." Er vergrub das Gesicht in den Händen und schloss die Augen. „Marius, ich liebe dich, aber ..."

„Jakob ..."

Er hatte Marius noch nie betteln hören. Doch jetzt, da er begonnen hatte, gab es keinen Weg mehr zurück. „... aber Stefan liebe ich mehr."

Es war schlimmer, als er befürchtet hatte. Marius beugte sich nach vorne, als hätte Jakob ihm einen Schlag in die Magengrube versetzt, der Kater flüchtete verstört von seinen Beinen, und Marius hielt sich die Faust vor den Mund, um sein Schluchzen zu unterdrücken. Dann sprang er auf und rannte ins Badezimmer. Jakobs erster Reflex war, hinterherzulaufen, aber wie gelähmt blieb er sitzen. Schuldbewusst. Elend.

Stefans Augen blitzten ihn anklagend an. „Du bist so ein Arschloch", sagte er. „Es hätte dich nur ein kleines bisschen Mut gekostet, ein kleines bisschen Fantasie." Und dann war er es, der den Weg ins Badezimmer fand und Marius zusammengerollt zu einem Ball auf dem Boden entdeckte, ihn aufhob wie ein kleines Kind, in die Arme schloss und tröstete.

Später, viel später am selben Abend, als Marius sich ein wenig gefangen hatte und Stefan gegangen war („Nein, Jakob, ich nehme dich heute Nacht nicht mit zu mir. Du hast das hier angerichtet. Du musst das jetzt aushalten."), klopfte es an seiner Zimmertür.

„Darf ich reinkommen?", fragte Marius.

„Natürlich." Selbst durch die geschlossene Tür konnte Jakob hören, wie sehr er sich bemühte, nicht erneut in Tränen auszubrechen, und er biss sich schuldbewusst auf die Lippe.

„Ich ... ich wollte dir nur sagen ... ich kann nicht verstehen, dass du mich verlassen willst." Marius wischte fahrig mit den Händen über seinen Oberschenkel. „Aber ich kann verstehen, was du für Stefan empfindest."

Jakob kommt gerade von der Arbeit, als er Philip kaugummikauend an seine Haustür gelehnt vorfindet, die Hände in den Taschen seiner Jogginghose vergraben. In der untergehenden Sonne leuchten seine Haare unter der Mütze, als würden sie brennen.

„Du schon wieder“, brummt Jakob und schließt die Tür auf. Irgendwie ist er nicht sonderlich überrascht, Philip zu sehen. „Bist du wieder verkloppt worden?“

„Nein. Ich …“ Jakob zieht die Augenbrauen hoch, als Philip die Strickmütze vom Kopf streift und betreten an ihm vorbeiblickt. „Ich … ähm … wollte mich entschuldigen. Für neulich. Das war irgendwie scheiße von mir.“

„Irgendwie?“ Für einen Augenblick meint Jakob, eine Veränderung an Philip zu erkennen. Da sind Fältchen in seinem Gesicht und dunkle Schatten um seine Augen, die er dort bisher nicht bemerkt hat. Als ob ihm etwas zugestoßen wäre, er etwas erlebt hätte, durch das sein sorgloser Blick auf das Leben getrübt worden ist. Doch wahrscheinlich ist sein Eindruck nur ein Effekt der Lichtverhältnisse, eine Nachwirkung der goldgeflammten, sonnendurchfluteten Haare, der seine normale Erscheinung jetzt besonders ernst aussehen lässt.

„Na ja, so ’ne krasse Show abzuziehen. In der Gärtnerei. Vor deinen Mitarbeitern. Tut mir leid, Alter … Jakob.“

„Hm.“

„Ach, komm schon, Mann! Soll ich hier auf Knien rumrutschen?“

Jakob seufzt, eigentlich kommt Philip ihm ungelegen. Er hat zu viel mit sich selbst zu tun; er kann niemanden gebrauchen, der ähnlich egoistisch handelt, der auftaucht und verschwindet, wann es ihm passt. Er geht an Philip vorbei und steigt die Treppen hinauf. Erst auf dem Treppenabsatz dreht er sich um und sieht auf den ihm hinterherstarrenden Jungen hinab. „Worauf wartest du?“, fragt er mürrisch. „Auf eine schriftliche Einladung? Oder hast du anderweitige Verpflichtungen?"

„Anderweitige ...? Nein. Hab ich nicht. Sehr witzig. Haha!", erwidert Philip. Dann schlurft er hinter Jakob nach oben.

Während Jakob in der Wohnung das Radio einschaltet, um die Stille in seinem Leben zu übertönen, bleibt Philip überrascht im Flur zurück. Mit hochgezogenen Augenbrauen registriert er das Chaos in der Wohnung. „Hattest du 'ne wilde Party gestern?"

Es sieht aus, als wäre eingebrochen worden: Jakobs Jacken liegen neben der Garderobe, Schuhe fliegen kreuz und quer auf dem Boden umher. Als Philip sich in die Küche vorwagt, bleibt er mit seinen Turnschuhen an etwas Klebrigem hängen. Das schmutzige Geschirr in der Spüle ist zu einem formidablen, sehr prekären Turm angewachsen; Pilzsporen haben begonnen, die Oberflächen mit einem weichen, schmutzigen Flaum zu überziehen. Die Reste halb gegessener Mikrowellenmenüs stehen wahllos verteilt auf dem Tisch und den Regalen, der Abfalleimer quillt über, es riecht nach Müll. Leise pfeift er durch die Zähne.

Jakob bemerkt die Unordnung und den Dreck gar nicht. Vielleicht hat er sich auch so sehr daran gewöhnt, dass es ihm nicht mehr auffällt. Er sinkt müde auf einen Küchenstuhl, greift nach einem Glas, dessen angetrockneter Bodensatz aus etwas undefinierbar Braunem besteht, und gießt sich Milch aus der Tüte auf dem Tisch ein. Erst als er das Glas an die Nase hält, verzieht er das Gesicht. „Sauer." Hilflos irrt sein Blick durch die Küche, dann sieht er Philip an. „O Mann. Was soll ich bloß machen?"

„Ich kapier gar nicht, was hier abgeht", erwidert Philip. „Hast du irgendwie 'ne Krise oder was?"

Jakob zuckt mit den Schultern. „Ich weiß nicht. Ich kann mich zu nichts mehr aufraffen. Ein Wunder, dass ich es morgens aus dem Bett schaffe und zur Arbeit gehe.“ Es stimmt. Die Erinnerungen an Marius aufzuschreiben, war ein letzter großer Kraftakt, seitdem ist er völlig apathisch. Morgens begrüßt er den Tag mit einem unwirschen Stöhnen, und abends heißt er den Schlaf mit einem erschöpften Seufzen willkommen. Was dazwischen ist, weiß er nicht; es kann nur unwichtig sein, sinnlos, unbedeutend.

Clinton kommt in die Küche spaziert, reibt sich an Jakobs Bein und fordert Fressen. Ächzend erhebt sich Jakob, reißt eine Dose Katzenfutter auf und stellt sie Clinton vor die Pfoten. Danach fällt er wieder auf seinen Stuhl zurück, mit gebeugten Schultern und hohlen Augen.

„So hab ich dich noch nie gesehen“, sagt Philip und kratzt sich ratlos am Kopf. „Du hast echt voll den Durchhänger, oder?“

„Ich weiß nicht mehr, wofür“, murmelt Jakob verwaschen.

„Was?“

„Na, das hier. Alles.“ Jakob deutet auf die Küche, die Wohnung, sich. „Es macht alles keinen Sinn mehr.“ Er verbirgt das Gesicht in seinen Händen, aber es kommen keine Tränen. Selbst die simpelste Gefühlsäußerung überfordert ihn.

Philip atmet tief durch. Soll er wirklich? Eigentlich geht ihn das hier doch gar nichts an. Außerdem hat er so etwas noch nie gemacht, und er ist keineswegs sicher, dass er jetzt das Richtige tut. Ob er das überhaupt kann. Doch dann sagt er: „Geh ins Bett. Geh schlafen, Jakob. Ich kümmere mich.“

„Du?“ Aber Jakob ist zu erschöpft, um ernsthaft zu protestieren. Mühsam steht er auf und wankt ins Schlafzimmer, wo er sich aufs Bett fallen lässt und sofort in einen tiefen, traumlosen Schlaf stürzt.

Er bemerkt nicht, wie Philip als Erstes die Fenster aufreißt, um frische Luft hereinzulassen, und dann den Müll entsorgt, halbleere Gläser in der ganzen Wohnung zusammensucht, die Spülmaschine anstellt und das überzählige schmutzige

Geschirr abwäscht. Er hört nicht, wie Philip Wasser in einen Eimer laufen lässt und dann mit einem Schrubber die Küche putzt, mit einem Lappen den Tisch und die Regale säubert. Als der Staubsauger aufheult, flackern Jakobs Augen kurz auf, aber dann schläft er weiter, während Philip im Wohnzimmer CDs und Schallplatten stapelt und einsortiert, Unterlagen zurechtrückt.

Im Arbeitszimmer stolpert Philips Blick über die handschriftlichen DIN-A4-Bögen, die auf Jakobs Schreibtisch liegen. Die Versuchung ist zu groß, er kann die Blätter nicht liegenlassen. Die Zeilen lesen sich wie Tagebucheinträge, wie ein Bericht aus einer verschollenen Zeit, voller Trauer und Sehnsucht. Philip hält inne und starrt an die Wand. Wie es wohl ist, jemanden so zu lieben? Etwas wie Neugierde regt sich in ihm.

Doch es gibt noch so viel zu tun: Der Parkettboden zum Beispiel muss gesaugt werden. Philip ist nun wirklich kein Fachmann, wenn es um Sauberkeit geht, aber Jakob hat seit Wochen nichts getan in der Wohnung. Geistesabwesend schüttelt Philip die Gedanken über Jakobs Vergangenheit ab und macht sich wieder an die Arbeit. Je länger er putzt, desto mehr Gefallen findet er daran. Es hat etwas überraschend Befriedigendes, sofort mit dem Ergebnis seiner Arbeit konfrontiert zu werden. Natürlich ist es auch viel anstrengender, als er gedacht hat. Schon nach kurzer Zeit ist er völlig verschwitzt, und er gönnt sich nach jedem sauberen Zimmer eine Zigarettenpause als Belohnung. Er sucht Jakobs Dreckwäsche zusammen und setzt sich stirnrunzelnd mit der Waschmaschine auseinander. Wozu ist ein Vorwaschgang gut, und was bedeutet Feinwäsche? Spielt es eine Rolle, welche Umdrehungszahl er wählt? Im Badezimmer entfernt er mühevoll die Schmutz- und Kalkränder aus dem Waschbecken und der Badewanne, reinigt mit gerümpfter Nase das WC und wischt den Boden. Sogar das Katzenklo säubert er, auch wenn ihm dabei fast übel wird. Da Jakobs Kühlschrank nur noch Katzenfutter, altes Poppers und ein paar vergammelte Tomaten enthält, sucht er zum Schluss nach Jakobs Schlüssel und Geldbörse und kauft im Supermarkt ein paar grundlegende Nahrungsmittel ein: Eier, Milch, Brot, Wurst und Käse, Bananen, Joghurt, Mineralwasser. Dann finden auch noch Schokolade, Zigaretten und ein paar süße Energydrinks den Weg in seinen Einkaufswagen, außerdem Chips, Erdnüsse und die neue Ausgabe der FC-Fanzeitung. Zum Schluss bestellt er telefonisch Essen, und als er nach drei Stunden Jakob weckt, kriecht der verlockende Duft von Bami Goreng durch die Wohnung.

„Komm schon, Alter“, sagt er. „Essen ist fertig.“ Philip grinst über beide Backen, als sich Jakob aus dem Bett quält und mit zunehmender Verwunderung durch die Wohnung geht.

„Wer …? Hast du etwa …?“

„Yep. Ich. Krass, oder?“

„Aber …“ Jakob weiß nicht, was er sagen soll. „Warum?“, fragt er schließlich. Es passt so gar nicht in das Bild, das er von Philip hat.

Der Junge zuckt mit den Schultern. „Keine Ahnung“, antwortet er verlegen. „Ich hatte da Bock drauf.“ Dann fügt er hinzu: „Aber glaub bloß nicht, dass ich das jeden Tag mache. Das ist voll anstrengend.“

Jakob überhört geflissentlich die Implikationen dieser Aussage. Nur weil Philip einen Anfall von Häuslichkeit hatte, heißt das noch lange nicht, dass er seine Sprunghaftigkeit abgelegt hat. Und er weiß auch gar nicht, ob er Philip ständig um sich haben möchte.

Immerhin, als er den Teller mit asiatischem Essen sieht, beginnt sein Magen zu knurren, und die beiden Männer essen schweigend. Jakob schaut aus dem Fenster; es wird langsam

Abend. Um die Straßenlaterne vor dem Haus tanzen Insekten, die Luft steht still.

„Was ist mit deinem Kerl?“, fragt Philip und rülpst zufrieden, als er den letzten Krümel verzehrt hat. Eine wohlige Schwere lässt sich auf ihm nieder.

„Welchem Kerl? Arne?“

„Der, der dich sitzengelassen hat. Hat er sich gemeldet? Hast du mal angerufen?“

Jakob schüttelt den Kopf. „Das ist vorbei. Der kommt nicht wieder.“

„Na ja, irgendwann wird er mal auftauchen müssen, oder? Seine ganzen Klamotten sind noch hier.“

Jakob reagiert nicht. Allein die Vorstellung, sich mit Arne auseinanderzusetzen, übersteigt seine Kräfte. Er hat die Gedanken an ihn beiseite gedrängt, weggeschoben. Im Moment ist nur Platz für Marius in seinem Kopf. Vielleicht war es schon immer so. Seit Silky Legs' Auftrag surren die Erinnerungen an Marius wie ein wütender Bienenschwarm in seinem Schädel herum, als hätte er sie mit einem Stock aufgescheucht. Er weiß, dass seine Therapeutin genau dies erreichen wollte, ihn gezwungen hat, sich mit Marius zu beschäftigen, und er ärgert sich, sehenden Auges in ihre Falle getappt zu sein. Weil er jetzt nicht mehr zurückkann.

Ein Schatz! Ungehalten schnaubt er auf und hat Philips Anwesenheit beinahe vergessen. Was er besitzt, ist kein Schatz, sondern die Büchse der Pandora. Und er hat sie geöffnet, hat alles Unheil freigelassen und muss lernen, mit den Folgen zu leben.

„Ich muss los“, sagt er plötzlich und springt auf.

„Was? Jetzt? Wohin?“

„Zu Marius.“

Philip sieht ihn an, als hätte Jakob den Verstand verloren, aber vielleicht hat er das ja auch. „Ähm … das ist doch der, der gestorben ist, oder?“

„Ja, genau." Jakob ist schon dabei, seine Autoschlüssel zu suchen, und merkt gar nicht, dass Philip ihn beinahe mitleidig beobachtet.

„Aber wenn er tot ist … Mann, Alter, drehst du jetzt völlig am Rad?"

„Wenn du nicht mitkommen willst, dann bleib eben hier. Ich fahre jetzt."

„Aber wohin?"

„Das siehst du dann schon. Also?"

Kopfschüttelnd steht Philip auf. Wahrscheinlich ist es im Moment nicht gut, Jakob allein zu lassen. Wenn jemand auf einen Nervenzusammenbruch zusteuert, dann dieser Kerl.

Das also ist der Raum, dem Jakob seine intimsten Geheimnisse anvertraut! In dem er seine Seele öffnet, über Marius redet und vielleicht auch über ihn, Arne. Wäre es nicht so lächerlich, würde er tatsächlich Eifersucht empfinden. Kann man auf die gelbe Farbe an den Wänden, auf eine verschwommene Fotografie, eine Couch und zwei Stühle überhaupt eifersüchtig sein? Aber das unscheinbare Mobiliar hat in wenigen Monaten mehr über Jakob erfahren als er in einer endlos anmutenden Reihe von Jahren. Vielleicht ist es auch eher Neid, was Arne fühlt. Und vielleicht ist dieses Gefühl auch weniger auf das Mobiliar in diesem Raum gerichtet als auf die Frau, die ihm gegenübersitzt, mit einem Notizblock auf dem Schoß.

Die Therapeutin hat ihre Augen geschlossen und denkt nach. Gerade hat Arne ihr erzählt, wer er ist und was er von ihr erwartet. Sie ist seine letzte Hoffnung; wenn sie ihm keine Antworten geben kann, dann, so hat er sich vorgenommen, wird er Jakob ad acta legen und ein neues, ein anderes Leben beginnen. Er wird sich eine neue Stadt suchen, einen neuen Job, eine neue Wohnung und dort wieder anfangen, wo Jakob ihn zurückgelassen hat. Und er wird sich fürs Erste nicht mehr verlieben. Das hat er sich geschworen, gleich nachdem Philip aus dem Brauhaus gestürmt ist und sich Arnes Magen verkrampft hat, weil er zu feige war, den Jungen zu verteidigen. Als ihm klar wurde, dass er ihn deshalb nicht mehr wiedersehen würde.

Die Stimme der Therapeutin schreckt ihn auf. „Ich kann Ihnen nicht helfen, Herr Konitzer. Es tut mir leid."

Arne räuspert sich, um seine Enttäuschung zu verbergen. „Warum nicht?"

„Sie erwarten etwas im höchsten Maße Unprofessionelles. Was zwischen meinen Klienten und mir in diesen vier Wänden besprochen wird, ist vertraulich. Und ich denke, das war Ihnen auch schon bewusst, als Sie hierhergekommen sind, oder?" Arne errötet. Frau Dr. Leggs hat ihn schnell durchschaut. „Ich kann Ihnen einen Kollegen empfehlen, wenn Sie für sich selber eine Therapie in Erwägung ziehen."

„Nein. Ich dachte nur, Sie könnten mir helfen, Jakob zu verstehen."

„Und ich dachte, Sie hätten die Beziehung bereits beendet?" Die Therapeutin sieht ihn aufmerksam an, und Arne bekommt einen Eindruck davon, wie treffend ihre Bemerkungen sein können. Dann steht sie auf und begleitet ihn zur Tür. „Soviel ich weiß, waren Sie länger mit Herrn Brenner befreundet als sonst jemand, inklusive Marius", sagt sie zum Abschied.

„Mehr als acht Jahre", murmelt Arne.

„Und warum, glauben Sie, ist das so?"

Es ist eine Frage, die sich Arne noch nie gestellt hat.

Es dauerte lange, bis Jakob bereit war, eine Beziehung mit Arne einzugehen. Geradezu altmodisch hatte Arne um ihn werben müssen: mit Kinobesuchen, romantischen Spaziergängen am Rhein, bei denen sie unter buntem Herbstlaub wie Kinder Kastanien sammelten, aber auch mit einem Stadionbesuch bei einem Heimspiel des FC, bei dem Jakob stolz einen FC-Schal trug und sich über Arnes neu erworbenes Podolski-Shirt lustig machte.

„Bist du FC-Fan oder findest du nur Poldi geil?“ Dabei hatte er obszön an seiner Bratwurst geleckt und ein paar irritierte Blicke der neben ihnen stehenden Zuschauer geerntet.

„Beides natürlich. Und beiß endlich ab, sonst kriegen wir hier ein paar aufs Maul!“, hatte Arne gezischt und verlegen gekichert.

Es hatte geregnet an diesem Tag, feiner Sprühregen, der sich mit der Zeit einen Weg durch ihre Jacken bahnte und ihnen in kleinen Rinnsalen den Nacken hinunterlief. Unwillkürlich waren sie enger zusammengerückt, um beide Zuflucht unter dem Schirm zu finden. Jede zufällige Berührung löste bei Arne ein Kribbeln aus, wie ein gerade noch spürbarer elektrischer Schock.

Er erinnert sich, dass er manchmal an Jakobs Unentschlossenheit, seinem Zögern zu verzweifeln drohte. Jedes Mal, wenn er das Thema einer gemeinsamen Zukunft ansprach, hatte Jakob die Unterhaltung in eine andere Richtung gelenkt, so unauffällig, dass sich Arne erst hinterher dieser Tatsache bewusst wurde. Aber er erinnert sich auch daran, wie glücklich er war, als Jakob endlich zustimmte.

Jakob wohnte damals in einer Zweizimmerwohnung, vollgestopft mit viel zu vielen Möbeln, die eine doppelt so große Wohnung hätten ausfüllen können. Abends, wenn die Sonne eine bestimmte Position überschritten hatte und Staubfusseln in einem diffusen Licht tanzten, fühlte sich Arne in den Fundus eines Museums versetzt, einen Ort, an dem überzählige und vergessene Ausstellungstücke verwahrt werden und besserer Zeiten harren. Einmal erschrak er fast zu Tode, als er im Halbschatten zwischen der Wand und ein paar Zimmerpflanzen eine gesichtslose Gestalt wahrnahm – bis er erkannte, dass er eine Schaufensterpuppe anstarrte, die ihm in einer seltsam um Hilfe bittenden Geste die Hände entgegenstreckte. Ein anderes Mal stolperte er über ein riesiges Glas voller Matchboxautos, aufgestellt auf einem niedrigen Tisch, wie ein Schrein mit absonderlichen, blechernen Reliquien.

Ins Schlafzimmer war außer dem Bett ein billiger Schreibtisch aus Pressspan gequetscht worden, an dem Jakob seinen Bürokram erledigte, daneben ein riesiger, weißer Schrank, dessen Fächer nur zur Hälfte belegt waren. Unter dem Fenster befand sich eine Frisierkommode – ein Möbelstück wie aus einer anderen Epoche, aus dunklem Holz, mit einer grauen, schweren Marmorplatte und einem fast blinden Spiegel. Arne stellte sich eine junge Frau in einem aufregenden, schwarzen Charleston-Kleid an dieser Kommode sitzend vor, die hier ihre Schminkutensilien aufbewahrte und sich zurechtmachte, bevor sie mit einer Federboa um die Schultern in einen Jazz-Klub der zwanziger Jahre aufbrach. Außer einer Schale mit Muscheln stapelte Jakob auf dem Möbel nur Bücher über Gartenbau und Pflanzen, und Arne stieß sich beim Aufstehen die Knie daran, wenn er bei Jakob übernachtete.

Auf seinem Weg vom Schlafzimmer in den Wohnraum musste man sich an einer Jugendstilanrichte vorbeischlängeln, einem zweiten, verstellbaren Schreibtisch – eigentlich eher einem Zeichenbrett – und einem großen, schweren, mit Intarsien verzierten Wandschrank, in dem Jakob nie benutztes Porzellan mit blauem Zwiebelmuster aufbewahrte und das er nur mit Verachtung betrachtete. Dann gab es noch ein schwarzes Sofa, eine kleine, in die Ecke gequetschte Essecke und den Fernseher, der auf einer Lautsprecherbox der HiFi-Anlage balancierte. Damals hatte Arne angenommen, dass Jakob einfach Gefallen an den vielen Möbeln fand, sie sich vielleicht etwas unüberlegt angeschafft hatte und langfristig plante, in eine größere Wohnung umzuziehen und ihnen dort die gebührende Geltung zu verschaffen; Jakob hatte diesem Eindruck jedenfalls nie widersprochen. Erst nachdem er vor einigen Tagen mit Katrin geredet hat, ist Arne klar geworden, dass genau das Gegenteil der Fall gewesen ist: dass Jakob die Möbel aus der gemeinsamen Wohnung mit Marius herübergerettet hatte. Dass er sich von ihnen nicht trennen konnte.

Trotzdem war es gemütlich in dieser Wohnung. Wenn Jakob am Abend Dutzende Kerzen entzündete, deren flackernder Schein die Schatten der Möbel an den Wänden tanzen ließ wie seltsam klobige Derwische, und sphärische Musik von Vangelis in den CD-Player legte, kam Arne sich vor wie in einer anderen Welt, abseits des Alltags, eine Welt, die nur Jakob heraufbeschwören konnte.

Sie lagen eng aneinandergekuschelt auf der Couch, nach einem ausgiebigen Essen und einer etwas routinemäßigen, für Arne enttäuschend schnellen Nummer. Doch er hatte bereits begriffen, dass das Benutzen eines Gummis für Jakob den Reiz am Sex minderte und er seine Ansprüche diesbezüglich herunterschrauben musste, wenn er mit Jakob zusammen sein wollte. Aber es gab Wichtigeres in einer Beziehung, oder? Zum Beispiel diese blauen Augen, deren Melancholie ihn faszinierte; zum Beispiel die verborgene Stärke, die er in Jakob spürte; zum Beispiel die Verschlossenheit dieses Mannes, die er zu gerne ergründen wollte.

„Bitte", sagte er, „ich will den Rest unseres Lebens mit dir teilen. Ich bin so verliebt."

„Der Rest meines Lebens könnte ziemlich kurz sein", wandte Jakob ein.

„Das haben wir doch schon ein paar Mal besprochen. Du hast doch selbst gesagt, dass deine Werte seit Jahren stabil unter der Nachweisgrenze sind. Komm endlich im neuen Jahrtausend an. Wo ist das Problem?"

Jakob schwieg, angelte nach seinem Rotweinglas und schwenkte den Inhalt bedächtig in seiner Hand. „Du hast keine Ahnung, worauf du dich einlässt", sagte er schließlich. „Du hast es mit einem Kriegsveteranen zu tun. Und niemand kehrt ohne seelische Verletzungen aus einem Krieg zurück."

„Das ist mir egal. Für mich ist nur wichtig, ob du auch etwas für mich empfindest. Alles andere wird sich finden."

Jakob lachte leise auf und strich ihm durch die Haare. „Du bist naiv, Arne. Das ist irgendwie süß, aber auch ziemlich erschreckend."

„Ich glaube einfach daran, dass man mit Liebe alles schaffen kann."

„Und ein Träumer bist du obendrein."

Arne setzte sich auf und sah Jakob an. „Also schön. Es ist das letzte Mal, dass ich dich das fragen werde, und ich will endlich eine klare Antwort. Keine Ausflüchte mehr, kein ‚Vielleicht', kein ‚Mal abwarten'. Willst du es mit mir versuchen, ja oder nein? Wir sind beide über vierzig, wir haben die wilden Jahre hinter uns, und zumindest ich weiß genau, was ich will. Nämlich dich."

„Du setzt mir die Pistole auf die Brust?"

„Ja", schmunzelte Arne. Er konnte Protest in Jakobs Augen aufflackern sehen und erneut dieses Zögern, das ihn in den Wahnsinn trieb. Und noch etwas anderes, darunter verborgen, kaum wahrnehmbar, aber trotz allem da: Furcht vor dem Alleinsein, vor einem Zurückbleiben, und er begriff plötzlich, dass Jakob ihn als letzte Chance verstand, so etwas wie Glück zu erleben. Es war nicht viel, um darauf eine Beziehung aufzubauen. Deshalb sein Zögern.

Aber für Arne war es ein Fundament, und er schwor sich, alles daranzusetzen, dieses Fundament, diesen Grundstein zu verstärken. Die Zeit würde für ihn arbeiten. Dachte er.

Oktober 1988

Michail Gorbatschow wird zum Staatspräsidenten der UdSSR gewählt und festigt damit endgültig seine Macht im Staat. Bisher war er nur Generalsekretär der KPdSU.

In der Tschechoslowakei, den baltischen Staaten und der DDR kommt es zu regierungskritischen Demonstrationen. Papst Johannes Paul II. fordert die westeuropäischen Staaten auf, den Demokratisierungsprozess im Ostblock aktiver zu unterstützen.

Bei einer Volkabstimmung in Chile wird Augusto Pinochet eine weitere Amtszeit als Staatspräsident verweigert. Damit beginnt auch in dem südamerikanischen Land nach 15 Jahren Militärdiktatur ein demokratischer Wandel.

Der bayerische Ministerpräsident Franz-Josef Strauß stirbt im Alter von 73 Jahren. Zu seinem Nachfolger im Amt wird Max Streibl gewählt.

ACT UP und andere Aids-Aktivisten-Gruppen belagern die US-amerikanische Food and Drug Administration (FDA). Sie führen ein „Die-in" durch und legen den Betrieb lahm, da die Genehmigung neuer Medikamente durch die FDA länger dauert, als viele Menschen mit Aids Aussicht haben zu überleben. Acht Tage nach dieser Demonstration verkündet die Behörde neue Bestimmungen, die die Genehmigung von Erfolg versprechenden Medikamenten beschleunigen sollen.

Erneut übernimmt die „Lindenstraße" eine Vorreiterrolle im deutschen Fernsehen. Im Herbst wird die Erkrankung und der Aids-Tod eines Charakters erzählt.

In Großbritannien und Deutschland belegt Whitney Houston mit „One Moment in Time" die Spitzenposition der Charts. Es ist das „Erkennungslied" der gerade beendeten Olympischen Sommerspiele in Seoul.

Die letzten fünfzehn Stunden hatte Jakob mit Stefan im Bett verbracht. Sie hatten geredet, gefickt, ferngesehen, geschlafen, gekuschelt und wieder Sex gemacht. Er begriff nie, wo die Zeit blieb; sie schien sich neuerdings in Luft aufzulösen und an ihm vorbeizuwehen wie ein lauer, kaum merklicher Sommerwind. Selbst gegessen hatten sie am Vorabend im Bett, Nudeln vom Italiener, was zu noch mehr Sex und dem Wechseln der Bettwäsche geführt hatte.

Aber nun hatte ihn ein klarer, greller Herbstmorgen schon früh geweckt, und sein unruhiger Körper sehnte sich nach Bewegung, nach kühler Luft auf der Stirn und in den Haaren. Wollte mehr spüren als nur Stefans Haut. Noch eine Berührung von Stefan und Jakob würde schreien! Also hatten sie beschlossen, in den Zoo zu gehen, um den Pavianen auf dem Affenfelsen einen Besuch abzustatten.

„Die erinnern mich immer an schwule Männer“, hatte Stefan gesagt und herzhaft gegähnt.

„Wieso das denn?“ Jakob war noch zu verschlafen gewesen, um diesen Gedankensprung nachzuvollziehen. Stattdessen hatte er Stefan beim Aufstehen beobachtet und sich darüber geärgert, beim Anblick seines nackten Körpers schon wieder geil zu werden.

„Warst du noch nie da und hast sie beobachtet? Sie denken den ganzen Tag nur ans Ficken.“

Stefan war gerade vom Bäcker zurückgekommen. Der Duft frischer Brötchen aus der Tüte in seiner Hand stieg Jakob in die Nase, während er sich vor dem Badezimmerspiegel rasierte. Über dem Rauschen des Wasserhahns hätte er das Klingeln des Telefons beinahe nicht gehört.

„Ich gehe nicht ran“, sagte Stefan. „Ich will nicht gestört werden.“ Er versuchte, Jakob von hinten zu umarmen, aber der stieß ihn unsanft weg.

„Doch. Geh ran. Es könnte Marius sein.“

Stefans Augen verengten sich zu schmalen Schlitzen, und um seinen Mund bildeten sich feine Linien. Mittlerweile kannte ihn Jakob gut genug, um zu wissen, dass dies ein Ausdruck von Verletztheit war. „Marius?"

Jakob starrte in sein Spiegelbild. „Ich ... ich hab ihm gesagt, er soll anrufen, wenn was ist. Er bekommt heute früh die Ergebnisse der neuesten Blutuntersuchung."

Die Linien um Stefans Mundwinkel vertieften sich. Seine Stimme klang enttäuscht. „Man könnte meinen, ihr seid noch zusammen. Ihr seht euch jeden Tag, ihr wohnt sogar noch in derselben Wohnung."

Es stimmte. Nach dem Ende der Beziehung war Jakob nicht ausgezogen. Er konnte sich einfach nicht zu diesem Schritt überwinden, und Marius hatte ihn angefleht zu bleiben: „Wenigstens das nimm mir nicht weg. Wir können doch versuchen, wie in einer WG miteinander klarzukommen."

Und Jakob hatte eingewilligt, aus einem schlechten Gewissen heraus, aus Bequemlichkeit, aus finanziellen Gründen. Weil er einen Platz brauchte, an dem er sich von Stefan erholen konnte.

In den letzten Wochen war das Gefühl der Erschöpfung, das er nach ein paar Stunden mit Stefan verspürte, immer stärker geworden. Es war, als saugte Stefan ihn leer, zapfte seine Gefühle ab – wie ein Vampir, der sich am Blut seiner Opfer satttrank. Beinahe benommen taumelte Jakob nach Hause, wenn er ein oder zwei Tage mit Stefan verbracht hatte, kroch auf sein Bett und schlief traumlos, reglos, wie ein Toter.

„Ich kann Marius damit nicht vollkommen alleine lassen!" Jakobs Antwort fiel heftiger aus, als er beabsichtigt hatte. Seine Hände zitterten, und er legte vorsichtig den Nassrasierer zur Seite. „Ich ... ich fühle mich verantwortlich."

Und auch das entsprach der Wahrheit. Es war eine Illusion gewesen zu glauben, dass sein Gefühl der Zerrissenheit verschwinden würde, wenn er reinen Tisch machte und sich für einen der beiden Männer entschied. In Gedanken war er häufig bei Marius, wenn er in Stefans Armen lag. Und wenn er Marius zu einem Arzttermin begleitete, dachte er an Stefan. Nichts hatte sich geändert.

„Aber du bist nicht ..."

„Geh endlich ans Telefon!", fiel ihm Jakob ins Wort. Unwirsch lief er in Stefans Schlafzimmer und nahm das Gespräch selber an. „Ja, hallo?"

„Sechs", hörte er Marius' dumpfe Stimme am anderen Ende der Leitung. „Es sind nur noch sechs Helferzellen."

Jakob sah aus dem Fenster in das gleißende Licht und war für einen Moment blind. „Scheiße", flüsterte er. „Und jetzt?"

Marius antwortete nicht, und Jakob stellte sich vor, wie er vor seinem Zeichenbrett saß und mit den Schultern zuckte, hilflos, verloren, allein. „Kannst du kommen? Ich meine, ich will nicht stören oder so, aber ... bitte?"

„Ja. Ja, natürlich. Ich mache mich auf den Weg."

„Du willst zu ihm?", fragte Stefan, als Jakob das Telefonat beendet hatte. Es war mehr eine Feststellung. Er vermied es, Jakob in die Augen zu sehen.

„Ich muss."

Stefan schwieg.

„Er hat ganze sechs Helferzellen!", fuhr Jakob ihn an. „Was soll ich denn machen?"

Stefan schüttelte den Kopf und drehte sich weg. „Geh", brachte er heraus.

„Stefan, bitte, ich ..."

„Du sollst gehen!"

Jakob seufzte frustriert. Warum war alles so kompliziert geworden? „Ich rufe an nachher, okay? Wir treffen uns heute Abend."

Stefan tat, als hätte er ihn nicht gehört.

*

Marius lag angezogen auf seinem Bett und starrte an die Decke, als Jakob die Tür aufschloss. Er sah schmaler aus als sonst, müde, und Jakob fragte sich, ob er Gewicht verloren hatte. Für einen Moment schien Marius gar nicht zu registrieren, dass Jakob vor ihm stand. Erst als er sich zu ihm setzte, schreckte er aus seinen Gedanken. Jakob deutete stumm auf seine geröteten Augen, und Marius winkte ab.

„Geht schon wieder." In seine Stimme kämpfte sich erzwungene Normalität zurück. „Ich komme schon klar." Hieß das, er brauchte Jakob nicht? Und warum gab das Jakob einen Stich? Warum verletzte ihn das? „Du hättest nicht kommen müssen."

„Was? Erst rufst du an und heulst mir was vor und dann ..."

„Ich hab nicht geheult."

„Schön, du hast nicht geheult. Aber du wolltest, dass ich bei dir bin."

„Das war ein Reflex", erwiderte Marius bitter. „Ich hab nicht nachgedacht."

„Na, toll", schimpfte Jakob. „Vielleicht denkst du beim nächsten Mal nach, bevor du anrufst! Ich hab einen Krach mit Stefan riskiert, weil ich mich direkt aufs Fahrrad gesetzt habe und ..."

„Dann fahr eben wieder zurück!"

„Das nützt jetzt auch nichts mehr. Stefan ist schon sauer."

„Deine Beziehungsprobleme gehen mir echt am Arsch vorbei."

„Verdammt, Marius, du hast doch angerufen! Warum hast du gefragt, ob ich kommen kann, wenn du ..."

„Vielleicht wäre es doch besser, wenn du ausziehst", erwiderte Marius kalt. „Wenn du aus meinem Leben verschwindest."

„Was?"

„Vielleicht wäre es besser, wenn ..."

„Das meinst du nicht im Ernst!"

„Ach nein?"

Jakob sah ihn fassungslos an. Dann drehte er sich auf dem Absatz herum und ging in sein Zimmer, ließ die Tür hinter sich ins Schloss knallen.

Das Bett, das er kaum noch benutzte, seit er die meisten Nächte bei Stefan verbrachte, stand frisch bezogen und mit glatt gestrichener Bettdecke an der Wand. Marius schlief in seinem eigenen Bett, dem Einzelbett, das er aus seinem alten Kinderzimmer hierhergeschafft hatte. Tatsächlich konnte es keiner von beiden ertragen, in dem Doppelbett zu schlafen. Es fühlte sich ... falsch an. Es gehörte in eine andere Zeit, eine andere Ära, es barg zu viele Erinnerungen. Manchmal, wenn Jakob es trotzdem nutzte, weil Stefan im Nachtdienst war oder er eine Pause brauchte, um sich von ihm zu erholen, hatte er das merkwürdige Gefühl, dass das Bett ihm aktiv Widerstand leistete. Dann fühlte sich das Laken kratzig an, die Decke war zu schwer, oder er hatte Albträume. Als wollte es ihm sagen, dass er nicht mehr hierhergehörte, dass er das Recht, in diesem Bett die Nacht zu verbringen, verwirkt hatte.

Ein Klopfen an der Tür ließ ihn wissen, dass Marius sich gefangen hatte. Auch das war neu zwischen ihnen, die ungewohnte Respektierung einer Privatsphäre, die früher ihre gemeinsame gewesen war. So höflich, so distanziert, so ungelenk.

„Es tut mir leid", sagte Marius. Über seiner Oberlippe standen feine Schweißperlen, und er kühlte sie mit dieser unbewussten, ungeduldigen Geste, die Unterlippe nach vorne schiebend, einen Atemstoß nach oben blasend. So vertraut, so alltäglich. „Ich will nicht, dass du ausziehst. Ich bin ein bisschen neben der Spur."

Er setzte sich an Jakobs Schreibtisch und sah unglücklich auf die unberührten Kopfkissen. „Können wir ... ein bisschen kuscheln? Nur so, ohne Hintergedanken?"

Sie hatten den Bezug gemeinsam ausgesucht. Ein heller Blauton mit geometrischen, etwas dunkleren blauen Zeichen und Zahlen, als hätte jemand eine mathematische Formel über den Bezügen verstreut.

„Unsere erste gemeinsame Bettwäsche", hatte Marius an der Kasse gestrahlt. Die Verkäuferin hatte ihnen zugelächelt, und Jakob hatte nicht gewusst, ob er peinlich berührt sein oder sich freuen sollte.

Wortlos legte sich Jakob aufs Bett. Marius kauerte sich an seine Seite, und Jakob fühlte sein Herz schlagen, erst schnell und hektisch, unstet, dann immer langsamer, bis es sich beruhigt hatte und auf eine normale Frequenz zurückgefallen war.

„Sind es wirklich nur noch sechs?", flüsterte er.

Marius nickte kaum merklich. „Gerade noch ein halbes Dutzend. Ich sollte ihnen Namen geben."

Jakob spürte, wie ein Lächeln über seine Lippen flog, trotz allem. „Ernst und Hugo und Simon und Torsten", ließ er sich auf das Spiel ein. „Rüdiger und Detlev."

„Rüdiger und Detlev? Auf keinen Fall." Marius boxte ihn in die Rippen. „Meine Helferzellen bekommen keine tuntigen Vornamen!"

Danach war es lange Zeit still. Jakob fühlte ihren gemeinsamen, ratlosen Atem mehr, als er ihn hörte; draußen auf der Straße, fünf Stockwerke unten ihnen, in einer Welt, die nur noch selten die ihre war, schellte eine Fahrradklingel, und der Motor eines Autos heulte auf. Irgendwo im Haus schlug ein Fenster im Wind.

„Weißt du, was ich mir manchmal vorstelle?", sagte Marius. Sein Kopf wärmte Jakobs Seite.

„Was?"

„Dass wir das beide überleben und unser ganzes Leben Freunde bleiben. Also nicht Freunde, sondern ... Freunde eben."

„Ich verstehe schon."

„Und dann sitzen wir eines Nachmittags irgendwo auf einer Parkbank, an so einem Tag wie heute. Die Blätter an den Bäumen verfärben sich langsam und beginnen zu fallen, aber es ist noch schön genug, um eine halbe Stunde im Freien zu verbringen, sich von der Herbstsonne wärmen zu lassen. Wir sind beide alt und grau geworden; vielleicht haben wir einen Stock, vielleicht sind unsere Rücken gekrümmt, aber wir haben überlebt. Und wir schauen auf unser Leben zurück und können sagen, dass es gut war. Trotz allem. Das ist ein so friedliches Bild."

„Ja", antwortete Jakob mit belegter Stimme. „Das würde mir gefallen."

„Ich kann das nicht mehr!", erklärte Jakob gequält. „Es ist zu viel, zu eng, zu nah." Das Fauchen der Kaffeemaschine unterbrach ihn, hallte durch den Raum wie die Drohgebärde eines wildes Tieres. Sie hatten sich auf neutralem Terrain in einem Café in der Innenstadt getroffen. Jakob hatte darauf bestanden, aus Angst, Stefan könnte ihm eine Szene machen. „Ich halte das nicht mehr aus", schloss er lahm.

In den Einkaufsmeilen herrschte Hochbetrieb; Passanten bepackt mit Plastiktaschen hasteten an dem Fenster vorbei, vor dem sie saßen. Unter den strengen Augen von zwei Lehrerinnen überquerte eine Grundschulklasse in Zweierreihen den Zebrastreifen.

Am Tisch nebenan servierte der Kellner Espresso, während sich Stefans Augen zu Schlitzen verengten. Seine Lippen formten einen dünnen Strich, als könnte er durch das Zusammenziehen seiner Gesichtsmuskulatur seine wahren Gefühle verbergen. „Dasselbe hast du vor ein paar Monaten zu Marius gesagt." Er starrte in seinen unangetasteten Kaffee.

„Alle Gefühle, die ich habe, saugst du auf wie ein Schwamm!", warf Jakob ihm vor. „Ich bin völlig leer!"

Stefan lachte verbittert auf und schüttelte den Kopf. „Ja, gib mir die Schuld. Mach es dir nur schön einfach."

„Einfach? Nichts ist mehr einfach. Schon lange nicht mehr." Plötzlich war Jakob den Tränen nah, dabei hatte er sich geschworen, nicht zu heulen. Er wollte, dass Stefan ihn in den Arm nahm und sanft hin und her wiegte, bis er sich beruhigte. Weil er ihn nie wiedersehen würde, wollte er von ihm über den Schmerz hinweggetröstet werden. Und er wollte aufspringen und weglaufen. Diesen Mann aus seinem Leben verbannen. Frei sein.

„Du hättest dich nicht entscheiden müssen", sagte Stefan leise.

Es klang wie das Echo des Gesprächs, das sie schon einmal geführt hatten, ein Widerhall. War er, Jakob, wirklich die ganze Zeit im Kreis gelaufen? Hatte er sich gedreht und gedreht, nur um am Ende wieder genau da anzukommen, wo er vorher schon einmal gestanden hatte? Er wollte so gerne glauben, dass er in den letzten Monaten immer die richtigen Entscheidungen getroffen hatte, dass er nicht anders hätte entscheiden können, aber er war nicht mehr sicher, ob er sich nicht etwas vorgemacht hatte.

„Vielleicht hast du recht. Vielleicht hattet ihr beide recht, du und Marius." Jakob ließ den Kopf hängen. „Aber ich bin nicht mutig genug. Ich bin nicht stark genug."

„Natürlich bist du das. Du bist der Stärkste von uns dreien. Du weißt es nur noch nicht."

Jakob blieb stumm.

„Gehst du zu Marius zurück?" Stefan versuchte nicht einmal, um ihn zu kämpfen. Als hätte er diesen Moment kommen sehen, als hätte er schon immer gewusst, dass sie eines Tages auf diesen Stühlen in diesem Café enden würden.

„Nein." Jakob zog eine Grimasse und stand auf. „Ich will dich nicht mehr sehen", sagte er. „Ich will auch nichts mehr von dir hören. Wenn du mich irgendwo zufällig siehst, geh ... geh mir einfach aus dem Weg."

„Aber ..."

„Nein." Plötzlich war es mit seiner Beherrschung vorbei. „Ich wünschte, ich wäre dir nie begegnet", zischte er Stefan an. „Ich wünschte, du würdest tot umfallen." Stefan zuckte zusammen, als wäre er geschlagen worden, und Jakob hielt erschrocken inne. „Nein", murmelte er. „Das natürlich nicht. Es war nicht so gemeint. Es tut mir leid."

Hastig kramte er ein paar Münzen aus seiner Hosentasche, warf sie auf den Tisch und vermied es, Stefan ein letztes Mal anzusehen. Er wollte nicht, dass dieser Mann bemerkte, wie sehr er sich schämte. Dafür, dass er seinetwegen Marius verlassen hatte. Dafür, dass er die Zeit mit ihm so genossen hatte. Dafür, dass jede Faser seines Körpers jetzt von ihm wegwollte. Dann drehte er sich um und verließ das Café.

Als er um die Ecke gebogen war, begann er zu rennen, und er hielt erst wieder an, als das Blut in seinem Kopf rauschte und der Puls in seinen Schläfen schlug wie das Trommelfeuer eines Schnellfeuergewehrs.

Es ist fast dunkel, als Jakob den Wagen auf dem kleinen Parkplatz neben einem Supermarkt abstellt. Obwohl er auf der Fahrt quer durch die Stadt mehr als genug Zeit hatte, sich zu erklären, hat er noch immer kein Wort über sein Ziel verloren.

„Wo sind wir?“, fragt Philip, als er aus dem Auto klettert.

„Stammheim“, murmelt Jakob. „Kurz vor der Stadtgrenze.“

„Und wir gehen jetzt hier einkaufen oder was?“

Jakob schüttelt den Kopf und schlägt einen Weg ein, der sie wegführt von dem Supermarkt, vorbei an einer langgezogenen, verwitterten Backsteinmauer, hinter der hochgewachsene Platanen die Zweige nach ihnen ausstrecken. Unter den Geruch von Erde und Gras mischt sich ein süßlicher, schwerer Duft, als hätte jemand zu viele Blumen in einen zu kleinen Raum gestellt.

Vor einem Tor aus rostigen Metallstäben bleibt Jakob stehen. Dahinter ist halb versteckt zwischen ein paar Bäumen eine kleine Kapelle zu sehen, rechts davon mehrere Reihen mit Gräbern und Grabsteinen. Ein schmaler Weg führt von der Kapelle weg, verzweigt sich wie ein Labyrinth und führt zu weiteren Grabstellen. An einem Brunnen füllt eine alte Frau ihre Gießkanne nach und wirft einen verwelkten Blumenstrauß auf den Kompost.

„Marius liegt hier begraben“, sagt Jakob.

„Krass“, antwortet Philip.

Als sie das Grundstück betreten, kommt ihnen ein Friedhofsangestellter entgegen. Er nickt ihnen zu und erinnert sie, dass der Friedhof bald schließt. Jakob läuft schnurstracks geradeaus, dann biegt er links ab, dann rechts, bis er in der Nähe eines Busches vor einem grob behauenen, grauen Stein stehenbleibt, auf dem Marius' Name und seine Geburts- und Sterbedaten zu lesen sind, in kupfernen Lettern. Das Grab ist mit einem immergrünen Bodendecker bepflanzt, der sich über die gesamte Fläche des Grabes ausgebreitet hat.

„Kleine, weiße Blüten von Mai bis Juni, und im Herbst rote Beeren", sagt Jakob mit belegter Stimme. Er starrt auf den Grabstein und kaut auf seiner Lippe.

„Kommst du oft hierher?", fragt Philip.

„Nein. Nicht mehr. Früher ja. Als ich seine Mutter noch regelmäßig besucht habe. Sein Elternhaus war hier in der Nähe."

„Und warum wolltest du jetzt hierhin?"

Jakob zuckt hilflos mit den Schultern.

Philip dreht den Kopf und betrachtet die Nachbargräber. Ein schwarzer, glänzender Stein mit den „Betenden Händen" von Dürer, darunter zwei Namen, Eheleute. Eine dunkelbraune Marmorplatte, unter der anscheinend eine ganze Familie beerdigt ist und auf der eine Vase mit Vergissmeinnicht steht. Es gibt nur wenige Einzelgrabstellen in dieser Reihe, die meisten sind Doppelgräber – so groß wie das von Marius.

„He, was …" Philip runzelt die Stirn. „Das … das ist nicht nur für deinen Marius, oder?"

„Nein", erwidert Jakob schwerfällig. „Da ist noch Platz für mich."

„Du musst es mir versprechen!" Marius' Atem pfeift rasselnd durch seine Lungen, und auf seiner Stirn stehen Schweißperlen. „Ich will neben dir liegen." Sein Blick ist insistierend, und seine Hand umklammert Jakobs Handgelenk, als er sich im Krankenbett aufstützt. Für einen Moment glaubt Jakob, dass Marius im Fieberwahn spricht, aber seine Augen sind klar. Er muss es ernst meinen.

„Sag doch nicht so was. Du wirst wieder gesund. Bestimmt."

„Versprich es mir!"

„Aber ich habe kein Geld, um das zu bezahlen", erwidert er verzweifelt. „Woher soll ich das Geld nehmen?"

Marius lässt sich enttäuscht auf das durchgeschwitzte Kissen zurückfallen.

„Schon gut", sagt Jakob. „Ich ... ich lasse mir was einfallen. Versprochen."

Wie soll er das Marius' Eltern klarmachen?

„Hm? Was?" Philips Stimme lässt ihn auffahren. Plötzlich findet er sich in der Gegenwart wieder und starrt auf das steinerne Versprechen, das er Marius vor einem halben Leben gegeben hat.

„Du weißt schon, dass das ein bisschen ... abgefahren ist, oder?", wiederholt Philip vorsichtig. „Ich meine ... vor seinem eigenen Grab zu stehen. Ich finde das gruselig."

„Wir mussten eine Grabverfügung aufsetzen und das Ganze in aller Schnelle notariell beglaubigen lassen, ansonsten wären seine Eltern einfach über seinen Wunsch hinweggegangen. Ich hab das Geld bei Freunden zusammengekratzt und dann nach dem Studium abgestottert, als ich die Gärtnerei aufgemacht habe. Trotzdem war nur die einfachste Beerdigung drin. Ein billiger Holzsarg und ein Strauß Rosen, während seine Eltern einen dicken Kranz aus weißen Lilien neben den Sarg gestellt haben. Das hat so wehgetan."

„Trotzdem gruselig", beharrt Philip.

„Eher merkwürdig", erwidert Jakob schließlich. „Aber auch erst jetzt. Früher hat es mich beruhigt. Ich dachte damals, dass ich ihn höchstens um zwei oder drei Jahre überlebe."

Sie schweigen und Philip zündet sich eine Zigarette an, bläst den Rauch in den Frühlingsabend. Die letzten Strahlen der Sonne blitzen auf und versinken am Horizont.

„Woran denkst du, wenn du dich an ihn erinnerst?", fragt er plötzlich. „Als Erstes, ohne zu überlegen!"

„Wozu soll das gut ..."

„Jetzt mach schon! Nicht nachdenken!"

„Als wir damals nach Italien gefahren sind zum Beispiel ..."

„Ja, ich weiß, Madonna und so, aber das meine ich nicht ..."

„Was heißt das, du weißt? Ich habe dir noch nie davon erzählt!"

Philip hält inne. „Sorry. Ich hab … da lagen diese Zettel auf deinem Schreibtisch, und ich hab einen Blick hineingeworfen."

„Du hast das alles gelesen?"

Philip nickt schuldbewusst.

„Ich …" Jakob ist aufgewühlt. Am liebsten würde er Philip eine Ohrfeige verpassen. „Das war persönlich! Das geht dich nichts an!"

„Dann lass es nicht so offen herumliegen!", kontert Philip.

„In meiner eigenen Wohnung?"

Der Junge scheint es für das Beste zu halten, Jakobs Ärger zu ignorieren. „Was ich meinte … das waren alles Szenen aus eurer Beziehung. Aber was hat Marius so besonders für dich gemacht?"

„Sein Lachen zum Beispiel", sagt Jakob. Die Antwort springt von seinen Lippen, bevor er lange überlegen kann, und für den Moment ist sein Unmut über die Verletzung seiner Privatsphäre tatsächlich vergessen. „Ich erinnere mich an sein Lachen. Das kam so überfallartig, und man musste immer mitlachen. Ob man wollte oder nicht."

„Und sonst?"

„An seinen Gang. Der hatte so etwas Wiegendes, als ob er sich auf einem Laufsteg befände. Ich habe Marius immer schon von Weitem an seinem Gang erkannt. Und … und ich erinnere mich an seinen Schwanz."

„Seinen Schwanz?", fragt Philip entgeistert, und Jakob wird rot.

„Der … der lag gut in der Hand", sagt er verlegen. „Und …"

„Und was?"

„Nein. Das kann ich nicht sagen."

„Ich will es aber wissen!"

„Sein Schwanz hatte ein bisschen zu viel Vorhaut, und wenn ich darauf herumgekaut habe, hat ihn das fast wahnsinnig gemacht", platzt Jakob heraus und fängt an zu lachen. „Er konnte es kaum ertragen, und trotzdem hat es ihn total geil gemacht." Dann wird er plötzlich wieder ernst. „Aber ich habe vergessen, wie Marius' Stimme klang", sagt er traurig. „Ich kann mich nicht mehr an seine Stimme erinnern."

Arne sitzt in einem kleinen Park auf einer verwitterten Bank und rührt selbstvergessen in einem Milchshake. Im Apartment ist ihm die Decke auf den Kopf gefallen; seit Philip nicht mehr da ist, kommt ihm die kleine Wohnung noch enger und düsterer vor.

Er ist der Einzige, der an diesem Sonntag, bei diesem Wetter eine Mütze und ein langärmeliges Hemd trägt und sich im Schatten aufhält. Alle anderen Besucher haben ihre Jacken auf dem Rasen ausgebreitet und genießen die Wärme mit geschlossenen Augen, lesen Zeitung, unterhalten sich. Aber er weiß aus Erfahrung, wie empfindlich seine blasse, sommersprossige Haut reagiert. Mehr als einmal hat er sich schon im Frühjahr einen Sonnenbrand geholt. Seitdem cremt er sich ein, sobald die Sonne Kraft genug hat, und trägt lange Kleidung.

Er hat den Park mit Bedacht gewählt. Früher einmal war er einer von seinen und Jakobs Lieblingsorten. Der Park liegt am Rande eines Platzes, der vor Jahren zur Fußgängerzone umgewandelt worden ist, in einem belebten Viertel der Stadt. Rundherum befinden sich Mietshäuser, bewohnt von Arabern, Italienern, Griechen und Deutschen, deren Kinder über den Platz tollen, Versteck spielen und Handyfotos begutachten. Ihre aufgeregten Stimmen wehen zu ihm herüber. Neben dem Café, in dem er sich seinen Milchshake geholt hat, haben sich ein libanesisches Restaurant angesiedelt, ein türkischer Imbiss und eine Pizzeria; der Duft von fremdartigen orientalischen Gewürzen, Salami und Kaffee vermischt sich hier auf eine ganz eigene, mundwässernde Weise. Der Park wird von alten Bäumen und knorrigen Büschen umgeben, in deren Unterholz Kaninchen nisten und über deren Äste Eichhörnchen huschen – eine kleine Großstadtoase.

Sonntage, Tage wie dieser, haben Jakob und ihm immer am besten gefallen. Das einzige Mal in der Woche, wo sie zusammen ausschlafen und ihrem eigenen Rhythmus folgen konnten, ohne von Terminen oder Verpflichtungen gehetzt zu werden. Nach einem ausgedehnten Frühstück hat sich Arne bei schlechtem Wetter auf dem Sofa in eines seiner Computermagazine vertieft, während Jakob auf dem Parkett *Die Zeit* gelesen hat. (Er behauptet, dass man die Wochenzeitung aufgrund ihres Formats und ihrer Dicke grundsätzlich nur auf dem Boden liegend lesen kann.) Bei schönem Wetter sind sie durch die Stadt spaziert und mehr als einmal hier gelandet, in diesem Park oder einer der angrenzenden Gaststätten, wo sie bei Saltimbocca und schwerem, italienischem Rotwein mit dem Chef der Pizzeria, Giulio, Bruderschaft getrunken haben. Einmal, irgendwann im Sommer des zweiten oder dritten Jahres ihrer Beziehung, haben sie unter der vom Blitz getroffenen, geborstenen Trauerweide sogar ein Picknick gemacht, haben belegte Brote und Salat gegessen, Sekt geschlürft, und Jakob ist auf Arnes Schoß eingedöst. Arne hat diesen Ort immer als etwas Besonderes betrachtet, etwas, das nur ihnen gehört. Bis er von Jakob erfahren hat, dass auch dieser Ort Erinnerungen an Marius birgt.

„Wir hatten hier unseren ersten Streit“, hatte Jakob plötzlich gesagt, in der Hand ein paar Haselnüsse, die er für die Eichhörnchen mitgenommen hatte. Arne hatte ihm angesehen, dass er eigentlich gar nicht darüber reden wollte, dass ihm die Bemerkung nur herausgerutscht war, unbeabsichtigt, zufällig.

„Ach ja?“ Er hatte aufpassen müssen, dass seine Stimme möglichst gleichgültig klang. Dabei hätte er Marius am liebsten posthum gewürgt, weil er sich erneut aus dem Jenseits in ihre Beziehung einmischte. Und gleichzeitig war er neugierig auf die Geschichte hinter dieser Bemerkung. Wenn Jakob aus dieser Zeit etwas preisgab, klaubte er die Informationen wie Brosamen vom Boden auf, dankbar für jeden Hinweis, den sie auf Jakobs früheres Leben enthielten, und verärgert, dass er auf ihre Hilfe angewiesen war, um den Mann, den er liebte, zu verstehen.

„Wir waren vielleicht zwei Monate zusammen“, hatte Jakob gesagt und ein paar Haselnüsse ins Gras gestreut, um die Nager anzulocken. „Wir sind hier mit den Rädern durchgefahren, als uns Hans entgegenkam.“

„Wer ist Hans?“

Ein Schatten war über Jakobs Gesicht geflogen, bevor er weitergesprochen hatte, und Arne hatte nicht einschätzen können, ob der Ärger ihm und seiner Nachfrage galt oder der Erinnerung an diesen anderen Mann. „Hans war hinter Marius her. Jedes Mal, wenn wir ihm in der Szene über den Weg liefen, hat er ihn angebaggert. Es war ihm egal, ob ich dabei war oder nicht. Und Marius ist auf das Spiel eingegangen und hat zurückgeflirtet. Ich glaube nicht mal, dass er auch was von Hans wollte, wahrscheinlich fühlte er sich nur gebauchpinselt. Ich hatte ihm schon ein paar Mal gesagt, dass ich das nicht okay fand, aber er hat immer nur gelacht, hat mich nicht ernst genommen. Jedenfalls, an dem Tag ist er vom Rad gestiegen, um Hans zu begrüßen, Küsschen links, Küsschen rechts, und bei mir sind plötzlich alle Sicherungen durchgebrannt. Ich bin auf Hans los und habe ihn angebrüllt, dass er sich verziehen soll, dass Marius zu mir gehört, und ich habe ihm Prügel angedroht, wenn er meinen Mann auch nur noch ein einziges Mal betatscht. Die Leute haben sich zu uns umgedreht, aber mir war das in dem

Moment völlig egal, so sehr war ich in Rage. Hans ist mit eingezogenem Schwanz davongelaufen."

„Und dann?"

„Dann hat Marius losgelegt. Was mir einfallen würde, mich so aufzuführen. Dass er noch nie so etwas Peinliches erlebt hätte, und ich sollte mich nicht wie eine hysterische Tunte benehmen." Arne hatte bemerkt, wie sich Jakobs Gesichtszüge selbst nach so vielen Jahren noch verhärteten.

„Ich dachte, ihr wärt euch sowieso nicht treu gewesen?", hatte er gefragt. Und damit, ähnlich wie Marius, gemeint, was denn die ganze Aufregung sollte.

„Was hat das denn damit zu tun?", hatte ihn Jakob angeblafft. „Glaubst du im Ernst, dass das vor Eifersucht schützt?"

Arne erinnert sich nicht mehr an das Ende von Jakobs Geschichte, aber während er den Rest seines Milkshakes auf einer verwitterten Parkbank trinkt, erinnert er sich, dass er sich damals gefragt hat, ob Jakob jemals seinetwegen zu einer solchen Eifersucht fähig sein würde.

Dezember 1988

Überraschend kündigt der sowjetische Staats- und Parteichef Gorbatschow bei der jährlichen UN-Hauptversammlung weitreichende einseitige Abrüstungsschritte an. Der Westen ist auf diesen Kurswechsel völlig unvorbereitet. Unterdessen bekräftigen Kuba und die DDR ihre Ablehnung der sowjetischen Perestroika-Politik.

Beim Bombenanschlag auf ein amerikanisches Passagierflugzeug am 21. Dezember 1988 über der schottischen Gemeinde Lockerbie kommen 270 Menschen ums Leben. Schon früh gibt es Hinweise auf eine Täterschaft Libyens, aber erst im Jahr 2002 übernimmt Machthaber Gaddafi indirekt die Verantwortung für den Anschlag und erklärt sich zu einer millionenschweren Abfindung an die Familien der Opfer bereit.

Benazir Bhutto wird Premierministerin von Pakistan. Damit steht erstmals eine Frau an der Regierungsspitze eines islamisch geprägten Landes. Im Dezember 2007 fällt die wegen Korruptionsvorwürfen umstrittene Politikerin einem Mordanschlag zum Opfer.

In Armenien kommen bei einem Erdbeben 25.000 Menschen ums Leben.

Im Interview mit einem Privatsender bezeichnet der neue bayerische Innenstaatssekretär (und spätere bayerische Ministerpräsident) Günther Beckstein uneinsichtige HIV-Positive als „Todesbomben" und fordert Zwangsmaßnahmen mit den Worten: „Man kann niemanden entsprechend herumleben lassen." Die Deutsche Aids-Hilfe (DAH) verklagt den Politiker daraufhin wegen Volksverhetzung und Beleidigung – und verliert den Prozess ein knappes halbes Jahr später.

Am 1. Dezember 1988 wird weltweit zum ersten Mal der Welt-Aids-Tag begangen.

In Deutschland führt Bobby McFarrin mit „Don't Worry, Be Happy" die Charts an; in Großbritannien steht Cliff Richard mit „Mistletoe and Wine" an der Spitze.

Jakob stolperte die Fuggerstraße entlang. Es war gar nicht so einfach, über die rutschigen Bürgersteige zu manövrieren, wenn man nicht mehr nüchtern war.

Er hatte den Abend im „Knast" begonnen, der legendären Lederkneipe in der Nähe vom Wittenbergplatz, hatte in einer Stunde drei Flaschen Bier in sich hineingeschüttet und vier Schwänze geblasen. Er hatte keine Ahnung, wie die Männer aussahen, denen die Schwänze gehörten, aber das war unwichtig; er war einfach in die Hocke gegangen, hatte sich mit Poppers zugedröhnt und die Augen geschlossen. Jetzt, weit nach Mitternacht, zog er weiter durch den Schöneberger Kiez.

Es war kalt in Berlin, viel kälter, als es in Köln jemals wurde. Niemand hatte ihn gewarnt, wie eisig die Winter im Osten sein konnten, und er fror im Grunde ständig, eine Kälte, die zuerst seine Füße und seine Finger klamm werden ließ, dann die Ohren und die Nase. Seit er hier angekommen war, hatte er Schnupfen und eine hartnäckige Bronchitis.

Jakob wechselte die Straßenseite, lief vorbei an einer Kneipe mit grellbunten Weihnachtslichtern und ein paar Tannenzweigen in den Fenstern. Schnee türmte sich an den Rändern der Bürgersteige in schmutzigen, unansehnlichen Haufen, stob beim geringsten Windstoß wie feiner, nasser Staub von schweren Ästen, rieselte in dicken Flocken von einem grauschwarzen Himmel in seinen Nacken, knirschte unter seinen für dieses Wetter völlig unzureichenden Turnschuhen. Nachts formten sich Eiskristalle an den Fensterscheiben, und die Luft schnitt scharf in seine Kehle, wenn er einatmete.

Das Examensstipendium war ihm wie ein Geschenk Gottes in den Schoß gefallen. Im Spätsommer hatte er sich beworben. Hatte den Antrag eingereicht und dann komplett vergessen; die Trennungen von Marius und von Stefan hatten jeden Gedanken daran verdrängt. Eintausend D-Mark und ein vierwöchiger Aufenthalt in Berlin, damit er in der John-F.-Kennedy-Bibliothek der FU Dokumente einsehen konnte, die an der Kölner Uni nicht vorhanden waren und die er benötigte, um seine Magisterarbeit fortzuführen. Er hatte sein Glück kaum fassen können. Hatte hastig eine große Reisetasche gepackt, sich in den Zug gesetzt und war über die Grenze der DDR hinweg in die ehemalige Hauptstadt gereist. Es war beinahe eine Flucht gewesen.

Berlin schüchterte ihn ein. Es war laut, dreckig und rastlos, die linke Szene zu aggressiv, zu radikal, die alteingesessenen Berliner dazu noch abweisend und misstrauisch, geprägt von einer jahrzehntelangen Bunkermentalität als Vorposten des Westens inmitten des kommunistischen Feindes. Die Mauer schreckte ihn ab, ebenso das hässliche Niemandsland am Brandenburger Tor und der polizeistarrende Bahnhof Friedrichstraße, den er möglichst mied bei seinen Fahrten mit S- und U-Bahn. Jemand, der wie er jahrelang die vertraulichen Kumpaneien der Rheinländer gewohnt war, den Mief einer Provinzgroßstadt, musste sich auch erst mit der Anonymität der Metropole arrangieren, an das Achselzucken und vermeintliche Desinteresse, das ihm entgegenschlug. Das Leben hier hatte einen hektischen, unberechenbaren Rhythmus, dem man sich entweder unterwarf oder den Rücken kehrte. Jakob entschied sich für die Unterwerfung.

Hätte ihm zu diesem Zeitpunkt jemand die Ereignisse vorhergesagt, die nur ein knappes Jahr später die Stadt, die beiden deutschen Staaten und ganz Europa aus dem Kalten Krieg herauskatapultieren sollten, hätte Jakob ihm an die Stirn gefasst und ihn für verrückt erklärt. In diesem Winter erschienen ihm die Verhältnisse genauso festzementiert wie die Mauer zwischen Ost- und Westberlin, wie das Eis, das unter dem Neuschnee die Bürgersteige in Rutschbahnen verwandelte. Nicht, dass er sich Gedanken darüber machte – noch Jahre später hatte er das Gefühl, dass die Umwälzungen der späten achtziger Jahre an ihm vorbeigezogen waren, ohne dass er sie tatsächlich wahrnahm. Es war, als geschähen sie in einem Paralleluniversum, in einer anderen, weit entfernten Welt, die nur über ganz wenige Schnittstellen mit der seinen verfügte.

Über das Studentenwerk hatte Jakob ein Zimmer für einen Spottpreis gemietet, einen kargen, zugigen Raum mit Bad und Gemeinschaftstoilette auf dem Flur und einer unberechenbaren Heizung. Die meiste Zeit schlief er mit einer Jogginghose und einem dicken Pullover, sich hin und her wälzend auf dem rauen Laken. Oft wachte er mitten in der Nacht mit einem ausgetrockneten Mund auf und trank Leitungswasser, literweise, wie ein Verdurstender, danach lag er stundenlang wach und lauschte dem Gluckern in seinem Magen. Am Vormittag, wenn er den Rausch des vorhergehenden Abends ausgeschlafen und die Bruchstücke seiner Erinnerungen zur Seite geschoben hatte, quälte er sich mit der U-Bahn nach Dahlem, sichtete an seinem Tisch in der Bibliothek Kongressakten, Tagebücher, Essays, machte Notizen, schlang in einer kurzen Pause etwas Warmes zu essen hinunter, blätterte dann weiter durch Bibliographien, kopierte Aufsätze und Fachartikel und hielt sich mit bitterem, schwarzem Kaffee wach. Manchmal nickte er dennoch ein und fand sich desorientiert mit dem Kopf auf einem aufgeschlagenen Buch wieder, mit müden Augen, am Rande der völligen Erschöpfung. Aber am Abend zog er erneut los.

Denn eigentlich war das Stipendium nur ein Vorwand. Eigentlich war Jakob nach Berlin gefahren, um Stefan und Marius aus seinem Körper herauszuficken, zu exorzieren wie böse Geister oder den Teufel. Hinaus aus seinem Körper, aus seinen Gedanken, aus seiner Seele. Mit Stefan gelang es ihm. Mit Marius nicht.

In einer anderen Bar war es samstagnachtvoll; vor der Theke standen die Männer Schlange, um Getränke zu bestellen, glasige Blicke streiften ihn, blieben unschlüssig an ihm hängen, kehrten zu den an die Wand geworfenen, allgegenwärtigen Pornofilmen zurück. Stimmengewirr und alkoholschwangeres Gelächter ließen den Geräuschpegel anschwellen, kämpften mit der Diskomusik, die aus den Lautsprecherboxen dröhnte. Männer in Leder, Männer in Militäruniformen, Männer in ganz normaler Straßenkleidung; der Geruch von Bier und Nikotin, Schweiß und feuchten Jacken vermischte sich mit trockener Heizungsluft. Die mit unerfüllbaren Hoffnungen und Erwartungen aufgeladene Atmosphäre schwappte über Jakob zusammen wie eine Welle; ihre Gischt trug ihn an die Bar, wo er ein Bier holte und Streichhölzer für seine Zigaretten, dann schlenderte er eine Treppe nach unten zum Darkroom. Er wusste, was er wollte. Der Sling wurde gerade frei; ohne zu zögern, schälte er sich im Halbdunkel aus seiner Jeans, warf die Hose auf das kühle Leder und legte sich darüber, spreizte die Beine, nahm Poppers, bot sich an.

Stumm nahm er den ersten Schwanz in Empfang, spürte ihn in sich eindringen, ein kurzer Schmerz und dann ein gleichmäßiger Fickrhythmus. Er schloss erneut die Augen, stieß die fremden Hände fort, die sein Gesicht berührten, drehte den Kopf weg von den Lippen, die seinen Mund küssen wollten. „Nur ficken", murmelte er. „Ficken und abspritzen." Fühlte den anderen Mann kommen und dann den nächsten Schwanz in sich. „Mehr", stöhnte er. „Mehr."

Aber es war nie genug, an diesem Abend genauso wenig wie in den Nächten zuvor. Als gäbe es nicht genug Schwänze auf der Welt, um die Leere, die er verspürte, auszufüllen. Als gäbe es nicht genug Männer, um Marius aus seinen Gedanken zu verscheuchen. Nach einer Stunde taumelte er frustriert aus dem Sling und zog sich an, bestellte ein frisches Bier, lehnte sich an eine Wand. Seine Knie zitterten.

Plötzlich tauchte ein Kerl neben ihm auf, in Bundeswehrstiefeln, Militärhose und schwarzer Lederjacke, schlank, drahtig, einige Jahre älter als Jakob, vielleicht vierzig, ein zerfurchtes Gesicht mit dichten Augenbrauen und graublauen Augen, die halb versteckt unter dem Schirm einer Lederkappe hervorlugten. Am Hals konnte Jakob einen Leberfleck erkennen, genau über dem Kragen des eng sitzenden T-Shirts. Seine Lippen umspielte ein wissendes Lächeln.

„Ich habe dich beobachtet", sagte er. Eine Stimme, die heiser war von zu vielen Zigaretten, von zu langen, durchzechten Nächten. „Ich weiß, was du suchst."

„Ach ja?" Jakob musste sich anstrengen, damit man seine Trunkenheit nicht bemerkte. „Und was ist das?"

„Bestrafung."

„Und wer bist du? Ein Psychologe?" Mittlerweile konnte er den herablassenden, schnippischen Tonfall der Berliner gut imitieren.

Der Kerl schüttelte den Kopf. „Jemand, der gerne bestraft. Der die Sehnsucht danach in den Gesichtern der anderen Männer lesen kann."

„Ich glaube nicht", erwiderte Jakob und wandte sich ab.

„Und ich glaube doch", gab der andere zurück, drehte ihm ohne Vorwarnung den Arm auf den Rücken und zwang Jakob auf die Knie, drückte Jakobs Lippen an seinen Schritt.

„He!" Jakob wollte protestieren, sich losreißen, aber dann spürte er, wie er fiel, wie er losließ, wie sich sein Mund öffnete. Hinter seinen geschlossenen Augen war zum ersten Mal nur wohltuende, friedliche Schwärze und in seiner Nase der strenge, aber nicht unangenehme Geruch des anderen Mannes. Jeder Gedanke an Marius wurde von dem Schwanz verdrängt, der sich in seinen Schlund schob, und der Hand, die seinen Nacken wie ein Schraubstock umklammerte.

Jakob verbrachte sieben Nächte in Holgers Haus in der Nähe eines kleinen Sees am Rande der Stadt, gefesselt an ein Andreaskreuz oder über einen Holzbock gebeugt, den Mund mit einem Knebel verschlossen, damit die Schmerzensschreie, die die Peitschenhiebe auf seinen Rücken und Arsch aus ihm herauspressten, nicht den schwarz verkleideten Kellerraum verließen und auf die Straße hallten. Rote Striemen bildeten sich auf seiner Schultern, sodass er nur auf dem Bauch liegen konnte, jedes Anlehnen an einen Stuhl ihn das Gesicht verziehen ließ. Holger war unbarmherzig, aber einfühlsam, verschob Jakobs Grenzen jede Nacht ein Stückchen weiter, und Jakob fühlte, dass er den Schmerz verdient hatte, die Bestrafung gerecht war, dass er büßen musste. Vielleicht hatte Holger recht, vielleicht war es in seinen Augen zu lesen gewesen. Wenn Holger ihn nach ein oder zwei Stunden losband, brach er schluchzend zusammen, zog die Knie an die Brust und bettelte um Gnade. Aber Holger schien ihn zu durchschauen: Irgendwo in seinem Innersten verbarg sich noch immer ein Rest Widerstand, der noch nicht gebrochen war und nach mehr Unterwerfung schrie, ein Stück Auflehnung, das weiter unterjocht werden wollte, ein Fetzen Schuld, der Buße tun wollte. Dann begann Holger von vorne und prügelte mit einem Lederknüppel auf ihn ein, bis Jakob jede einzelne Faser seines Körpers wehtat, bis der Schmerz endlich sein schlechtes Gewissen überlagerte.

„Wie heißt er?", fragte Holger am nächsten Samstagmorgen. In der Dämmerung hatte es erneut geschneit; hell reflektierte die Sonne den frisch gefallenen Schnee, der sich wie ein weißer, weicher Teppich über die Dächer der Häuser gelegt hatte. Jakob musste die Augen zusammenkneifen, um nicht geblendet zu werden, wenn er aus dem Fenster sah.

„Wie heißt wer?" Sie lagen im Bett. Holger hatte ihn aus dem Keller nach oben getragen, seinen schmerzenden Rücken mit Salbe eingerieben, und spielte geistesabwesend, beinahe zärtlich mit Jakobs Brustwarzen. Wenn Jakob den Kopf hob, konnte er die Eiszapfen am Fenstersims ausmachen und in der Ferne das glitzernde Wasser des namenlosen Sees, in der windstillen Luft glatt wie silbernes Geschenkpapier. Kein Laut drang von draußen zu ihnen, die Natur war kalt und abweisend, wie in einem Märchen von Hans Christian Andersen, eine Landschaft wie von der Schneekönigin erschaffen.

„Der, wegen dem ich dich jede Nacht verprügele."

„Schwachsinn. Ich steh da einfach drauf. War schon immer so."

Holger setzte sich auf und zwickte Jakob etwas härter. „Lügner. Du hast vorher noch nie was mit SM zu tun gehabt. Glaubst du, ich kann einen Neuling nicht von jemandem unterscheiden, der da schon seit Jahren drauf abfährt? Du bist noch immer überrascht, wie sehr du den Schmerz herbeisehnst."

Jakob seufzte. „Marius. Er heißt Marius."

„Und was ist mit ihm?"

„Ich habe ihn verlassen, als er mich gebraucht hat."

„Dann solltest du vielleicht zu ihm zurückkehren. Manche Fehler kann man wieder gutmachen."

„Manche Fehler aber auch nicht."

„Er will dich nicht wiederhaben?"

Jakob dachte an den Brief, den er am Tag zuvor von Marius erhalten hatte, als er nach der Unibibliothek auf dem Weg zu Holger in seinem Studentenzimmer kurz nach der Post sah. Einen Brief, den er nicht erwartet hatte und der nur von Belanglosigkeiten erzählte und bei Jakob doch eine so große Sehnsucht ausgelöst hatte: vom Eintreffen der Stromrechnung, einem Besuch beim Zahnarzt. Von ihrem Kater, der einen Teil der Zimmerpflanzen demoliert hatte, um seinem Ärger darüber Ausdruck zu verleihen, dass Marius sich nicht genug um ihn kümmerte, zu selten zu Hause war. (Und wo war Marius, wenn er nicht zu Hause war? Mit wem verbrachte er so viel Zeit?) Zum Schluss hatte Marius Trumis Pfote in schwarze Tinte getaucht und den Abdruck auf dem Briefpapier hinterlassen, zusammen mit seiner Unterschrift und dem Nachsatz: „Wir vermissen dich." Was bedeutete das alles? Jakob war sofort zur nächsten Telefonzelle gerannt, aber Marius war nicht zu Hause gewesen, und so hatte er nur ein paar stotternde Sätze auf den Anrufbeantworter sprechen können, hatte sich nicht aus der Deckung getraut.

„Wiederhaben? Ich weiß nicht." Jakob zuckte mit den Schultern und stöhnte gleich darauf auf. Die Striemen auf seinem Rücken schmerzten bei jeder Bewegung.

„Da ist noch mehr", stellte Holger fest.

Jakob nickte stumm. Es war so einfach, mit Holger darüber zu sprechen. Er blickte ohne Scheu in die Abgründe von

Jakobs Verlangen. Er maß sich kein Urteil an. Und Jakob würde ihn nach dem Ende seines Berlinaufenthalts niemals wiedersehen. „Er könnte sterben", flüsterte er schließlich.

Und Holger tat das Einzige, das half, Jakobs Dämonen auszutreiben: Er schleppte ihn wieder in den Keller, band ihn erneut fest und prügelte auf ihn ein, bis die Striemen auf seinem Rücken zu platzen drohten, bis ihm vor Erschöpfung schwarz wurde vor Augen. Jakob begrüßte den Schmerz wie einen alten Freund.

Stunden später fand er sich im Bett wieder, eingehüllt in eine mollig warme Decke, den würzigen Duft eines schwarzen Tees in der Nase, den Holger neben dem Bett abgestellt hatte.

„Besser?", fragte Holger.

„Für den Moment", erwiderte Jakob und zog eine schmerzverzerrte Grimasse, während er sich aufsetzte.

Als er wenige Tage später in Köln aus dem Zug stieg, wartete Marius am Bahnsteig auf ihn, eingekeilt zwischen einer Reisegruppe, die auf dem Weg in den Skiurlaub war, und ein paar älteren Damen, die sich besorgt um ihre Koffer geschart hatten, ein zögerndes, ein halbes Lächeln auf den Lippen.

„Ich will wieder mit dir zusammen sein", brachte Jakob stockend heraus. „Ich hab Scheiße gebaut. Es tut mir leid."

Den ganzen Tag schon ist Arne gereizt. Beim Aufwachen, noch im Halbschlaf, hat er aus Gewohnheit neben sich gegriffen, und erst, als er das leere Kopfkissen unter seiner Hand gefühlt hat, ist ihm wieder bewusst geworden, dass er allein ist. Dass weder Jakob noch Philip weiter zu seinem Leben gehören. Mit Jakob hat er morgens in der Küche immer Radio gehört. Es war meist ein hastiges Frühstück: eine Tasse Kaffee, dazu eine Banane oder ein Keks, keiner von beiden hatte in der Woche Zeit, Butter und Marmelade auf ein Brötchen zu streichen, ein Ei zu kochen oder Müsli zuzubereiten. Auch Philip hat Arne in den wenigen Tagen, die er mit ihm verbracht hat, morgens Gesellschaft geleistet, hat mit angezogenen Beinen halbnackt auf dem Stuhl gehockt, schon auf nüchternen Magen zum Kaffee eine Zigarette geraucht und verschlafen gegähnt, bevor er sich wieder ins Bett gelegt hat, während Arne zur Arbeit gefahren ist. Weder Jakob noch Philip haben um diese Uhrzeit viel geredet, aber Arne hat ihre Anwesenheit vermisst, als er am Morgen allein in der Küche saß. Als wäre ihm über Nacht ein Fuß oder ein Arm abhanden gekommen.

Im Büro hat er seine Sekretärin angefahren, weil sie versehentlich die E-Mail eines Geschäftskunden gelöscht hat, hat sie eine „dumme Gans" genannt und sich noch nicht einmal entschuldigt, als sie in Tränen ausgebrochen ist. Während der Mittagspause hat er in der Kantine einen Streit mit dem Küchenpersonal angefangen, weil das Gemüse zu seinem Schnitzel zerkocht war und im Mund zu einem unangenehmen Brei zerfiel, und am späten Nachmittag, auf der Rückfahrt zu seinem trostlosen Apartment, hat er lauthals geflucht, als ein alter Mann mit einem Rollator im Zeitlupentempo den Zebrastreifen überquert hat, sodass er die grüne Ampelphase verpasst hat. Er hat sogar den Motor aufheulen lassen, nur um den Rentner zu erschrecken, und erst, als er den ängstlichen Gesichtsausdruck des Mannes gesehen hat, ist er zur Besinnung gekommen.

Wieder zu Hause – soweit man die Wohnung mit ihren kahlen Wänden und den Räumen voller Einsamkeit überhaupt ein Zuhause nennen kann – ist er unter die Dusche gesprungen, hat Wasser über seinen Körper laufen lassen, so heiß wie möglich, bis sich seine Haut rot gefärbt hat. Mit der Faust hat er gegen die Fliesen geschlagen, hat „Scheiße!" und „Verdammt!" gebrüllt, bis die Wut sich wenigstens zum Teil entladen hat.

Aber es ist nicht genug. Noch immer ist er zornig, selbst ein Tee und ein wenig klassische Musik auf seinem MP3-Player haben ihn nicht beruhigen können. So kann es nicht weitergehen. Vor seinen eigenen Augen verwandelt er sich in etwas, das er nie hat werden wollen: in einen verbitterten, alten Mann, der mit seinem Schicksal hadert, ohne jedoch den Mut aufzubringen, etwas zu ändern.

Er hat keine Ahnung, woher diese Wut stammt. Seit seiner Trennung von Jakob hat sie sich in seinem Inneren aufgestaut, wie das Wasser eines künstlichen Rückhaltebeckens, das von der Schneeschmelze in den Bergen gespeist wird und an den gestampften Wänden emporklettert, bis es überläuft, erst in kleinen Rinnsalen, dann immer kraftvoller, und schließlich mit einem mächtigen, nicht mehr aufzuhaltenden Schwall die Dämme durchbricht und alles, was ihm im Weg steht, mitreißt und verschlingt.

Er hat es nicht ausgehalten in dem Apartment, ist der Düsternis und der Stille entflohen. Seitdem läuft er ruhelos durch die Stadt, vorbei an Kinos, Restaurants, Geschäften, und überall begegnen ihm Pärchen, Menschen, die Händchen halten, vertrauliche Zärtlichkeiten austauschen, die Köpfe zusammenstecken und lachen. Vor Neid und Verlangen zittert er am ganzen Körper wie jemand, der von einer fiebrigen Erkältung heimgesucht wird. Er will haben, was sie haben, will endlich wieder ein normales Leben führen, will die Geborgenheit zurück, die er früher als selbstverständlich empfunden hat. Sogar mit Jakob.

Er erinnert sich an diese Zeit noch sehr gut, auch wenn sie lange zurückliegt. Die ersten Monate und Jahre ihrer Beziehung waren erfüllt von Geborgenheit. Er kann sich das nicht alles eingebildet haben, er hat es gespürt, er war sich sicher. Zum Beispiel der Tag, an dem sie beide überraschend früh Feierabend hatten und sich spontan entschlossen, einige Freunde zu einem Spieleabend einzuladen, weil am nächsten Tag sowieso Feiertag war. Rolf und Uli waren gekommen und Janne, Männer, die Arne schon seit Jahren kannte und die auch Jakob inzwischen als Freund ansahen. Zugegeben, Jakob benahm sich ihnen gegenüber immer ein wenig zurückhaltend, als ob sie nur zweite Wahl wären, als ob er ihnen nicht restlos vertraute, aber er war freundlich genug, sodass sie seine Reserviertheit einfach seinem Naturell zuschrieben. Rolf und Uli hatten ein paar Flaschen Wein mitgebracht und sie hatten Monopoly gespielt, bis tief in die Nacht, bis Janne sie alle mit seinen durchgängigen Straßen und den vielen Hotelbauten händereibend in die Pleite getrieben hatte, und Jakob hatte sich mit den anderen über so viel Spielerglück empört, hatte vertraulich seine Hand auf Arnes Oberschenkel gelegt und ihm durchs Haar gestrichen.

Oder der Tag, an dem Arne am Köln-Marathon teilnahm, eine Veranstaltung, für die er monatelang trainiert, geschwitzt und fünf Kilo abgenommen hatte. Zusammen mit Jörg und Sandra hatte Jakob am Weg in der prallen Sonne gestanden und ihn mit lauten Rufen angefeuert, als er an ihnen vorbeikam. Und als er mit einer schmerzhaften Muskelzerrung in der Wade nach dem achten Kilometer aufgeben musste, war Jakob wieder da gewesen, hatte seine Enttäuschung geteilt und ihn getröstet. Humpelnd hatte sich Arne auf ihn gestützt und hatte seiner Jugend nachgetrauert, hatte gejammert, dass er jetzt ein alter Mann sei, ein Wrack, das in spätestens zehn Jahren Stützstrümpfe und ein Gebiss tragen würde, und Jakob hatte ihm lachend auf die Schulter geklopft und zugestimmt.

All das hat Arne mit Jakob erlebt, und er kann nicht glauben, dass das vorbei sein soll, dass es eine Lüge oder eine Täuschung war. Er *weiß*, dass Jakob glücklich war in dieser Zeit. Trotz Marius.

Ohne es zu merken, hat ihn sein Weg wieder vor seine Wohnung geführt, die Dachwohnung, die er mit Jakob teilt, sein wirkliches Zuhause. Während der Abend heraufzieht, kann er erneut Licht erkennen in den Fenstern, und diesmal hat er genug Mut, den Schlüssel herauszuholen und die Treppen hinaufzusteigen – der Zorn in seinem Bauch treibt ihn an. Er weiß noch immer nicht, was er Jakob sagen will, was er mit einer Konfrontation bezweckt, aber er muss seinem Ärger Luft machen, muss seine Trauer in Worte fassen. Er hat Antworten verdient, er hat ein Recht darauf.

Jakob liegt im Bett, das Kopfkissen im Nacken, die Hände erwartungsvoll hinter dem Kopf verschränkt. Philip kommt aus der Küche, nur mit einer Unterhose bekleidet, und schiebt sich den Rest einer Frikadelle in den Mund. Seine nackten Fußsohlen erzeugen knisternde Geräusche auf dem Parkett, als striche jemand mit der Handfläche über ein Blatt Papier.

„Beeil dich“, befiehlt Jakob. „Es geht gleich los.“

„Schon gut“, sagt Philip undeutlich und kaut weiter. Seitdem er ihn länger als nur einen Abend oder eine Nacht um sich hat, ist Jakob aufgefallen, dass Philip ständig isst. Zweite und dritte Portionen bei den Mahlzeiten sind nichts Ungewöhnliches, dazu noch Chips, Schokolade, Salzstangen, Gummibärchen, hin und wieder ein wenig Obst. Sein Kiefer ist eigentlich ununterbrochen mit dem Zerkleinern von Nahrung beschäftigt, und trotzdem ist er immer hungrig, nimmt niemals auch nur ein Gramm zu. Jakob hatte beinahe vergessen, dass es ihm in Philips Alter ähnlich ging.

Im Fernsehen ist ein *StarTrek*-Film angekündigt worden, und obwohl er alle Filme auswendig kennt, würde es sich Jakob nicht nehmen lassen, diese Wiederholung zu sehen – wie es sich für einen echten Trekkie gehört. Außerdem ist dieses Universum für Philip etwas völlig Neues. Er hat behauptet, sich nicht für Science-Fiction zu interessieren, und Jakob hat sich vorgenommen, ihn zu bekehren. Vielleicht hat er bei Philip mehr Glück als bei Arne, dem es gleich war, ob Captain Kirk oder Captain Picard auf der Brücke saß. Er hat bei jedem Film den Faden verloren, ständig dumme Zwischenfragen gestellt („Was soll denn ein Warp-Antrieb sein?", „Diese Dinger heißen Borg? Und wieso haben sie Metallteile im Körper?", „Warum haben Vulkanier spitze Ohren?") und Jakob damit den Spaß verdorben.

Philip klettert zu ihm unter die Decke und schmiegt sich an seine Brust. Seine Locken kitzeln Jakob am Kinn. „Kann ich im Bett eine rauchen?"

„Nein. Du kannst in der Werbepause in die Küche gehen und da qualmen. Im Schlafzimmer nicht."

Philip stöhnt und murmelt etwas von „Diktatur". Jakob weiß, dass er es nicht ernst meint, und lächelt. Manchmal glaubt er in Philip den Sohn zu sehen, den er nie hatte – was ihn maßlos verwirrt, denn er kann dieses Gefühl nicht in Einklang bringen mit der sexuellen Anziehungskraft, die Philip auf ihn ausübt. Wie kann man sich zu jemandem hingezogen fühlen, der so jung ist, und gleichzeitig väterliche Schutzinstinkte empfinden? Ist das nicht pervers? Jakob hat noch nie Verständnis aufbringen können für Männer, die sich an Kindern oder Jugendlichen vergreifen, und jetzt fühlt er sich bedenklich in ihre Nähe gerückt.

Dann wiederum sieht er in Philip sein jüngeres Ich aufblitzen, den sorglosen, unbeschwerten Jakob, der unter dem

Schutt der Vergangenheit vergraben liegt. Einen Jakob, der existiert hat, bevor das Virus sein Leben veränderte. Auch das ruft zwiespältige Gefühle in ihm hervor: Mehr als einmal hat er Philip schütteln wollen, als müsste er ihn aufwecken und warnen, dass die Welt ein gefährlicher, ein grausamer Ort ist. Er würde diesen Jungen – nein, ein Junge ist er nicht mehr –, diesen jungen Mann am liebsten mit einer Rüstung aus Eisen schützen, mit Netz und doppeltem Boden ausstatten, damit er nicht zu Schaden kommt. Und andererseits möchte er ihm raten, alles mitzunehmen, was er bekommen kann, wild und ungestüm zu sein, ein Draufgänger, ein Rabauke, ein Tunichtgut, damit er später nicht bereut, nichts erlebt zu haben.

In Philips Gegenwart ist Jakob jung und alt zugleich, und das ist ein überaus kurioses, ein überraschendes Gefühl.

Er ist noch immer ein wenig matt. Nach dem Friedhofsbesuch hat er Fieber bekommen und Gliederschmerzen, als hätte sich seine innere Pein auf seinen Körper übertragen. Natürlich kennt Jakob die Definition einer psychosomatischen Erkrankung, und sein Innerstes sagt ihm, dass er die klassischen Symptome zeigt, aber gegenüber Philip hat er jeden Zusammenhang mit Marius oder Arne abgestritten, hat einem grippalen Infekt die Schuld gegeben und sich zwei Tage ins Bett gelegt. Heute ist der erste Tag, an dem er fieberfrei ist, an dem er wieder normal essen kann und an dem ihn seine Gedanken nicht auf den Grund eines dunklen Sees ziehen. Die Mannschaft der *Enterprise* soll diesen Tag abrunden, sie sind alte Bekannte für Jakob, er fühlt sich wohl in ihrer Gegenwart. Ihre Handlungen sind vorauszusehen, berechenbar, das Happy End ist vorherbestimmt. (Zu bekommen ist es jedoch nur mit Einschränkungen. Im Film wie in der Literatur hat Glück immer einen Preis: den Tod eines Familienmitglieds, den Verlust eines Freundes, eine schmerzhafte Lektion – eine Art primitiver Tauschhandel.

Ansonsten ist die Katharsis des Helden nicht glaubhaft. Dem Leben sind Begriffe wie Läuterung und Glück allerdings fremd, einen Anspruch auf Letzteres gibt es nicht. Jakob sollte das wissen.)

Philip hat sich während seiner Erkrankung eher zögerlich um Jakob gekümmert – als wüsste er nicht recht, was von ihm erwartet wird. Die Rolle des Versorgers, des Verantwortlichen, ist spürbar ungewohnt für ihn; er muss sie erst anprobieren wie eine neue Hose oder ein neues Paar Schuhe. Als Jakob ihn um eine Wärmflasche bat, hat er sich erst nach zweimaligem Nachfragen von dem Computerspiel lösen können, das er an Jakobs Rechner spielte, und als Jakob nach einem längeren Schlaf am Nachmittag aufwachte, war Philip verschwunden und tauchte erst nach Stunden wieder auf, ohne eine Erklärung, ohne sich für seine Abwesenheit zu entschuldigen. Andererseits ist offensichtlich, dass Philip ernsthaft besorgt ist um ihn. Immer wieder hat er Jakob gefragt, ob es ihm besser gehe, ob er einen Arzt anrufen soll, hat seine unwirschen Antworten gleichmütig weggesteckt. In der ersten Nacht hat er sogar die Bettwäsche gewechselt, nachdem Jakob sie nassgeschwitzt hatte. Ohne Murren ist er gegen drei Uhr aufgestanden und hat ihm einen frischen Pyjama aus dem Schrank geholt. Als Jakob am Morgen aufwachte und das Fieber gebrochen war, fand er Philip schlafend auf dem Sofa im Wohnzimmer, mit einer Wolldecke über den Beinen und Clinton zusammengerollt in der Beuge seiner Kniekehlen.

„Du hattest eine unruhige Nacht; ich dachte, es ist besser, wenn du alleine schläfst“, hatte er geantwortet, als Jakob ihn fragte, warum er nicht bei ihm geblieben war.

„Im Gästezimmer ist eine ausziehbare Schlafcouch. Warum hast du die nicht benutzt? Das wäre bequemer gewesen.“

Philip hatte gleichgültig mit den Schultern gezuckt. „Schon okay, Mann. Ich hab schon viel ungemütlicher gepennt.“

Jakob war versucht gewesen nachzuhaken, noch immer weiß er so gut wie nichts über Philips Leben, aber der Junge war aufgesprungen und hatte sich eilig angeboten, Frühstück zu machen. Als wollte er Fragen aus dem Weg gehen.

„Du siehst besser aus", hatte er gesagt, während Jakob seinen Toast mit Käse belegte und an seinem Orangensaft nippte.

„Ich fühle mich auch etwas besser", hatte Jakob zugegeben.

„Nein, ich meine … kann es sein, dass du abgenommen hast?"

Jakob war sofort auf die Waage gestiegen und hatte festgestellt, dass er tatsächlich vier Kilo verloren hatte. Im Spiegel hatte er gesehen, dass die Fettpolster an seinem Bauch längst nicht mehr so offensichtlich waren.

Während im Fernsehen der Vorspann läuft, macht sich Philips Hand selbstständig und wandert unter der Bettdecke in die Richtung von Jakobs Schwanz, aber Jakob schlägt Philip auf die Finger und sagt: „In der Werbepause."

„Das ist nicht dein Ernst, oder?"

„Natürlich ist das mein Ernst."

„Ich will aber jetzt Sex mit dir!"

„Nachher, wenn der Film …" Jakob bricht ab und wird blass. Er hat ein Geräusch gehört, auf das er seit Tagen wartet und auf das er doch nicht mehr zu hoffen gewagt hat. Er hat Schlüssel an der Wohnungstür gehört. Kurz darauf steht Arne im Türrahmen, und auf den Gesichtern aller drei Männer zeichnet sich gleich großes Erstaunen ab.

„Philip!", sagt Arne.

„Arne!", sagt Jakob.

„Alexander!", sagt Philip.

„Wieso Alexander?", fragt Jakob.

„Wieso Arne?", erwidert Philip.

März 1989

Bei einem Tankerunglück vor der Küste Alaskas läuft die „Exxon Valdez“ auf ein Riff und schlägt leck. Aus den Tanks entweichen mehr als 30.000 Tonnen Rohöl und verseuchen über 2000 km Küstenlinie. Es ist die bisher verheerendste Umweltkatastrophe in den Vereinigten Staaten.

In den USA wird Dick Cheney vom neuen Präsidenten George Bush (1989-1993) zum Verteidigungsminister ernannt. Unter seinem Nachfolger und Sohn George W. Bush (2001-2009) wird Cheney es bis zum Vizepräsidenten bringen und allgemein als graue Eminenz der zweiten Bush-Administration angesehen.

In Berlin (West) gibt es erstmals einen rot-grünen Senat. Regierender Oberbürgermeister wird Walter Momper von der SPD; er löst Eberhard Diepgen (CDU) ab.

Im Innenhof des Pariser Louvre wird eine umstrittene Glaspyramide als neuer Museumseingang eingeweiht.

Bei der Oscar-Verleihung in Los Angeles gewinnt der Film „Rain Man“ vier Auszeichnungen, darunter die für den besten Film. Dustin Hoffman wird für seine Leistung als bester Hauptdarsteller geehrt.

Die World Health Organisation (WHO) beziffert die offizielle Zahl der Aids-Fälle weltweit auf 142.000. Da die Dunkelziffer um einiges höher liegen dürfte, geht man inoffiziell von weltweit 400.000 Menschen aus, die an Aids erkrankt sind. Die Zahl der HIV-Infizierten wird auf 5 bis 10 Millionen Menschen geschätzt.

In Deutschland stehen Marc Almond und Gene Pitney mit dem Remake von „Something's Gotten Hold of My Heart“ an der Spitze der Musikcharts; in Großbritannien ist es ein weiterer Hit von Stock/Aitken/Waterman: Jason Donovan mit „Too Many Broken Hearts“.

Auf dem Balkon hatten sich die Narzissen nach langem Zögern endlich entschieden, ihre blassgelben Blüten zu öffnen, und ließen die Köpfe im Wind nicken. Der Geruch frischer, junger Blätter wehte wie ein Versprechen vom Grüngürtel bis in die Innenstadt. Jakob trat nach draußen und zupfte die bereits verwelkten Primeln ab, weiße und blaue Blütenreste, die aneinanderklebten und seine Finger dunkel färbten. Er hatte die Blumenzwiebeln im letzten Herbst gesetzt, ein beinahe symbolischer Akt, eine Demonstration. So viel Verlust in seinem Leben, so viel Krankheit um ihn herum; er hatte das Bedürfnis gehabt, ein Zeichen zu setzen, etwas wachsen zu sehen. Etwas, mit dem man einen neuen Beginn einläutete. Während der Wintermonate hatte er den zaghaften Wuchs der Pflanzen ungeduldig beobachtet, hatte die Töpfe mit Alufolie verkleidet, um sie gegen den Frost zu schützen, jetzt, endlich, konnte er aufatmen. Die Kraft des Winters war gebrochen.

Truman leistete Jakob Gesellschaft und blinzelte in die untergehende Sonne; er hob den Kater auf den Arm und blickte mit ihm über die Dächer der Straße. Ein angestrengtes Husten im Wohnzimmer zog ihn jäh in die Realität zurück.

„Komm“, sagte er über seine Schulter. „Lass uns etwas unternehmen. Lass uns ein Bier trinken gehen.“

„Nein“, erwiderte Marius. „So wie ich aussehe, bestimmt nicht.“

Er lag auf dem Sofa und ruhte sich von seiner Bestrahlung aus. Nach Monaten des Stillstands hatten sich die Kaposi-Sarkome auf seiner Haut mit Macht zurückgemeldet, sprossen nun umso stärker, als wollten sie sich für die Zeit rächen, in der sie erfolgreich von der Strahlentherapie verdrängt worden waren. Rötlich-violette Beulen, die sich auf Marius' Brust breitmachten wie die Blasen einer kochenden Suppe, auf seinen Armen, den Oberschenkeln, sogar unter den Fußsohlen. Letzte Woche hatte seine Friseurin beim

Haareschneiden ein Geschwür auf seiner Kopfhaut entdeckt und entsetzt die Schere sinken lassen, hatte die Hand vor den Mund gehalten und war zwei Schritte nach hinten gestolpert. Marius war aus dem Frisiersalon geflohen und Jakob hatte ihm versprechen müssen, ihm von nun an selbst die Haare zu schneiden.

„Aber ich hab das noch nie gemacht! Ich weiß gar nicht, wie das geht!"

„Das ist mir egal!" Marius hatte ihn angebrüllt, außer sich vor Scham, und sich zitternd auf seinen Schreibtischstuhl gesetzt. „Ich geh da nicht mehr hin. Sie hat mich angestarrt, als hätte ich die Pocken!"

Der Hautkrebs war auch im Gesicht wieder aufgetaucht, an den Schläfen, über den Augenbrauen, und keine noch so sorgsam und dick aufgetragene Schminke konnte die Geschwüre verdecken. Sie starrten Marius an, wenn er sich morgens wusch, wenn er beim Ausparken in den Rückspiegel blickte, wenn er sich in den Auslagen der Geschäfte im Fensterglas betrachtete.

Zusätzlich zu den Bestrahlungen erhielt Marius seit einiger Zeit Pentamidin, ein Medikament, das mit einem Inhalator eingeatmet wurde und ihn vor einer Lungenentzündung schützen sollte. Wenn er Marius nach der Behandlung keuchen und husten hörte, fragte sich Jakob allerdings, ob es wirklich sinnvoll war, ihn dieser Anstrengung auszusetzen. Ob ihn die Behandlung nicht zusätzlich schwächte. Aber diese Frage stellte er nicht laut, schon gar nicht Marius gegenüber.

„Bitte. Komm mit. Niemand wird etwas bemerken", versuchte es Jakob noch einmal. „Heute ist Donnerstag, da ist sowieso wenig los."

Mehr und mehr begann Marius sich abzukapseln vom schwulen Leben, sagte Geburtstagseinladungen ab, igelte sich ein in ihrer Wohnung. Wenn Jakob erzählte, was er an einem Samstagabend erlebt hatte, in den Kneipen, in der Sauna, am Aachener Weiher, setzte Marius ein gleichgültiges Gesicht auf und drehte den Ton des Fernsehers lauter, aber Jakob konnte die Traurigkeit in seinen Augen erkennen. Die Sehnsucht.

„Ich will nicht", murmelte Marius. „Ich bin müde."

Es stimmte. Marius war immerzu erschöpft in letzter Zeit, schon ein einziger Arzttermin beraubte ihn seiner Kräfte. Die fünf Etagen zu ihrer Wohnung bedeuteten für ihn eine Kraftanstrengung, die ihn minutenlang außer Atem brachte und oben angekommen auf dem Sofa zusammensacken ließ. Einmal die Woche, immer sonntags, riss er sich zusammen und besuchte seine Eltern für ein oder zwei Stunden, fuhr mit dem Wagen quer durch die Stadt, in der Hoffnung, sie erneut über seinen Gesundheitszustand hinwegzutäuschen, ihre Illusion des brav studierenden Sohnes aufrechterhalten zu können. Bei Kaffee und Kuchen – viel zu starkem Kaffee, den sein medikamentengeschädigter Magen schon lange nicht mehr vertrug – lächelte er gequält, wenn ihn seine Mutter mit dem neuesten Tratsch aus der Nachbarschaft versorgte, ihre Blicke dabei fragend, aber stumm an den Flecken in seinem Gesicht hängenblieben, sein Vater die Geschichten von früher zum hundertsten Mal erzählte, und er betete, dass sie weiterhin die Augen verschlossen vor dem Offensichtlichen. Wenn er zurückkehrte, kuschelte er sich wortlos an Jakob.

Und dennoch hofften sie. Hofften gegen die Angst, gegen die Verzweiflung, gegen jede Vernunft. Denn da waren auch Tage, manchmal sogar eine unfassbare, glorreiche ganze Woche, an denen es Marius gut ging. So gut, dass er den Feind in seinem Körper vergessen konnte und sie so taten, als führten sie ein normales Leben. Tage, an denen sie das Auto waschen oder ins Kino oder essen gehen konnten – aber keine fettigen Sachen wie zum Beispiel Reibekuchen, die früher einmal zu Marius' Lieblingsspeisen gehört hatten und die er nun nicht mehr bei sich behalten konnte, genauso wie scharfe Sachen oder stark mit Knoblauch versetzte Mahlzeiten –, Tage, an denen Marius sich sogar stark genug fühlte, um mit Jakob Sex zu haben. Manchmal kamen ihnen diese Momente tatsächlich wie die Wirklichkeit vor.

Sie sprachen nie über Stefan und über Berlin, hatten von Anfang an in stummem Einverständnis einen Bogen um diese Themen gemacht. Hatten dort wieder begonnen, wo sie im Sommer aufgehört hatten, wo Jakob Marius zurückgelassen hatte.

„Aber ich kann nicht einfach so weitermachen, als wäre nichts gewesen", hatte Marius noch am Abend von Jakobs Rückkehr behauptet.

Einen Tag später hatte er gesagt: „Du bist zurückgekommen, nur das ist wichtig."

Und Jakob war dankbar gewesen, war es noch immer; nur manchmal wünschte er sich, heimlich, dass Marius sich ein wenig länger geziert, mehr Rückgrat gezeigt hätte. Er, Jakob, hatte es eigentlich nicht anders verdient.

Doch die Wirklichkeit hatte ihre eigenen Methoden, sich wieder ins Gedächtnis zu rufen: Im Februar hatten sie Klaus beerdigt, der an einer HIV-bedingten Enzephalopathie elendig zugrunde gegangen war. Das Virus hatte die Blut-Hirn-Schranke überwunden und sein Gehirn befallen, hatte ihn erst innerhalb weniger Monate zu einem dementen Schwachkopf und schließlich zu einem vollständigen Pflegefall gemacht, der seinen Freund nicht mehr erkannte und mit ausdrucksloser Miene die Wand fixierte. Nur sein Herz hatte weiter und weiter geschlagen, stoisch und gnadenlos, bis Helmut es nicht mehr ausgehalten und Klaus eines Nachts ein Kissen ins Gesicht gedrückt hatte, genauso, wie sie es bei Ausbruch der Krankheit besprochen hatten. Der Arzt hatte als Todesursache „Herzversagen" auf dem Totenschein vermerkt. Am

Abend nach der Trauerfeier hatte sich Marius im Bett ganz klein gemacht und geflüstert: „Es kommt näher."

„Bitte", versuchte es Jakob jetzt ein letztes Mal. „Es wird dir guttun, unter Menschen zu sein."

Marius seufzte. „Aber nur dir zuliebe." Mühsam stand er auf und zog seine Jeans an. Jakob erschrak, als er bemerkte, wie sehr die Hose an seinen Beinen schlotterte, in die er sich früher immer hatte hineinquetschen müssen.

„Hast du wieder abgenommen?"

„Nur zwei Kilo."

„Du musst mehr essen."

„Ich müsste weniger Durchfall haben", korrigierte ihn Marius. „Manchmal habe ich den Eindruck, dass ich mehr Zeit auf dem verdammten Klo als im Bett verbringe." In den letzten Monaten, nach dem erneuten Auftauchen der Kaposi-Sarkome, war er zum Zyniker mutiert, als ob ihn ein Panzer aus Bitterkeit und Hohn vor den Erniedrigungen bewahren konnte, die das Virus für ihn bereithielt. Und er war launisch geworden, schnell zu verärgern, aber dann auch wieder traurig, sodass ein falsches Wort ihn in Tränen ausbrechen lassen konnte. Manchmal, wenn Marius sich unbeobachtet glaubte, bemerkte Jakob seinen Blick, sah den Neid in seinen Augen. Immer öfter befürchtete er eine Explosion, einen Wutausbruch („Du bist nicht gezeichnet! Du bist nicht entstellt!"), und gleichzeitig sehnte er ihn herbei, denn dann wäre er den nagenden Verdacht losgewesen, dass Marius gar nicht kämpfte.

„Laufen oder mit dem Wagen?", fragte er. Es war eine Ermessensfrage. Mit dem Auto waren sie in fünf Minuten in der Innenstadt, brauchten aber womöglich eine halbe Stunde, um einen Parkplatz zu finden. Wenn sie zu Fuß gingen, dauerte der Weg fünfzehn Minuten.

„Auto", sagte Marius und zog Schuhe an. „Wenn wir laufen, bin ich schon platt, bevor wir ankommen."

Jakob zögerte. „Ich … bist du denn sicher, dass es sich lohnt? Ich meine, ich wollte nicht nach zehn Minuten schon wieder nach Hause zurück."

Marius starrte ihn an, und Jakob merkte, wie sehr er sich beherrschte. „Ich gebe doch mein Bestes", flüsterte er, dann verbarg er sein Gesicht in den Händen und begann zu schluchzen.

„Aber so war das doch gar nicht gemeint", entschuldigte sich Jakob. „Ich hab doch nur …" Hilflos sah er auf Marius hinab, stumm kniete er sich vor ihn und nahm ihn in die Arme. „Wir müssen nicht weggehen, wenn du nicht willst. Es ist nicht wichtig."

„Doch", antwortete Marius und zog die Nase hoch. „Ich will."

Beppo stand hinter dem Tresen, als sie zur Tür hineinkamen, und Jakob begrüßte ihn mit zwei Küssen auf die Wangen.

Im Lauf der Jahre hatte Beppo mehrfach seinen Arbeitgeber gewechselt, jetzt war er hier im „Zipps" an der Hohe Pforte beschäftigt, einer schwulen Bar, die einen Großteil ihres Jahresumsatzes während der Karnevalszeit machte, insbesondere dann, wenn der Rosenmontagszug sich auf seinem traditionellen Weg direkt an der Eingangstür vorbeischlängelte. Dann standen die Männer vor und in der Kneipe dicht gedrängt, und das Bier wurde in Plastikbechern ausgeschenkt. Die ersten zwei Jahre ihrer Beziehung hatten Jakob und Marius ausgiebig hier Karneval gefeiert, hatten mit Sascha und Helmut und Klaus geschunkelt und mit fremden Kerlen geknutscht. Marius hatte sich besoffen halb ausgezogen und auf dem Tresen getanzt, unter dem Gejohle der ganzen Kneipe, und später hatte er es mit Jakob auf der Toilette getrieben, bis jemand empört an die Tür gehämmert und gerufen hatte: „Mädels, macht voran! Hier sind nur Quickies erlaubt." Wenn Jakob daran zurückdachte, schien es ein halbes Leben her zu sein.

„Alles gut, ihr beiden?", fragte Beppo.

„Ja", log Jakob pflichtschuldig, und Marius zuckte verhalten mit den Schultern, während Beppo ihnen zwei Kölsch hinstellte.

Jakob hatte recht gehabt mit seiner Annahme, dass an diesem Abend kaum etwas los sein würde: Außer ihnen befanden sich gerade mal fünf Gäste in der Kneipe. Während Marius sich auf einen Barhocker setzte, begann Jakob ein Gespräch mit dem Barkeeper.

„... irgendwann werde ich das alles hier drangeben", sagte Beppo und zündete sich eine Zigarette an. „Ich mach das jetzt insgesamt fast zehn Jahre. Ein richtiger Job so von neun bis fünf, das wäre mal 'ne Abwechslung. Und freie Wochenenden natürlich. Ich weiß gar nicht mehr, wie das ist, ein freies Wochenende zu haben."

Jakob betrachtete Beppo genauer. Die Jahre in der Gastronomie hatten ihren Preis gefordert; die Folgen des Alkohols und der Zigaretten verliehen seiner Haut einen gelblichen Schimmer, sein Gesicht sah zermürbt aus wie eine getrocknete Aprikose.

„Aber das hier würde dir fehlen", gab Jakob zu bedenken und deutete vage in den Raum hinein.

„Was denn?", erwiderte Beppo verächtlich. „Jede Woche dieselben Tunten, jede Woche dieselben Dramen und dasselbe dumme Geschwätz?" Er schüttelte den Kopf. „Ich hab die Schnauze voll. Die Schwulen können mir alle gestohlen bleiben."

Marius beugte sich an Jakobs Ohr. „Können wir gehen? Bitte?" Seine Stimme zitterte.

„Aber wir sind doch gerade erst ..."

„Sie glotzen mich an. Sie reden über mich."

Jakob sah sich um. Zwei Gäste saßen ein paar Hocker von ihnen entfernt am Tresen und starrten ins Leere, halbvolle Biergläser in den Händen; Jakob war ziemlich sicher, dass sie seine und Marius' Anwesenheit kaum registriert hatten. Die drei anderen, etwas jüngeren Schwulen standen in einer Ecke neben den Toiletten, die Köpfe zusammengesteckt, tuschelnd, hin und wieder einen verstohlenen Blick zu Marius riskierend. Ein unterdrücktes Lachen schallte zu ihm herüber, verletzend, beschämend, und ein Halbsatz, zu laut geflüstert, um überhört werden zu können, roh und unbarmherzig: „... hat bestimmt Aids, sieht man doch."

„Soll ich sie rausschmeißen?", bot sich Beppo an.

„Ich gehe hin und sag ihnen die Meinung", erklärte Jakob.

„Nein, nicht!" Marius hielt ihn am Ärmel fest. Sein Gesicht war zu einer Maske erstarrt. „Das macht alles nur noch schlimmer. Lass uns zahlen."

Beppo winkte ab, als Jakob sein Portemonnaie zückte. „Geht aufs Haus." Dann drückte er Marius demonstrativ einen Kuss auf die Lippen. „Lass dich nicht unterkriegen. Das sind nur Arschlöcher", sagte er.

Auf dem Weg nach Hause sagte Marius kein Wort. Er schwieg, während sie sich die Zähne putzten, er schwieg, während Jakob den Wecker stellte, und er schwieg, während Jakob eine Kerze neben dem Bett anzündete. Erst als sich Jakob an ihn schmiegte und den Kopf auf seine Brust legte, schien er seine Sprache wiederzufinden.

„Wie kannst du mich nur lieben?", fragte er leise. „Ich sehe aus wie ein Monster."

„Das tust du nicht", entgegnete Jakob. Am liebsten hätte er seinen Tränen freien Lauf gelassen, aber er musste stark sein, für sich und für Marius. Er hatte diese Aufgabe akzeptiert, als er zu ihm zurückgekehrt war, hatte diese Rolle angenommen, und er würde sie zu Ende spielen. Mit dem Zeigefinger fuhr er über das leicht erhabene Geschwulst neben Marius' linker Brustwarze, so groß wie ein Seifenstück aus einem Hotelzimmer, so dunkel wie eine reife Kirsche, fühlte das angespannte und seltsam harte Gewebe unter seiner Fingerspitze. Er spürte, wie Marius den Atem anhielt.

„Wenn ich dich ansehe, sehe ich keine Kaposis", sagte er. „Ich sehe nur dich."

„Wieso Arne?", wiederholt Jakob. „Weil er so heißt, natürlich. Warum nennst du ihn Alexander? Und woher kennt ihr euch überhaupt?"

„Mir hat er sich als Alexander vorgestellt", erklärt Philip. „Ich hab ihn neulich nachts am Heumarkt abgeschleppt. Er war total schüchtern."

Jakob schließt die Augen. Auf einmal hat er den bitteren Geschmack von Galle im Mund. Wie groß sind die Chancen, dass Arne und er denselben Mann kennenlernen, unabhängig voneinander und fast zur gleichen Zeit? (Sehr groß, er sollte es wissen: Die Geschichte schickt sich zu einer Wiederholung an. Sie sitzt schon in den Startlöchern, bereit zu einem furiosen Sprint, bei dem er über den Haufen gerannt werden wird. Dieses Mal wird er für seine Fehler bezahlen müssen.) „Soll das heißen, wir haben beide mit dir …? Ohne dass wir es wussten?"

Philip grinst. „Sieht ganz so aus. Ich hatte ja keine Ahnung, dass ihr beide befreundet seid." Die Situation scheint ihm nicht im Mindesten peinlich zu sein, ganz im Gegensatz zu Jakob und Arne. Keiner der beiden traut sich, den anderen anzusehen.

„Wir sind nicht befreundet", stellt Jakob klar, „jedenfalls nicht mehr. Er hat mich verlassen."

„Und du scheinst dich ja schnell über mich hinweggetröstet zu haben", platzt es schließlich aus Arne heraus. Er steht noch immer im Türrahmen, und seine Worte gelten der Nachttischlampe neben Jakobs Kopf. Am liebsten würde er sich umdrehen und gehen, nein, rennen, so schnell ihn seine Beine tragen, aber seine Füße sind wie festgewachsen, als hätten sie Wurzeln geschlagen. Er scheint jedwede motorische Fähigkeit verloren zu haben.

Und Jakob geht es ähnlich. Wie gerne würde er aufspringen und sich in der Küche oder im Arbeitszimmer verbarrikadieren oder sich zumindest die Bettdecke über den Kopf ziehen, aber seine Gliedmaßen gehorchen ihm ebenfalls nicht. Arme und Beine fühlen sich an wie die leblosen Extremitäten einer Marionette, die nach dem Spiel in die Ecke gelegt wurde. Er kann nur hilflos auf Arnes Schuhe starren.

„Sulu!“, brüllt in diesem Moment Captain Kirk. „Fahren Sie die Schutzschirme hoch!“ Dann folgt eine heftige Explosion, und der Bann, der sie alle hat innehalten lassen, ist gebrochen.

Arne macht kehrt und läuft Richtung Wohnungstür; der Schweiß steht ihm plötzlich auf der Stirn. Er muss hier weg. Die Situation ist einfach zu bizarr, zu außergewöhnlich, als dass er jetzt vernünftig damit umgehen könnte. Er hat Angst, dass er etwas tun könnte, was er hinterher bereut. Seine Hand ist schon an der Klinke, als er eingeholt wird.

„He“, sagt Philip unerwartet sanft, und Arnes Zorn stürzt in sich zusammen wie ein Kartenhaus, das von einer Windböe erfasst wird. „Kein Grund, sich in die Büsche zu schlagen, Alter. Ich bin nur ein Fick. Das hat nichts zu bedeuten, ehrlich. Wir hatten nur ein bisschen Spaß.“

„Du bist nicht nur ein Fick!“, entgegnet er. „Denk das niemals von dir.“

Philip sieht ihn erstaunt an. Erst dann begreift er, dass Arne sich gar nicht auf das bezieht, was er gerade gesehen hat. „Ist das so ’ne Art Entschuldigung?“

Arne senkt den Blick. Er ist es nicht gewohnt, für die Dinge um Verzeihung zu bitten, die er getan oder unterlassen hat. „Ich war einfach … ich hätte dir zur Seite springen müssen im Brauhaus. Ich habe mich geschämt hinterher. Und ich hätte dir meinen richtigen Namen nennen sollen.“

Philip lacht. „‚Alexander'! Echt krass, Mann!" Er scheint Arne seinen Verrat nicht nachzutragen. „Und jetzt sei nicht bescheuert, komm wieder zurück. Nimm dir ein Bier … ach nee, hier gibt's ja nur Wein, hatte ich vergessen."

„Ich kann nicht einfach zurückkommen", sagt Arne.

„Du bist doch schon da!"

„So meinte ich das auch nicht."

„Warum bist du hier?", mischt sich Jakob ein. Er steht plötzlich neben Philip, hat sich aus dem Bett herausgetraut und einen Bademantel über den Pyjama gezogen. Als wäre ein Schlafanzug der Situation unangemessen, als hätte ihn keiner der beiden nicht schon mit weniger Kleidung gesehen. „Und wo warst du?"

„Ich war bei Katrin und …"

„Das weiß ich bereits", fällt ihm Jakob ins Wort.

„Er hat sich in einem leerstehenden Apartment verkrochen", ergänzt Philip. „Da gibt's nicht mal Fernsehen."

„Oh", sagt Jakob. Wieso ist er nicht darauf gekommen, dass Arne dort hingehen würde? Es ist ein sehr naheliegender Gedanke.

„Ich wollte Antworten von dir", sagt Arne. „Deshalb bin ich wiedergekommen."

Plötzlich befinden sie sich alle drei in der Küche. Jakob hat geistesabwesend eine Flasche Rotwein entkorkt, mit einer dunklen, fast schwarzen Farbe, wie der Saft von Heidelbeeren. Ölig läuft er an der Innenseite der Gläser hinunter, die vor Jakob und Arne stehen. Es ist eine alte Gewohnheit; so haben sie früher häufig zusammengesessen, wenn es etwas zu besprechen gab. Aber damals drehte es sich um banale Dinge wie Urlaubsplanungen, Ereignisse auf der Arbeit, die Anschaffung eines neuen Staubsaugers und nicht um die Bewältigung ihrer Beziehung. Während die beiden älteren Männer am Tisch sitzen, irritiert, nervös, wie ungebetene Besucher in den eigenen vier Wänden, und an ihren Gläsern nippen, lehnt Philip entspannt am Kühlschrank und trinkt einen seiner Energydrinks. Ein Lächeln umspielt seine Lippen; er kommt sich vor wie ein Zauberer, der gerade einen Blick in seine Kristallkugel riskiert und dabei die Zukunft sieht. Er ist selber überrascht, wie sehr er an dieser Zukunft Gefallen findet.

„Antworten? Worauf?", fragt Jakob.

Arne schnaubt auf. „Warum unsere Beziehung nicht funktioniert hat. Warum du mich niemals geliebt und trotzdem jahrelang mit mir gelebt hast. Warum du mir etwas vorgespielt hast – und erzähl mir nicht, dass ich mich täusche. Nenn mir einen gottverdammten Grund, warum du mit mir zusammen warst!" Die ganze Bitterkeit, die ganze Enttäuschung ist in Arnes Augen zu sehen und in seiner Stimme zu hören.

Das stimmt nicht!, will Jakob widersprechen, ich habe dir nichts vorgemacht, ich habe dich immer geliebt! Aber als er den Mund öffnet, kommt ein ganz anderer Satz über seine Lippen. „Seit Marius ist nichts mehr real", sagt er leise.

Es ist auf einmal still in der Küche, von der Straße dringt das Geräusch des Autoverkehrs nach oben, Fetzen orientalischer Musik aus dem Radio eines vorbeirauschenden Wagens, Gelächter von Männerstimmen.

„Und was sind wir dann?", fragt Philip. „Gespenster?"

Später will Arne die Wohnung verlassen, sich ins Auto setzen und zu seinem Apartment fahren, aber Jakob hält ihn zurück, mehr aus Vernunft als aus Überzeugung. „Du hast zu viel getrunken, du kannst dich nicht mehr hinters Steuer setzen." Er deutet auf die zwei leeren Flaschen, die mittlerweile auf dem Küchentisch stehen.

Arne kann sich nicht einmal erinnern, wann sie den ganzen Alkohol getrunken haben. „Verdammt", murmelt er. „Ich hab morgen wichtige Termine."

„Ich muss auch arbeiten“, sagt Jakob. „Ich muss auch früh raus.“

„Wenn du glaubst, ich schlafe neben dir im Bett, hast du dich geschnitten.“

„Wir könnten alle drei in einem Bett pennen“, sagt Philip.

Arne lacht verunsichert, und einen Moment hat es den Anschein, als würde er Philips Vorschlag tatsächlich in Erwägung ziehen, aber dann fährt Jakob den Jungen an und sagt grob: „Red keinen Unsinn!“

Und so bleibt Jakob im Schlafzimmer, Arne legt sich, nachdem er die Bügelwäsche zur Seite geräumt hat, auf der ausziehbaren Couch im Gästezimmer aufs Ohr, und Philip verbringt eine weitere Nacht auf dem Sofa im Wohnzimmer.

Am nächsten Morgen verschlafen Arne und Jakob, weil Jakobs Wecker in der Nacht beschlossen hat, die Zeit endgültig ihrer Funktion zu berauben, sie weder schnell noch langsam vergehen zu lassen, sondern völlig zum Stillstand zu bringen. Zahnräder greifen nicht mehr ineinander, Zeiger verharren auf ihren Positionen, das gewohnte Ticken wird unregelmäßig und hört schließlich ganz auf. Und so bemerken sie nicht, dass Philip in aller Frühe seine wenigen Sachen zusammenpackt und auf Zehenspitzen aus der Wohnung schleicht. Als sie endlich aufwachen, hektisch aus ihren Betten stolpern und lauthals fluchen, ist Philips Platz leer. Nicht einmal eine Nachricht auf einem Zettel hat er zurückgelassen.

„Schon wieder“, seufzt Arne und fährt sich durch die Haare.

„Ja“, sagt Jakob. „Ich weiß.“

„Das ist deine Schuld.“

„Wieso das denn?“

„Weil du ihn angeschnauzt hast.“

„Quatsch. Er wird schon wiederkommen. Immer, wenn er in Schwierigkeiten ist, taucht er wieder auf, oder?“

Arne schüttelt den Kopf. „Ich werde ihn suchen“, sagt er.

„Du weißt doch gar nicht, wo du anfangen sollst!“, ruft ihm Jakob hinterher. Aber da ist Arne schon im Treppenhaus, auf dem Weg nach draußen.

„Und warum wollen Sie die Therapie abbrechen?“

Jakob sitzt ins Silky Legs’ eidottergelbem Therapieraum und fühlt sich sichtlich unwohl. Er hat seine Hände unter die Oberschenkel geklemmt, um zu verhindern, dass er mit den Armen herumfuchtelt. Er ist auch so schon nervös genug. Sein Blick streift unruhig durch den Raum, bleibt an der unscharfen Fotografie hängen, driftet über die Couch und krallt sich starr am Fenster fest, durch das er ein Stück bewölkten Himmel sehen kann.

Silky Legs dagegen ist wie immer die Ruhe selbst. Ihre Lippen spitzen sich, während sie Jakobs Verhalten beobachtet, sie rückt den Schreibblock auf ihren Knien zurecht.

„Ich habe das Gefühl, auf der Stelle zu treten“, murmelt er und meint damit, dass es ihm noch immer nicht besser geht. Dass Silky Legs nicht geliefert hat, was er sich von ihr versprochen hat: Lebensfreude oder zumindest einen ausgeglichenen Gemütszustand. Oder erwartet er letzten Endes Absolution? Dann wäre er vermutlich besser bei einem Priester aufgehoben. Jakob sieht sich plötzlich im Dunkel eines Beichtstuhls, den schwachen Geruch von Weihrauch und Kerzenruß in der Nase, der sich über die Jahrzehnte in das Holz der Kirchenbänke gefressen hat, mit gesenktem Kopf und raunender Stimme seine Sünden beichtend. Drei Ave Maria und fünf Rosenkränze als Buße und dafür Vergebung von höchster Stelle. Wie einfach die Kirche doch alles macht. Zu schade, dass er nicht religiös ist.

„Auf der Stelle treten? Diesen Eindruck habe ich allerdings nicht“, sagt die Therapeutin. Allein die Tatsache, dass Jakob schon zum zweiten Mal innerhalb kürzester Zeit um ein Gespräch außer der Reihe gebeten hat, verrät ihr, dass die Dinge im Fluss sind, dass eine Katharsis in greifbare Nähe gerückt ist. „Was bringt Sie zu dieser Einschätzung?"

Zu ihrer Jeans trägt sie heute einen überlangen grauen Pullunder, den sie in der Taille mit einem breiten schwarzen Gürtel geschmückt hat. Sie sieht plötzlich um Jahre jünger aus. Und hat sie auch etwas mit ihren Haaren gemacht? Jakob riskiert einen prüfenden Blick. Ja, die Haare sind dunkelblond, sie hat sie gefärbt. Er fühlt sich merkwürdig übergangen, als hätte er erwartet, vor der Veränderung ihres Äußeren zu Rate gezogen zu werden. „Herr Brenner?"

Jetzt wäre der Moment gekommen, Silky Legs zu sagen, dass er zu der Ansicht gelangt ist, mit ihr nicht weiterzukommen, dass er genug hat von der andauernden Introspektion, aber sie hat ihm mit ihrer direkten Frage den Wind aus den Segeln genommen. Sein Unmut zerplatzt lautlos wie eine Seifenblase.

„Ich weiß einfach nicht weiter", sagt er kleinlaut. „Alles geht schief, nichts passt mehr zueinander."

Die letzte Dreiviertelstunde hat er damit verbracht, Silky Legs über die neuesten Entwicklungen in seinem Privatleben zu unterrichten, hat ihr von Arnes Auftauchen und Philips erneutem Verschwinden erzählt. Marius, der in den letzten Sitzungen fast immer Thema war, ist heute mit keinem Wort erwähnt worden, und Silky Legs weist Jakob auf diesen Unterschied hin.

„Aber er ist immer da", sagt Jakob. Und meint damit in seinen Gedanken, in seinem Herzen.

„Ja", erwidert Silky Legs. „Eben." Sie sieht auf die Uhr und steht auf: das Zeichen, dass die Zeit für heute schon wieder um ist. „Was Sie brauchen, Herr Brenner, ist eine Art Glaubenssprung."

„Einen was?", fragt Jakob.

August 1989

Im Ostblock beschleunigen sich die politischen Veränderungen. In Polen kommt nach den ersten freien Wahlen mit Tadeusz Mazowiecki ein nichtkommunistischer Regierungschef an die Macht. Er gehört der Solidarnosc-Bewegung an.

Die Ständige Vertretung der Bundesrepublik in Ost-Berlin muss wegen Überfüllung schließen. 131 DDR-Bürger haben dort Zuflucht gesucht und wollen so ihre Ausreise erzwingen. Kurz darauf müssen auch die Botschaften der Bundesrepublik in Budapest und Prag wegen Überfüllung geschlossen werden. 900 DDR-Bürgern gelingt die Massenflucht über die ungarisch-österreichische Grenze.

Unterdessen startet das Parteiorgan der SED Neues Deutschland eine Leserbriefkampagne, in der die DDR-Bürger aufgefordert werden, ihr Land nicht zu verlassen. Und Erich Honecker erklärt bei einem öffentlichen Termin: „Den Sozialismus in seinem Lauf halten weder Ochs noch Esel auf.“

In den USA werden Studien zu AZT (Retrovir) veröffentlicht, die der Gesundheitsminister der Bush-Regierung, Louis Sullivan, als „Wendepunkt im Kampf gegen Aids“ anpreist. Man sei auf dem Weg von einer tödlichen zu einer heilbaren Krankheit. Am nächsten Tag steigen die Aktien des AZT-herstellenden Pharmariesen BurroughsWellcome um 32 Prozent.

Neben AZT (Retrovir) befinden sich mittlerweile zwei weitere Medikamente in klinischen Studien. DDC und DDI bewirken zusammen mit AZT eine starke Verminderung der Viruslast im Blut von Aids-Patienten.

In einem Spiegel-Interview fordert der Münchner Internist und Aids-Experte Hans Jäger – bisher ein strikter Gegner der Bayerischen Aids-Politik – alle Hauptrisikogruppen zum Test auf. Je früher man eine HIV-Infektion mit AZT behandele, desto größer seien die Überlebenschancen.

An der Spitze der deutschen Charts stehen Mysterious Art mit „Das Omen"; in Großbritannien sind es Jive Bunny & the Mastermixers mit „Swing the Mood".

Jakob war froh, dass er schützende Kleidung eingepackt hatte, eine Windjacke und einen warmen Pullover. Manchmal, wenn der Wind von Norden kam und über die flache, langgestreckte Insel stob wie ein Jäger auf Beutezug, fuhr ihm eine Vorahnung des Herbstes in die Glieder und ließ ihn fröstelnd den Reißverschluss der Jacke zuziehen. Dann umarmte er Marius und schob ihn weg von den Dünen mit ihrer spärlichen Vegetation in ein wärmendes Kaffeehaus oder eine der Milchbars, in denen es so exotische Dinge gab wie Sanddorn-Milchshakes oder so altbacken anmutende wie Rüdesheimer Kaffee, bei dem der Kellner drei Stücke Würfelzucker mit einem Fingerbreit Asbach Uralt übergoss, den Alkohol entzündete und anschließend mit Kaffee auffüllte, bevor er das Ganze mit einem Löffel Schlagsahne abrundete. Sie saßen an dunklen, holzgetäfelten Tischen zwischen Rentnerehepaaren und sahen aus dem Fenster auf ein aufgewühlt schäumendes Meer, an dessen Strand blauweiß gestreifte Strandkörbe zurückgelassen worden waren wie das Spielzeug einer Rasse von Riesen.

„Morgen soll die Sonne wieder zum Vorschein kommen", erklärte Jakob an solchen Tagen hoffnungsvoll, und Marius nickte und setzte ein schmales Lächeln auf.

Sie hatten sich spontan zu diesem Urlaub entschlossen: eine Auszeit vom Alltag der ewigen Arzttermine, bei denen Marius in zunehmend ratlosere Gesichter blickte, auf Hände, die eilig in Hosentaschen oder hinter dem Rücken versteckt wurden, damit sie sich nicht durch hilflose Gesten verrieten. Ihre Wahl war auf Sylt gefallen, weil der Nordseeinsel ein gesundes Klima nachgesagt wurde und weil sie mittlerweile gewillt waren, auch nach Strohhalmen zu greifen. Ein böiger Wind wehte beinahe unablässig während ihres Aufenthalts und machte das Baden im Meer zu einer Mutprobe, aber er half Marius tatsächlich, etwas freier zu atmen. Zu Hause wurde er immer häufiger von quälenden Hustenanfällen und einer Kurzatmigkeit heimgesucht, die ihn wie einen Langstreckenläufer hinter der Ziellinie zurückließen und deren Ursache auf sein nicht mehr vorhandenes Immunsystem zurückgeführt wurde, eine zusammengebrochene Immunabwehr. Das eine klang, als hätte Marius seine Gesundheit versehentlich irgendwo liegenlassen, wie einen Schirm, den man in der U-Bahn vergisst, oder eine Brille, die man nach dem Lesen gedankenlos absetzt und danach nicht mehr wiederfindet, bei dem anderen sah Jakob ein Auto vor sich, abgestellt am Straßenrand, weil die Batterie verreckt war. Aber auch, wenn sich die notdürftigen Erklärungen fast identisch anhörten, gab es nicht einen Unterschied zwischen „nicht mehr vorhanden" und „zusammengebrochen"? Beinhaltete Letzteres nicht auch die Möglichkeit von Wiedererstarken?

Ein Lungenfacharzt schlug eine Bronchoskopie vor, aber Marius lehnte kurzerhand ab.

„Du hast dich geweigert?", hatte Jakob gefragt. „Wieso das denn?"

„Weil keines der Antibiotika, die ich bisher geschluckt habe, auch nur den geringsten Effekt gehabt hat. Darum! Was nützt es mir zu wissen, was ich habe, wenn die Ärzte sowieso nichts dagegen tun können?" Marius hatte seine Zimmertür hinter sich zugeschlagen, die Diskussion damit abgewürgt, und Jakob einen unterdrückten Fluch ausgestoßen. Die Wahrheit war, dass Marius panische Angst vor einer Bronchoskopie hatte. Vor den Schmerzen, weil die Untersuchung ohne Betäubung durchgeführt werden musste. Vor dem Ergebnis, weil es ein endgültiges sein könnte. Eines, das man nicht verdrängen konnte.

Bei ihren Überlegungen zu einem geeigneten Urlaubsort hatten sie allerdings nicht darüber nachgedacht, wie beliebt Sylt auch für Familien mit Kindern als Reiseziel war, und sie hatten außer Acht gelassen, dass gerade Hochsaison herrschte. Ohne eine Hotelreservierung gemacht zu haben, fanden sie nur noch in einer kleinen Familienpension ein Zimmer, etwas außerhalb von Westerland, ein zweistöckiges Haus mit spitzen Giebeln und grün gestrichenen Holzbalkonen inmitten der kargen Dünenlandschaft. Die Wirtin, eine abgehärmte Frau mit grauem Dutt und rotgescheuerten Händen, begutachtete sie mit einem misstrauischen Blick und gab ihnen die Dachkammer, mit schrägen Wänden und getrennten Betten. Sie waren nicht mutig genug, nach einem Doppelbett zu fragen. Morgens, beim Frühstück, tollten Kinder um sie herum, Babys schrien, und einmal baute sich ein kleiner Rotzlöffel im Grundschulalter vor ihnen auf und erkundigte sich nach ihren Frauen.

„Michi!", wurde er von einer peinlich berührten Mutter zurückgepfiffen. „So was fragt man nicht!"

„Schon gut", erwiderte Jakob und grinste Marius zu. „Wir haben keine Frauen, Michi. Wir mögen Männer lieber." Danach wurden sie beim Frühstück in Ruhe gelassen.

Zeitweise gesellte sich Regen zu dem Wind, peitschte die Wellen auf und verwandelte die Strandpromenade in eine glitschige Rutschbahn; dann war an einen Aufenthalt im Freien ohne Regenmantel nicht zu denken. Ein paar unverdrossene Urlauber wagten sich trotzdem nach draußen. Marius nannte sie spöttelnd „Sturmläufer", und Jakob konnte sie vom Dachfenster ihres Zimmers beobachten: Wie die gelben Kegel eines Mensch-ärgere-dich-nicht-Spiels zogen sie mit gebeugten Köpfen ihre Kreise, die Hände schützend auf ihre Kapuzen gelegt, vom Kurhaus zum Strand, ein Stück am Wasser entlang und wieder zurück. Marius und er vertrieben sich diese Stunden mit Lesen oder Musikhören oder mit Sex.

Es war kräftesparender für Marius, wenn Jakob sich auf ihn setzte, ihn ritt und den Rhythmus vorgab. Dabei trafen sich ihre Augen, blau und braun verschmolz zu etwas sehr Vertrautem, und sie hielten sich an ihren Blicken fest, bis Jakob stöhnend kam oder Marius' Luftnot ihrer Lust eine Grenze setzte.

An einem Tag, an dem der Regen aus einem betonfarbenen Himmel herunterprasselte, drängte Jakob Marius so lange zum Besuch des Hallenbades, bis er widerwillig nachgab. Aber als sie sich umgezogen hatten und in die Schwimmhalle kamen, entdeckte der Bademeister die Flecken auf Marius' Körper und verwehrte ihnen den Zutritt. Jakob wollte protestieren, doch Marius zog ihn fort. „Ich will keinen Ärger", zischte er ihm zu. „Das bringt doch nichts."

Wenn das Wetter besser war, liefen sie den Strand entlang, immer die Stellen suchend, die vom Wasser hart und nass gespült worden waren. Der feine, trockene Sand dahinter, in den die Badegäste beim ersten Anzeichen von Sonnenstrahlen ihre Schirme pflanzten und auf dem Handtücher und Decken ausgebreitet wurden, ließ Marius schon nach wenigen Augenblicken japsen und keuchen wie einen Asthmakranken. Auch so mussten sie viele Pausen einlegen, warten, bis Marius sich erholt hatte und einen weiteren Abschnitt in Angriff nehmen konnte. Von jedem Strandbesuch brachte Jakob eine Muschel mit zurück, kleine weiße, geriffelte, und dunkle, die von Wasser und Sand glatt geschliffen worden waren und mit Streifen versehen wie die Jahresringe eines Baumes. Jede Muschel war eine Erinnerung, die er anfassen konnte, für später, wenn nichts mehr da war, das sich berühren ließ. Seine Trophäen versteckte er vor Marius in seinem Koffer, aus Angst, er könnte glauben, dass er die Hoffnung aufgegeben hatte.

Oder sie besuchten das Wattenmeer auf der der See abgewandten Seite der Insel. Dort war die Stille mit Händen greifbar, die Schreie der Möwen gellten kilometerweit in der Luft. Kleine Krebse und Würmer bohrten sich in den Schlick zu ihren Füßen. Eine Bank, die den Blick auf das Watt freigab und mit ins Holz geritzten Graffiti übersät war, wurde ihr Lieblingsplatz. Hinter ihnen ging die Sonne unter, versank feuerrot und kitschig im Meer. In diesen Tagen waren sie süchtig nach Kitsch. Sie sogen ihn auf wie den Duft einer besonders intensiv riechenden Rose und wärmten sich an seiner Seichte und Sentimentalität.

„Ich will nicht zurück", sagte Marius am Abend vor ihrer Heimreise.

Ihre Koffer standen gepackt neben der Zimmertür. Zuvor hatten sie in einem Restaurant ein Drei-Gänge-Menü verspeist, das Jakobs letzte Geldreserven aufgezehrt und von dem Marius die Hälfte stehengelassen hatte, waren ein letztes Mal im Zwielicht der Dämmerung auf die Promenade gelaufen, um das Meer zu sehen, und hatten die allgegenwärtigen Möwen beobachtet, die im Sand nach Nahrung pickten oder sich auf den im Wasser stehenden Pfählen ausruhten. Jetzt lagen sie eng aneinandergekuschelt in Marius' Bett.

„Ich auch nicht", antwortete Jakob.

„Ich könnte hier für den Rest meines ..." Marius brach ab und biss sich auf die Unterlippe.

„Ja", sagte Jakob leise. „Ich weiß."

„Es fühlt sich an wie der letzte Akt eines Theaterstücks."

„Was meinst du?" Er konnte Marius atmen hören; da war ein leichtes Schaben in seiner Lunge, als führe jemand mit einer Hand über Schmirgelpapier.

„Was zu Hause passieren wird."

„Das ist doch Unsinn. Niemand weiß, was ..."

„Du musst mich gehen lassen", unterbrach ihn Marius. „Wenn es so weit ist, musst du mich gehen lassen."

Jakob richtete sich auf und suchte den Blick seines Freundes. „Lass das!“, erwiderte er heftig. „Das ist doch krank! Du tust so, als wäre alles vorherbestimmt! Du musst weiter kämpfen! Sie finden bestimmt was, du wirst bestimmt wieder …“

Marius legte ihm die Hand auf den Mund. „Bitte“, wiederholte er. „Wenn es so weit ist …“

Jakob ließ den Kopf hängen und klammerte sich an seinen Freund. Tränen sammelten sich in seinen Augen, wollten geweint und vergossen werden, aber er schluckte sie hinunter. „Wie soll ich das … du verlangst so viel“, brachte er heraus. „Wir wollten doch zusammen alt werden, erinnerst du dich? Hast du das vergessen?“ Marius schwieg und wartete geduldig, bis Jakob sich wieder im Griff hatte. „Also gut“, flüsterte er schließlich. „Ja.“ Weil es nichts anderes gab, was er hätte sagen können. Er konnte nur daliegen und wie betäubt zustimmen, weil Marius auf jeden Fall gehen würde, ob er einverstanden war oder nicht, ob er ihn gehen lassen wollte oder nicht. Und er würde alleine zurückbleiben.

Plötzlich zitterte er am ganzen Körper, und Marius wickelte die Bettdecke fest um sie herum, bis es sich anfühlte, als befänden sie sich im Inneren eines Gespinstes, zart, warm und sicher.

Arne irrt durch die Straßen der Stadt, ziellos und ohne Plan. Es war wohl doch keine so gute Idee gewesen, einfach drauflos zufahren. Er hätte besser daran getan, sich mit Jakob zu besprechen, Informationen abzugleichen, Wahrscheinlichkeiten auszuloten. Vielleicht hätte Jakob etwas über den möglichen Aufenthaltsort von Philip gewusst, was ihm bisher entgangen war, vielleicht hätte er den entscheidenden Hinweis gehabt. Aber es war Jakobs Schuld, dass Philip erneut verschwunden ist, und Arne war verärgert gewesen. Außerdem hatte er das Bedürfnis gehabt, etwas zu unternehmen, nicht nur einfach so dazusitzen, zu warten, geschehen zu lassen. Eine innere Unruhe hatte ihn aus der Wohnung getrieben, ein unbestimmtes Gefühl in der Magengegend, das ihm sagte: Jetzt oder nie.

Die Sonne blendet ihn, und er bedauert, seine Sonnenbrille im Handschuhfach gelassen zu haben, als er den Wagen im Parkhaus abgestellt hat. In den Geschäften der Innenstadt rüsten sich die Einzelhändler und die großen Kaufhäuser für den vormittäglichen Ansturm der Kunden. Türen werden aufgeschlossen, Waren angeliefert, Auslagen zurechtgerückt. Gebremste Geschäftigkeit. Ein Friseur hat bereits geöffnet; durchs Schaufenster sieht Arne eine junge Frau mit Schaum und Silberpapier in den Haaren vor einem Spiegel sitzen. Sie hat Piercings in der Nase und durch die Lippen, trägt dunkles Augen-Make-up. Laute Musik und Gelächter schwappen aus dem Laden nach draußen. Einige wenige Passanten kommen ihm entgegen: ein alter Mann, der mit schleppenden Schritten seinen Hund ausführt. Geschäftsleute in dunklen Jacketts auf dem Weg zu ihrem ersten Termin, die Aktentasche unter den Arm geklemmt, in der rechten Hand einen Becher Kaffee mit dem Logo einer Bäckerei oder eines Kaffeegeschäfts. Immer wieder wählt Arne von unterwegs Philips Nummer, immer wieder springt nur die Mailbox an. Der Junge ist *incommunicado*.

Er *muss* ihn einfach finden.

Am Taxistand stauen sich die Fahrzeuge; um diese Tageszeit läuft das Geschäft schleppend. Die Fahrer stehen neben den Autos, rauchen, warten, unterhalten sich gelangweilt. Arne hört ein paar Brocken Türkisch, Arabisch und Deutsch. Im Eingang neben einem Handyladen, der Flatrates beinahe zum Nulltarif verspricht, sitzt ein Obdachloser mit einem aufgedunsenen Gesicht und tabakgelben Zähnen. Vor ihm steht ein Pappteller mit ein paar losen Münzen, neben ihm liegt ein Schäferhund und bewacht einen Einkaufswagen voller Plastiktüten. Wenn Jakob jetzt hier wäre, würde er dem Mann einen Euro schenken. Im Hintergrund hört Arne eine Kirchturmuhr läuten: acht, neun, zehn Schläge, aber als er die Uhrzeit mit seiner Armbanduhr vergleicht, zeigt diese erst kurz nach neun. Was ist denn nun richtig? Entnervt bleibt er stehen und klopft mit dem Finger gegen das Zifferblatt. Daraufhin bewegt sich der Sekundenzeiger überhaupt nicht mehr.

„Ein bisschen Kleingeld vielleicht oder eine Zigarette?"

„Nichtraucher", murmelt Arne. Zu seiner eigenen Überraschung fahndet er in der Hosentasche nach Münzen, einen Moment später hat er dem Obdachlosen sechzig Cent auf den Teller gelegt.

„Schönen Tag noch", nickt der Mann und tippt sich grüßend an die Stirn.

Arne läuft weiter Richtung Rhein, Richtung Altstadt, und kurz darauf steht er vor der Parkbank, auf der er Philip kennengelernt hat. Irgendwie hatte er gehofft … aber die Bank ist leer, der Junge ist nicht da. Natürlich nicht. Vielleicht, wenn er die Stricherkneipen in der Nähe abklappert? Arne weiß nur vage über sie Bescheid, kennt einige der Namen und ihre Standorte, aber als er sie aufsucht, hat nur eine geöffnet, in einer heruntergekommenen, krummen Seitenstraße. Müll liegt auf dem Bürgersteig; es riecht nach Katzenpisse.

Misstrauen schlägt ihm entgegen, als er die Tür öffnet, abgestandene Luft, die nach Rauch und Bier riecht. Drei ältere Männer sitzen an der Bar, mit grauen Gesichtern und müden Augen, im Hintergrund läuft ein Lied von Lady Gaga. Zwei junge Männer beugen sich über ein Handy, um die Handgelenke protzige Uhren geschnallt, auf der Brust baumeln dicke silberne Ketten.

„Kennt ihr Philip?“, fragt Arne vorsichtig und weiß schon im Voraus, dass er keine Antwort bekommen wird. Die Stricher werfen ihm nur einen kurzen Blick zu, dann wenden sie sich wieder ab, ignorieren seine Anwesenheit.

Einer der alten Männer wackelt mit dem Kopf. „Kein Philip hier.“ Dann fängt er heiser an zu lachen, ohne Arne anzusehen. Als kenne er sein Verlangen. Als wüsste er, wonach Arne sucht. Arne macht einen Schritt auf ihn zu, will richtigstellen, erklären, den falschen Eindruck zurechtrücken, aber dann zuckt er mit den Schultern und geht.

Wieder auf der Straße schaut er sich unschlüssig um. Wo sonst kann er noch suchen? Er kramt in seinem Gedächtnis nach einer beiläufigen Bemerkung Philips in der Vergangenheit, einem Nebensatz, der ihm weiterhelfen könnte, einer Andeutung, aber da ist nichts. Der Junge war sehr umsichtig, hat alle Auskünfte vermieden, die auf seinen Aufenthaltsort hätten schließen lassen können. Als ob er nicht gefunden werden wollte.

Um die Ecke gibt es ein paar Spielhöllen, Läden, die rund um die Uhr geöffnet sind und einen zwielichtigen Ruf haben. Es ist die letzte Möglichkeit. Hier geht man nicht hin, wenn man keinen Ärger haben will, heißt es. Hier läuft man Gefahr, abgezockt, beraubt oder verprügelt zu werden. Oder alles zusammen.

Ein Junge in Philips Alter mit südländischem oder arabischem Aussehen steht vor dem dunklen Eingang und raucht, schnalzt leise mit der Zunge, als Arne die fremde Welt betritt und jeden Augenkontakt tunlichst vermeidet. Geräusche von Spielautomaten empfangen ihn, ein Piepen und Bimmeln, gedämpfte Schussgeräusche und schummriges Licht, an das sich seine Augen nur mit Mühe gewöhnen. Halbdunkel und Schatten, blitzende Lampen an einem Flipperautomaten, an dem noch jemand in Philips Alter steht, der ihn auslotet, einschätzt, berechnet. Diesmal starrt Arne zurück, mehr aus Versehen, unabsichtlich, vielleicht auch ein wenig neidisch. Sie sind alle so jung, diese Männer, aber ihre Blicke glänzen kalt. Ihre Körper mögen einladend wirken, aber die Augen erzählen von geballten Fäusten, von um sich schlagenden Armen, von unterdrückter Wut.

„Ist was?"

„Nein. Ich … tut mir leid." Arne fühlt sich eingeschüchtert, er ist hier nicht willkommen. Unwillkürlich geht seine Hand zu seiner Hintertasche, überprüft die Anwesenheit des Portemonnaies. Schnell sucht er die Ecken nach einem blonden Haarschopf unter einer Strickmütze ab, aber da ist niemand. Er ist umsonst gekommen.

Schon will er seine Suche frustriert abbrechen, als er endlich eine Idee hat. Er schlägt sich vor die Stirn und eilt nach draußen, macht sich auf den Rückweg zu seinem Wagen. Natürlich! Warum ist er nicht schon vorher darauf gekommen? Philip ist ein Handy-Junkie; wie alle Jugendlichen und jungen Erwachsenen, wie jeder Geschäftsmann, will er überall und jederzeit erreichbar sein. Arne erinnert sich, dass das Abrufen und Versenden von SMS für Philip eine reflexhafte Gewohnheit ist wie Zähneputzen oder das Drücken der Toilettenspülung.

Auch wenn er nicht ans Telefon geht – vielleicht ist es möglich, sein Handy zu orten. Er muss es nur eingeschaltet haben, alles andere ist für Arne ein Kinderspiel. Wozu arbeitet er bei einer Computerfirma? Er kennt alle Tricks, die legalen und die nicht legalen und die, die sich in einer rechtlichen Grauzone bewegen. Alles, was er braucht, ist sein Laptop, und der befindet sich im Kofferraum seines Autos.

Er rennt den Weg zurück zum Parkhaus. Vielleicht ist es noch nicht zu spät, vielleicht hat er Glück. Als er den Wagen erreicht, holt er den Laptop auf den Fahrersitz, fährt ihn hoch und ruft eine Website auf. Ungeduldig gibt er sein Passwort und Philips Handynummer ein und nur wenige Klicks später erscheint Philips Standort als pulsierender roter Punkt auf dem Bildschirm.

„Ja!“, ruft Arne und beglückwünscht sich selbst. „Ich hab doch gewusst, dass …“, beginnt er und bricht dann enttäuscht ab. Für einen Moment hat er angenommen, dass Jakob neben ihm sitzt, so wie früher. Alte Gewohnheiten sterben langsam.

Der Junge befindet sich in einer Straße nur wenige Autominuten von Arne entfernt, in der Nähe der Ringe, dort, wo seit Jahren die neue U-Bahn-Trasse nach Süden gebaut wird. Eine Ecke der Stadt, mit der Arne nicht sonderlich vertraut ist. Er gibt den Straßennamen in sein Navigationsgerät ein und lässt sich von der Computerstimme zum Ziel leiten.

Wenig später steht er etwas verloren im Innenhof einer anonymen Mietskaserne, deren Fensterscheiben sechs Stockwerke in den Himmel ragen. Einige wenige Wohnungen haben Balkonkästen, die mit gelben und violetten Blumen bepflanzt sind, mit zerfranstem Efeu, dessen Luftwurzeln sich hartnäckig in die Hauswand krallen, aber fast alle besitzen Satellitenschüsseln, die ihre Drähte und Antennen ins All recken auf der Suche nach Ablenkung und Zerstreuung und doch nur Realityshows und Doku-Soaps empfangen. Zerrbilder des Alltags, als sähe man in einen gekrümmten Spiegel. Rechts von Arne befinden sich Autogaragen, vor denen zwei Jungen einen Ball gelangweilt hin und her kicken, dahinter ein Unterstand für Müllcontainer, von dem ein säuerlicher Fäulnisgeruch zu ihm herüberweht, wie vergorene Milch.

Wie soll er Philip hier finden? Die Handyortung kann nur einen ungefähren Standpunkt wiedergeben. Er könnte überall im Umkreis von einhundert Metern sein, zum Beispiel in dem Fahrradladen gegenüber oder in der Bäckerei daneben. Dass er sich in diesem Haus befindet, ist eine reine Vermutung von Arne; auf gut Glück hat er die Klingelschilder abgesucht, obwohl er noch nicht einmal Philips Nachnamen kennt, hat gehofft, dass irgendwo sein Vorname auftaucht, doch so weit kommt ihm das Schicksal nicht entgegen. Entweder er akzeptiert diesen Innenhof als Sackgasse, als Schlusspunkt seiner Suche oder …

„Philip!", brüllt Arne. „Philip!"

Die Jungen unterbrechen ihr Ballspiel und starren ihn entgeistert an, der Fußball springt unbeachtet zur Seite. Arne kommt sich idiotisch vor, wie in einer amateurhaften Aufführung eines Shakespeare'schen Liebesdramas oder Tennessee Williams' *Endstation Sehnsucht*. Er ist zu alt für einen jugendlichen Liebhaber, er ist nicht für einen Stanley Kowalski geschaffen, geschweige denn für einen Romeo. Und trotzdem schreit er Häuserwände an, zum zweiten Mal innerhalb weniger Wochen.

„Philip! Philip!"

Die Jungen fangen an zu lachen, und Arnes Selbstzweifel wachsen. Im zweiten Stock öffnet sich ein Fenster, und eine dunkelhaarige Frau schaut nach unten, begafft ihn neugierig.

„Philip!" Seine Stimme ist jetzt leiser, der Ruf gleicht schon mehr einer Frage, und zu einem weiteren wird Arne wahrscheinlich den Mut nicht mehr aufbringen.

Plötzlich sieht er jemanden auf sich zukommen, aus dem dunklen, halbrunden Häuserdurchgang zu seiner Linken, der zu einem weiteren Wohnkomplex führt und den er bisher ignoriert hat.

„Arne!“, sagt Philip. „Was machst du hier?“ Wie immer trägt er eine Jogginghose und Turnschuhe, ein Sweatshirt und seine blaue Strickmütze.

„Ich habe dich gesucht“, erwidert er und fügt dann erklärend hinzu: „Handyortung.“

„Geh nach Hause, Mann. Ich kann dich hier nicht brauchen.“ Philip dreht sich um und verschwindet in dem Durchgang, aber Arne lässt sich nicht abwimmeln. Er rennt ihm hinterher und holt ihn ein, als Philip vor einer geöffneten Tür im Torbogen stehenbleibt: der Zugang zu einem Apartment, das früher einmal vielleicht als Hausmeisterwohnung genutzt wurde und unter dessen vergitterten Hoffenstern ein verbeultes Fahrrad steht.

„Hier wohnst du also?“, fragt Arne.

„Ich? Nein. Aber Lars lässt mich hin und wieder auf seinem Sofa pennen.“

„Lars?“

Philip zuckt mit den Schultern und geht voran, ohne sich umzudrehen. „Ein Kumpel.“

November 1989

Das Ende des sozialistischen Regimes in der DDR kündigt sich an: Schon im Oktober ist Erich Honecker gestürzt und durch Egon Krenz ersetzt worden. Doch die SED ist längst nicht mehr Herr der Lage. Nach monatelangen Demonstrationen, bei denen zuletzt fast täglich Hunderttausende unter dem Motto „Wir sind das Volk!“ auf die Straße gegangen sind, fällt am 9. November die Mauer. Tausende DDR-Bürger stürmen in den Westen und tanzen und feiern auf den Sperranlagen vor dem Brandenburger Tor in Berlin. Die Wiedervereinigung der beiden deutschen Staaten folgt nur ein knappes Jahr später.

Auch in den übrigen Staaten des Ostblocks geht der Umbruch weiter. In der Tschechoslowakei wird die alte kommunistische Führung gestürzt. Damit kann sich in den Ländern des Warschauer Pakts einzig in Rumänien noch ein paar Wochen eine diktatorische Regierung halten. Mit dem Zusammenbruch der Sowjetunion Ende 1991 ist der Kalte Krieg vorbei.

Mit „Sure of You" (dt. „Schluss mit lustig") ist einige Wochen zuvor der letzte Teil von Armistead Maupins „Stadtgeschichten" in den USA erschienen. Die Buchserie über Michael Tolliver und seine Freunde gehört zu den erfolgreichsten schwulen Romanen weltweit. Erst Jahrzehnte später schreibt Maupin zwei weitere Bücher der Reihe.

In Rom findet die erste vom Vatikan organisierte Konferenz zum Thema Aids statt. Doch anstatt Kondome zur Prävention zu propagieren, setzt die Kirche weiter auf Gebete, Gottvertrauen und Enthaltsamkeit. Papst Johannes Paul II. bezeichnet den Gebrauch von Kondomen als moralisch verwerflich.

Noch immer gibt es in der Wissenschaft vereinzelte Meinungen, die Aids als Krankheit leugnen. Der umstrittene Biologe Ryke Geerd Hamer hält Aids für eine „Smegma"-Allergie nach einem „Smegma"-Trauma und kann solche Ansichten in wissenschaftlichen Zeitschriften äußern. In den USA bezeichnet der bekannte Mikrobiologe Peter Duesberg Aids als Unsinn. Er behauptet, alle Aids-Erkrankungen und -sterbefälle ließen sich auf normale Infektionen zurückführen, auf Drogenüberdosierungen und die damit einhergehenden erhöhten Ansteckungsgefahren. Eine weitere Theorie lautet, dass die Regierung der USA Aids erfunden habe, um die eigene schwarze Bevölkerung zu dezimieren. Der Tod homosexueller Männer sei nur ein Ablenkungsmanöver.

Kurz zuvor ist in den USA der Film „Longtime Companion" in den Kinos gestartet. Es ist der erste Hollywood-Film, der sich mit Aids beschäftigt. Thematisiert werden der Beginn der achtziger Jahre und die Auswirkungen, die Aids auf einen Freundes-

kreis hat. „Longtime Companion" wird für einen Oscar nominiert und kann einen Golden Globe gewinnen.

In Deutschland stehen Kaoma mit „Lambada" wochenlang an der Spitze der Charts; in Großbritannien ist es Lisa Stansfield mit „All around the World".

„Komm", sagte Jakob. „Eigentlich sind wir schon zu spät."

Er hielt eine Tasche in den Händen, die er am Abend gepackt hatte, weil es für Marius zu anstrengend war: Schlafanzug, Bademantel, Pantoffeln, Kulturbeutel – Dinge eben, die man im Krankenhaus brauchte. Einen Apfel, obwohl Marius nichts mehr bei sich behalten konnte, jedwede feste Nahrung in hohem Bogen wieder ausspuckte und sich würgend über den Eimer beugte, den Jakob in den Nächten bereitstellte. Ein Buch, obwohl Marius nur noch selten las. Die Fluchtburgen, die ein Roman bot, zerfielen vor seinen Augen zu Ruinen, wurden zu nutzlosen Trümmern angesichts der Wucht, mit der die Realität in den letzten Wochen auf Jakob und ihn eingeschlagen hatte.

„Ich will nicht gehen", sagte Marius traurig. Er sah entkräftet aus, dünn, hatte in kurzer Zeit fünf Kilo Gewicht verloren. Am meisten konnte man es an den Wangen sehen, die sich gespenstisch nach innen wölbten, als wäre er das Opfer einer Hungerkatastrophe. Die Jeans, deren Enge er früher verflucht hatte, schlotterten um seine Beine und um seinen Hintern wie ein leerer Sack. Am Tag zuvor hatte Jakob mit der Lederzange ein weiteres Loch in den Gürtel gebohrt, weil die vorhandenen Löcher zu weit waren, um ihn auf der Taille zu halten.

„Ich weiß." Jakob nahm seine Hand. „Wenn ich einen Weg wüsste, wenn ich zaubern könnte ..."

Marius verzog die Mundwinkel zu einem wässrigen Lächeln. „Glaubst du, ich werde je wieder hierher zurückkommen?" Seine Stimme zitterte, als er einen letzten Blick in die Wohnung warf.

„Du bist nur ein paar Tage fort. Der Arzt hat es gesagt." Jakob schloss die Augen hinter Marius' Rücken. Das war es, woran sie beide glaubten. Nur ein paar Tage. Woran sie sich festhielten wie Schiffbrüchige an einer dürren Planke Holz, in der absurden Hoffnung, doch noch ein Stück Land zu erreichen, und sei es noch so öde. Entgegen aller Wahrscheinlichkeit doch noch festen Boden unter den Füßen zu gewinnen, und sei er noch so unwirtlich.

Zwei Wochen zuvor hatte es begonnen, mit einem Blick in den Badezimmerspiegel beim Zähneputzen. Jakob hatte das klappernde Geräusch gehört, als Marius' Zahnbürste ins Waschbecken fiel. Er war ins Badezimmer gestürzt, und das Erste, was er bemerkt hatte, war Marius' ungläubiger Gesichtsausdruck, der gehetzte Blick in seinen Augen, als starrte er in eine Gewehrmündung.

„Was?", hatte er gefragt.

Marius hatte wortlos den Mund geöffnet und auf das rötlich-violette Geschwür gedeutet, das wie ein Parasit an seinem Gaumen klebte. „Es ist in mir drin", hatte er gekrächzt.

Einige Tage hatten es die Ärzte mit der bekannten Bestrahlung versucht, hatten ihre Apparate auf Marius' Gaumen gerichtet, bis seine Mundhöhle eine einzige offene Wunde war. Ihren Misserfolg hatten sie erst eingestanden, als er vor Schmerzen heulte, nichts mehr kauen und nur noch flüssige Nahrungsergänzungsmittel schlucken konnte, die aber den Gewichtsverlust nicht aufhielten.

Wie sehr sie mittlerweile Ärzte hassten! Schon der Anblick von weißen Kitteln rief in Jakob Agressionen hervor. Schon bei der bloßen Andeutung von Ratlosigkeit in ihren Gesichtern wollte er zuschlagen, sie zu blutigem Brei prügeln, sie schütteln, bis sie leblos in seinen Händen hingen wie vom Sturm zerrissene Vogelscheuchen. Marius dagegen begann sich in ihrer Anwesenheit instinktiv zu ducken, versuchte, sich kleiner zu machen, unsichtbar. Und doch konnten sie beide nicht aufhören, den Worten der Ärzte Glauben zu schenken, sogen Hoffnung aus dürren Sätzen, so wie Gläubige bei der Messe dem Heilsversprechen eines Priesters vertrauen. (Doch es ist ein Leben nach dem Tode, das die Kirche verspricht, und Jakob und Marius wollten ein Leben davor. Sie hätten ihre Seelen verkauft für ein paar zusätzliche Jahre, jedem, bedenkenlos.)

Nach der Bestrahlung hatte es nur noch ein schweres Geschütz gegeben, ein Mittel der letzten Wahl: Chemotherapie. Ja, hatte man ihnen behutsam gesagt, damit könne der Krebs besiegt werden, vielleicht sogar dann, wenn er schon innere Organe befallen habe. Aber das Immunsystem sei sehr geschwächt. Es könne sein, dass die Keule der Chemotherapie die letzten Barrieren zerschlage. Es könne sein, dass ... Der Satz war nie beendet, war stattdessen mit bedeutungsvoller Leere gefüllt worden, wie die Kästchen in einem Kreuzworträtsel: Ein anderes Wort für „Lebensende", drei Buchstaben.

Marius hatte geweint, als seine Haare auszufallen begannen. Büschelweise verhakten sie sich beim Kämmen in der Bürste, bis auf seiner Kopfhaut nur noch kleine Inseln zurückblieben, wie versprengte Mooskissen auf einem Waldboden. Dicke, schmierige Tränen waren über sein von Geschwüren entstelltes Gesicht geronnen, Rotz aus seiner Nase gelaufen. „Hilf mir, hilf mir!", hatte er verzweifelt gemurmelt, die Knie an den Oberkörper gezogen, sich hin und her schaukelnd wie ein Kind. Aus Scham hatte er sich weggedreht, wenn Jakob ihn umarmen und festhalten wollte, hatte die Gardinen an den Fenstern zugezogen und in einem Wutanfall alle Spiegel in der Wohnung zerschlagen, um sich nicht weiter ansehen zu müssen. Beruhigt hatte er sich erst, als Truman verstört unters Bett geflüchtet war. Jakob hatte schweigend die Scherben aufgelesen, die Splitter vorsichtig im Müll entsorgt. Die meiste Zeit jedoch verbrachte Marius im Bett, geschüttelt von Fieberschüben, erschöpft vom Erbrechen, und Jakob wachte in seiner Nähe, auf Abruf bereit, genauso entkräftet vom Versuch, wenigstens den Anschein von Alltag aufrechtzuerhalten.

Manchmal hatten sie sich vors Fernsehen gesetzt, weil sie sich nicht länger im Kreis drehen konnten, weil ihnen ihre eigene Verzweiflung zu viel wurde. Sie hatten zugeschaut, wie Menschen Mauern überwanden; die Stimmen der Reporter gehört, die mit ungläubigem Staunen und Fassungslosigkeit berichteten und in ihren Analysen den Ereignissen hinterherhetzten wie verspätete Reisende, die einem anfahrenden Zug nachrennen. Sie hatten Leute beobachtet, die sich vor Glück weinend in die Arme fielen, Schlagbäume passierten, tanzten vor Freude. Doch auch wenn sie versuchten, nachzuempfinden: Nichts davon hatte sich real angefühlt, nichts davon hatte sie berührt. Dort, in dieser fernen, unerreichbaren Wirklichkeit, mochte Geschichte geschrieben werden – sie waren damit beschäftigt, ihre eigene zu schreiben, eine Geschichte, die alle Sinne, alle Gefühle taub werden ließ, als säßen sie mit nackten Körpern in einem Schneesturm.

Noch Jahre später, wenn Jakob gefragt wurde, was er in diesem Herbst gemacht hatte, wie er sich an die Geschehnisse von damals erinnerte, wo er sie erlebt hatte, sah er nur Marius vor sich. Wenn andere in Rückschauen schwelgten, Geschichten von den Montagsdemonstrationen in Leipzig erzählten, dem plötzlichen Auftauchen einer Ostberliner Tante vor der Wohnungstür in Berlin-Charlottenburg, den leergekauften Aldi-Märkten im Westen der Stadt, dann bekam sein Gesicht einen steinernen Ausdruck, und er verließ wortlos den Raum. Einmal, als das Thema zufällig während der Geburtstagsfeier eines Bekannten angeschnitten wurde, hatte er sein Schweigen gebrochen und gesagt: „Mein Freund ist kurz nach dem Mauerfall an Aids gestorben." Die anderen Gäste hatten ihn angesehen, als wäre er ein Spielverderber, jemand, der absichtlich einer geselligen Runde die Laune vermiesen wollte.

Nur ein einziges Mal überschnitten sich die beiden Welten, als Jakob unbedacht anmerkte, dass jetzt Marius' Chance da sei, seinen Traum zu verwirklichen: Jetzt könne er sich auf Altbausanierung spezialisieren, jetzt könne er tun, was er immer gewollt habe. Die DDR habe bestimmt genügend Häuser, die von Grund auf renoviert werden müssten. Ob er noch alle Tassen im Schrank habe, hatte ihn Marius daraufhin angeschrien. Ob er nicht wahrhaben wolle, was mit ihm geschehe? Und Jakob war in Tränen ausgebrochen, hatte gestammelt, dass es seine Schuld sei, dass er Marius nicht hätte verlassen dürfen.

„Ja", hatte Marius erwidert, plötzlich wieder besänftigt. „Das hättest du nicht tun sollen, Jakob. Aber es ist nicht deine Schuld. Denk so etwas nicht."

Die Komplikationen hatten sich vor drei Tagen eingestellt. Plötzlich gab es einen neuen Grund, warum Marius keine Nahrung mehr bei sich behalten konnte, kaum dass seine Mundhöhle halbwegs verheilt war. Einen ernsteren Grund, eine Bauchspeicheldrüsenentzündung, nicht einmal mehr Mineralwasser konnte er trinken. Vielleicht eine Nebenwirkung der Chemotherapie, vielleicht eine Folge der Krankheit, aber wer konnte das schon so genau sagen? Mit Händen und Füßen hatte er sich gegen die Einweisung ins Krankenhaus gewehrt („Ich komme da nicht mehr raus! Bitte, die Infusionen kann mir auch der Hausarzt zu Hause anlegen!"), aber es hatte nichts genützt. Niemand wollte die Verantwortung übernehmen, und erst, als sichergestellt war, dass er ein Einzelzimmer bekommen würde und Jakob die Nächte auf einer Pritsche neben seinem Bett verbringen konnte, hatte er zugestimmt.

Am Nachmittag, als er Marius im Krankenhaus abgeliefert hatte und alle bürokratischen Verwaltungsakte erledigt waren, als er Marius ein paar Rosen aus der Blumenhandlung gegenüber auf den Nachttisch gestellt und mit ihm die Aussicht von seinem Zimmer im elften Stock der Uniklinik betrachtete hatte („Siehst du das Cranachwäldchen? Da hinten, wo der Rhein eine Kurve macht! Erinnerst du dich?" – „Ja", hatte Marius erwidert. „Du hattest Kartoffelsalat gemacht. Den besten, den ich je gegessen habe."), ließ er Marius etwas verloren auf seinem Bett sitzend zurück.

„Musst du wirklich gehen? Ich will hier nicht alleine sein."

„Ich komme wieder", erwiderte Jakob. „Das weißt du doch." Es war, als spräche er mit einem Kind. Für einen Moment rebellierte alles in ihm, wollte er die Verantwortung abstreifen wie eine viel zu große Jacke und gegen ein Kleidungsstück eintauschen, das ihm passte. „Aber ich muss ..."

„Ja", sagte Marius. „Natürlich."

Jakob hatte seinen Eltern in einem kurzen Telefonat nur vage mitgeteilt, dass es Marius nicht gut ginge und er ihn ins Krankenhaus bringen müsse, hatte keine Begründung genannt und alles möglichst harmlos klingen lassen. Wozu schlafende Hunde wecken, hatte er sich eingeredet. Seine Eltern wussten nichts über sein und Marius' Leben, kannten nur die Grundrisse, die Fassade. Aber seine Mutter hatte die Lüge durchs Telefon gehört, hatte die Pausen zwischen seinen Sätzen mit Worten gefüllt, und jetzt saßen seine Eltern ihm gegenüber auf dem Sofa, beunruhigte Blicke in den Gesichtern, eine weitere Last auf seinen Schultern. Jakob fühlte sich mürbe und ausgelaugt. Was konnte er ihnen sagen, außer der Wahrheit?

Jahrelang hatte er seine Eltern auf Abstand gehalten. Die Welt, in der sie lebten, eine kleinbürgerliche Existenz in einer Kleinstadt nahe Bonn, eine Welt, in der sich alles um die Eisenwarenhandlung drehte, die sie gemeinsam aufgebaut hatten und in der mittlerweile Jakobs Bruder die

Geschäfte führte, war nicht seine. Mit dem Studium war er der Enge entflohen, den unausgesprochenen Fragen, der heimlichen Kontrolle, der allumfassenden Religiosität, die seine Neigungen als Sünde betrachtete: Pornozeitschriften, die er als Teenager unter dem Bett hortete, hatte er eines Tages geschreddert im Hausmüll wiedergefunden. Seine Mutter hatte den Vorfall mit einer stickigen Decke des Schweigens verhüllt, hatte sich vielleicht an die Hoffnung geklammert, dass nackte Männer nur eine vorübergehende Phase in der Entwicklung ihres Sohnes darstellten. Und Jakob war zu feige gewesen, diese Decke zu zerreißen, auch wenn er insgeheim über einen solchen Akt der Verleugnung fassungslos war. Seine Homosexualität hatte er später aus sicherer Entfernung am Telefon eingestanden, hatte die missbilligende Sprachlosigkeit über sich ergehen lassen und war monatelange nur zu Geburts- und Feiertagen zurückgekehrt.

Erst, nachdem er sich in Marius verliebt hatte, war eine vorsichtige Entspannung im Verhältnis zu seinen Eltern eingetreten.

An einem Sonntagnachmittag, vier Wochen, nachdem sie sich kennengelernt hatten, hatte er Marius mitgebracht, hatte ihn nervös als Schwiegersohn vorgestellt.

„Aber wer ist der … der Mann bei euch?“, hatte seine Mutter mit rotem Kopf in der Küche gefragt, während sich Marius mit seinem Vater im Wohnzimmer über den Niedergang kleiner Einzelhandelsgeschäfte unterhielt.

„Keiner“, hatte Jakob geantwortet. „Beide.“

Alles in allem war es besser gelaufen, als er befürchtet hatte, und Marius hatte auf der Rückfahrt davon geschwärmt, wie aufgeschlossen Jakobs Eltern im Gegensatz zu seinen doch waren. Jakob hatte ihm zögernd recht geben müssen, hatte seine Eltern plötzlich aus einem anderen Blickwinkel gesehen.

Natürlich hatte er gewusst, dass sein Vater und seine Mutter auch deshalb von Marius angetan waren, weil sie Jakob nun in einer monogamen und eheähnlichen Beziehung vermuteten.

„Ich bin erleichtert", hatte ihm seine Mutter gestanden, bevor sie die Kaffeekanne ins Wohnzimmer trug.

„Erleichtert? Wieso?"

„Du weißt schon ... jetzt müssen wir uns keine Sorgen mehr machen. Wegen dieser Krankheit."

Und Jakob hatte sie in dem Glauben gelassen. Bis jetzt.

„Marius hat Aids", sagte er und starrte auf die Handtasche seiner Mutter, die neben dem Sofa lag. „Wir sind beide positiv. Schon seit fast drei Jahren." Es gab keine Möglichkeit, die Wahrheit schonend zu verpacken. Er war nicht mehr in der Lage, etwas zu beschönigen.

„Aids?", brachte seine Mutter stockend heraus. „Aber ... wir dachten ..." Unwillkürlich flog ihre Hand vor den Mund. „Er wird sterben!"

Ihre Worte trafen Jakob wie ein Schwall eiskalten Wassers, ohne Vorwarnung, ohne Erbarmen. Sie klangen wie ein Richterspruch.

„Das wird er nicht!", fuhr er sie an. Unmöglich, etwas gegen die Tränen zu tun, die plötzlich über seine Wangen rannen, Tränen der Wut und Enttäuschung. Wie hatte er auf Verständnis hoffen können, auf Unterstützung? Er konnte seinen Eltern nicht noch einmal Zeit gewähren, Zeit zu verstehen. „Marius wird nicht sterben! Er kann nicht ... sterben!" Seine Mutter streckte die Hand nach ihm aus, eine hilflose, um Verzeihung bittende Geste, aber Jakob sprang auf und rannte zur Tür. „Wenn das alles ist, was ihr sagen könnt, dann ist es besser, wenn ihr geht."

Am Abend, als er wieder im Krankenhaus war, legte er sich auf die Pritsche, die ihm jemand bereitgestellt hatte, und starrte in den Nachthimmel, der sich dunkel und sternenklar im Fenster breitmachte. Marius hatte gedöst, als er eintraf, jetzt nestelte er unruhig an der Bettdecke. Seine Hand suchte Jakobs Schulter.

„Wie war's?“, fragte er schlaftrunken.

„Alles prima“, log Jakob. „Viele Grüße und gute Besserung.“

Marius schnaubte auf und fing leise an zu lachen, bis ein Hustenanfall sein Lachen abwürgte. „Du bist ... so ein schlechter Lügner“, keuchte er.

„Wo ist er?“, brüllte Jakob die Krankenschwester an. Es war der dritte Tag von Marius' Klinikaufenthalt. „Wo haben Sie ihn hingebracht?“ Er war außer sich vor Wut. Am Vormittag hatte er für wenige Stunden die Klinik verlassen, um Besorgungen zu machen, seinem Professor mitzuteilen, dass er in den nächsten Wochen nicht an den Seminaren teilnehmen konnte, und jetzt, als er zurückkam, hatte er ein leeres Krankenzimmer vorgefunden. Kein Bett, kein Marius, nur sein Walkman lag auf dem Nachttisch neben dem Telefon.

„Beruhigen Sie sich, Herr Brenner. Ihr Freund ist bei der Bronchoskopie.“ Schwester Cho, eine junge Frau in Jakobs Alter mit langen, dunklen Haaren und freundlichen, asiatischen Augen, legte ihm eine Hand auf den Arm. „Kein Grund zur Sorge.“

„Wieso ist er bei der Bronchoskopie? Die hat Marius immer abgelehnt!“ Jakob wollte sich nicht beruhigen, auch wenn er sich mit Schwester Cho bisher gut verstanden hatte. Sie machte kleine Scherze, wenn sie nach Marius sah, schüttelte ungefragt sein Kopfkissen auf, erzählte von ihrem Freund. Und dennoch: Sie bestand darauf, Jakob und Marius mit ihren Nachnamen anzusprechen. Jakob verdächtigte sie deshalb, bewusst auf Abstand zu bleiben. Denn hieß das nicht, dass Marius todgeweiht war? Oder redete er sich das nur ein?

Es war so schwer, den Ängsten nicht nachzugeben, zu unterscheiden, was falsch und richtig war. Es war so schwer, stark zu sein. Am liebsten wäre er gerannt, am liebsten hätte er sich versteckt, in einem Loch im Boden, einer unzugänglichen Höhle. Doch auch dort wäre er seiner Angst nicht entkommen. Sie irrte in seinen Gedanken umher wie ein Wolf, der in der Ferne Aas gewittert hat, blähte ihre Nüstern und schnüffelte im Wind.

Die Schwester zögerte. „Er hatte plötzlich Probleme mit dem Atmen, und die Ärzte haben entschieden ...“

„Was?“

In diesem Moment öffnete sich die Fahrstuhltür und das Bett, in dem Marius lag, wurde über den Flur gefahren. Er sah bleich aus, unsäglich erschöpft. In seinen Nasenlöchern befanden sich zwei Plastikschläuche, und neben ihm lag eine Atemmaske, die zu einem Sauerstoffgerät am Bettgestell führte.

„Scheiße“, flüsterte Jakob. Erst dann bemerkte er das kleine Rinnsal Blut, eingetrocknet und dunkelrot, wie ein dünner Faden Wolle, der von Marius' Mundwinkel zu seinem Kinn führte und irgendwo in der Pyjamajacke verschwand.

„Herrgott noch mal!“, fauchte er den begleitenden Arzt an. „Er sieht aus, als wäre er beim Pferdemetzger gewesen! Ist das Ihre Art, mit Patienten umzugehen?“ Irgendwer musste für dieses Desaster verantwortlich sein, an irgendjemandem musste er seine Frustrationen auslassen.

Marius öffnete den Mund. „Nicht“, brachte er mühsam heraus und umklammerte Jakobs Handgelenk. Eine einzelne Träne löste sich aus dem Augenwinkel und rann seitlich die Schläfe hinab. „Hör auf.“

Wenige Stunden später standen drei Ärzte um Marius' Bett herum, geballte Kapazität, versammeltes Wissen. Obwohl das bei dieser Krankheit nicht viel zu bedeuten hatte. Auch nach mehr als fünf Jahren war Aids noch zu neu, das Wissen nur in Ansätzen vorhanden. Die Mediziner dieses Jahrzehnts waren Entdecker, Forscher, die wie in früheren Zeiten erst einmal sammeln, einordnen und katalogisieren mussten, die oft staunend – und manchmal erschrocken – innehielten. Heiler waren sie nicht.

„Geht es besser mit dem Sauerstoff?", fragte der Stationsarzt, ein schmächtiger Mann, dessen Haar dünn und formlos an seinem Schädel klebte. Seine Augen waren hinter dicken Brillengläsern versteckt.

Marius nickte.

„Ich spare mir die medizinischen Fachausdrücke", sagte der zweite Arzt mit schmalen Lippen. Unter seinem Kittel konnte Jakob den Ansatz einer schwarzen Fliege erkennen. Vielleicht ein Oberarzt? Außerhalb der Visite bekamen sie die Oberärzte und Chefmediziner sonst nicht zu sehen. War Marius schon zu einem interessanten, einem lehrreichen Fall geworden? „Bei der Bronchoskopie sind Kaposi-Sarkome in Ihrer Lunge festgestellt worden. Wir gehen davon aus, dass auch die Probleme der Bauchspeicheldrüse mit bösartigen Geschwüren zusammenhängen. Sie sind ein schwer kranker Mann, Herr Janssen. So weit die schlechte Nachricht. Die gute ist, dass wir glauben, Sie noch einmal hinzubekommen."

Also würde Marius leben! Jakob zwang ein Schluchzen in seine Kehle zurück. Ein Gefühl unendlicher Erleichterung machte sich in seinem Bauch breit, und er sackte auf seinen Stuhl zurück, entkrampfte seine zusammengepressten Fäuste.

Der Oberarzt räusperte sich. „Da ist noch etwas. Ich ... ich gebe eine Vorlesung für Medizinstudenten der oberen Semester. Die wenigsten von ihnen hatten bisher die Chance, einen Patienten mit Aids im Vollbild ... diese ausgeprägten Kaposi-Sarkome auf der Haut ... wären Sie bereit? Man würde Sie natürlich im Pflegebett dort hinbringen ... Sie bräuchten nichts zu tun und ..."

Jakob griff nach dieser Gelegenheit, seinen durcheinanderwirbelnden Gefühlen ein Ventil zu geben. Wie ein Dampfkessel, in dem heißes Wasser überkocht, explodierte er. „Marius ist kein Affe im Zoo! Gerade noch haben Sie gesagt, er sei schwer krank, und jetzt wollen Sie ihn ausstellen wie eine Zirkusattraktion? Soll er vielleicht noch Männchen machen und durch einen brennenden Reifen springen?“

„Jakob ...“

„Ich habe lediglich gefragt, ob Herr Janssen bereit wäre ...“

„Nein!“, schnitt Jakob dem Mann das Wort ab. „Kommt nicht in Frage!“

Als die Ärzte den Raum verlassen hatten, schüttelte Marius unwillig den Kopf.

„Was?“, fragte Jakob. „Ich hab doch nur ...“

„Lass es!“, erwiderte er angestrengt. Bei jedem Atemzug brodelte es bedrohlich in seinen Lungen wie Wasser, das in einem verstopften Abfluss gluckert.

„Aber ...“

Marius setzte sich mühsam auf, zerrte fahrig an den Plastikschnüren, die in seine Nase führten. „Ich bin auf ... deren guten Willen angewiesen. Hör endlich auf, die Leute so anzumachen!“ Er fiel auf sein Kopfkissen zurück, holte angestrengt Luft.

„Du willst dich angaffen lassen?“

„Ich will ... ich will meine Ruhe haben!“, keuchte Marius. „Du hast keine Ahnung ... was ich hier durchmache.“

„Na ja, eben! Deshalb ja!“

„Ich ... kann ... das noch selber entscheiden!“ Jedes einzelne Wort kostete Marius Kraft. „Was glaubst du ... wer du bist? Mein Vormund?“

Jakob starrte Marius stumm an. „Vielleicht sollte ich heute Nacht mal zu Hause schlafen“, sagte er schließlich. „Ich kann nicht mehr. Ich brauche eine Pause.“

„Dann geh." Marius schloss die Augen. „Ich brauche ... Ruhe. Geh." Nicht einmal, als Jakob kurz darauf die Tür hinter sich zuzog, sah er ihm nach. Wie ein geprügelter Hund schlich Jakob davon.

Schon vor zwei Wochen hatte er den Adventskalender im Vorbeiradeln in einem Dekogeschäft in der Innenstadt entdeckt, war abgestiegen und hatte ihn kurzentschlossen gekauft. Schächtelchen mit vierundzwanzig Zahlen beschriftet, zu einem Weihnachtsbaum gestapelt. Eigentlich hatte er vorgehabt, ihn mit Süßigkeiten vollzustopfen, mit Marzipankartoffeln, selbstgebackenen Plätzchen, Schokoladentäfelchen, aber jetzt, da Marius nicht mehr essen konnte ... Als er am Morgen bemerkt hatte, wie sehnsüchtig Marius auf das Frühstückstablett starrte, das die Schwester für Jakob brachte, hatte er jedoch eine Idee gehabt. Warum nicht andere Dinge darin verstecken, kleine Überraschungen, etwas, das Marius ablenken würde, etwas, auf das er sich jeden Tag freuen konnte? Eine Entschuldigung. Ein Pfand auf die Zukunft.

Bunte Glasmurmeln in grün, silbern und gelb. Einen Schlüsselanhänger mit einem Miniaturweihnachtsmann. Blauglitzerndes Konfetti in Sternenform.

Draußen prasselte Regen gegen die Fensterscheiben, ein böiger Wind rüttelte an den Rahmen. Im Radio lief „Last Christmas", danach ein Bericht über die neuesten Entwicklungen in der DDR. Jakob hörte kaum hin. Die Wohnung fühlte sich seltsam leer an ohne Marius, ohne den Kater, der sich bei Marius' Eltern in Pflege befand, weil Jakob nur wenige Stunden am Tag zu Hause war, weil er jede freie Minute im Krankenhaus verbrachte.

Sie hatten Pläne für einen Weihnachtsbaum gehabt – „Zwei Meter!", hatte Marius gesagt, noch Anfang November. „Mit einem kitschigen, blondgelockten Engel, dem wir die Baumspitze in den Arsch rammen!" –, aber nach dem Geschwür am Gaumen hatte sie keinen Mut mehr gehabt, die Pläne weiterzuverfolgen. Zu große Träume, zu waghalsig, zu fern diese Zukunft. Es war besser, in kleinen Schritten zu denken, in Stunden, in Tagen, wie bei dem Adventskalender.

Ein Matchboxauto für Marius' Sammlung, eine winzige Schneekugel, ein Plastikdinosaurier aus einem Überraschungsei.

Jakob ließ die Schachtel mit der Nummer Sieben sinken. Die Zahl war verschmiert, die Schachtel feucht. Er hatte noch nicht einmal bemerkt, dass er angefangen hatte zu heulen. Verärgert suchte er nach einem Taschentuch, putzte sich die Nase. Er würde mit dem Rauchen aufhören, wenn Marius überlebte, er würde nie wieder mit ihm streiten. Er würde jeden Tag Buße tun für die Fehler, die er gemacht hatte. Er würde wieder an einen gottverdammten Gott glauben.

Drei Würfel, kaum fingernagelgroß. Noch mehr Konfetti, diesmal rot und in Herzform. Ein Bonbon – genaugenommen war es ja nichts zu essen. Vielleicht war es möglich, dass Marius etwas lutschte, vielleicht konnte er das bei sich behalten?

Jakob zuckte zusammen, als das Telefon klingelte.

„Ich bin's", sagte Katrin. „Wie geht's dir?"

„Wie schon?", fragte Jakob zurück. In den vergangenen Tagen hatte er Katrin auf dem Laufenden gehalten. Es war beruhigend, ihre ferne Stimme zu hören. Wenn er mit ihr sprach, dachte er an grüne Wiesen, schneebedeckte Berge, dunkelblaue Seen.

„Ich hab gerade mit Marius telefoniert."

„Und?"

„Irgendwas stimmt nicht." Katrin klang besorgt.

„Ja, wir hatten einen kleinen Streit. Ich bastele gerade an einer Entschuldi..."

„Das meine ich nicht. Er ... ich hab ihn kaum verstanden. Irgendwas ... Ich glaube ... Jakob, fahr zu ihm. Lass ihn nicht alleine jetzt."

Er hatte das Gespräch beendet und Marius' Nummer im Krankenhaus gewählt, bevor Katrin ausgeredet hatte.

„Marius?"

„Was ..."

„Marius, was ist los?"

„Ich ..." Jakob hatte Schwierigkeiten, die genuschelten Worte zu verstehen. „... meine Ruhe ... lass mich."

„Bitte", flehte Jakob. Sein Herz schlug plötzlich bis zum Hals. „Schließ mich jetzt nicht aus."

„Dann ... komm."

Es gibt keine Möglichkeit, sich auf den Tod vorzubereiten. Er ist ein feiger Hund, ein Guerillakämpfer, ein Terrorist. Er schleicht sich an wie ein Dieb in der Nacht, versteckt sich in den Schatten, die das Licht nicht erreicht. Er schlägt zu, wenn man nicht damit rechnet, wenn man sich in Sicherheit wiegt, wenn man seine Wachsamkeit sinken lässt. Der Tod kann warten, er kennt die günstigste Gelegenheit und den passendsten Augenblick. Er weiß, wann seine Stunde gekommen ist. Er weiß, wann ihm der Sieg in den Schoß fällt.

Marius war tagsüber zunehmend unruhig geworden, hatte sich hin und her gewälzt, wollte aufstehen, hatte versucht, sich die Schnüre der Infusionen zu ziehen. Man hatte ihn ruhiggestellt; klare Momente wechselten sich ab mit Halluzinationen.

Einmal rief seine Mutter an, und Marius gab Jakob zu verstehen, dass er nicht mit ihr sprechen wollte. Jakob vertröstete sie, behauptete, dass Marius schlafe. Sie klang verwirrt, unsicher. Wieso war ihr Sohn krank? Sie hielt die Wahrheit auf Distanz, die Ärzte mussten lügen, die Doktoren pfuschten, sie kannte Geschichten.

„Sollen wir kommen?", fragte sie.

„Morgen", sagte Jakob.

Am Nachmittag hatten heftige Fieberschübe eingesetzt; das Thermometer stieg über 40 Grad. Unter der Bettdecke zitterte Marius' Körper wie ein Baum, der von einem Sturm durchgeschüttelt wird, und Jakob kletterte zu ihm ins Bett, hielt ihn fest umschlungen, flüsterte beruhigende Nichtigkeiten in sein Ohr, bis das Zittern verebbte und die Kälte in Marius' Gliedern von Schweißausbrüchen abgelöst wurde. Jakob wischte die salzigen Tropfen von seiner Stirn, legte Wadenwickel um seine Unterschenkel und ließ ihn die kühlende Feuchtigkeit aus einem nassen Waschlappen lutschen. Wenn das Brodeln in seiner Lunge stärker wurde, wenn Marius begann, mühsam um Luft zu kämpfen, drückte Jakob auf einen Knopf, und die Schwestern kamen und schoben Schläuche tief in seinen Schlund, saugten den Schleim ab, blutig und gelb. Dann bäumte sich Marius auf, und Jakob hielt ihm verzweifelt die Hand hin, in die er seine Finger krallen konnte.

„Ruhig, Herr Janssen. Ganz ruhig atmen. Nur noch einmal, wir haben es gleich geschafft!"

Anschließend erhöhten die Ärzte die Dosierung des Morphiums, und Marius sank in eine andere Welt, jedes Mal ein Stückchen tiefer, jedes Mal ein Stückchen weniger erreichbar für Jakob. Wenn Marius schlief, starrte Jakob aus dem Fenster und verfolgte die aufziehende Dämmerung, die ihre Schatten über die novembergraue, regenglänzende Stadt warf, betrachtete die aufflackernden Weihnachtsbeleuchtungen, die von so weit oben wie die Lichter einer Spielzeugstadt aussahen, wie filigran gesponnene, neongelbe Spinnennetze. Es war nicht schwer, die letzten Wochen des Jahres zu hassen, von nun an für den Rest seines Lebens.

Manchmal schlich sich Jakob für ein paar Minuten nach draußen, fuhr mit dem Fahrstuhl nach unten, um in der Kälte vor dem Eingang des Krankenhauses hastig und frierend eine Zigarette zu rauchen, bis ein Pfleger Mitleid mit ihm hatte und ihm eine Ecke am Ende des Flures zuwies, ganz in der Nähe von Marius' Krankenzimmer.

„Ist schon okay. Wir nehmen es nicht so genau", sagte er. Jakob nickte dankbar.

Und dann, am späten Abend, als Jakob sich gerade auf seine Pritsche hatte legen wollen, setzte sich Marius ruckartig auf.

„Da, auf dem Bett! Was macht Truman hier auf dem Bett?" Das Rasseln in seiner Lunge war auf einmal verschwunden, seine Stimme so klar wie früher. Wie Marius. „Oh. Stimmt ja, du kannst ihn gar nicht sehen. Schade." Er sackte zurück aufs Kopfkissen; ein entschuldigendes Lächeln tanzte über seine Lippen. Für einen Moment sah er wunderschön aus. „Die haben mir was gegeben."

„Ja. Ich weiß." Jakob war erschöpft, er war so müde. Es war so schwer, noch länger wach zu bleiben. Trotzdem lächelte er zurück, aber Marius hatte die Augen schon wieder geschlossen. Sein Brustkorb hob und senkte sich, und der Schleim in seiner Lunge begann erneut unablässig zu brodeln.

Es passierte ganz plötzlich. Jakob wachte auf, weil etwas fehlte, weil er die Abwesenheit von etwas spürte, was vorher da gewesen war. Am Himmel war Schwarz einem noch unentschlossenen Blau gewichen, die Regenwolken des Vortags waren verschwunden. Aber das war es nicht. Das Brodeln in Marius' Lungen hatte aufgehört. Es war ganz still, alles war still, so unglaublich still, und für den winzigen Bruchteil einer Sekunde glaubte Jakob, dass Marius die Krise überwunden hatte, dass nun alles gut werden würde, dass ihnen ein Aufschub gewährt worden war, ein paar Wochen, ein paar Monate ... ein paar Jahre? Erst dann begriff er.

Marius gab ein Stöhnen von sich, und Jakob sagte nervös: „Marius?"

Die Augen seines Freundes flatterten auf, sahen nichts und schlossen sich wieder.

Jakob sprang von seiner Pritsche und hob Marius' Oberkörper in eine sitzende Position, hielt ihn fest in seinen Armen. Und dann hörte er ein Geräusch, das er niemals würde vergessen können: Es klang wie ein leeres Glas, das unter einen Wasserhahn gehalten wird und sich rasend schnell mit Flüssigkeit füllt, wie ein Sturzbach, der gurgelnd ein unterirdisches Höhlensystem flutet. Schleim stieg in Marius' Lungen empor, er quoll ihm aus den Nasenlöchern und aus den Mundwinkeln, er lief ihm über die Brust und auf die Bettdecke und über Jakobs Arme und Jakobs Hände und Jakobs Finger, und er vermischte sich mit den Tränen, die Jakob weinte, weil er wusste, dass es nun vorbei war, weil Marius nicht mehr atmete, weil er spürte, wie Marius' Herz immer langsamer schlug ... und langsamer ... und langsamer ... und ...

Die Wohnung ist renovierungsbedürftig. Während Arne ungebeten Philip ins Wohnzimmer folgt, bemerkt er abblätternde, vergilbte Tapeten, einen schmutzigen Teppichboden, Brandflecken von Zigaretten im Laminat. An der Decke hängt eine nackte Glühbirne, unter dem Fenstersims kleben Spinnweben. Kein Ort, an dem er sich zu Hause fühlen könnte.

„Und … wo ist dieser Lars?" Er dreht den Kopf, aber außer ihnen beiden scheint niemand in der Wohnung zu sein.

„Nicht da", brummt Philip. „Keine Sorge." Er hat seine wenigen Habseligkeiten auf dem Sofa ausgebreitet und wirft sie wahllos in eine Reisetasche, ohne weiter auf Arne zu achten.

„Du haust ab?", fragt Arne. „Warum?"

Philip schweigt. „Wird Zeit für was Neues, Alter", sagt er schließlich. Er denkt an den schmierigen alten Kunden aus dem Brauhaus. „Ich kann nicht zurück", fügt er tonlos hinzu. „Es geht nicht mehr."

„Und wo willst du hin?"

Im Hof haben die Jungen ihr Ballspiel wieder aufgenommen. Hin und wieder klatscht das Leder an eine Hauswand.

„Keine Ahnung", sagt Philip. „Vielleicht München. Ich kenn da jemanden, bei dem kann ich erst mal unterkommen." Dann dreht er sich plötzlich um. „Warum interessiert dich das, Arne?"

„Weil ich … weil ich will, dass du bleibst."

Philip lacht traurig auf. „Geh zurück nach Hause, Mann. Das funktioniert nicht. Lass mich in Ruhe."

„Komm mit mir mit. Bleib hier."

Philip schüttelt den Kopf. „Und was ist mit Jakob?"

„Bleib bei mir und Jakob."

„Bei dir und Jakob? Ihr kriegt ja nicht mal euch selber auf die Reihe. Außerdem will Jakob das nicht." Er klingt verletzt, und erst jetzt begreift Arne, wie sehr Philip sich genau dies gewünscht hat: ihn und Jakob.

„Ich hatte keine Ahnung", sagt er laut.

„Ich doch auch nicht", fährt Philip auf, als hätte er seine Gedanken gelesen. „Jedenfalls nicht bis gestern Abend."

„Jakob will", sagt Arne sanft. „Er weiß es nur noch nicht."

„Geh nach Hause", wiederholt Philip.

„Nein", sagt Arne. „Nur mit dir."

Ein weiterer, sonniger Frühlingstag hat sich breitgemacht in der Stadt; nur am Horizont ballen sich ein paar Wolken wie Zuschauer am Rande eines Fußballspiels. Kinder verlangen nach Eiscreme, nach Schokoladen- und Erdbeerkugeln, zerren ihre Eltern ungeduldig Richtung Eisdiele; Hunde wälzen sich ausgelassen auf dem frischen Grün der Wiesen am Aachener Weiher. Fenster werden aufgerissen und Betten gelüftet. Die Verdecke der Cabrios werden nach unten gefahren, Musik dröhnt aus den CD-Playern und Radios und vermischt sich mit dem Lärm der Straßen; junge Männer pfeifen Frauen in engen Hosen nach und rufen ihnen anzügliche Bemerkungen zu, alte Männer blicken ihnen melancholisch hinterher und schweigen.

Es ist Mittag, als Philip und Arne nach Hause kommen und die Treppen nach oben steigen. Sie finden Jakob in der Küche, er sitzt am Tisch vor einem Becher Kaffee und starrt aus dem Fenster, reglos wie eine Statue. Erst als Arne ihm eine Hand auf die Schulter legt, rührt er sich und fährt sich durchs Gesicht.

„Du hast ihn also gefunden", sagt er, als er Philip sieht.

„Ja", erwidert Arne. „Das habe ich." Clinton stolziert aus dem Wohnzimmer herüber und reibt sich an den Beinen der Männer.

„Und jetzt? Was wird jetzt?"

„Das liegt ganz an dir."

„Ja, Mann", mischt sich Philip ein und grinst schief, „trau dich was." Er bückt sich und hebt die Katze auf seinen Arm, streichelt ihr durchs Fell. Dann lässt er sich auf einen Stuhl neben Jakob fallen und sieht ihn erwartungsvoll an.

Jakob seufzt. Er erinnert sich an eine ganz ähnliche Szene, die ein halbes Menschenleben zurückliegt. So viel ist seitdem geschehen, nichts hat sich verändert. Er ist wieder da, wo er schon einmal war. Er hat eine zweite Chance.

„Ich muss mich nicht entscheiden?“, fragt er.

„Doch“, antwortet Arne. „Natürlich. Aber für uns beide. Du musst nur ein wenig Mut haben. Ein bisschen Fantasie.“

Jakob hält die Luft an und schließt die Augen. Und dann atmet er ganz sachte aus, lässt Marius los, vorsichtig, behutsam, Stück für Stück, immer ein bisschen mehr.

Sein Gesicht ist nass, als er die Augen wieder öffnet, aber er sieht in den Blicken der beiden anderen, dass es keine Rolle spielt, dass sie verstehen.

„Ich kann es versuchen“, sagt er leise.

Danksagung

Fürs Lesen des Manuskripts, Ratschläge, Einsichten, Kritik, Lob und Ansporn danke ich Norbert Friederichs, Susanne Bach, Nina Stressenreuter, Pieter Osinga, Ingo Lier, Jens Zeise und Veit Schmidt.

Fürs Lektorat danke ich Jim Baker und Regina Nössler, für die Betreuung meiner Homepage Jörg Michaelis.

Und Norbert, dir danke ich, wie immer, für alles.

Mehr zum Autor unter www.stressenreuter.de

Vorwort
Larry Kramer, Reports from the Holocaust, S. 8, S. 33, S. 152; Jonathan Engel, The Epidemic. A Global History of Aids, New York, 2006, S. 5 ff.

Januar 1986
Politik/Weltgeschehen: Der Spiegel 6/86; www.chroniknet.de; Christopher Bram, Eminent Outlaws, New York, 2012, S. 235/6

Aids: www.ondamaris.de; Der Spiegel 4/86; Jonathan Engel, The Epidemic, S. 19, S. 45, S. 71

Musik: www.ki.informatik.uni-wuerzburg.de; www.theofficialcharts.com

April 1986
Politik/Weltgeschehen: www.wikipedia.de; www.chroniknet.de; Der Spiegel 16/86

Aids: Der Spiegel 18/86

Musik: www.ki.informatik.uni-wuerzburg.de; www.theofficialcharts.com

September 1986
Politik/Weltgeschehen: www.chroniknet.de; Die Zeit 37/86

Aids: www.avert.com; www.wikipedia.de; Jonathan Engel, The Epidemic, S. 31, S. 34; Larry Kramer, Reports from the Holocaust, S. 260

Musik: www.ki.informatik.uni-wuerzburg.de;
www.theofficialcharts.com

Oktober 1986
Politik/Weltgeschehen: www.wikipedia.de; www.chroniknet.com

Aids: Die Zeit 44/86; Jonathan Engel, The Epidemic, S. 120-122

Musik: www.ki.informatik.uni-wuerzburg.de;
www.theofficialcharts.com

Januar 1987
Politik/Weltgeschehen: www.chroniknet.de

Aids: Der Spiegel 3/87; Larry Kramer, Reports from the Holocaust, S. 104/105

Musik: www.ki.informatik.uni-wuerzburg.de;
www.theofficialcharts.com

März 1987
Politik/Weltgeschehen: www.chroniknet.de; www.wikipedia.org

Aids: Die Zeit 12/87; Der Spiegel 12/87, 17/87; Larry Kramer, Reports from the Holocaust, S. 137; Jonathan Engel, The Epidemic, S. 60; www.wikipedia.de

Musik: www.theofficialcharts.com

April 1987
Politik/Weltgeschehen: www.wikipedia.de; www.chroniknet.de

Aids: United Press International (UPI) 6.4.87; www.avert.com; www.aidshilfe.de; Larry Kramer, Reports from the Holocaust, S.229; Engel, The Epidemic, S. 78/9-82; www.ondamaris.de

Musik: www.ki.informatik.uni-wuerzburg.de; www.theofficialcharts.com

September 1987
Politik/Weltgeschehen: Der Spiegel 37/87 – 40/87; Die Zeit 38/87 – 41/87

Aids: Die Zeit 41/87; Larry Kramer, Reports from the Holocaust, S. 178, S. 246; Jonathan Engel, The Epidemic, S. 117; www.wikipedia.org

Musik: www.ki.informatik.uni-wuerzburg.de; www.theofficialcharts.com

April 1988
Politik/Weltgeschehen: Der Spiegel 15/88, 18/88; www.chroniknet.de

Aids: Der Spiegel 17/88; Larry Kramer, Reports from the Holocaust, S. 267; Jonathan Engel, The Epidemic, S. 87

Musik: www.chroniknet.de; www.ki.informatik.uni-wuerzburg.de; www.theofficialcharts.com

Mai 1988
Politik/Weltgeschehen: Die Zeit 21/88, 23/88; Der Spiegel 20/88; www.wikipedia.de; www.chroniknet.de

Aids: Der Spiegel 18/88; www.avert.com; www.wikipedia.org

Musik: www.ki.informatik.uni-wuerzburg.de;
www.theofficialcharts.com

August 1988
Politik/Weltgeschehen: Die Zeit 33/88, 35/88; Der Spiegel 34/88;
www.chroniknet.de

Aids: Der Spiegel 34/88Musik:
www.ki.informatik.uni-wuerzburg.de; www.theofficialcharts.com

Oktober 1988
Politik/Weltgeschehen: www.chroniknet.de

Aids: www.avert.com; www.wikipedia.de

Musik: www.ki.informatik.uni-wuerzburg.de;
www.theofficalcharts.com

Dezember 1988
Politik/Weltgeschehen: Die Zeit 51/88; Der Spiegel 50/88
www.chroniknet.de; www.wikipedia.de

Aids: Die Zeit 19/89; www.avert.com

Musik: www.ki.informatik.uni-wuerzburg.de;
www.theofficialcharts.com

März 1989
Politik/Weltgeschehen: Der Spiegel 12/89, 14/89; Die Zeit 11/89,
12/89; www.wikipedia.de; www.chroniknet.de

Aids: www.avert.com

Musik: www.ki.informatik.uni-wuerzburg.de;
www.theofficialcharts.com

August 1989
Politik/Weltgeschehen: www.wikipedia.de; Die Zeit 33/89, 35/89;
Der Spiegel 33/89; www.chroniknet.de

Aids: Der Spiegel 34/89; Jonathan Engel, The Epidemic, S. 140;
www.avert.com

Musik: www.ki.informatik.uni-wuerzburg.de;
www.theofficialcharts.com

November 1989
Politik/Weltgeschehen: Die Zeit 47/89; Der Spiegel 46/89, 48/89;
Bram, Eminent Outlaws, S. 241

Aids: Orlando Sentinel 11.12.89; Time Magazine 27.11.89
www.caritas-europa.org; www.wikipedia.de; Raum+Zeit, Nr. 42
Okt./Nov.1989; Jonathan Engel, The Epidemic, S. 121, S. 205-208

Musik: www.ki.informatik.uni-wuerzburg.de;
www.theofficialcharts.com